SI JE VOUS DISAIS

Paru dans Le Livre de Poche :

BIOGRAPHIE D'UN SEXE ORDINAIRE

JOYEUSES PÂTES *(coll. « Pratiques »)*

LOVE. BABA

LES MOTS DES HOMMES

MACHA MÉRIL

Si je vous disais

ALBIN MICHEL

Les chroniques ont fait l'objet d'une première publication dans l'hebdomadaire *Côté femme*.

ISBN : 2-253-11778-1 – 1re publication – LGF
ISBN : 978-2-253-11778-0 – 1re publication – LGF

La fidélité

Le désir de possession qui a fait tant de ravages cède du terrain à un penchant nouveau : le goût de la fidélité. Être fidèle à quelqu'un, à une cause ou à une passion, est de plus en plus difficile. Le quelqu'un est décevant parce que trop connu, trop dévoilé, les causes se contredisent et finissent par soutenir l'opposé de ce qu'elles prônaient, et les passions se bousculent, déstabilisées par de nouvelles passions tout aussi valables, rencontrées dans la profusion des chemins proposés par le monde moderne. Les raisons de la fidélité viennent à manquer, on est indécis, désorienté, le cœur et les méninges en ballottage.

Ainsi est née l'aspiration à la fidélité, non comme une vertu mais comme un défi, une gageure, un jeu individuel sans récompense ni applaudissement. Le goût de la résistance. Tenir bon face à un vent tourbillonnant qui agite mais ne fait pas avancer. On veut être fidèle à soi-même, aux choix qu'on a faits un jour avec force et conviction, même si aujourd'hui leur logique nous semble effritée. On n'est pas fidèle en amour parce que l'autre le mérite, mais pour garder une ligne, un *guard-raid*, pour ne pas accentuer les faiblesses d'une relation, pour la beauté du geste, pour la noblesse de la Fidélité en soi. C'est une position esthétique, têtue et absurde qui relève de l'acte artistique : on imprime son style, avec obstination.

De même on continue à être écologiste, ou à voter pour Arlette Laguiller, ou pour Coluche, quelles que soient les impressions reçues par les médias, quels que soient les récits des magouilles et des petitesses humaines. On tient le cap de notre jeunesse, du temps de nos illusions et de nos espoirs. Après tout, ce n'est pas pire qu'autre chose. On rejoint un bataillon de l'Espérance, d'hommes et de femmes qui rêvent d'un monde meilleur. Vote inutile, disent certains. Vote essentiel, dis-je, puisqu'il émane de notre besoin de fidélité, chevaleresque et désintéressée.

Quant à nos passions, que ce soit le foot, la poterie, l'ordre dans les placards ou la séduction, si nous cessions d'y être fidèles nous changerions de personnalité, d'avenir et de fréquentations.

Le prix de cette constance est sans doute de paraître buté, de ne pas se renouveler et de fermer la porte à l'invasion des passions des autres, même les plus tentantes. C'est l'apanage du milieu de la vie : on a fait son marché d'inclinations il y a longtemps, il n'y a plus de place ni de temps pour en accueillir d'autres. Une amie de mon âge vient de commencer à étudier le violoncelle, mais il s'agissait d'un vieux souhait refoulé. Apprendre est une passion générale qui ne finit jamais. Mais la fidélité est devenue un nouveau sport pratiqué par les plus malins : ceux qui savent qu'à la longue elle leur sera reconnue comme une marque de puissance et de caractère.

Caprice d'été

En été, il nous arrive d'avoir soudain des envies, des urgences qui ressemblent à celles des femmes enceintes. Une bonne tarte maison aux abricots, un verre d'ouzo (alcool grec anisé genre pastis), un chapeau tressé avec des petits trous qui laissent passer la lumière du soleil en seyantes taches sur le nez, un panier rouge comme celui du Petit Chaperon rouge, ou des tropéziennes, les vraies, tout en cuir. On se met à chercher comme des folles, il nous faut cette chose-là sans attendre une minute de plus.

La chasse à l'objet en question devient un but, une direction de promenade, un sujet de conversation et un calcul stratégique qui prend une importance démesurée. C'est la « décompression » des vacances. Donner au superflu des allures de quête essentielle, qui n'encombre pas l'avenir puisque la solution existe, concrète et trouvable. Dans l'absence de contraintes, dans la liberté du temps oisif, on renverse les priorités, on s'offre le luxe du caprice et de la vanité. Il ne faut pas que cela devienne excessif, mais une petite crise de frivolité fait du bien à la santé. On retombe en enfance, on se chouchoute et on se gâte. Pendant qu'on focalise sur une bêtise, pendant qu'on cherche à calmer cette démangeaison, on se repose de la gravité de la vie, on oublie les soucis et les menaces du futur. On s'allège l'existence, comme si elle était un jeu, une farandole de menus besoins faciles à satisfaire. On se vide la tête, on se détend et on se tranquillise, comme en comptant les mailles d'un tricot.

Ayez pitié de vous-même, ne culpabilisez pas si vous dépensez un peu d'argent à l'assouvissement de ces minifantasmes, ils valent autre chose que ce qu'ils coûtent, ils apportent l'insouciance et la légèreté. Vous avez trimé toute l'année, abandonnez-vous à ces innocentes pulsions qui décrispent. Et même si l'authentique maillot rayé breton en laine qui pique, le joli moulin à poivre ancien du brocanteur, ou les assiettes à escargots restent sans emploi dans le placard, ils vous auront libérée de la routine et de la plate utilité qui commande vos gestes habituels.

Une petite folie peut protéger d'une grande misère : celle de devenir tellement raisonnable qu'on n'a plus envie de rien.

L'été est un espace de faiblesses curatives, de tentations passagères et fantasques qui durent le temps d'un cornet de glace ou du rêve d'une nuit d'été.

Partir

Qui n'a pas eu besoin de dire, à un moment ou à un autre de la vie : je m'en vais, je pars, je me tire, je m'enfuis, je me dégage de la vie quotidienne, je ne suis plus là, oubliez-moi, passez-vous de moi, je me passerai de vous... ?

C'est ce qu'on appelle syndicalement « les vacances ». Elles sont un dû, un droit, on ne supporterait pas une année de travail sans leur perspective, du moins dans nos pays occidentaux prospères. On les attend, on les organise, on ne doit pas les rater. C'est qu'elles correspondent à une nécessité beaucoup plus profonde : celle de PARTIR.

Sortir des rails, des trajets familiers, aller autre part, voir comment est le monde et découvrir qui on est. Du Fils prodigue à Ulysse, de Don Quichotte à Bonaparte, de Vasco de Gama à Gagarine, l'homme porte en lui la quête de l'Ailleurs, du plus loin, encore plus loin, toujours plus loin. Aujourd'hui on parle de Mars, les physiciens s'excitent à l'idée d'y envoyer une expédition, on ne sait dans combien d'années, mais peut-être plus vite qu'on ne croit. L'aspiration n'est pas de s'implanter là-haut, mais d'atteindre un but lointain, quasi impossible, à présent que les montagnes du Tibet et les mers glacées sont accessibles, presque à la portée de tous.

Partir, c'est inventer de nouveaux réflexes, de nouveaux raisonnements, de nouvelles défenses, avec de grisants frissons d'appréhension. C'est accueillir le déséquilibre et l'étonnement qui nous renvoient à la jeunesse. Partir, c'est ne pas savoir pourquoi on part, mais ne pas être dupe des règles qui balisent nos journées, nos semaines, frêles remparts contre l'incertitude, l'inquiétude et le doute. Les grandes questions surgissent inévitablement. Quand on est fatigué, quand on a un coup dur, quand les lunes changent. Alors on a envie de partir. De tout lâcher. De changer de crèche. De travail. D'horizon. D'interlocuteurs. D'aspect. De couleur de cheveux. Privilège des femmes qui peuvent s'en aller dans une autre femme, une autre allure, un autre physique. Partir ne veut pas dire qu'on ne revient pas, on peut revenir à tout instant, renforcé par la rupture.

Ce besoin nous touche tous, à en juger par les déménageurs débordés, les trains bondés tous les jours de l'année, les hôtels construits à tour de bras et les offres bancaires de cartes de crédit valables partout. Partir n'est plus un danger, ce n'est plus interdit, c'est même recommandé, et ceux qui ne partent jamais se fossilisent comme des poupées du musée Grévin. Les enfants, si attachés à leurs habitudes, ont intégré le mouvement dans leur rythme scolaire. Ils aiment les échappées, les petits voyages, occasions de connaître des lieux différents, des ambiances inconnues, des cuisines et des musiques du monde.

Aller voir ailleurs est le moyen de mieux aimer son jardin. Qui disait cela, déjà ?

Caser les enfants

Au cours de la croissance d'un enfant, on utilise toutes les astuces possibles pour le faire garder quand il est bébé, pour trouver quelqu'un qui aille le chercher à l'école maternelle aux heures où l'on est en plein boulot, pour le confier aux amis pendant les vacances, pour intriguer auprès de la mairie et obtenir qu'on ne le change pas de lycée bien qu'on ait déménagé, etc. Puis arrive le moment critique du démarrage dans la vie professionnelle. Rares sont les enfants qui s'en sortent seuls. En dehors de ceux qui ont choisi très tôt une spécialité particulière, dans un monde éloigné de celui des parents, la plupart des enfants adoptent un métier où la famille peut les faire bénéficier d'appuis, d'expérience et de réseaux de connaissances. Là commencent les soucis. Je connais des parents qui ont compromis leur propre position pour introduire un fils, une fille ou un neveu. D'un coup, ils perdent toute objectivité, le but unique étant de caser l'enfant, s'il le faut, en vantant exagérément ses talents. C'est sans doute fort louable, mais cette attitude crée un malaise, un rideau d'hypocrisie et de mensonge : on ne peut plus se parler, on ne peut pas critiquer le jeune, on est parfois obligé de s'organiser en cachette pour pallier les manques du pistonné en évitant de blesser le parent en question.

Heureusement on trouve les cas positifs, quand le

nouveau venu veut prouver qu'il est capable, ou qu'il le deviendra. Ceux-là détestent être surprotégés et devoir leur place à une faveur. Ils s'affirment rapidement et travaillent deux fois mieux que les autres, attentifs, ponctuels et responsables.

Hélas ! les autres contaminent l'ambiance d'une équipe, d'un bureau, d'une entreprise. On se tait parce qu'ils sont le fils du patron, le cousin de la comptable, le petit frère du maquettiste. Ils ne sont pas sérieux, ou inaptes au travail qu'on leur confie, mais ils ne le sauront jamais, entourés de flatterie et de silence. Je mets les jeunes en garde : acceptez les conseils et l'aide de vos parents, mais ne profitez pas de leur désir inquiet de vous voir sur des rails, vous risquez de prendre un mauvais départ, sur des bases fausses. Le monde du travail est cruel, mais il évolue avec votre génération, vous êtes mieux à même d'en comprendre les règles, vos parents ont construit leur vie en d'autres temps. Un coup de pouce, d'accord. Une planque, méfiance. Elle peut se révéler un frein, un retard avec l'amertume qui l'accompagne.

Le plus bel avancement est celui qu'on obtient tout seul. Ici comme ailleurs, on n'est jamais si bien servi que par soi-même.

Dormir ensemble

On peut avoir les mêmes goûts, se plaire, s'entendre, être profondément d'accord sur les idées et les valeurs, avoir une sexualité vivante et harmonieuse et ne pas réussir à dormir ensemble. Coucher est une chose, dormir en est une autre.

Tant de paramètres entrent en jeu dans l'acceptation du sommeil. Tant d'exigences de la bête complexe que nous sommes, façonnée d'automatismes inculqués dès la prime enfance, d'habitudes contractées pendant les années d'études et de veille, habitée de petites et grandes névroses qui remontent à l'enfance, à la peur de l'abandon, du noir, de la séparation, de l'étouffement, de la léthargie prolongée des anesthésies, des ronces autour de la Belle au Bois dormant et du grand méchant Cerbère aux portes des Enfers... Tout ce bric-à-brac reste tapi dans notre mémoire jusqu'au moment du passage à l'endormissement, difficile à atteindre pour certains. Nous sommes (les Français) les plus grands consommateurs de somnifères d'Europe. Il faut croire que nos inconscients sont encombrés, car le corps est simple et têtu : quand il est fatigué, il est fatigué, seule une bonne nuit de sommeil peut le remettre sur pied. La plus cruelle torture est, je pense, la privation de sommeil.

Comment accorder ces besoins essentiels régis par des mécanismes mystérieux et changeants à ceux d'une autre personne, proche mais différente et qu'on aime précisément parce qu'elle n'est pas nous, parce qu'elle multiplie par deux nos sensations et nos croyances ? Le sommeil, hélas ! est une affaire individuelle. On peut être rassuré par la présence d'un autre corps dans un lit comme on peut être dérangé, irrité, voire handicapé.

Pas de complexe. Les couples les plus unis font chambre à part, les Anglo-Saxons pratiquent les lits jumeaux et certains hôtels ont des suites avec une chambre fumeur, une non-fumeur, pour ne pénaliser personne. Le plaisir de dormir ensemble couronne une rencontre d'amour, une conversation passionnante, un repas exceptionnel, un bon spectacle. Dormir l'un près de l'autre s'impose alors par une entente naturelle, un accord tacite qui acquiert d'autant plus de prix qu'il n'est pas habituel. Une grande dame très coquette de nos amies qui ne portait que du blanc, du beige ou du mauve, s'habillait de sombre pour le dîner les soirs où elle ne désirait pas que son mari partage sa chambre. De même, il arborait un certain foulard quand il allait sortir ou travailler dans son bureau où il disposait d'un confortable canapé-lit. Pas de discussion, pas de commentaire, mais le respect de l'autre et de cette délicate horlogerie qu'est notre accès au sommeil.

J'aime les fenêtres ouvertes, il aime les rideaux tirés. J'aime être bien couverte, il gigote toute la nuit et repousse les draps. Je me lève pour boire de l'eau, ça le réveille. Il allume pour regarder l'heure, une heure avant la sonnerie du réveil, je n'arrive plus à me rendormir. J'ai envie de parler le matin, il est muet comme une carpe. On s'aime. De temps en temps je vais dormir dans la chambre à côté.

Les photos

Chaque année, je ramène des vacances des dizaines de photos que je me ruine à faire développer, à tirer en double pour les envoyer aux photographiés et aux absents, les premiers pour leur rappeler un souvenir, les seconds pour qu'ils regrettent de ne pas être sur la photo.

Les boîtes bleues ou jaunes, de tailles à peu près compatibles pour les tiroirs, s'empilent sur le bureau. Il faut vite inscrire une date et un descriptif du contenu pour ne pas s'y perdre. Pour ne pas oublier. Le passé commence à ces images qui sont à elles seules un point final. Ces instantanés portent bien leur nom : ils fixent et rappellent les instants captés qui s'effaceraient peut-être complètement de la mémoire sans eux. Il ne reste que ces clichés pour les raviver, le temps d'un flash.

Et pourtant, qu'elles sont précieuses, ces photos ingrates et floues ! Dans quelques années, elles serviront à comparer hier et aujourd'hui, les changements sur un visage, sur un enfant, une maison, un arbre, un paysage. Preuve en main, on pourra s'étonner, se réjouir ou s'inquiéter. Je connais des femmes qui ont trouvé le courage d'entreprendre un régime amaigrissant à la vue d'une photo. Qui ont pris leur santé en main, ou celle de leur conjoint. Rien de plus explosif qu'une photo. Leur vérité saute à la figure, même si on s'est fait beau pour la circonstance, même si on pose, un sourire peu naturel collé sur le visage. Inutile de les brûler, de les déchirer, leur vision restera ancrée dans notre inconscient et fera son travail d'autocritique, homéopathique mais implacable.

Outre cet aspect de témoignage policier, une photo peut sceller une union, officialiser une relation, détendre des oppositions. Un visage qu'on voit effraie moins qu'un visage inconnu. Une belle expression sur une photo peut convaincre de bonnes intentions. Accepter d'être photographié est déjà un gage de confiance et d'adhésion. Un couple qui se montre est un couple qui se reconnaît couple, même s'il est clandestin. Une photo calme les tensions, rassure. Et quand on se trouve bien ensemble, une photo confirme et justifie. On est si content d'avoir une image à montrer. On légitime un sentiment, on lui donne un passeport et une date de naissance... C'était notre deuxième été, notre premier voyage en tête à tête, la première fois que son ex-femme nous a confié les enfants, les derniers jours dans cette maison avant qu'on déménage chez les parents, etc. Une photo attestera de tous ces mouvements, elle sera longuement étudiée par les uns et les autres, comme pour en deviner le tumulte derrière le silence, la vie derrière l'immobilité.

De mon enfance au Maroc, de mon père décédé quand j'avais trois ans, je n'ai que des petites photos en noir et blanc. Elles sont vivantes et claires en moi comme une source de montagne. Elles me construisent chaque jour.

Les odeurs

On en a beaucoup voulu à un certain quidam de signaler que les odeurs étaient culturelles et que les différences d'odorats pouvaient être cause de discorde. Moi, j'irais plus loin. Je dirais que nous sommes conçus, élevés et identifiés par des odeurs. Le handicap de ce quidam était premièrement d'être un homme politique, et un homme politique ne peut pas parler, deuxièmement d'utiliser ses observations à des fins électorales, donc pour son bien propre, alors qu'un sociologue, un philosophe (ou votre humble auteur) sont censés réfléchir pour le bien de la vérité et de l'évolution. C'est du moins ce qu'on attend de nous.

Nous sommes désormais entourés d'odeurs nouvelles qui peuvent nous charmer, nous exciter, nous surprendre, nous déranger ou nous inquiéter. Les récentes techniques d'épandage propagent à travers champs des odeurs pestilentielles infiniment moins supportables que celles du fumier. Les désodorisants de certains taxis empestent à tourner de l'œil, et les désinfectants modernes des couloirs d'hôpital font regretter la bonne vieille eau de Javel. Les grands lessiviers maltraitent nos narines avec des poudres à laver parfumées et des assouplissants mauves, roses ou jaunes qui devraient nous rappeler les fleurs et les citrons. En revanche les citrons sont cirés, leur peau est inodore et les roses sont dopées, pour durer plus longtemps, mais n'ont plus aucun parfum. On joue avec nos mémorisations d'arômes, comme les faussaires écoulent de faux billets très ressemblants aux vrais.

Depuis l'enfance, on déchiffre la vie à coups d'odeurs : celle de maman, celle du lait, du talc, de soi-même, d'un crayon, d'une gomme, d'une moufle. On porte chaque objet à la bouche et au nez. Tout se définit autour de nous par des saveurs et des senteurs. Tels de petits animaux, on flaire le monde et on se fraye un chemin par le bout du nez. Puis ça se complique et ça se perfectionne, la complexité de l'humain entre en scène : on déteste les aubergines dont la couleur rappelle l'encre qu'on a renversée sur le lit et qui nous a valu une fessée, mais on adore les betteraves en salade comme les prépare mamie en vacances, avec plein d'ail, interdit à la maison. Le parfum du premier homme parfumé qu'on a rencontré restera à jamais le seul parfum d'homme, et les lilas sont les fleurs les plus érotiques, depuis le balcon d'un mois de mai dans un petit hôtel provençal qui a abrité notre premier week-end d'amour. On est manipulé, imprimé, estampillé par les odeurs. Elles balisent un jeu de piste intérieur particulier à chacun de nous puisqu'il est notre « senti », notre récolte intime et unique. Impossible de changer cela, impossible d'effacer ce qui nous a constitué.

On peut ajouter des couches, faire des découvertes, être enchanté par l'orientalisme des cumins, des safrans et des piments, mais si on ne les a pas fréquentés depuis les jeunes années, on ne les intégrera jamais tout à fait. J'ai eu la chance de naître au Maroc après la guerre, on ne trouvait que des produits du bled, et des glacières empiriques pour les conserver. Je suis pétrie d'odeurs du Sud et pas effarouchée par ce qu'on appelle les « mauvaises odeurs » des aliments qui s'abîment. Je suis perdue dans un monde qui ne sent rien, sauf les savons et les produits de nettoyage, mais je comprends qu'on partage difficilement sa géographie olfactive, car elle est notre identité même.

Danser

On a connu des époques où les danses s'apprenaient, où les bons danseurs se repéraient, se réservaient, se signalaient comme des bons livres ou des bons coiffeurs. Car danser n'était pas à la portée de tout le monde. Il fallait une certaine disposition, de l'oreille, de la légèreté et l'envie de plaire à son (sa) partenaire. Chacun avait son style, ses préférences, ceux qui aimaient le tango n'étaient pas fameux au be-bop et les valseurs snobaient le cha-cha-cha. Il y a encore les amateurs de danses nationales, et je vois en attrapant la télévision espagnole grâce à ma parabole que nos voisins cultivent la tradition du flamenco dans les émissions les plus populaires, avec force chevelure ondulée, accroche-cœurs, peignes et jupes à volants. Les Grecs ne finissent pas un dîner sans se mettre en rang pour un sirtaki, et les Israéliens de tous âges et de toutes provenances agitent un mouchoir blanc en cadence dans leurs entraînants cotillons.

Chez nous, les jeunes dansent pour eux-mêmes, par mouvements arythmiques, disgracieux et solitaires. Les films abondent de jeunes filles neurasthéniques qui dansent seules devant leur miroir, et les fêtes techno déversent sur les pistes des silhouettes hoquetantes et trébuchantes (à cause des mules et des triples semelles). Comme c'est dommage. Dans un téléfilm que j'ai tourné : *Un citronnier pour deux*, je danse successivement la valse et le tango avec mes deux soupirants, Jean-Pierre Cassel et Erick Desmarestz, devant des ados qui nous regardent comme des zombies. Ils nous trouvent sans doute ridicules, mais ils sont surpris de notre entente, des pas précis et ordonnés que nous sommes capables de faire d'emblée, sans préparation ni concertation. Je crois avoir entrevu dans les yeux des jeunes acteurs et figurants qui jouaient avec nous une lueur d'envie, une espèce de respect, que je n'ose pas appeler de l'admiration, les jeunes sont bien trop sûrs que le monde commence avec eux.

Cependant j'apprends que les écoles de danses classique et moderne prolifèrent dans toutes les villes, et pas forcément dans les quartiers bourgeois. Je crois beaucoup à la vertu de la danse pour mettre en ordre les idées en même temps que l'harmonie du corps. Savoir se tenir droit, plier les bras et les jambes avec souplesse, virevolter selon des règles préétablies enseigne à aimer les lois, la lecture, les beaux jardins à la française et les tables bien mises. C'est un apprentissage de la ligne droite, de l'équilibre, comme le sport et la musique. C'est une ouverture sur l'autre, le plaisir de découvrir qu'on peut emboîter ses pas dans ceux d'un autre, en un délicieux tourbillon de civilisation.

La vaisselle

Je suis incorrigible. J'achète de la vaisselle partout où je vais. J'accumule des ébauches de services que je m'échine à compléter par la suite, car six assiettes rapportées dans un sac de voyage ne servent à rien, il en faut huit au moins, douze pour bien faire. J'en ai des provençales, des anciennes chiffrées, des artisanales peintes à la main, des orientales, des japonaises, des transparentes, des carrées, des écuelles en bois et des très fines en porcelaine ajourée. Tout cela s'entasse dans les buffets et je m'étonne que les étagères ne s'écroulent pas.

Mais la surprise est que je les utilise toutes. J'adore changer de vaisselle selon les plats que je sers, selon les invités que je reçois. Ceux qui me connaissent bien remarquent les nouveautés, les acquisitions récentes. L'ennui est que chaque vaisselle appelle des couverts différents, des verres adaptés et des nappes ou des sets assortis. Le placard du linge de maison croule lui aussi sous les serviettes de toutes couleurs, les nappes anciennes brodées et les paillons *made in China*. Les machines à laver nous ont libérées des horribles ronds de serviette et des serviettes en papier qui collent aux lèvres et déteignent sur les doigts. Je m'offre le luxe de changer de serviette chaque jour, je ne redépose pas ma bouche sur une vieille tache de tomate ou de chocolat.

J'ai compté mes différents services : j'en ai onze. Je les aime tous. Certains passent quelque temps en disgrâce, soit qu'ils soient trop loin à attraper dans le placard, soit que pour un moment je me sois entichée d'un modèle particulier. Souvent je menace de tout vendre au premier vide-grenier ou à la brocante annuelle de ma rue. Mais tiens, les artichauts reviennent, j'ai besoin des assiettes avec un petit compartiment pour la sauce. Heureusement que je ne les ai pas bazardées ! Ainsi je me promène dans le temps et dans mes souvenirs en changeant d'assiettes. J'habille ma table en Positano, en Limoges, en bistrot ou en design, et je repense au moment où ces faïences ou ces porcelaines sont entrées dans ma vie. Elles sont un indicateur de mon humeur, on peut y lire comment j'ai élaboré mon menu, hâtif ou compliqué, taquin ou compétitif. On peut deviner si j'ai envie d'épater mes convives ou bien si je suis morose et que j'affiche un profil austère. Quelquefois, tout simplement, je fais faire un tour à mes assiettes, à mes tasses et à mes bols pour leur dire que je ne les oublie pas et que je les aime toujours.

Au Brésil, le 31 décembre, on casse les vieilles assiettes pour en racheter des neuves. Moi je ne casse rien et gare aux brocantes et aux magasins régionaux, les petites assiettes à dessert à fleurs et papillons de Sarreguemines que j'ai vues hier sont irrésistibles, je crois que je vais retourner à cette foire demain. Pourvu qu'elles ne soient pas vendues...

Le monde peut s'écrouler...

On dit cela. Les amoureux, les passionnés, les dormeurs, les déterminés disent cela. Sans imaginer vraiment le sens de ces mots. Les images d'immeubles qui s'effondrent resteront à jamais gravées dans notre mémoire. Alors, il peut s'écrouler, le monde ? Ces mots dits à la légère, cette emphase verbale comme beaucoup d'autres expressions qui émaillent notre langage correspondent tout à coup à une vision réelle. Mais, contrairement à la locution, cela ne nous laisse pas indifférent. Chacun a ressenti la date du 11 septembre dans sa propre chair. Il y aura désormais avant et après.

Nous étions d'une génération qui croyait que c'était fini, qu'on n'aurait plus jamais la guerre, que les armements étaient superflus et obsolètes, que les armées étaient des organisations d'un autre temps, qu'il fallait démilitariser au plus vite, activer le désarmement, combattre la prolifération des armes nucléaires. Les États se pourvoyaient en douce, officiellement contre la bombe atomique et pour la réduction des budgets défense. Nous, on tablait sur les progrès de l'humanité, sur le désir de paix, de prospérité. Le cauchemar de la guerre semblait s'éloigner de nos contrées, c'était une victoire sur l'histoire.

Quelques illuminés qui n'ont pas eu peur de mourir ont bouleversé la donne. Un danger existe. Il faut donc se défendre. Ce danger menace tout le monde et personne en particulier. Il menace l'Occident. C'est vaste, l'Occident. C'est riche et multiple. Nous pensions être les plus forts, notre civilisation est copiée partout. Nous pensions être propagateurs de bien-être et de connaissance. Sans doute avec l'arrogance de nos certitudes.

Rien n'y fait. Le monde occidental PEUT s'écrouler. Comme les Mycéniens balayés par les Doriens, comme les Grecs dominés par Rome. Les Étrusques ont disparu. L'Égypte a été dévorée par sa perfection et Angkor par la forêt. Les civilisations se succèdent. Les vainqueurs sont les vaincus. Les humiliés ont la force de leur humiliation séculaire.

Trop de siècles triomphants pour les valeurs occidentales. Il nous faut revoir notre copie. Et si la mondialisation pouvait servir à cela ? Si notre richesse était l'arme absolue pour combler les différences de niveaux de vie, corriger les inégalités ? Pour abolir la haine il faut abolir la faim. On ne s'en sortira pas. Sinon le monde peut vraiment s'écrouler.

Les anniversaires

Demain, c'est l'anniversaire de Pierre. La semaine prochaine, c'est l'anniversaire de Paul. Dans un mois, il ne faut pas que j'oublie, c'est l'anniversaire de Jacques, il est particulièrement susceptible, si je ne me manifeste pas, il peut me bouder pendant des mois.

Le jour de notre naissance est une date importante, je le comprends, mais à mon âge on préférerait presque ne plus le souligner. Et pourtant combien de mes amis prolongent cet usage de l'enfance et tiennent mordicus à fêter ce jour fatal où leur mère s'est débarrassée d'eux en les projetant dans l'oxygène d'une salle d'accouchement. Instant irréversible et fondamental, certes, mais je vois beaucoup d'autres événements à célébrer tout aussi fondateurs et exaltants : le premier jour de classe, le premier baiser, la première feuille de paye, les récompenses, les prix, les découvertes, les exploits sportifs, les guérisons, pour un acteur le premier rôle, pour un écrivain le premier livre publié, pour un dentiste la première dent extraite, pour un architecte la première maison construite. Nous naissons plusieurs fois au cours de la vie, et nous devrions nous souvenir de ces dates qui nous définissent et nous font grandir. « Ce que nous faisons de ce qu'on a fait de nous », comme disait Sartre, me semble infiniment plus intéressant que d'être apparu sur la terre, un de plus à respirer, à manger, à réclamer, à polluer, à souffrir. Le jour de Noël me paraît moins intéressant que le jour de Pâques, la naissance de Jésus moins spectaculaire que sa résurrection. La grande fête chrétienne, pour moi, c'est Pâques. Noël est charmant, mais comme tous les anniversaires, on se force un peu, heureusement qu'il y a les cadeaux pour les enfants (et pour les grands), on ne se rappelle plus très bien ce qu'on fête...

Je remarque que les hommes sont plus sensibles que les femmes à leur anniversaire. Impressionnés sans doute par le mystère de leur naissance, ils vouent une réelle vénération à ce jour J et se vantent de leur jeunesse quand ils sont jeunes, puis de leur belle vieillesse quand ils sont moins jeunes. Tout est sujet à satisfaction. Les femmes sont moins narcissiques, jeunes filles elles attendent avec hâte d'être prises au sérieux, et plus tard elles n'affichent pas leurs années pour rester dans la course et pour qu'on ne les pousse pas trop vite vers la retraite.

Les seuls anniversaires que j'aime sont ceux du Soleil : les solstices, les équinoxes, les levers et les couchers de soleil, quand je les vois, quand un mur ne me les cache pas. Je sens dans la répétition des saisons et des lumières qui les accompagnent une véritable fête. Je pourrais me prosterner devant le Soleil comme les Incas et faire des offrandes au jour qui naît et au jour qui meurt. Il y a du poignant dans chaque circonvolution de la terre, une émotion qui gonfle le cœur ineffablement. Je ne ressens rien de tel le jour de mon anniversaire. Un chiffre change, une nouvelle abstraction me nargue, une somme qui m'assomme. Ce qui m'intrigue, c'est demain. Ce qui va m'arriver. Peut-être ne suis-je pas encore née ?

Les susceptibles

Il y a des personnes à part qu'on doit traiter avec un doigté particulier : ce sont les susceptibles. Ils sont malheureusement plus nombreux qu'on ne croirait, car certains doublent ce travers d'un surplus d'orgueil qui leur fait cacher les offenses qu'ils croient avoir subies.

J'en ai plusieurs dans mon entourage, et j'ai développé des prouesses de tact et de diplomatie dignes d'un ambassadeur. Négocier avec ces personnes est quasiment impossible. Pour mériter infailliblement la confiance, il faut mesurer chaque mot qu'on dit. La susceptibilité, comme la jalousie ou la superstition, est un prisme qui s'interpose entre la réalité et le susceptible en déformant sa perception des faits. Tout lui semble orienté pour lui nuire dans une logique tortueuse et apparemment raisonnée qui ne répond qu'au désir de se sentir le point de mire. Le susceptible est un super-narcissique qui voit le monde comme un miroir où il contemple son image et sa vie. Il considère que chaque geste, chaque intention lui est plus ou moins directement destiné, sous forme d'attaque souterraine ou de critique larvée. Même quand on parle de quelqu'un d'autre, il se compare constamment au sujet, il traque ce qui lui est adressé dans chaque inflexion de voix, chaque adjectif, chaque silence. Il trouve toujours, car il est un spécialiste du décryptage, un sourcier à l'affût d'indices inquiétants et de causes de fâcherie. Les plus vicieux font ce travail a posteriori et vous rappellent des phrases entières à retardement. Quelquefois un mot, une expression. Nathalie Sarraute raconte cela si bien dans *Pour un oui, pour un non*.

En vérité, on ménage les susceptibles parce qu'ils nous font de la peine, on a pitié d'eux. Leur fragilité obstinée s'accompagne souvent de mal-être, de complexes qui, justifiés ou non, les empêchent d'être objectifs et paisibles. Il y a de l'infirmité en eux.

Dans l'exercice délicat que constitue la fréquentation d'un (ou d'une) susceptible, on déploie des prodiges de charité acrobatiques. On surveille la valeur des mots, on affine son langage, on réhabilite des locutions recherchées, des usages du passé. On écrit des lettres, on envoie des fleurs, on garde les meilleures places à table, les meilleurs morceaux dans les plats, la primeur des nouvelles, des blagues, des vœux. Une sacrée concentration. Un peu fatigante. On a un fil à la patte, alors que c'est l'autre qui est ligoté.

Je pense qu'on peut combattre ce défaut dès qu'on le soupçonne chez un enfant en l'habituant à être l'objet de plaisanteries affectueuses, de farces et de petites mises en boîte qui atténuent la vanité et les instincts centrifuges. D'ailleurs, la flatterie est toujours suspecte. Il faut aussitôt se demander si on ne vous conduit pas vers la tentation de l'ego qui mène tout droit à l'aveuglement et à l'isolement. Accepter la vérité, accepter sa petitesse, accepter de ne pas être le centre du monde, c'est être adulte. Faire l'enfant capricieux toute sa vie, ce n'est ni varié ni très amusant, à la longue. Plus on supporte la critique, plus on se rapproche des autres, tous en chœur faibles et lucides.

Comment s'habiller ce matin ?

Hier, ils avaient annoncé un rafraîchissement, il a fait 22°, j'ai étouffé dans mon pull à col roulé et ma parka. Ce matin, le soleil est là, quel temps fera-t-il cet après-midi, serons-nous saucés par une pluie bien mouillée comme avant-hier ? Un petit vent glacé secoue les persiennes, comment faut-il s'habiller pour toute la journée ?

Avant, j'avais une garde-robe de rechange dans ma voiture, pulls, impers, chaussures et parapluies, mais à présent qu'on nous empêche (à juste raison) de prendre nos voitures en ville, il faut inventer une nouvelle façon de s'habiller, astucieuse et prévoyante. Le style oignon, avec couches superposées de formes et de matières différentes. Par exemple : en dessous, une robe-combinaison, portable seule, qui permet d'affronter un dîner ou une réception si on n'a pas le temps de rentrer se changer. Un bijou ou une étole indienne planquée dans le grand sac-cabas pourront l'agrémenter. En dessous, un collant foncé et peut-être un pantalon fluide au cas où la robe serait un peu transparente ou trop légère. À garder ou à enlever. Par-dessus, une chemise ample, ou un T-shirt à manches longues, ou un caraco court pour couvrir les épaules pendant la journée. Par-dessus encore, une veste longue ou un gilet souple qui englobe le reste sans l'écraser. Pour envelopper le tout, un coupe-vent dont le capuchon protégera votre mise en plis fraîche, ou un blouson d'homme bien imperméable. Aux pieds, des semelles de cuir, moins sensibles aux intempéries, ou carrément des godillots, comme Amélie Nothomb. Affaire de goût.

Le sac, immense, doit impérativement contenir : une brosse à cheveux, un grand peigne, une trousse de maquillage complète, un miroir ad hoc, des mouchoirs en papier, de l'aspirine, des pastilles pour la toux, un chapeau de pluie, un plan de la ville, une petite bouteille d'eau minérale, une tablette de chocolat pour les coups de barre, et bien sûr le portable, les papiers, l'agenda, les cartes de crédit, les livres et les dossiers. Moi, je vais jusqu'à trimbaler un petit tournevis rétractable, un mètre-ruban et une mini-gourde d'huile d'olive.

Le chic est de porter cette besace avec le sourire, comme si elle ne pesait rien, nouvelle allure des femmes modernes qui sont bien obligées de transporter leur maison en bandoulière.

On voit fleurir les modes de pulls mous noués autour de la taille, des épaules, de la tête, en turbans. De gilets multipoches pour contenir tous les objets nécessaires à des changements rapides et efficaces. Vous avez rendez-vous avec votre banquier ? Un petit coup de fard à joues ne fera pas de mal. Vous retrouvez l'homme de votre vie pour déjeuner ? Une giclée d'eau de toilette lui rappellera votre présence plus tard. Vous attendez un autobus sous la pluie ? Votre chapeau pliant sera providentiel.

Aujourd'hui il faut s'habiller malin, en mariant les lignes et les nouveaux textiles, et si je vous dis que cet effort d'imagination crée désormais notre style, vous me croyez, n'est-ce pas ?

Baisers, bisous et embrassades

Nos grands-parents n'en reviendraient pas. Tout le monde s'embrasse aujourd'hui. Les femmes entre elles, les hommes entre eux, les hommes et les femmes à peine présentés, les profs et leurs élèves, les collègues de bureau, les équipes de chantier, de cinéma, de sport, les camarades de classe, de sortie, de chorale, de voyage. On s'embrasse une fois, deux fois, trois fois et même quatre fois, je serais reconnaissante que quelqu'un m'explique un jour le sens caché de ce doublé du doublé. D'où provient-il ? Contient-il un message secret, comme la gratouille à l'intérieur de la paume des francs-maçons ?

À distance, au téléphone ou sur les e-mails, tous les échanges finissent par un « bisous », « baisers », « grands baisers » ou plus sobrement « je t'embrasse ». Toute autre formule semblerait froide et lointaine.

Ne parlons pas des jeunes qui se roulent des pelles goulûment à tous les coins de rues, sans aucun complexe, sortes d'explorations des amygdales accompagnées de palpages corporels. On les voit accoudés aux barrières devant les écoles, aux parapets des ponts, contre les vitres des magasins, sur les bancs publics, dans les cinémas, dans les cafés, les métros, les quais de gare et les berges des rivières. Dans les jardins publics, ils sont allongés dès qu'il y a un bout de pelouse, mais sur les places piétonnes goudronnées, quand il fait beau, ils ne se gênent pas non plus, la tête posée sur leurs sacs à dos. L'heure est toujours aux câlins en public.

D'un côté, c'est sympathique. Ça démontre que la France s'est détendue, qu'elle est plus latine que nordique et que nous n'avons plus peur d'exprimer nos sentiments. Ça prouve que nous en avons, des sentiments, et dans ce nouveau conformisme tripoteur, qui se retient n'est pas dans le coup.

D'un autre côté, cette démonstration ostentatoire de notre liberté peut empiéter sur la liberté des autres, celle d'être d'une humeur différente par exemple, dans une période de solitude ou de chagrin que le spectacle des ébats d'autrui peut déranger. Quelle que soit la validité des affections ainsi exhibées, elles peuvent attiser l'aigreur de certains, la perversité des autres, et le dégoût pour d'autres encore, les timides, les pudiques et les renfermés.

Embrassons-nous, touchons-nous, caressons-nous, à l'écart des foules et sans transformer ces gestes merveilleux en séance hard pour voyeurs ordinaires. À l'école du goût, je choisis comme discipline : la discrétion.

Bien à vous, bien sincèrement, avec mes chaleureuses pensées et ma vive sympathie, votre dévouée qui n'embrasse pas.

Le pain

Le pain incarne à lui seul toutes nos valeurs. La civilisation se mesure et se transmet dans sa préparation et son excellence.

Il évoque les champs de blé perfectionnés à travers les âges, les épis et les grains gonflés par des générations de cultivateurs attentifs, les terres labourées, reposées, arrosées et enrichies. La blanche farine s'ensuit, passée par des moulins qui donnaient le pouvoir, les minotiers étaient les citoyens les plus riches. Enfin les boulangers, les pizzaioli, les frotteuses de couscous et les semouliers fabriquent leurs diverses pâtes avec cette poudre magique anti-famine, anti-stress et anti-cholestérol.

La première chose que je goûte dans un pays nouveau, une ville nouvelle et même un quartier nouveau, c'est le pain. Il m'indique aussitôt comment les gens vivent dans cet endroit, quelles sont leurs aspirations, leurs racines, leurs exigences et leurs cultures. Éblouie par les pains croquants en Turquie, intriguée par les pains noirs en Suède, enchantée par les petits pains aux graines de pavot à Vienne, épatée par les bretzels frais à Munich, je me régale de kesra marocaine, de tortillons bolognais et de « pizza bianca » romaine. Partout l'imagination de l'homme s'en donne à cœur joie, sauf dans les pays étouffés par la dictature, la misère ou la dépendance à une autre puissance. Dès que l'Allemagne de l'Est s'est ouverte, les variétés de pain ont réapparu, et avec elles une certaine joie de vivre, un humour et une décrispation vis-à-vis des pays alentour. En Russie, les brioches traditionnelles de Noël, disparues depuis soixante-dix ans, sont sorties des maisons alors qu'on les croyait oubliées. Le pain ressuscité efface la honte, rend les couleurs de chaque peuple, décore les vitrines et remplit les rues de bonnes odeurs.

Une carte du pain dans le monde montrerait, j'en suis sûre, l'humeur et la vitalité des peuples. Le temps consacré à améliorer les pains, à créer de nouvelles sortes, de nouvelles formes, de nouveaux assemblages de farines, à retrouver les anciennes recettes et à les réhabiliter est le temps démocratique dont on dispose pour se définir, pour explorer dans la mémoire locale les liens anciens. Tout peut renaître en échangeant ce réel moment de plaisir, simple et essentiel, celui de mordre dans une miche de pain doré qui dit : « Je suis née ici, je me présente à la compétition mondiale du pain, je ne suis pas comme les autres, j'existe et je parle. Je ne me tairai plus. »

Les gros mots

Dire « merde » était autrefois vilain dans la bouche d'un homme, impossible dans la bouche d'une femme. On pouvait hasarder un « crotte », mais « flûte », ou « zut », ou plus hypocritement « mince » ou « miel » restaient les seuls mots autorisés. Si on avait un besoin, on allait « se laver les mains ». Si quelqu'un vous parlait mal, c'était un « malappris », s'il vous manquait de respect c'était un « cuistre », s'il volait votre portefeuille c'était un « chenapan », et s'il vous roulait c'était une « fripouille », une « crapule », un « flibustier » ou un « vaurien ».

Aujourd'hui on annonce tranquillement qu'on va faire pipi, on demande où sont les chiottes, et si quelqu'un vous fait un tort, c'est un enfoiré, un empaffé, une enflure, une raclure ou un débris. Si vous ne savez pas vous servir de ce parler concret et franc vous êtes à côté de la plaque. Vous passerez pour quelqu'un de précieux, de snob, peut-être même un peu réac.

Dans la rose des nouvelles libertés d'expression, il y a aussi les « tu m'étonnes », « je ne te dis pas », « c'est top », « t'es pas cool », « c'est quoi, cette daube », « on s'éclate », « on craque », « on dépote », « on déjante », « on pète un plomb », « on se fait pas chier », « on s'écrase », « on se viande », « on s'éjecte », « on s'explose la tête », pardon, « on se file un coup de boule » et « on dégage ».

Toutes ces locutions mouvementées ponctuent le langage de tous, comme dans les pièces classiques les acteurs levaient les yeux au ciel ou soupiraient ostensiblement.

Le son percutant des mots compte autant que leur signification. Une nouvelle musique s'est installée, à base d'humour et de culot. Jeune, inventive et sympathique, nul doute. Quelquefois brutale et codée. La traduction est nécessaire.

Je suis une libertaire née, tout ce qui opprime la liberté m'offusque et m'ulcère. Cependant, j'aime trop la langue française pour me réduire à ces expressions certes imagées mais désormais automatiques, au point qu'elles ont perdu leur sens. Je revendique le droit et l'originalité d'utiliser les richesses du vocabulaire, de m'amuser à redécouvrir une formule hors d'usage, un mot oublié, un verbe précis qui dit impeccablement ce que je veux dire. J'aime chercher un mot, fouiner dans mes dictionnaires, rêver sur son étymologie, l'écouter chanter en prononçant toutes les syllabes, et en inventer un nouveau, pourquoi pas.

Quant aux gros mots, je suis probablement démodée, mais je ne dis pas que « c'est con », que je suis « une conne », ni que je n'en ai rien à « branler ». Je préfère être navrée d'être une idiote, une sotte hors du temps et que c'est bien dommage.

Les soupes

J'ai entrepris ma semaine de jeûne annuel, un peu avant les agapes de fin d'année, qui m'amène à réduire mon alimentation à des bouillons de légumes que je consomme *avec* les légumes dans les premiers jours, puis *sans* les légumes, pendant quatre jours. Cure de désintoxication idéale, et retour aux bouillies de l'enfance, faciles à ingurgiter, tendrement préparées par une mère, une grand-mère ou une nourrice attentionnée. Je me fabrique ces potages moi-même maintenant, mais je me délecte de cette parenthèse diététique sans regretter les rôtis, les pommes sautées ni les fromages.

C'est le pouvoir de la soupe. Forme primordiale de la nutrition, elle réunit des qualités gustatives, affectives et morales. Elle évoque les tablées autour d'une soupière fumante, les efforts d'une mère de famille quand on ne mange que cela avec du pain, et les marmites qui bouillottent toute la journée dans le fond des cuisines de campagne. Plat obligatoire des repas anciens, elle rassure et régale. Elle agace les jeunes parce qu'il faut la manger avec une grande cuiller sujette à déborder, mais elle enchante les moins jeunes dont les dents laissent à désirer... Sa chaleur envahit le gosier et irradie dans toute la poitrine, on en transpire un peu parfois. Elle s'évapore vers votre visage, et on la déguste plusieurs fois, par le nez, par les papilles et par les oreilles, quand on l'aspire avec bruit. Elle vous fait boire, manger, respirer, et vous réchauffer. On la mange sans parler, par respect. De toute façon on ne pourrait pas, on est trop occupé à la finir. Elle récompense les travailleurs qui dans beaucoup de régions disent : « on va à la soupe » pour annoncer qu'ils vont déjeuner. Soupe joyeuse et méritée.

Pas n'importe quelle soupe, je vous l'accorde. Les brouets pâlots densifiés au tapioca, ou les épaisses purées en boîte dont il faut lire l'étiquette à deux fois pour comprendre ce qu'il y a dedans, sont de véritables punitions. Mais que dire d'un bon bouillon de poule fait maison, avec quelques vermicelles ou un jaune d'œuf cru battu ? D'une soupe de pois cassés avec un filet d'huile d'olive, d'un minestrone de légumes avec quelques haricots blancs frais, d'une soupe au chou, aux poireaux pommes de terre, à la tomate fraîche et basilic, ou aux lentilles simplement passées ? Que dire d'un bortch aux betteraves, bien rouge et acidulé, d'une crème de potiron ou d'une soupe à l'oignon gratinée ?

J'aime l'hiver pour cela, pour retrouver l'univers des soupes savoureuses et réconfortantes. Je retombe en enfance et en même temps je me rapproche de mes parents, qui les aimaient à la fin de leur vie. Ai-je enfin grandi ?

Souffrir

Nous sommes de curieuses bêtes, nous les femmes. Capables de sauter au plafond à la vue d'une souris, de pleurer pendant des mois un chat ou un chien trépassé, redoutant la piqûre d'une fourmi ou bien d'une prise de sang, nous endurons pourtant sans broncher des douleurs inénarrables, pourvu qu'on les ait décidées, programmées nous-mêmes. Nous assumons des souffrances inouïes, si elles sont volontaires : accouchements, liposuccions, épilations, abrasions, chirurgie esthétique et autres dentisteries. Rien ne nous fait peur. Rien ne nous arrête.

Depuis quelque temps, les médecins ont pitié de nous, péridurales et calmants sont prescrits plus aisément. Mais que n'avons-nous pas enduré à travers les siècles ! Autant que les hommes, il faut bien le dire, qui se faisaient pourfendre et tronçonner pendant les guerres. Les grands peintres et les sculpteurs se sont régalés à représenter toutes ces souffrances. Les visages exsangues des Sabines enlevées, des fantassins égorgés et des noyés du Déluge ont fait fureur. La douleur et la mort se côtoyaient sans ménagement. On y était habitué, abonné.

Les progrès formidables de la pharmacologie nous ont soulagés de la souffrance physique, mais hélas ! la douleur est maligne, de nos jours elle s'est déplacée. Elle a déserté le corps pour s'attaquer au mental, à l'inconscient, ce terrible et maudit fardeau des traumatismes accumulés que nous trimbalons en équilibre sur nos têtes. L'angoisse a remplacé la rage de dents, la dépression s'est substituée aux fièvres et l'insomnie accompagne les migraines. On souffre d'une manière diffuse, sournoise, insaisissable. D'où vient le mal ? Comment doit-on le nommer ? Faut-il en parler ? À qui ?

Ces maux-là nous mettent à genoux, nous paralysent et nous humilient. On change de caractère, on s'aigrit, on devient timoré, on a peur de tout, des autres, des dangers mystérieux qui nous guettent. Autrefois, le psychique, ça ne se soignait pas. On disait que c'était du chiqué. On conseillait d'aller voir les comiques, aux Bouffes ou sur les Boulevards, on donnait un peu de valériane et basta. Aujourd'hui les médicaments abondent, les psys et les neurologues sont pris au sérieux, même pour les enfants. Les sportifs sont badigeonnés de gels anesthésiants pour qu'ils continuent à courir après une chute, mais ils ne cessent de parler du suivi de leur psychologue.

Je n'irais pas jusqu'à dire, comme Platon : donnez-vous un coup sur la main avec une pierre, vous comprendrez combien l'état de non-douleur est doux, mais je suggère, quand on n'a mal nulle part, qu'on en prenne conscience et qu'on se dise : au diable les inquiétudes, le soleil brille, mon corps est gentil avec moi, respirons, je peux affronter la journée, demain sera un autre jour !

Chers ancêtres,

On vous doit tout, d'être sur terre pour commencer, d'avoir un nom, une carte génétique, une histoire et certains traits, c'est certain. On ne peut pas le nier, on ne peut pas l'occulter, on ne peut pas vous oublier. Pour peu que vous ayez eu de la gloire, ou des talents particuliers, ou des maladies fatales, on vous ramène sans cesse sur le tapis, on se sert de vous comme exemple ou comme signal d'alarme. On ne manque jamais de vous rappeler à notre souvenir, pour nous flatter, nous définir ou nous menacer.

Car vous avez bon dos. Les morts ont toujours bon dos, on les fait parler longtemps après leur décès, pour étayer les arguments des uns ou des autres, parfois en parfaite opposition. Grand-papa n'aurait jamais fait ceci, grand-maman n'aurait jamais dit cela, elle n'aurait pas voulu peiner sa mère, ni sa fantasque belle-mère Sophie à laquelle tu ressembles tant. D'ailleurs si tu entreprends quelque chose de hasardeux, c'est que tu prolonges les désirs de ton grand-oncle, lequel a souhaité écrire toute sa vie, mais n'osait pas à cause de sa fonction. Quant à ton goût pour les fruits rouges, il te vient bien sûr de ton arrière-grand-père, qui arpentait les forêts à la chasse non pas de perdreaux mais de fraises des bois et de mûres blanches !

Et si vous nous fichiez la paix, chers ancêtres, si vous nous laissiez vivre notre vie à part entière, sans rendre de comptes à d'autres qu'à nous-mêmes ? Et si la clé de notre épanouissement était justement de vous oublier, de suivre un chemin détourné de votre regard glacé et mortifère, libéré de la légende et des malentendus que le passé, sibyllin et muré, nous transmet ?

Qu'en sait-on, d'abord, de la tante Gudule ? Tous répètent qu'elle était une grande pianiste, que son mari lui interdisait de se produire en concert parce qu'elle était trop belle, il trouvait indécent qu'elle s'exposât aux yeux du public. Et si elle était une médiocre musicienne, ou trop émotive, limite cardiaque, et que le trac la mît dans tous ses états, au point de ne plus être capable de jouer ? Où est la vérité ? La saura-t-on jamais ? Je n'ai pas le trac quand je monte sur scène, est-ce pour la venger ou exorciser un danger héréditaire ?

Je veux bien être née avec des obligations familiales, avec des aspirations compensatoires de ce que mes parents n'ont pas tenté, pas réussi, mais je refuse de devoir mon parcours à ces chers ancêtres dont on rabâche les mêmes histoires, les mêmes anecdotes depuis ma naissance. J'ai pris autant de ma camarade de classe, la fille de la crêpière, qui riait tout le temps et qui me communiquait ses fous rires, qu'aux images immobiles et empesées des photos de mes grands-parents. Ils vivaient dans un autre temps, avec une autre moralité, d'autres usages, et ils n'auraient jamais imaginé une époque comme la nôtre, des maisons où chacun entre et sort quand il veut, mange et dort quand il veut.

Laissons dormir nos ancêtres, ils ont droit au repos, et nous aussi.

Les gens qui nous stimulent

Il y a des personnes qui rassurent, d'autres qui calment, qui reposent, qui amusent, d'autres encore qui irritent, qui exaspèrent ou qui choquent. Il y en a qui usent, qui fatiguent, ou qui lassent et qui ennuient. Mais il y a ceux qui détiennent un pouvoir stimulant et régénérant.

À l'école, déjà, je me souviens des professeurs qui m'intéressaient, qui éveillaient mon esprit à des notions nouvelles, qui savaient communiquer leur passion et partager le fruit de leurs longues études spécialisées. Ma prof d'allemand nous faisait écouter des disques de Wagner et de Richard Strauss en nous les illustrant avec des descriptions de la nature, de la peinture et de l'architecture allemandes. Puis elle nous les prêtait pour qu'on les écoute à la maison, à tour de rôle. J'ai encore en tête les flots du Rhin et les frondaisons de la Forêt-Noire quand j'entends ces musiques. Une nutritionniste que je connais a le don de faire maigrir ses patients. Ils viennent chaque semaine, triomphants, montrer leurs résultats et leur obéissance à son régime sévère. Ils le font pour elle, pour lui faire plaisir. Un moniteur de colonie de vacances m'a appris à plonger et m'a libérée de mon appréhension de l'eau après un accident. J'étais tombée dans une rivière. C'est sa façon de me le demander qui m'a permis d'accomplir l'exploit.

Cette race de personnes se retrouve tout au long de la vie. Dans le travail, au cours d'un voyage, parmi les nouvelles relations, il y en a un, ou une, qui vous donne envie d'approfondir une voie, de changer de cap. On évolue grâce à ces rencontres-là, c'est aussi ce que l'on recherche dans un livre, un film, une conférence. Des propos qui avivent notre pensée, qui nous obligent à réagir avec le meilleur de nous-mêmes, cette face vivante en nous mais un peu paresseuse qui aurait tendance à dormir sur ses lauriers, on n'est pas trop mécontent de soi, faut-il se remettre en question encore une fois ? Quand surgit une voix, une opinion qui nous stimule, à laquelle on ne peut rester indifférent...

Il en est ainsi pour la charité, pour l'équité, la connaissance, le progrès, la tolérance ou les différentes prises de conscience. C'est quelqu'un qui nous réveille, soit parce qu'il a les mots justes, soit parce que son exemple, son comportement, sa générosité forcent notre admiration et nous inspirent. Un ami agent de change, efficace et débordé, est tous les ans brancardier à Lourdes pendant dix jours. Chaque fois il entraîne des volontaires ou des dons. Une comédienne célèbre fait la lecture à des aveugles. Une informaticienne enseigne gratuitement dans les prisons. Un avocat de renom travaille la nuit pour une association de sans-papiers.

Ces hommes et ces femmes ne sont pas seulement charitables, ils nous suggèrent des gestes qui donnent un sens à la vie. Le bien est une tentation aussi grande que le mal. Mieux que les écoles, ces gens ont le talent de nous stimuler. Ils mériteraient de recevoir un hommage de leur vivant, une grande fête annuelle qui célébrerait ces êtres précieux, les moteurs de notre vraie vie.

Les jouets

Chaque année, à l'approche de Noël, arrive le moment de baguenauder devant les vitrines de jouets. On dit qu'on y va par devoir, pour accompagner les enfants, mais en vérité on est aussi curieux et excités que nos petits et nos plus petits qu'on tient dans les bras, ou à califourchon sur les épaules, afin qu'ils ne perdent rien de ce spectacle captivant, commenté par nous avec passion.

Il n'y a pas de mystère : on garde l'envie des jouets toute la vie. Le PDG très sérieux n'est-il pas un gosse quand il choisit sa nouvelle BMW ? La cuisinière ne jubile-t-elle pas quand elle s'achète le nouveau robot qui sait tout faire en un tour de vrille ? L'écolo ne s'amuse-t-il pas avec son vélo ou ses rollers ? Et nous, ne sommes-nous pas subjuguées par les nouveaux fards, les teintures rouges ou bleues pour nos cheveux ou nos ongles, par les tatouages provisoires destinés à un coin secret de notre corps ? La secrétaire ne fait-elle pas joujou avec son nouvel ordinateur et sa panoplie de logiciels ? Le pilote n'est-il pas amoureux de son avion, le cultivateur ne grimpe-t-il pas avec bonheur sur son tracteur ronflant ? Le couturier n'est-il pas un gamin qui joue à la poupée, qui découpe des robes insensées en figurines de carton puis qui s'émerveille de les voir réalisées en tissus, splendides sur le dos d'un mannequin ? Le policier n'est-il pas fier de son arme et de son gilet pare-balles, petite armure de chevalier moderne ? L'ouvrier ne se régale-t-il pas avec sa nouvelle perceuse qui entre dans le béton comme dans du beurre, et le déménageur ne fait-il pas des prodiges d'équilibre avec son élévateur et ses cartons empilés dans son camion ? Le footballeur pourrait-il se passer de ballon, et le percussionniste de tambour ?

Ça ne finit jamais. On a besoin de jouer avec des instruments, de manipuler des objets utiles ou inutiles inventés par nous qui ne sont, en somme, que des jouets. Les enfants s'amusent très sérieusement avec des jouets qui reconstituent le monde des adultes en miniature, reproduit par la fantaisie humoristique, romantique ou meurtrière des fabricants de jouets, mais les grands n'imitent-ils pas éternellement les enfants par goût ludique des jouets de plus en plus performants ? Quand j'effleure les commandes invisibles de ma plaque chauffante en vitro-ceram, je me souviens des faux boutons peints sur les petites cuisinières en tôle de mon enfance, et quand je vois entrer en gare la motrice effilée d'un TGV, je ne puis m'empêcher de revoir les trains électriques de mes rêves que j'admirais dans les vitrines de Noël et que j'aurais préférés aux poupées ou aux bottines fourrées... L'imitation de la vie serait-elle plus poétique que la vie elle-même ?

Les différences

Il est plus aisé de mettre en épingle ce qui nous différencie que de reconnaître ce qui nous unit. Nous sommes en plein dans la civilisation de la « différence », du respect de celle-ci, de la sacralisation des cultures. On revendique le droit à la différence, particulièrement si on appartient, ou si nos parents ont appartenu, à un groupe qui a été martyrisé par le passé. Les nouvelles générations, fortes de ce droit enfin assuré, multiplient les signes extérieurs qui l'expriment. Foulard, kippa, chapeau breton et béret basque font fureur.

Mais qui dit « différence » sous-entend qu'il existe une « normalité ». Quelle est la norme ? On est différent par rapport à quoi ? À la culture traditionnelle d'un pays, à une religion majoritaire, ou à un pourcentage de population ?

Ce qui est « normal » dans un pays est l'exception dans un autre, ce qui est largement partagé dans un peuple est minoritaire dans un autre, et ainsi de suite. Dans cette ronde perpétuelle, on oublie ce qui nous unit. Une foule de besoins, de sentiments et d'aspirations nous rassemblent naturellement : éviter le chaud ou le froid, rire à ce qui dénonce les travers humains, apprécier le bon pain, le bon vin, les beaux paysages et les visages gracieux. Admirer un philosophe, un artiste, ou un sportif. S'enflammer pour une équipe, un club ou une ville. Écouter tous ensemble une musique planétairement reconnue, de Mozart aux Beatles. Sans compter les liens plus subtils, tels que le sex-appeal des brunes sur les blonds, le charme slave sur les Latins et l'humour anglais sur le public jeune et vieux. Nous réagissons de la même manière à l'horreur d'un attentat et à la souffrance des enfants maltraités. Notre cœur bat aux mêmes amours. Nos ressemblances ne sont-elles pas plus nombreuses que nos différences ?

À la veille de la grande fête chrétienne qu'est Noël, je me demande s'il ne faudrait pas enseigner à nos enfants les similitudes entre les religions plutôt que leurs particularités. Leur création historique et géographique a produit des différences qui ne nous opposent pas, mais nous expliquent et nous situent. Toute rivalité des cultures est douteuse, elle n'est pas contenue dans leurs origines. Elle est fomentée et exploitée par des esprits intéressés par la division et l'ignorance. La paix rapporte moins que la guerre.

Si la différence est utilisée comme une arme, elle se transforme en pouvoir manipulateur et finit par se caricaturer elle-même, en grossissant le trait au point de perdre sa propre vérité. Les cultures sont subtiles et fragiles, il ne faut pas les charger de tout résoudre. Il faut les protéger. Elles sont une fleur à la boutonnière, et doivent rester légères et séduisantes, en inspirant les âmes comme des Muses aux multiples facettes.

Les idées fixes

Paul Valéry a consacré une pièce de théâtre drôle et profonde aux idées fixes qui nous obsèdent, qui orientent nos comportements et nos choix jusqu'à l'absurde. Chacun de nous est victime d'un ou plusieurs de ces axes de pensée, impérieux et irréductibles.

L'alpiniste veut vaincre l'Himalaya, le coureur à pied doit battre un record, l'acteur veut jouer *Le Cid*, l'homme petit veut épouser une grande, le chauve veut avoir des cheveux, le Corse veut être corse et l'alchimiste veut trouver la formule de l'or. Tous vivent leur idée fixe comme une obsession de chaque instant, avouée ou inavouée.

Sauf pour l'avare, assis sur sa cassette, le raciste, assis sur ses préjugés, et l'envieux, coincé dans sa jalousie, nos idées fixes sont créatrices d'énergie et de mouvement. Répondre à l'appel d'une idée fixe, c'est s'embarquer à la recherche d'un absolu, d'une solution sublime à un tourment qui centralise et concentre l'inquiétude humaine. Comment parfaire sa nature, comment corriger les mauvais sorts, comment ne pas trahir l'éducation qu'on a reçue et comment utiliser ses dons ? Comment apporter une petite pierre à l'édifice global : la civilisation ? En poursuivant un but précis, même minuscule. L'homme qui a inventé l'élastique, ou le trombone, devait être un obsédé de la bureautique, un malade du papier, du rangement et de l'extensibilité des matières. Le syndicaliste qui s'époumone dans le même haut-parleur, aux mêmes manifs depuis trente ans, poursuit un rêve de justice sociale qui ne le lâche pas. L'écrivain rature ses pages à l'infini et se mesure à une perfection qu'il n'atteindra jamais. La mère de famille développe des trésors de patience et de tolérance pour comprendre ses enfants ados de même que le prêtre nous répète sans relâche que l'amour est le seul but.

Nous sommes touchants, obstinés et donquichottesques. Nos idées fixes agacent, amusent ou scandalisent, mais elles sont les poutres maîtresses qui soutiennent nos vies. Elles sont victorieuses dans le temps, elles sont synonymes de persévérance, de patience et de rigueur. Ceux qui n'en ont pas sont tièdes et errants, car les grands bonheurs couronnent les grands désirs.

Mais gare aux idées fixes collectives, leur contagion relève de la psychose et de l'embrigadement. Une bonne idée fixe est individuelle et non imposée. C'est un petit moteur qui nous pousse comme notre cœur bat non-stop. Moi je veux convaincre de la beauté des femmes mûres, têtue comme un marteau-piqueur. Ce ne sera pas facile de me faire taire !

Le lieu des manifs

Pour ce début d'année, je voudrais faire une requête à notre ministre de l'Intérieur, en même temps qu'une suggestion.

Je fais partie des Parisiens qui subissent de plein fouet les inconvénients des manifs. J'habite près de la Bastille, haut lieu symbolique qui est systématiquement choisi par les manifestants comme point de ralliement et démarrage des cortèges. Direction la République, ou la Nation, à cause sans doute de leurs noms prestigieux. Tout le quartier est bloqué, parfois la police m'empêche même de rentrer dans ma petite rue latérale. Les magasins ferment, quand ils redoutent des débordements. Les autobus, les ambulances, les livreurs et les taxis ne passent plus. Un quartier est gelé et tout le reste de la ville est embouteillé en conséquence. L'économie de la capitale en prend un coup, une multitude de PME que les grévistes ne visent sûrement pas voient leurs bilans flancher. Tout le monde s'énerve, on peste contre les organisateurs des manifs, on ronchonne fatalement un peu, même si on approuve les revendications.

Quel est le but de ces rendez-vous syndicaux ? Faire connaître un mécontentement, signaler aux Français les professions en difficulté, mettre un visage sur ces hommes et ces femmes fâchés. Il faut donc qu'on leur donne la parole, que la télévision les montre, que les journalistes les interviewent.

Voici mon idée : ne pourrait-on pas créer un lieu, un stade, un parc (comme les Anglais dans les jardins publics), une halle ou des terrains qui seraient le lieu des manifestations ? Bien aménagés, avec les caméras de télévision déjà implantées, des décors appropriés, transformables, bref des sortes de studios, d'amphithéâtres. Des arènes modernes où les tribuns des divers mouvements pourraient s'exprimer en toute liberté, mobiliser le nombre de participants qu'ils veulent, convoquer des badauds, il y a bien un public qui afflue gratuitement aux émissions de jeux télévisés ou radiophoniques, scander des slogans sans risquer les échauffourées ou les clashes avec les opposants. De grands espaces sans rues, sans police ni voitures pour déployer les banderoles et les chars décorés, filmés par tous les médias du monde. Ne serait-ce pas plus civilisé de dire ce qu'on a à dire sans étrangler le fonctionnement d'un pays, sans subir la mauvaise humeur ou l'indifférence de la population ? J'entends les cris des orateurs dans les haut-parleurs, suivis d'un silence de glace, faute d'écho. Le journal télévisé ne serait-il pas une meilleure caisse de résonance ?

Je sais ce qu'on va me rétorquer. Dans le conflit on cherche le conflit et s'il n'y a pas de colère il n'y a pas d'urgence. La politique n'est pas du spectacle, c'est le cœur du peuple qui vibre. Soyons francs. Pour nous faire vibrer, il faut être bon, comme un acteur ou un as de la harangue. Il faut savoir ce qui émeut et convainc. C'est plus important que le nombre truqué des participants, ou les bennes de détritus après le passage. Moi je garderais la rue pour les marchés, les fêtes, les bals et les révolutions. Dans l'allégresse de tous.

Cheveux courts, cheveux longs

J'ai définitivement opté pour les cheveux courts, mais j'avoue qu'il m'arrive parfois de ressentir une nostalgie pour les nattes de ma jeunesse, pour les chignons qui se défont, pour les queues-de-cheval à la Bardot première époque, pour les boucles autour du visage et les gestes gracieux qui les accompagnent, en relevant une mèche, en écartant les paquets de cheveux bousculés par le vent. Dans un spectacle de Bob Wilson, trois femmes brossent longuement et simultanément à l'envers leur longue chevelure raide. Cette image inoubliable résume la douceur de l'éternel féminin. Dans notre instinct, les cheveux longs sont notre richesse et notre singularité. Les Indiennes, les Japonaises traditionnelles, les Tahitiennes et les Espagnoles mettent leur honneur et leur identité dans le soin de leurs beaux cheveux jamais coupés. Les jeunes filles ukrainiennes les tressaient serrés avec de l'huile de lin pour entourer leur tête plusieurs fois et indiquer ainsi leur âge. On n'imaginerait pas la Vénus de Botticelli en cheveux courts, ni la Joconde, ni les madones du Quattrocento. Les cheveux leur servent de manteau, de parure et de gloire.

Aussi le geste de couper ses cheveux n'est-il pas anodin. Les hommes, en général, nous préfèrent primitives et classiques en cheveux longs. Pour affronter les prestes ciseaux du coiffeur, il faut donc s'affirmer, s'affranchir, comme Louise Brooks ou Coco Chanel dans les années 20. J'ai une amie qui vit la coupe de cheveux comme un traumatisme, une douleur comparable à celle du dentiste. Tremblante devant la porte du salon de coiffure, il n'est pas rare qu'elle rebrousse chemin ! Pour couper ses cheveux, il faut être prête intérieurement. Il faut être convaincue par la femme qu'on va devenir. Pour moi, c'est comme le passage à l'informatique, au téléphone portable ou à la conduite automatique. On flippe au début, mais on ne revient jamais en arrière. Outre la commodité des coupes courtes, dans les cols de manteaux et sous les bonnets, il y a une série d'attitudes nouvelles que permettent les nuques libres et les cous apparents. On doit se tenir droite, regarder autour de soi avec mobilité, disponible pour répondre à un appel. On s'emmitoufle dans des cheveux longs, on s'expose en cheveux courts. Le visage dégagé, on affirme sa personnalité, ses traits, sans recours à des cheveux pour les masquer. La discussion avec les hommes est plus franche, plus libre. On est sur le plan d'une séduction paritaire. Il ne pourra plus vous traîner à travers la maison en vous tirant par la tignasse, comme dans les savoureux dessins de Chaval sur les couples préhistoriques !

Les coupes fréquentes donnent aussi de la vitalité et de la force, telle l'herbe qu'on tond ou la haie qu'on rabat. Tout est bon pour se doper un peu. L'énergie, c'est la jeunesse. Les cheveux courts sont peut-être une facilité (une paresse ?), mais il est indéniable qu'ils nous rajeunissent, surtout après un certain âge. Merci aux actrices esclaves de leurs longues chevelures pour nous plaire, merci à tous les peintres et sculpteurs qui ont habillé leurs modèles de boucles dévalant les épaules et les reins, mais vive les cheveux courts modernes, audacieux et pimpants. À part quelques excessives au crâne rasé qui poussent le postulat un peu loin, je trouve que les femmes sont adorables avec leurs casques de cheveux raides ou bouclés. Regardez autour de vous, elles sont légion. Et pourtant je félicite et j'admire les courageuses en voie de disparition qui passent des heures à entretenir leurs longs cheveux !

Le choix du dessert

Le dernier souvenir qu'on garde d'un repas, c'est celui du dessert. Les autres plats auront beau être superlatifs, si le dessert est raté, le dîner est raté. Il est donc bigrement important de bien le choisir, son excellence doit éblouir, éclipser les autres sensations, comme le bouquet final d'un feu d'artifice. À moins de le supprimer complètement, de finir sur les fromages ou sur un dernier verre de bon vin. Mais il reste toujours un manque, une petite envie de douceur, de sucré, qui est un luxe inutile, on le sait bien, mais qui fait tellement plaisir.

Côté calories, les bons desserts sont tous infâmes. (Ne parlons pas d'aspartam, s'il vous plaît, j'ai dit les *bons* desserts.) La compote ou la soupe de fruits baignent dans le sirop, et la glace, apparemment si légère, si rafraîchissante, est en vérité un puits de sucre. Première mesure, donc : servir des petites portions, que ce soit les soufflés, les tartes, les crèmes caramel ou les mille-feuilles. On arrive au bout d'un repas tout à fait rassasié, il faut éviter les entremets bourratifs ou les gâteaux trop nourrissants. Les quatre-quarts confiturés et les omelettes norvégiennes sont à exclure, ainsi que les nougats et les pies. À garder pour les goûters d'enfants affamés.

L'idéal serait de faire deux desserts, par exemple des œufs à la neige dans une crème anglaise très liquide avec une pâtisserie. Ou bien une salade de fruits avec une mousse au chocolat. Moi, j'aime mettre tout le monde à la même enseigne, avec un crumble de pommes ou de fruits rouges, sans pâte, ou un sorbet que j'achète chez Berthillon, le meilleur glacier du monde, cocorico.

On sait que les desserts sont boudés par presque toutes les femmes. Heureusement les hommes sont là pour déguster nos crèmes renversées et nos tartes Tatin. J'en connais qui font des repas de desserts, chacun apporte son préféré et le concours du meilleur pâtissier, du meilleur confiseur commence ! Les petites madeleines de Proust se battent en duel, et les enfances défilent, éveillées par les souvenirs de clafoutis ou de bananes flambées des grand-mères.

Même si le sucre ne nous réussit plus, les desserts demeurent une récompense, un objet de convoitise. On garde une gourmandise de petit garçon ou de petite fille à leur égard. Comment les oublier ? Comment louper les galettes des Rois, ou les crêpes de la Chandeleur, si délicieuses bien qu'elles soient un repas à elles toutes seules...

La sépulture

Le sujet de la mort est tellement tabou dans notre culture qu'on a le sentiment de devoir en parler sous le manteau, en privé et surtout pas devant les enfants. Pourtant la question de la sépulture n'est pas petite, à une époque où la démographie a multiplié par dix les habitants de cette pauvre planète. Occuper des terrains utiles ou très peuplés par des nécropoles pose un réel problème. La vision charmante du petit cimetière à la sortie du village est désormais un privilège de nos campagnes. Dans toutes les agglomérations, l'espace réservé au dernier sommeil est recherché et marchandé. Êtes-vous de la commune ? Depuis combien de temps ? Aurez-vous les moyens d'entretenir la tombe ? Avez-vous des descendants ? Sont-ils solvables ? On subit cet interrogatoire quelquefois quand on n'est plus là.

D'où la recrudescence des incinérations qui simplifient la pénurie d'espace. On emporte son urne où on veut, on peut la mettre sur une cheminée ou dans un jardin. Je comprends la vertu de cette démarche, j'admire les pragmatiques qui la pratiquent sans hésiter, mais je ne puis m'empêcher de trouver cette méthode sèche et glacée.

Je ne suis pas de ceux qui redoutent les cimetières. Je m'y promène souvent. Il y a des pays où ce sont de véritables buts de visite, où les sculpteurs et les jardiniers se concurrencent dans l'imagination et le zèle. À

La Nouvelle-Orléans, au Mexique, en Haïti, en Russie, au Canada, ce sont des jardins où l'on pique-nique, où l'on passe les dimanches et les jours de fête pour faire de la musique et se retirer du brouhaha de la vie active. Quand je visite un pays, je vais voir les cimetières. On y comprend beaucoup de choses. Le rapport à la mort découle du rapport à la vie, et plus on respecte ceux qui sont partis, plus on respecte ceux qui sont vivants.

Les mille et une théories que les hommes ont élaborées sur l'au-delà, du Paradis à la Réincarnation, de l'atomisation aux anges qui nous observent n'ont pu résoudre le problème du corps après la vie. On doit le mettre quelque part, on ne peut pas simplement s'en débarrasser.

Ni imposer aux autres la lourde tâche d'en décider pour nous. J'ai acheté avec mes sœurs une concession dans le cimetière orthodoxe où sont enterrés mes parents, j'ai dessiné la tombe que je voudrais et je ne laisserai pas mes proches sans argent pour la réaliser. J'ai fait tout cela un peu prématurément, j'espère, mais j'en retire une sérénité, une paix qui prolonge celle que j'apprécie dans les relations humaines de ma vie. Rien ne m'y obligeait, les frais sont minimes pour l'heure, mais je suis contente de l'avoir fait pour rompre la frontière entre le monde des morts et celui des vivants. Je me balade dans les allées des cimetières, je lis les noms, les dates, je compare les croix, les stèles, les caveaux et, ma foi, je ne me sens pas exclue, sans abri, puisque j'ai un petit carré de terre qui m'attend quelque part.

La musique

Il y a la musique qui émeut, la musique qui entraîne, qui fait danser, qui fait marcher au pas, la musique qui élève, qui fait vendre, qui calme, qui excite. Une variété inouïe de musiques. Pour tous les goûts, pour tous les usages.

Les comportements diffèrent vis-à-vis de la musique. Il y a ceux qui l'écoutent continuellement, chez eux, en travaillant ou dans leur voiture. Elle est un fond sonore dont ils ne peuvent pas se passer et la nature de cette musique varie, du rock à la chanson, de l'opéra aux rythmes typiques. On a des préférences, mais on applique un éclectisme naturel vu le volume d'heures d'écoute nécessaires.

Il y a ceux qui pratiquent un instrument eux-mêmes, plus ou moins assidûment, plus ou moins talentueusement. Leur écoute est orientée, ils s'attachent aux musiques qu'ils aimeraient jouer, aux musiciens qu'ils apprécient. Ils peuvent écouter d'autres musiques, mais ils reviennent toujours au genre qui leur est cher.

Il y a ceux qui font des rencontres avec une musique particulière, qui s'entichent de baroque ou de Bach et n'écoutent plus que cela. Ce sont les obsessionnels, les inquiets qui cherchent une réponse à leurs angoisses existentielles dans la force d'une métrique, d'une époque ou d'un génie. Ceux-là rejettent d'autres formes de musique et se délectent dans des raisonnements sectaires et exclusifs.

Il y a ceux qui n'y connaissent rien et qui se sentent exclus quand on joue une musique inconnue. Ils pensent ne pas avoir d'oreille et que c'est sans espoir. Ils peuvent être agacés ou brimés si on leur impose certaines musiques, comme ce chauffeur d'autocar qui s'énervait parce que je mettais la radio sur un poste de musique classique. Pour lui c'était « ennuyeux et triste ».

Et puis il y a les mélomanes, ceux pour qui la vie serait vide sans musique, qui fouinent chez les disquaires, comparent les interprétations, les solistes, collectionnent les raretés, les grands classiques et les injustement oubliés. Ils prennent le temps d'écouter les morceaux en s'y consacrant tout entiers, sans lire ni rien faire d'autre. Ce sont les clients des concerts, des festivals et des abonnements aux saisons d'orchestre. Ils dépensent des fortunes en installations acoustiques, ils ont un respect maladif pour leurs vieux disques ou leurs CD, même s'ils sont équipés en DVD. Ils forment le public éclairé qui font les carrières des chanteurs et des pianistes, car ils sont les premiers à se précipiter à leurs récitals.

J'appartiens à la catégorie voleuse qui se promène d'un genre à l'autre, selon les moments de ma vie et mes moyens. Hélas ! on ne peut pas tout faire, aller au spectacle, lire, travailler, préparer l'avenir, faire de bons petits plats et parler aux amis ! Les journées et les nuits ne sont pas extensibles, la musique demande du temps. J'ai un plaisir intense à l'écouter, mais je suis incapable de ne l'entendre que d'une oreille. Elle m'absorbe et me captive, art suprême de l'abstraction, de la durée, et de la diversité. Je vogue de Brassens à Rachmaninov, des Beatles de ma jeunesse à Bartok en passant par le piano free-jazz d'Ahmad Jamal ou les bouleversants chants grégoriens. Et un opéra entier, enfin, dans le walkman d'un long voyage en train.

Bas et chaussettes

La première fois que j'ai mis des bas, je me suis sentie une adulte. J'étais équipée de porte-jarretelles et de solides bas renforcés dont la couleur unique devait ressembler à une jambe bronzée, dans le plein hiver des lycées de filles aux couloirs mal chauffés. Une dérogation ministérielle nous avait autorisées à en porter. Puis commencèrent les bas rouges, les bas noirs, encore plus osés, et quelques fantaisies à rayures qui conduisirent tout droit à Mai 68.

Aujourd'hui, les petites filles connaissent les collants dès l'enfance, et l'industrie des textiles pour les sports d'hiver a introduit une panoplie de matières, de couleurs et d'élasticités qui protègent nos jambes en les galbant de mille dessins. Un marché immense, dit-on, qui ne faiblit jamais. Personne n'accepte plus d'avoir froid aux jambes, malgré les jupes ultracourtes ou les vêtements de tissu transparent. On peut désormais s'habiller avec un filet de pêcheur, un tutu en tulle léger, une minijupe en cuir ou un justaucorps en papier argent. Les collants sont là pour assurer la pudeur, la protection aux intempéries et la barrière aux mains indélicates dans le métro. Véritables carapaces contre le monde extérieur, ils ne sont pas aimés des messieurs. Interrogez n'importe lequel, jeune, moins jeune, homo, hétéro, français, pas français, ils préfèrent tous les bas fins, ou plus modernes, les petites socquettes roulées sur les chevilles, qui laissent libre un bout de chair à laquelle ils ont l'air de tant s'attacher. Notre confort leur importe peu, je soupçonnerais même que notre inconfort, sanglées dans de cruelles jarretières, leur plaît et les charme. La femme muselée dans les résilles noires qui impriment un quadrillage sur la peau quand on les enlève reste un classique de leur abécédaire érotique. Car la femme doit avant tout être un objet de désir, comme le cheval est destiné au transport et le canard au foie gras.

Heureusement, rares sont celles qui cèdent. Nous avons inventé une nouvelle charte de séduction qui a pour but de plaire à tout le monde, aux hommes, aux femmes et même à nos enfants, critiques et branchés. Les collants noirs opaques et moulants qui ne font pas un pli, les bruns, marron, fumés, gris ou taupe à mailles serrées nous allongent les jambes discrètement. Les bas-culotte nous moulent et contiennent habilement nos chairs, comme les bas de contention, désormais très valorisants. On change de collant pour chaque toilette, on a un choix de finesse ou de texture, brillants, mats, à côtes, en zigzags qui peut faire tourner les têtes. Les fabricants redoublent d'imagination chaque saison, de nouveaux modèles apparaissent plusieurs fois au cours de l'hiver. Je porte beaucoup de rouge et de bordeaux cette année, j'ai assorti mes jambes à ces teintes chaudes avec des nuances subtiles. Les hommes devraient se réjouir : de toute l'Histoire on n'avait jamais vu les femmes aussi colorées de la tête aux pieds. Les bas et les collants sont une trouvaille de notre époque que nos mères nous auraient enviée.

Quant aux chaussettes, j'avoue que je porte de douillettes polaires pour dormir. Je le reconnais, ce n'est pas très sexy...

L'heure du déjeuner

Les étrangers qui visitent notre pays s'en étonnent : l'heure du déjeuner est sacrée en France. Tout s'arrête, les standards des bureaux branchent leurs répondeurs, les ouvriers plantent leur béton durcissant, les équipes de cinéma interrompent une scène non terminée, et la plupart des caisses des grands magasins sont fermées. La Bourse peut s'écrouler, votre chaudière exploser ou votre voisin être coincé dans l'ascenseur, manger est un droit syndical, une obligation sociale, une tradition ancestrale qu'il ne faut pas bousculer.

Les repas sont un lieu immuable de la vie sociale française. Déjeuners d'affaires, dîners de fiançailles, lunches de première communion et dîners du Rotary s'enchaînent aux petits déjeuners conférences de marketing, aux déjeuners de rupture, aux soupers de charme et aux brunches de charité. Tout se passe à table. On dirait que remuer les mandibules ensemble encourage les échanges, la confiance et la conviction. Offrir un repas demeure le geste amical qui assure une entrée en matière officielle à toute démarche, un préambule à tout accord.

Or, l'alimentation est une affaire de taille. Chacun de nous a des besoins différents, des goûts, une horloge interne, des allergies, des interdits qui sont intimes et pas nécessairement utiles à dévoiler. Il y a ceux qui mangent souvent, qui grignotent par petites quantités, ceux qui aiment les grands repas et n'en font qu'un par jour. Notre santé, notre culture alimentaire ne peuvent être imposées aux autres sans nous contraindre à nous distinguer, solitaires et discourtois. Notre niveau de connaissances sur la nutrition est un acquis individuel, nous divergeons davantage à ce propos que sur nos opinions, nos goûts littéraires ou artistiques. Comment harmoniser ces différences dans les restaurants français où les menus, même gastronomiques, restent conformes à une tradition calorique dépassée ? Qui a décidé que je dois consommer des œufs mayonnaise, du boudin aux pommes ou du gras-double à la Lyonnaise, sous prétexte que beaucoup de gars aiment ça ? Au risque d'être désagréable, je refuse quelquefois les rendez-vous de travail à table. Ma gourmandise quotidienne s'est déplacée des petits plats en sauce vers des aliments qui n'attaquent pas mon foie, et en conséquence ni mon acuité ni mon efficacité. Parler de façon animée en mangeant bloque la digestion, c'est bien connu. Je ne vois pas comment on peut mêler la réflexion à l'alimentation. Les émotions, les aspirations et la création s'accommodent mieux d'un estomac en paix.

Quant à l'exploration des bonheurs de la nourriture, elle est une activité à part entière à laquelle je me livre avec plaisir. J'y consacre toute mon attention. Bref, quand je parle, je parle, quand je pense, je pense, quand je mange, je mange. Chaque activité mérite ma concentration. Et à mon rythme, pas à la cadence imposée par l'obligatoire coupure du déjeuner.

Où travaille-t-on le mieux ?

La théorie selon laquelle les gens sont plus travailleurs dans les pays froids que dans les pays chauds est-elle fondée ? J'ai vu des provos hollandais traîner dans les rues sans rien faire et des fellahs nubiens s'échiner sous le cagnard pour irriguer une étroite bande de terre fertile le long du Nil. J'ai vu aussi des femmes cantonnières sur les routes de Russie déblayer des montagnes de neige en un tour de main, et des Siciliens siroter une glace au citron à l'ombre d'un figuier pendant que la récolte des agrumes attend. Peut-on généraliser, et la notion du travail varie-t-elle d'un coin à l'autre du globe ?

À l'heure de la mondialisation, c'est une question cruciale. Les grandes migrations se sont toujours produites sous la poussée de la recherche du travail, et les calculs des grandes économies se basent essentiellement sur son coût. Où travaille-t-on mieux, plus vite et moins cher ? L'Europe du siècle passé brillait par sa capacité à fournir les meilleurs artisans, les meilleurs ouvriers qui ont diffusé leur savoir-faire dans le monde entier. Que seraient les Amériques, Nord et Sud, sans l'apport de nos talents ? Comment se seraient développés l'Afrique et le Maghreb, sans nos enseignements, même à coups de colonialisation musclée ?

Nous étions, depuis la Renaissance italienne, le creuset de toute création, de toute réalisation. Chaque pays avait sa spécialité, la marine pour le Portugal et les Pays-Bas, l'industrie et la chimie pour l'Allemagne, l'agriculture pour la France, l'architecture et la construction pour l'Italie. On rivalisait de compétence et d'exploits. Les méthodes de travail n'étaient pas les mêmes d'un pays à l'autre, d'une région à l'autre. Chaque climat, chaque culture inspirait une spécialité. Chaque pays avait un Nord et un Sud avec des individus différents et des horaires adaptés. Le travail bien fait réclamait l'assiduité de l'Allemand, qui ne lésine pas face aux heures consacrées à la tâche, l'habileté de l'Italien, qui a des secrets de fabrication, la sagesse du Grec, qui ne dépense pas d'énergie pour rien, la modestie de l'Anglais, qui n'aime pas se faire remarquer, l'audace du Français, qui a l'esprit pionnier. La compétition existait, franche et salutaire.

Aujourd'hui, on ne sait plus où les choses sont fabriquées. Depuis l'euro, la provenance de certains produits n'est plus signalée. On lit CEE sur les pots de confiture ou dans le col des pulls. On a la consolation que ce ne soit pas confectionné en Asie du Sud-Est, ou en Chine, ce n'est déjà pas mal. Car nous sommes en train d'attraper un complexe : travaillent-ils mieux que nous ? Qu'ils soient dix fois moins chers que nous, on l'avait compris. Mais ne sont-ils pas devenus plus performants, plus précis, bref, plus modernes ? La plupart de ces pays lointains souffrent d'un climat humide et chaud, peu propice aux efforts. Et pourtant ils nous battent, en efficacité, en rapidité et, bien sûr, en prix. Devons-nous nous frapper la poitrine, affaiblis et impuissants ?

Ne faut-il pas poser autrement le problème, et plaindre ces populations qui ont vendu leur âme au travail ? Aux détracteurs des trente-cinq heures, je demande de réfléchir. Ne sommes-nous pas à un niveau supérieur de la civilisation qui nous dit : travaillez selon vos besoins, travaillez moins et bien, travaillez avec plaisir, ménagez votre fatigue et gardez-la pour les courses à vélo avec vos enfants dans les bois !

Le vent

On connaissait les grandes pluies, les crues qui s'ensuivent, la neige, le gel, le redoux, les canicules, les sécheresses, les givres et les brouillards. Aujourd'hui, dans la rose des malheurs météorologiques, il y a le vent. Jamais on n'a autant parlé de lui. Les chroniques marines du matin relevaient des force quatre, force cinq, Ouest Sud-Ouest, Est Nord-Est, Sud Sud-Est, litanies poétiques pour spécialistes. On plaignait les gens en mer quand les vents étaient forts mais on pensait que ça ne durerait pas et on ne s'en faisait pas plus que ça.

À présent, les bulletins météo nous donnent couramment des nouvelles de tempêtes, de mini-tempêtes et de courants d'air chauds ou froids qui parcourent et ravagent nos pays d'Europe dits « tempérés ». Les arbres sont arrachés, les toits s'envolent, les ponts sont soulevés avec les voitures et les cyclistes ébahis. On ne s'attendait pas à de telles tornades dont on lisait les descriptions dans Jules Verne ou dans les récits d'aventures sous les Tropiques.

Le vent nous effraie comme les tremblements de terre ou, j'imagine, les éruptions de volcans. Il est imprévisible et puissant. Sa force, quand elle se déchaîne, est indomptable. Il s'infiltre sous les tuiles, pousse les portes et les fenêtres mal jointes, plie les grillages jusqu'à ce qu'ils cassent, affole les bêtes et soulève la poussière en tourbillons aveuglants. Il fait trembler les tours, décoiffe les clochers et les cheminées. Ce n'est pas un tendre, sa récente méchanceté nous surprend et nous alarme. Mes vieux chênes tiendront-ils à la prochaine tempête ? Le peuplier, près de la maison, tombera de quel côté, s'il tombe ? De nouvelles préoccupations nous assaillent, des précautions s'imposent. J'ai connu les côtes de Sardaigne et d'Irlande où les plantes poussent penchées à force d'être écrasées par le vent. Certains jours on ne peut pas marcher droit, on est déporté immédiatement. Ces climats extrêmes n'étaient pas les nôtres, et voilà que nous aussi, nous devons nous soucier des méfaits du vent.

À quand les constructions basses avec des toits profilés, les rues couvertes ou souterraines, les arbres nains et les poteaux électriques enterrés ? Un nouveau paysage va peut-être s'installer, proche de ceux du Sud-Est asiatique ou du Japon. On adopte les techniques de partout, c'est également cela la mondialisation. On croyait que nos forêts et nos haies suffisaient à réguler les masses d'air qui circulent, c'était vrai pour une époque révolue, agricole et sédentaire.

À l'heure des TGV qui sillonnent la France, à l'heure du mouvement constant des voitures sur les routes, du grouillement des ondes hertziennes et des téléphones, le vent se sent de la fête : pourquoi ne tourbillonnerait-il pas lui aussi ? Je crains qu'il ne faille s'habituer à ses facéties, s'équiper de coupe-vent et de bonnets bretons bien enfoncés sur la tête, et surveiller nos girouettes déboussolées qui n'en reviennent pas d'être si souvent malmenées !

La folie des grandeurs

Qui ne manque pas d'une pièce dans la maison ou l'appartement, qui n'aspire pas à une voiture plus grande, plus sûre, plus puissante, à une deuxième voiture pour Madame, un deuxième téléviseur pour les enfants, là-haut, un deuxième chien pour tenir compagnie au premier et un deuxième congélateur pour les grosses pièces, le gibier et la récolte des haricots qui a été si abondante cette année ? Nous sommes en continuelle croissance, et quand la France ralentit on sait qu'on va ralentir avec elle.

Respirer avec elle, peut-être. Ne sommes-nous pas atteints de la folie des grandeurs ? N'avons-nous pas déjà largement ce qu'il nous faut pour vivre, et pour être heureux ? Combien de populations s'accommodent de bien moins ? Tout près de nous, quelquefois. La fringale de croissance qui semble la condition de survie des pays me donne à réfléchir. Doit-on avoir toujours plus, dépenser toujours plus et, en conséquence, polluer toujours plus, accumuler les déchets, les machines et les sources de frais, parfois incalculables, puits sans fonds comme tout ce qui touche l'informatique, l'électronique et la téléphonie ?

Mes amis du Gers m'étonnaient au début par leur lenteur et leur nonchalance, aujourd'hui je ne suis pas loin de croire qu'ils ont raison. Ils ne prennent pas plus de travail que ce que leur année peut contenir, en ménageant le temps de la chasse à la palombe, des vendanges, de la cueillette des champignons et du rugby. Ils ne font peut-être pas de grands voyages, ils ne portent pas des vêtements dernier cri, ils retapent leurs maisons eux-mêmes, petit à petit, et ils ne ratent aucune fête qu'ils passent tous ensemble dans le préau de la mairie, autour de grands repas. Le village se modernise doucement, en retard sur d'autres, mais ça avance, et la télévision leur raconte ce qui se fait de bien ou de mal ici ou là, les erreurs et les inutiles transformations à éviter. Ils sont heureux. Ils n'envient personne, le temps se déroule à une cadence humaine, douce et vivable.

Bien sûr, heureusement qu'ailleurs on se démène un peu plus. Heureusement qu'il y a les pionniers, les entrepreneurs et les chercheurs. Mais la compétition permanente n'est-elle pas cause de névrose, les hommes sont-ils faits pour se surpasser constamment ? Je crois à un équilibre que chacun doit s'imposer, avec bon sens et modestie. Ne pas prétendre à tout ce que la planète, le progrès et la course à la consommation proposent. On ne peut tout faire, avoir tous les types de vie, accélérer le temps en le remplissant à ras bord. On sait vite ce qu'on aime, et de quoi on a vraiment besoin. En se satisfaisant de ce qui est à notre portée, on donne aux jeunes l'exemple de notre plaisir, on les rassure et ils se sentent moins perdus. En freinant la course infernale de l'expansion à tout prix, on se concentre sur des objectifs mesurés et on travaille mieux. Nos politiques n'aimeront pas ce que je dis, ils sont pris dans la spirale du développement qui les éloigne parfois du bonheur simple des citoyens. Produire, oui. Progresser, oui. Mais être esclave de la croissance en grillant sa vie, non.

L'amitié

On a tout dit sur l'amitié. Qu'elle valait les grandes amours, qu'elle durait plus que l'amour, qu'elle accompagnait les épreuves de la vie plus fidèlement et plus sûrement que les liens familiaux ou sentimentaux, sujets à la partialité et aux conflits, mais on n'a pas assez dit que l'amitié est le fondement même de la société, de la « cohésion sociale » comme on dit maintenant.

Les affinités électives orientent notre parcours comme une boussole montre le Nord. On va vers ce qui nous plaît, ce qui nous attire et nous exalte. La meilleure fibre de nous-mêmes est stimulée par la rencontre de personnes avec lesquelles il nous semble partager un idéal, une vision morale et esthétique de ce qui nous entoure. On commence par les amitiés enfantines qui durent parfois toute la vie, si on ne bouge pas trop de région. On forme une cellule, un groupe qui s'élargit et qui devient un clan, une bande. On se distrait, on se déplace, on travaille avec « une bande de copains ». Rares sont les solitaires, ceux-là sont souvent tristes et malheureux. Ils deviennent sans doute les artistes et les penseurs, êtres d'exception qui ont du mal à se conformer au groupe. Ils s'isolent naturellement, et leur solitude sera leur force plus tard. Les autres forment le tissu de la société future, leur amitié les réunit plus fortement que les calculs des sociologues ou des démographes. Les souvenirs communs, les flirts et les conquêtes sportives, les brimades scolaires et les désobéissances sont un ciment qui moule les caractères dans la même glaise.

L'armée, les guerres, et aujourd'hui la lutte pour l'environnement, pour la paix, pour la santé publique scellent des amitiés profondes qui émanent des goûts et des comportements communs. Si on ne s'aime pas, on ne peut ni militer ensemble ni faire campagne pour une idée ou une autre. Quand les temps sont hostiles, on se réfugie dans l'amitié, on s'abrite dans sa chaleur et sa générosité. Sans amis, on se sentirait abandonné, certains jours. Les grandes entreprises nécessitent des amitiés, en politique comme en affaires. Une amitié véritable résiste aux mauvais vents et à l'adversité. Elle dérange nos ennemis car elle est têtue et gratuite. Elle se renforce avec les difficultés, comme le feu qu'on voudrait éteindre en soufflant dessus.

Pas étonnant que nos candidats aux élections cherchent à se présenter sous un jour amical et personnel. Entrer dans la zone sacrée de la sympathie des citoyens est leur but premier. Une fois installés là, ils sont difficilement délogeables. On excuse les faiblesses, les erreurs et les contradictions. Les chiffres et les sondages attisent les indignations ou les adhésions au lieu de les annuler. Quoi qu'il arrive, on soutient celui qui a gagné notre cœur.

Mais gare à la trahison. Une amitié déçue devient une force de vengeance et d'opposition. On ne pardonne pas à celui qu'on a aimé. S'il s'allie avec le diable, ou renie ses convictions, on doit l'arracher de la position privilégiée dont il jouissait, c'est-à-dire se mutiler d'une partie de nous-mêmes. C'est douloureux et perturbant. La confiance s'use. On doute de son propre jugement. On se tourne plus que jamais vers les amitiés qui ne flanchent pas. Elles sont rares et précieuses. Elles existent.

Les miroirs

Il y a des maisons pleines de miroirs et d'autres où l'on a du mal à trouver un petit bout de glace pour ajuster son chapeau ou vérifier son rouge à lèvres. C'est très indicatif des personnes qui y habitent. Sans aller jusqu'au narcissisme ou à l'esprit coquin de ceux qui tapissent leurs murs et leurs plafonds de miroirs, afin de recevoir leur image à tout instant et dans toutes les positions, je trouve que les miroirs bien placés sont des éclats de lumière, des trompe-l'œil qui agrandissent, éclairent habilement nos appartements trop petits, et collent un air de gaieté malicieuse à toute une maison. J'en mets sur les portes, sur les parois des salles de bains, sur les placards et dans le fond des étagères pour qu'on voie le dos de mes sculptures khmères. Ce sont des copies, mais elles sont bien réalisées. Ces coins de miroirs ont aussi une autre vocation. Au passage, on se voit, on se surprend, on se trouve mal coiffé, pas bonne mine. Il est temps d'aller chez le coiffeur et de faire un petit régime.

Les gens qui ont peur des miroirs sont ceux qui redoutent d'affronter la vérité, qui tardent à ouvrir le courrier administratif, qui n'épluchent pas leurs relevés bancaires ou cachent leur âge. Le miroir réfléchit une franchise, une liberté que les religions ont censurée comme un danger pour la vertu des femmes et l'innocence des enfants. Or l'image de nous-mêmes est nécessaire dès le berceau. Dans les crèches, on met de grandes glaces incassables, car on s'est aperçu que les bébés se contemplaient longuement. Pour savoir qui on est, comment on se transforme, il faut se regarder. Même mes chats passent de longs moments devant le bas de mes glaces, et se persuadent d'être chats. Les danseurs, les gymnastes et les judokas observent les mouvements de leurs corps dans les grands miroirs de leurs salles de travail, pour perfectionner chaque geste. Les mannequins, dont c'est le gagne-pain, étudient minutieusement chaque petit pli de leur visage afin de prévoir comment il prendra la lumière. L'architecte qui construit un immeuble aura recours aux miroirs pour illuminer astucieusement un hall ou une façade mal orientée.

Le miracle de la réflexion fascine les hommes depuis l'Antiquité. Il a commencé dans l'eau, puis dans les surfaces vernies, puis le verre et l'argenterie. Enfin on a découvert le tain. Si les miroirs affolent les aborigènes qui fuient dès qu'ils se voient dans des lunettes de soleil ou dans le couvercle d'un poudrier, notre civilisation ne pourrait plus s'en passer. Du petit miroir du dentiste au rétroviseur de la voiture, des labyrinthes du XVIIIe siècle aux miroirs déformants des foires, des plaques réfléchissantes dans les appareils photo, microscopes et phares à la galerie des Glaces de Versailles, le reflet a une fonction bénéfique que nous apprivoisons chaque jour.

D'où, peut-être, la superstition qu'il ne faut pas casser les miroirs ?

Les bruits familiers

Quand on déménage ou qu'on part en voyage, on est perturbé de ne plus reconnaître les bruits familiers. Obéissants chiens de Pavlov, nous sommes programmés pour réagir à des dizaines de sonorités répétées qui nous informent de ce qui se passe là où nos yeux ne peuvent pas voir. La clé dans la serrure avertissant que quelqu'un entre. Les différentes sonneries de téléphone. Le grincement d'une porte poussée par le chat. Le bruit chaleureux de la vaisselle qu'on lave dans la cuisine. Le martèlement des pas à l'étage au-dessus quand le voisin est rentré. Les jingles de la télé qui annoncent sur quelle chaîne on est. Le cliquetis d'une ceinture décorée de médailles, le zip d'un blouson, le chantonnement des radiateurs, le résonnement des tuyaux, le bip d'un répondeur, la musiquette de l'ordinateur, le vrombissement des voitures, le clapotis de la gouttière percée et le gargouillement de la machine à café du matin. Notre univers est délimité par ces bruits qui tour à tour nous enchantent, nous rassurent ou nous troublent. Dès qu'on change de résidence, on est dépaysé, il faut quelque temps pour s'habituer aux nouveaux bruits et à leur écho. On évalue les distances, on se familiarise avec des sons inconnus, on compare son séchoir avec celui de l'hôtel, et le moteur de la voiture de location bien moins bruyant que celui de la camionnette de papa. Quant à la sonnerie du réveil emprunté, stridente et inédite, elle nous sort du lit en sursaut.

Quelquefois, on a du mal à s'adapter au changement. Un ami qui habite un quartier bruyant près d'un carrefour et d'un métro aérien était dérangé chez moi à la campagne par le silence de la nature. Il se sentait seul et perdu. Les sifflements des oiseaux le terrorisaient. Puis il y prit goût, et le retour dans son appartement à la fin des vacances fut pénible. Mais il s'y habitua de nouveau et se rééquilibra au milieu de la cacophonie de ses bruits familiers.

L'environnement sonore établit nos frontières et notre territoire, ainsi que les bruits que nous émettons. Le lion rugit pour prévenir, aussi loin qu'on l'entend : on est chez lui. Quand brusquement les bruits changent, on est immédiatement en alerte. Pendant la Coupe du Monde, durant les deux heures du fameux match final, un silence étrange régnait dans les rues des villes. On aurait dit le couvre-feu. Puis il y eut la victoire, les murs ont tremblé, les vitres ont cliqueté, un cri prolongé a jailli de toutes les fenêtres. C'était impressionnant. Les grands événements nationaux créent cet effet. Les explosions, de triste mémoire, nous glacent encore ainsi que les rumeurs de la guerre, mitrailleuses, bombes et canons.

Je suis effrayée cependant des nouveaux bruits qui nous envahissent : les hurlements à la mort des ados, le soir, quand ils sont en bande, les nouvelles sirènes de police, tout droit sorties d'un polar américain, les vibrations des fêtes techno, et les avions qui nous survolent de plus en plus bas. Ces bruits-là sont forts et parasites. Ils s'ajoutent à notre paysage sonore en voulant tout écraser. Je voudrais bien qu'on n'encombre pas nos oreilles avec des sons qui assourdissent inutilement, quand il y a des sonorités si apaisantes : l'eau d'une fontaine ou d'un torrent, le vent dans le feuillage, la pluie sur une verrière ou le trottinement d'un pigeon sur un toit de zinc. Quant au bébé qui pleure et au chien qui aboie, ils ne sont charmants que s'ils sont les nôtres...

Les beaux jours

Il paraît que l'homme est doté d'un troisième œil au fond de la rétine, qui lui signalerait le changement de saison, la succession des jours et des nuits, des lunes et des équinoxes, et qui permettrait à notre métabolisme de s'adapter à ces informations. Descartes situait le siège de l'âme dans ce troisième œil, et les Indiens le représentaient dans leurs chakras au centre du front. Ce petit radar tout à fait localisé par les scientifiques nous sert à prévoir l'arrivée des beaux jours.

En général, cela se manifeste par une urgente envie de courir les magasins, à la recherche de la petite veste de demi-saison qui va égayer nos tenues. C'est aussi le moment des rangements, des placards qu'on vide pour éliminer les vêtements qu'on ne met jamais, et apporter de l'ordre et de l'air dans les rayonnages. C'est l'heure des travaux de rénovation : peindre les plafonds, les couloirs, la cuisine, tous ces lieux fréquentés qu'on ne regarde plus et dont la saleté nous apparaît tout d'un coup. C'est le temps des régimes, les journaux nous abreuvent de conseils, mais la décision reste la nôtre, sous l'influence du troisième œil. Il faut s'ajuster, se mettre en phase avec ses indications.

Les religions connaissent bien cette horloge intérieure et préconisent les jeûnes, les carêmes et les pèlerinages. Pâques nous a surpris cette année, les fraises, les tulipes et les asperges n'étaient pas encore au rendez-vous. Nous donnerons à l'Ascension une place plus fleurie, avec les pots de muguet du 1er Mai. Nous pressentons nos propres mutations, avec curiosité et appréhension. Mes cheveux sont-ils aussi fournis que l'année dernière ? Mon teint blafard de l'hiver reprendra-t-il ses couleurs ? Mes rhumatismes me lâcheront-ils ? Mon sommeil sera-t-il perturbé par les journées qui s'allongent ? Et chaque année le miracle se reproduit. On a hâte de se découvrir les bras, d'enlever bas et Damart, même prématurément. On anticipe sur l'arrivée de la douceur, bien qu'on nous serine qu'en avril, il ne faut pas se découvrir d'un fil. Un autre fil nous relie à notre cervelle prémonitoire qui nous prépare aux beaux jours.

Car chaque nouveau printemps est un petit traumatisme. Nos cellules se réveillent comme celles des arbres, des carottes et des petits pois. La sève rejaillit, attirée par le réchauffement du climat. Nous renaissons et nous nous transformons cycliquement, à l'appel du soleil. Même s'il est caché derrière des nuages, il ne nous trompe pas. Notre troisième œil nous annonce sa présence et sa force. On garde le manteau sur le bras, prêts à l'abandonner à la première éclaircie. Il nous pèse et nous embête. Il est anachronique et fâche notre instinct d'aller de l'avant, vers le futur radieux de l'été. Et si on réhabilitait les toilettes de « demi-saison » ? Des manches longues et des jaquettes dans des tissus légers, celles qu'on réserve aujourd'hui aux mariages et aux remises de décoration. On passe du col roulé au débardeur sans étape printanière. N'est-ce pas dommage ?

Les visages qui s'ordonnent

Avez-vous remarqué que certains visages se bonifient avec le temps, que des physiques ingrats peuvent devenir attrayants, et des traits quelconques prendre du caractère ? Je l'ai constaté souvent, parmi les agréments du vieillissement. Certains gagnent à mûrir, les surprises sont possibles et réjouissantes.

Je me suis interrogée sur cette affaire, en dénombrant les exemples autour de moi de femmes qui acquièrent du charisme et des hommes qui embellissent. De visages qu'on ne remarquait pas se dégagent une présence, une profondeur qui sautent aux yeux. Comment expliquer le phénomène ? La banalité du raisonnement commun veut que la « morphologie » joue un rôle prépondérant. Des pommettes hautes ou les arêtes d'un nez structurent un visage en empêchant qu'il dégringole, et donc qu'il se dénature. C'est sans doute vrai, mais ce n'est pas suffisant, et un peu trop « génétique » pour moi. Je crois à d'autres raisons, qui construisent un faciès et habillent un regard.

La finesse d'une intelligence, d'abord, qui a œuvré tout au long de la vie en instillant la souplesse et l'adaptabilité, permettant de faire front aux chocs et aux intempéries de la vie. On se modifie au gré des besoins, sans contraindre son organisme à de trop radicales défenses. On évolue sans briser ni les rêves ni les possibles bonheurs, grands et petits. Une certaine capacité d'émerveillement, ensuite, qui conserve l'expression de l'innocence qu'on attribue aux enfants et que je vois si souvent sur des visages moins jeunes, touchants et préservés. La volonté, aussi, qui pousse en avant, ne transige pas avec le laisser-aller, gouverne le port de tête et la vivacité des mouvements du cou. La générosité, bien sûr, le besoin de partager et de donner, car l'avarice rétrécit les lèvres et brouille le teint. Le rire, enfin, qui fait plisser les yeux et remonter les joues, donc l'humour, la faculté de ne pas se prendre au sérieux, pour affronter comme les autres les milliers de tracas et de nouveautés perturbantes que le monde moderne déverse constamment sur nos journées. Un œil qui brille, un sourire qui frise, les silences de patience et de complicité communiquent plus de vibrations à un visage que la poursuite d'une ambition ou l'exécution d'un plan. La rigidité durcit le menton. Accepter que tout change sans s'indigner, observer avec indulgence et curiosité les mutations alloue une mine aimable à tout homme, à toute femme, même si leur peau se fripe et leurs rides se creusent. Le contraste entre les marques du temps et la fraîcheur d'une écoute ajoute au charme de ceux qui prennent bien le tournant de l'âge. Ils en deviennent beaux, intéressants, on a envie de les fréquenter, de se confier et d'entendre leurs témoignages, afin de comprendre comment ils ont fait pour qu'on ait envie de leur ressembler plus tard.

Le divorce

En France, sept couples sur dix divorcent. Pour beaucoup, c'est un drame, une culpabilité et une souffrance. Mais on divorce quand même. L'obligation de faire durer une mésentente et des différends profonds ne s'impose plus.

Je ne suis pas choquée par cette évolution. Que sous l'influence de parents, d'un milieu, d'une religion, d'une culture, on se trompe dans le choix d'un ou d'une partenaire s'avère une éventualité hélas fréquente. On ne se connaît déjà pas soi-même à vingt ans, comment peut-on connaître l'autre, qui se cherche à son tour ? Nos besoins essentiels se font jour avec le temps, on découvre peu à peu ses limites, et la vie nous enseigne à ne pas être plus royaliste que le roi. Les couples qui grandissent ensemble sont rares, on les cite et on les admire, quand ils continuent à s'aimer. Il est lâche et lamentable d'abandonner un compagnon ou une compagne en difficulté. Le schéma du quinqua qui a réussi et qui veut s'offrir une compagne plus jeune et plus jolie, ou celui de la femme frivole qui plaque un mari exténué par les responsabilités pour un golden boy, c'est dégoûtant. Quand on se marie, on accepte certains inconvénients.

Aussi ferai-je un distinguo entre les différents divorces. Il y a les divorces de couples jeunes, qui admettent qu'ils se sont fourvoyés et que leur attelage ne fonctionne pas. Ces divorces sont salutaires, même pour les enfants, ravis d'avoir un deuxième père ou une deuxième mère quand leurs parents se remarient. Ces enfants-là sont légion, en général ça se passe bien, ils n'ont pas de complexes, en classe la moitié de leurs copains sont dans leur cas.

Il y a les divorces plus tardifs, parce que l'un des deux a eu de la patience. Une rencontre, une influence extérieure, un livre peuvent être le détonateur. En général les enfants adultes sont d'accord. L'épanouissement personnel des parents est en cause. Révision et mea culpa compris.

Il y a les plurirécidivistes, qui, à la mode américaine, prennent le mariage pour un voyage touristique. On essaye des versions du couple, comme on choisit l'île Maurice ou la Scandinavie pour destination de vacances. Ceux-là feraient mieux de ne pas encombrer les mairies et les palais de justice avec leurs mariages et leurs divorces.

Il y a le divorce crapuleux, quand l'homme abandonne la mère de ses enfants usée par les naissances et les sacrifices pour une jeunette qui le trahira bientôt. J'ai dit ce que j'en pense, en général ça finit mal pour le gredin, tandis qu'il n'est pas rare que la femme retrouve un équilibre, avec ou sans nouveau compagnon.

Et puis il y a les divorces de ceux qui ont envie de changer de vie, de peau, de sexualité, d'horizons. Peut-on les condamner ? Si la paix matérielle est assurée des deux côtés, faut-il en vouloir aux Bovary de ne plus empoisonner le monde avec leurs frustrations, leurs silences et leurs aigreurs ? Le divorce, dans ce cas, est un acte de courage et d'espoir. Sans compter qu'on peut avoir la révélation de l'amour tardivement.

Ne fustigeons pas le divorce en bloc. Il existe et on s'en sert. Il répare des catastrophes. Mais c'est si beau de se marier, en se jurant fidélité éternelle...

Les faiseuses de mode

Les idées futées et culottées qui venaient aux décoratrices, aux journalistes de mode, aux actrices, aux étudiantes des Beaux-Arts et aux grandes fureteuses dans les marchés orientaux, appartiennent maintenant à toutes. C'est ça aussi, la mondialisation du goût et des trouvailles. Le commerce a tout récupéré, surtout pour l'été. Les petits prix pratiqués sur les articles fabriqués au bout du monde ont fait flamber les tendances. Qui ne noue pas un paréo autour de la taille en guise de ceinture ? Qui ne porte pas de chemise de nuit de grand-mère en robe d'été ? Qui ne fabrique pas de bracelet avec des boutons ? Qui ne porte pas de salopette de travail, ou un T-shirt le soir sous une veste en soie, et des baskets pour aller danser ? Qui n'a pas troqué le sac de mémère contre un panier en osier, et l'ennuyeux chemisier contre un maillot breton rayé ? Quand j'avais vingt ans, j'étais une avant-gardiste avec mes tropéziennes et mes longues guayaveras, chemise d'homme en lin à petits plis qu'arborait Fidel Castro dans les rares occasions où il quittait son surplus militaire. L'usage des pantalons de G.I. et les Pataugas naissaient tandis que les petites robes en vichy nous semblaient ringardes.

Aujourd'hui tout est à la portée de tous, dans un désordre qui a privé les actes vestimentaires de leur sens. Les femmes adoptent tous les styles en se moquant de leur signification : on met des vestes chinoises sans être maoïste et des foulards à petits carreaux noirs et blancs sans être pro-palestinien. On met des talons de liège sans se souvenir des privations de la guerre, et des colliers d'argent et de corail sans avoir traversé le désert à dos de chameau. Aux quatre coins du globe on comprend les mots LOVE, WAR ou SEX CHAMPION inscrits sur les maillots ou les ceintures. J'ai remarqué que tous les regards se portent immédiatement sur les écrits qu'on porte sur soi. On cherche à déchiffrer le message, mais on sait que c'est pour rire. La bouche de Marilyn ou la barbe du Che fleurissent sur le dos d'enfants qui ne savent rien d'eux. Les pashminas que nous étions les premières à porter sont désormais sur toutes les épaules, à tous les prix. Les kilims qu'on rapportait en douce de Turquie ou d'Iran sont à tous les coins de rue et la vaisselle japonaise, simple et graphique, a envahi les magasins de décoration. Il est impossible d'être pionnier plus d'une saison, tous les artisanats du monde ont été prospectés et recopiés à grande échelle.

Alors on voit se développer un goût de la sobriété, du minimalisme qui est une mode comme une autre mais qui élimine les objets, les bijoux et les décors. Retour aux sols de dalles de pierre, aux nappes blanches, aux robes de bure, aux meubles rectilignes et aux visages sans fards. Dans la profusion des tendances, on aspire au dépouillement, à l'épure afin de reposer l'esprit et de ne plus accumuler les achats modeux. Cette aspiration n'est hélas ! pas bon marché. Elle requiert de la discipline pour acheter peu et bien. Si on prenait le même soin pour choisir un vêtement qu'une voiture ou un canapé, on remplirait moins les placards, pour avoir toutes les mêmes choses. Je suis tranquille, j'ai bien fait de garder mes vieilleries, avec mon stock d'astuces, je serai toujours à la mode.

Acheter une voiture

Je suis dans les affres de l'achat d'une voiture. On connaît tous cela. À quelque niveau qu'on soit, l'acquisition d'un véhicule est une affaire d'importance.

D'abord, faut-il être propriétaire de sa voiture ? Les malins vous expliquent toutes sortes de théories selon lesquelles le leasing c'est l'avenir, être propriétaire c'est tarte, payer cash encore plus, et bloquer un capital qui se dévalorise à peine avez-vous mis la clé dans votre tableau de bord neuf, une absurdité. Depuis des semaines et des semaines, je retourne tous ces concepts dans ma tête, j'essaye de m'imprégner de leur bien-fondé et je m'angoisse. Je fréquente les garages, la Centrale des Particuliers, je relève les numéros sur les voitures en vente directe, je lis la presse automobile, et je m'angoisse encore plus.

Les garages, soyons francs, ne vendent plus de voitures. Ils vendent de l'argent. Ils sont intarissables sur les méthodes de financement, sur les abattements, les étalements et les amortissements. On ne fait plus l'article sur un moteur, une carrosserie ou des freins à disques, on couvre les pages de chiffres qui sont vos traites, les intérêts, les ristournes, les assurances et toute une liste de calculs alléchants – pour qui les comprend. Je reste de glace, moi je cherche une voiture, pas un endettement. À les entendre, la voiture serait la dernière roue du carrosse, en somme si on se débrouille bien on devrait l'avoir sans débourser un sou.

Les particuliers, en général amoureux de bagnoles, sont plus poétiques. Ils aiment leur auto, ils auront du chagrin à la quitter, mais ils la vendent quand même pour en acheter une autre, un caprice coûteux dont ils rêvent depuis longtemps. Ce qu'ils oublient de dire, c'est que les pneus de l'ancienne sont à changer, que la batterie donne des signes de vieillesse et qu'ils sont tombés en panne plusieurs fois dans des coins où il n'y a aucun atelier de cette marque-là. Garantie, nada, mais à l'extérieur elle est nickel, elle n'a pas un gnon.

Votre concessionnaire vous fait un petit chantage, si vous voulez que je vous reprenne la vieille à bon prix, prenez notre nouveau modèle, une merveille qui a deux étoiles dans le guide X. Le mastodonte invendable est poussé par la presse et le vendeur aura une prime à chaque voiture vendue. On flaire le piège, on s'éloigne.

On regarde autour de soi, on remarque une infinité de nouveaux modèles, des formes et des couleurs audacieuses, alors qu'on s'était attaché à une esthétique, une ligne plus sobre, moins voyante. Je ne suis pas une *fashion-victim* en matière de voiture, il m'importe peu qu'elle soit du dernier cri. J'apprécie les améliorations techniques, les air-bags, les vitres électriques, les toits ouvrants de série, mais je suis terrorisée par trop d'électronique à bord, qui réclame quasiment un diplôme pour la maîtriser. J'erre, je ne me décide pas, les envies se superposent et s'annulent, je me bloque et je chasse le problème de ma tête. J'attends un coup du hasard, une rencontre, comme en amour. Viendra-t-elle à moi, cette jolie voiture que je cherche ? Aurai-je soudain l'illumination, c'est celle-ci et pas une autre, quelle que soit sa marque ? Une idée pernicieuse fait son chemin : et si je n'avais pas vraiment besoin de cette voiture ? Ma conscience refroidirait-elle ma recherche en me soufflant : « Tu ne pollueras point » ? Seulement cet été, comment irai-je dîner chez mes amis à l'autre bout du département ? Il faut que j'achète une voiture...

Les fleurs

La belle saison des fleurs est arrivée. Les lilas sont presque finis, mais les haies s'égayent à tour de rôle de petites boules blanches, de clochettes mauves ou orange qui dureront tout l'été. Les roses nous tendent leurs boutons serrés, on a peine à deviner les futurs pétales déployés. Le gazon même est parsemé de tendres marguerites, ou de pissenlits jaunes qu'on arrache à contrecœur, ils sont trop rustiques et font des trous dans la pelouse. Les roses trémières et les pivoines, déjà triomphantes dans le Midi, se préparent avec les rhododendrons à nous assurer les plus beaux bouquets de l'année. Mon camélia en pot a explosé au printemps, il est couvert de trente boutons. Les pétunias et le muguet ont tardé, mais ils embaument déjà. Ils ornent les balcons avec fidélité.

Les fleurs adoucissent la vie et la vue. Elles sont un signe de prospérité et de fierté. Les villages de France rivalisent de parterres et de ronds-points fleuris. C'est nouveau. Depuis une dizaine d'années, du nord au sud, d'est en ouest, les Français sont devenus jardiniers. Les jardineries se multiplient, les pépiniéristes sont débordés. Les maires engagent des paysagistes pour décorer leurs avenues, leurs jardins publics et les fenêtres des hôtels de ville. Un concours du « Village le plus fleuri » fait rage, on se vante de l'avoir gagné comme d'une victoire au foot ou au rugby. Les bacs et les pots sont alignés, gênant parfois la circulation. On aimerait un peu moins de profusion devant les bâtiments des XVIIe et XVIIIe siècles dont la pure architecture se passerait de géraniums, mais tant pis, cet effort d'entretenir des fleurs et d'ajouter de la couleur à notre environnement est sympathique et louable.

Mais de grâce, pas d'abus. Les brouettes, les charrettes, les chaudrons et les tonneaux transformés en pots de fleurs sont d'un goût dépassé. De même que je déplore dans certains restaurants les bonbonnes montées en lampes, les roues en tables basses, les coquillages en cendriers et les vieux instruments agraires en décoration en compagnie des guitares et des chapeaux de paille au mur... Je pense que les magasins proposent des jardinières et des poteries de toutes les tailles, de toutes les matières qui contiennent discrètement les plantes en les mettant en valeur. Il y a même d'excellentes imitations de la terre cuite en plastique, légères et peu coûteuses, que j'utilise pour mes arbustes, les bambous et un citronnier qui grandit à vue d'œil. Et si vous aimez chiner, on trouve des poteries anciennes, des jarres portugaises ou italiennes qui habilleront vos façades, même en hiver, sans les fleurs.

Binons, sarclons, nettoyons, arrosons, pour le bonheur de cultiver l'éphémère, ces gracieuses fleurs qui nous apportent la gaieté printanière dont on ne veut plus se passer.

Tout nouveau, tout beau

De temps en temps, il nous prend une pulsion de nettoyage par le vide qui est irrépressible. C'est sans doute le printemps qui nous travaille. L'oiseau fait son nid, les feuilles neuves apparaissent aux arbres, les fraises renaissent, les animaux font leurs petits, comment ne pas rénover quelque chose dans notre vie quotidienne ? On commence par un grand tri, on se débarrasse sans hésiter de vieilleries qui dormaient dans les placards, dans les soupentes et les cagibis. Ma mère appelait les greniers : « l'antichambre de la poubelle. » On a envie de refaire les rideaux, de balancer le vieux fauteuil qu'on a retapissé soi-même trois fois et qui n'aura jamais une allure correcte, de changer enfin le carrelage de la cuisine au-dessus de la cuisinière et de peindre en blanc les poutres du plafond. Faire entrer l'air, la lumière, la fraîcheur. Muer, comme les petites couleuvres des étangs. Se glisser hors de sa peau pour respirer la jeunesse et le renouveau.

Un grand ménage s'impose tous les sept ans, dit-on, mais un petit balayage est nécessaire chaque année, vers le mois de mai, quand on ouvre les fenêtres et qu'on voit plus clairement ce qui est usé dedans, défraîchi, sale ou obsolète, alors que dehors tout est neuf. Jeter est un acte salvateur qu'on n'a pas toujours le courage de faire. Il faut sauter sur l'occasion de cette énergie passagère qui nous aide et qui devient un plaisir. En jetant un objet, on se débarrasse de son ombre portée sur nous, du chantage qu'il exerce chaque fois que nos yeux le rencontrent. On l'entend se plaindre : tu ne m'aimes plus, tu m'abandonnes, tu ne t'occupes plus de moi, tu n'as plus besoin de moi, moi qui t'ai pourtant bien servi, tu me préfères d'autres choses, plus neuves, plus modernes... Nous changeons, mais les objets restent inertes, immobiles, ils n'évoluent pas avec nous, avec le monde autour de nous. À un moment donné, l'alliance craque. On se reporte sur d'autres styles, d'autres désirs, qui coiffent les précédents et s'installent naturellement dans notre paysage.

Seules les personnes très âgées n'éprouvent plus cette urgence à toiletter leur environnement. Leur attachement aux objets du passé est proportionnel à leur absence d'avenir. Réjouissons-nous d'avoir besoin de nouveauté, c'est un signe de vitalité et de défi. Chaque printemps nous expose à ce vent qui réveille, qui nous oblige à regarder autour de nous avec franchise. Ce dialogue que nous tenons avec nous-mêmes appelle l'action. Il ne peut pas rester ignoré. Les améliorations que nous réalisons y répondent, on en parle, on se congratule, on surprend l'entourage, qui ne nous croyait pas capable de tels sursauts ! Tout le monde en profite, et s'il faut casser sa tirelire, n'est-elle pas là pour ça ?

La pierre et le bois

Les nouvelles techniques de construction nous font découvrir des matériaux inconnus jusqu'ici, des plastiques, des ciments, des enduits, des poutres métalliques et des revêtements légers, faciles à poser et isothermes, issus des recherches les plus pointues de l'aéronautique. On est époustouflé. Ces technologies permettent de construire vite et à moindre coût, on voit au Japon des tours surgir en une nuit, plateau par plateau, suspendues à de frêles armatures antisismiques. Je suis admirative de ces progrès, j'espère qu'ils aideront les peuples à se loger convenablement, du désert à la banquise. Tous les métiers du bâtiment ont bénéficié de ces avancées, avec les tuyaux, les coudes et les joints en plastique, les machines qui se faufilent dans les recoins, les colles inouïes qui ont remplacé les vis et les taquets, les isolants plus étanches que notre bon vieux zinc.

Bravo aux dalles de pierre reconstituée qui imitent la pierre de taille à s'y méprendre et à moitié prix, les volets en PVC qui ne jouent pas et les tables de jardin en plastique qui ne rouillent pas. Leur succès est général, on les voit partout, vu leur solidité et leur accessibilité. Cependant, quand on visite une ville médiévale ou un château, on s'extasie sur les fenêtres à meneaux, les toits de tuiles, les poutres, les volets intérieurs en bois et les volées d'escaliers de pierre usés au centre par les nombreux pieds qui les ont creusés. Est-ce notre goût de préserver l'héritage du passé, ou bien les trouvons-nous vraiment beaux ?

Je pense que les deux réponses sont justes. Trois mille ans d'architecture (et plus si on compte l'Égypte ancienne et les premières constructions sumériennes) ont reposé sur la pierre et le bois. Nous les avons dans le sang, si je puis dire, dans notre mémoire culturelle qui est beaucoup plus longue que celle de la durée de notre vie. En un siècle, tout a été bouleversé. Ce qui paraissait solide brûlait et s'effondrait tandis que naissaient les produits dérivés du pétrole, inusables, non inflammables et non dégradables. Quelle révolution pour l'esprit ! Les moteurs sont bourrés de pièces minuscules en Téflon, léger et résistant. On s'incline devant l'efficacité et la performance.

Pourtant, si vous voulez donner du cachet à une maison, rien ne vaut une table de pierre, des bancs de pierre, un vieux perron de récupération, même fendu. Rien ne remplacera le charme d'une cheminée de pierre, d'une table de ferme en bois, de portes en chêne massif et de boiseries qui coûteraient une fortune à refaire aujourd'hui. Prenez-en soin, respectez-les, elles sont déjà une rareté qu'on s'arrache dans les salles des ventes. Il y a de beaux métiers autour de la pierre et du bois, on n'y renoncera jamais. Pour les jeunes ce sont des métiers d'avenir.

L'humour

C'est désormais une mode, il faut rire avec tout : la pub, les interviews à la télé, les titres de journaux, les slogans politiques, les émissions gastronomiques, les informations médicales, les chansons, les histoires d'amour au cinéma, Shakespeare au théâtre, les dramatiques de télévision, et les campagnes de prévention routière. Si on aborde un sujet sérieusement, on entend vite : « tu te prends la tête », « ouille, ça devient chiant », ou pire : « stop, on a zappé ». Il faut s'arranger pour parler des questions les plus graves avec un ton léger et distrayant, une désinvolture qui a déteint sur tous. Il m'est arrivé, en me trompant de numéro, d'entendre certaines annonces sur les téléphones portables qui dénotent l'envie collective d'être loufoque et de prendre la vie à la rigolade. « Salut, c'est Christelle, si je n'ai pas été mordue par une chauve-souris cette nuit ou si Charles ne m'a pas pendue par les pieds, je pourrai écouter vos épitaphes. » « Youpi, c'est moi ! Vous en avez de la chance de me connaître ! Et même si vous ne me connaissez pas, laissez un message ».

Cette poussée d'humour généralisé visant l'audace et la cordialité est sympathique, et ce n'est pas moi qui nierai les bienfaits du rire. Encore faut-il avoir un esprit vraiment comique et ne pas se lancer sur un terrain où des professionnels nous battent allègrement. Encore faut-il ne pas déraper. Rire est salutaire, mais rire de quelqu'un peut se révéler plus meurtrier qu'une insulte.

Les enfants qui nous imitent et qui amplifient nos travers développent un humour ravageur pas toujours charitable. On ne pardonne rien à personne, car tout est bon à dire, puisque c'est sur le ton de la plaisanterie. Leur expliquer la différence entre une vacherie et un bon mot devient une tâche périlleuse qui relève de la sémantique. Aussitôt on vous oppose « le droit d'expression » et « la liberté de pensée ». L'assimilation des principes démocratiques a des effets pervers.

Je perçois dans cette recherche de la dérision à tout prix une légère dérive. Une façon de masquer les lacunes, l'inculture, et de se conformer à un modèle sautillant d'une jeunesse post-Canal + qui n'est plus si jeune. Pour avoir l'air moderne, il faut répondre vite, avec une pirouette verbale, souvent composée d'expressions toutes faites entendues à la radio ou à la télé. Ainsi un langage codé s'est installé, dont la drôlerie s'use rapidement. Le propre de l'humour est de se renouveler constamment, alimenté par le génie créatif des humoristes exercés. Une blague répétée perd de son mordant, et les locutions inventées par les dialoguistes ont la vie courte. Le temps du succès d'un film ou d'un spectacle. « Lundi, ravioli », ou « C'est quoi, cette daube » sentent déjà le réchauffé.

Tout le monde n'est pas obligé d'avoir la « *vis comica* » (le talent de faire rire). Il n'y a pas de mal à s'exprimer avec ses mots, romantiques si vous êtes romantiques, timides si vous êtes timides, austères si vous êtes austères, caustiques si vous êtes caustiques. Le rire a son heure et son jaillissement, qui nous ravit d'autant plus qu'il est inattendu. S'il est systématique, s'il est un automatisme lourdement recherché, il peut irriter et passer pour un tic nerveux qui reflète une insatisfaction et un doute de soi. Le ricanement, l'ironie permanente agacent comme un robinet qui fuit. Rien ne vaut une bonne douche de rire imprévu.

La nuit porte conseil

Avec les années, le sommeil devient plus léger. On s'endort difficilement et on se réveille parfois au cours de la nuit. Ce n'est pas agréable. On allumerait bien la lumière pour lire un peu, mais on a mauvaise conscience, on risque de réveiller celui ou celle qui dort près de nous. Alors on pense. On se cale dans les coussins et on réfléchit. On a le temps.

On se repasse des événements récents ou lointains, on laisse notre esprit vagabond nous présenter des images, des souvenirs, des interrogations. On est au cinéma. Notre inconscient est le metteur en scène ingénieux et fantaisiste de notre insomnie. On est surpris de ce qu'il nous dit quelquefois, de ce qu'il va déterrer, les vieux rêves, les querelles pardonnées mais pas oubliées, les désirs non assouvis, et tout ce que nous n'avons pas compris au moment où cela se produisait. Dans l'isoloir de la nuit sans sommeil, immobiles et concentrés, on se dit la vérité. On fait des *mea culpa*, on sourit de ses propres rigidités. On s'amollit, comme chaque fois qu'on est sincère et indulgent. Rien ne sert de ruminer, dans cette position intérieure. On peut s'offrir le luxe de se représenter les conflits du point de vue de la partie adverse, pour voir, pour juger. Personne n'en saura rien. Et quelquefois la tolérance paye, les solutions apparaissent, la bonne volonté nous soulève, nous enthousiasme, on voudrait réveiller l'assoupi(e) qui est à côté pour lui communiquer nos nouvelles décisions, le fruit de notre réflexion nocturne. Puis on sent les yeux papilloter et on se rendort, l'âme en paix.

Le lendemain, on ne se souvient pas immédiatement du travail mental de la nuit, mais quelques nœuds de l'écheveau de nos soucis se sont dénoués. C'est la nuit qui veut ça. Elle porte conseil dans l'intimité de notre conscience, sans influence, sans que personne jette de l'huile sur le feu, ou nous oriente dans son sens. La nuit est notre espace de recueillement, dans le silence et le repos des énergies autour de nous. Lumières éteintes, feu éteint, chien et chat endormis, et même la personne que nous aimons mais qui a une forte présence neutralisée par le sommeil, nous nous retrouvons, comme on dit, en notre âme et conscience.

J'aime ces moments insoupçonnés de la maturité, détachés de l'action permanente des choses à faire pendant la journée. La nuit il y a moins d'ondes qui nous bombardent. Les idées se mettent en ordre, circulant plus librement autour de nous. J'écris la nuit, je fais le point la nuit, je fais des plans ambitieux et raisonnables, je ne me raconte pas d'histoires, je suis vraie puisque je ne suis pas dans le combat, dans l'autodéfense. Il faut un lieu pour méditer. Les églises sont fermées la nuit, moi j'ai mon prie-Dieu à domicile, au creux de mes insomnies.

L'âme sœur

Quoi de plus réjouissant qu'un couple heureux. Ils sont si rares qu'ils deviennent des modèles, des références qu'on cite et qu'on louange. Eux-mêmes ne se rendent pas compte de leur richesse et reçoivent notre admiration avec modestie, étonnement et pudeur. Dans une assistance, on les remarque aussitôt. Ils ne sont pas forcément collés l'un à l'autre, mais par un regard, par un sourire ou une taquinerie, on sent un fil tendu entre eux. Que dis-je, un filin, une poutre, un pont invisible et puissant, qui les relie comme les deux pieds d'un arc-en-ciel. Ils dégagent une force, un calme qu'on leur envie. À juste raison, car rien ne peut leur arriver, ils sont à l'abri sous leur amour indiscutable et définitif. Ils ont trouvé l'âme sœur, c'est-à-dire le miroir idéal où ils ne se verront pas vieillir, l'épaule sur laquelle ils s'appuieront quand ils auront besoin d'aide, et la destination de leurs pensées, donc du bonheur, puisque rien ne comble autant que le bonheur de l'autre.

Ce petit miracle est convoité par tous. Dès l'enfance, on commence à chercher le compagnon ou la compagne parfaite qui nous comprendra et nous aimera, plus que nos parents, plus que nos frères et sœurs. Une créature unique, sur mesure, qu'on reconnaîtra au premier regard. Le mythe du coup de foudre remonte aux contes de fées, quand le prince voit sa princesse dans une grenouille. Cela finit toujours par : « Ils vivront heureux jusqu'au restant de leurs jours et auront beaucoup d'enfants. » Plus tard, on rêve d'une rencontre qui nous arrache aux attaches familiales, d'un amour absolu qui réponde à toutes nos inquiétudes. Ce sont les premiers emballements, les premières erreurs. Les chanceux tombent sur l'âme sœur dès ce moment-là, copains de fac, soudés par le travail partagé, les efforts et l'isolement des études. Nombre de chefs d'entreprise épousent tôt une camarade d'université et mènent de front leur vie professionnelle et leur vie de famille. Le but est de ne pas entraver les ambitions ni la progression des carrières. On choisit sagement une personne qu'on connaît bien et sur laquelle on peut compter. Ces associations-là réussissent, mais peut-on parler d'âmes sœurs ?

Si on la cherche, on ne la trouve pas, dit-on. Pourtant on ne cesse d'aspirer à l'amour fusionnel, comme s'il était inscrit dans nos astres, dans nos droits. Les méthodes varient. Certains essayent tout ce qui se propose, d'autres attendent dans leur tour d'ivoire. Les optimistes croient avoir trouvé plusieurs fois, les pessimistes pensent qu'ils ne trouveront jamais. Les gens raisonnables espèrent, sans se frapper la poitrine. On peut vivre de grands amours avec des partenaires qui ne nous conviennent pas, et passer à côté de l'âme sœur, parce qu'on n'était pas dans les dispositions de l'accueillir ce jour-là. Le destin est bon enfant, il se représente une deuxième fois. Combien de femmes épousent leur ami d'enfance après le décès de leur mari. Combien de divorcés se remarient, après des années d'errance sentimentale. Combien de mariages heureux sur le tard, au moment où on ne l'attendait plus. Il ne faut jamais désespérer, il y a, quelque part sur cette terre, un être, une âme qui nous est destinée, et qui cherche, elle aussi, comme une abeille butineuse attirée par le suc d'une fleur précise. Ceux qui se sont trouvés nous observent en souriant, du haut de leur Olympe, et ne peuvent rien pour nous. Il n'y a ni recette, ni secret, seulement leur exemple et notre espoir toujours vivant.

Les médicaments

Il semblerait que les Français soient de gros consommateurs de médicaments. Les pharmacies prospèrent et les produits varient au rythme de la mode, surtout la parapharmacie. J'entends, ici et là, cette constatation comme une critique de notre société, et je m'en étonne. Je pense qu'il faudrait s'en féliciter au contraire, et si nous imitons les Américains, nous sommes encore loin du compte. Mes amis américains alignent sur la table avant chaque repas une collection de gélules de toutes les couleurs qui fait partie de leur quotidien, même quand ils sont en bonne santé. Surtout quand ils sont en bonne santé, afin de le demeurer.

Nous avons une vision antique du médecin, qui fait trembler et qui n'intervient que quand ça va mal. On se vante de « ne jamais voir un toubib » ou de n'avoir que de l'aspirine probablement périmée dans la pharmacie de la salle de bains. Les hôpitaux sont des lieux redoutés et tabous, moins on les fréquente mieux on se porte. Or la médecine moderne soigne *avant* qu'on tombe malade, elle s'emploie à prévenir et à anticiper les maux, et enseigne les bases de l'hygiène et de la connaissance de soi, qui progressent de jour en jour. On sait désormais que chaque organisme réagit à sa manière aux différentes substances, ce qui vaut pour toi ne vaut pas pour moi, et inversement. On s'oriente de plus en plus vers des thérapies « à la carte », qui prennent en compte nos particularités, nos antécédents et notre hérédité. Le tableau des soins s'est infiniment élargi et raffiné. Comment s'étonner que de nouvelles molécules soient mises en circulation, de nouvelles applications et des méthodes d'absorption appropriées ? La multiplication des produits et leur complémentarité est une avancée dans notre façon de nous soigner, les découvertes abondent pour notre bien-être et notre longévité. Certes, il y a les hypocondriaques qui se tâtent le pouls toutes les cinq minutes et avalent des médicaments comme des bonbons. À ceux-là, les généralistes avisés prescrivent des placebos qui n'ont qu'un effet psychologique. Il y a les orgueilleux, qui prétendent n'avoir besoin de personne, et les capricieux, qui s'épanchent chez le pharmacien et goûteraient bien tout ce qui sort, comme on teste des fromages ou des vins.

La majorité des Français est raisonnable. On accepte la modernité sans excès, mais on ne lui tourne pas le dos. Seuls les résultats comptent, force est de reconnaître qu'on vit mieux depuis vingt ans, que les interventions comme la cataracte, l'hallux valgus, la hanche, les pacemakers et les petits ressorts qu'on vous glisse dans les artères pour les élargir, sans anesthésie générale et sans ouvrir, tiennent du miracle. Les pilules, les substituts hormonaux, les somnifères et les anti-inflammatoires ont considérablement amélioré la condition féminine, et les bonnes crèmes de beauté sont à la portée de tous. Nous tenons le record d'antidépresseurs et de coupe-faim ? Tant mieux, cela prouve que nous aidons notre corps à supporter la vie difficile d'aujourd'hui, en ne nous laissant pas abattre !

Le nez

Beaucoup de personnes se plaignent de leur nez. On le trouve trop grand, trop rond, trop long, trop court, tordu, écrasé, en pied de marmite, en patate, en groin, en truffe ou en chou-fleur. À part quelques spécimens extraordinaires, toutes ces définitions relèvent de l'interprétation et de la fixation. On dirait que cet appendice au milieu de notre visage attire les foudres, comme un paratonnerre sur un toit, victime de sa position et de sa proéminence.

Or, chaque physionomie a le nez qu'elle mérite. Le caractère se construit autour du nez. Il est un mât à la pointe du profil où sont accrochés, en haut les sourcils et les pliures des paupières, en bas la lèvre supérieure, et le creux du sourire ou du refus. L'équilibre des traits tient à cette distribution, différente pour chacun. Pointu et présent chez les uns, il est discret et fuyant chez les autres. Épaté et joyeux chez les Africains, il est effacé et rétracté chez les Asiatiques. Nos nez développés les fascinent, en Chine et dans le Sud-Est asiatique ils nous surnomment « les nez », et ils s'amusent à nous le toucher en s'esclaffant. Ils ne nous les envient pas, ils les trouvent comiques et porte-bonheur, comme pour nous les pompons sur les calots des marins.

Les jeunes filles qui complexent à cause de leur nez sont la proie des chirurgiens esthétiques qui leur font parfois de fausses interventions au cours desquelles ils ne touchent presque rien, l'obsession de la patiente n'étant pas objective. On lutte difficilement contre une idée fixe, telle que d'avoir des seins trop gros, ou trop petits, des hanches trop rondes ou en culotte de cheval. Les opérations sont dangereuses, particulièrement sur le visage, car elles sont définitives. Elles peuvent enlever la personnalité qui provient, par un alliage mystérieux, des imperfections.

Heureusement, les différents physiques sont mieux connus grâce à la télévision qui nous montre des gens de toutes races et de toutes couleurs. On se familiarise avec de nouveaux types de beauté qui nous paraissent enviables et qui s'influencent les uns les autres. La mode s'empare de la singularité de chacun et nous présente des assemblages d'esthétiques libres et éclectiques. Il n'y a plus un seul critère de perfection, le nez des Suédoises n'est plus le seul copié. Le nez droit d'une statue grecque serait ridicule sur Yannick Noah, de même que le petit nez de Marilyn Monroe n'aurait pas été à la Callas. Céline Dion doit à son nez son chic, et peut-être sa voix. Notre Michel Galabru ne nous attendrirait pas sans son pif, qu'il n'aurait pas échangé avec le bec d'oiseau de Louis de Funès. Le nez est une signature au centre de la figure, il fixe l'expression par son immobilité, comme un tronc d'arbre offre les feuilles au vent sans plier. Tout bouge autour de lui, les joues plissent, les cheveux volent, les larmes coulent, il reste stoïque et ferme : il est notre drapeau, notre marque et notre bouée d'amarrage.

Les brocantes

Partout, aux quatre coins de la France, c'est le boom des brocantes. Dans les villes, chaque quartier a sa foire annuelle, et dans les villages maintenant, à tour de rôle, un week-end leur est consacré. Qu'est-ce qui leur vaut un tel engouement ?

Il y a plusieurs phénomènes. Les marchés aux puces sont devenus des lieux de promenade, même quand on n'a rien à acheter. Dans les foires, on retrouve la même atmosphère, les vendeurs mangent sur leurs guéridons en vente, assis sur des bergères à restaurer. Surtout quand ce sont les antiquaires improvisés des vide-greniers. C'est un peu comme à la Fête de la Musique, chacun se sent une âme de musicien d'un jour, ce dimanche-là, on est chineur d'un jour. Une fois de plus, l'occasion de sortir de chez soi, de voir les autres, rencontre le succès. On est habillés commodément, pas richement pour ne pas faire monter les prix, mais surtout pour ne pas se faire remarquer. On est anonymes et proches, c'est la règle du jeu.

Notre attirance pour les vieux objets revêt aussi un autre sens. On se reconstruit un passé, celui qu'on a perdu, celui qu'on n'a jamais eu, ou celui qu'on aurait rêvé d'avoir. Les draps brodés et les torchons chiffrés sont recherchés, bien qu'ils ne soient pas à nos initiales. On imaginera qu'une tante ou une cousine nous les a laissés en héritage. Souvent ils restent dans le placard, mais quel bonheur de savoir qu'ils sont là, trousseau antique qui durera au-delà de nos vies. On s'achète non seulement un passé, mais également une longévité, car les maisons, les meubles et les tableaux, s'ils sont beaux, resteront après nous. Toute la quête est là : il faut dénicher l'objet méconnu qui prendra de la valeur, le mobilier oublié qu'on s'arrachera demain, et devenir des talents scouts du passé qui défile en désordre devant nous. On rend justice à des designers tombés en désuétude, à des artisans sans successeur et à des arts abandonnés. Ferronniers, souffleurs de verre, fondeurs de bronze, tapissiers et émailleurs. Certains de ces métiers reprennent, mais aucune production nouvelle n'égale les illustres maîtres des XVIIIe et XIXe siècles. En acquérant un objet ancien qu'on protégera et qu'on honorera mieux qu'un musée, on vient au secours de la mémoire de nos origines, en un temps où la modernisation va si vite qu'elle nous fait un peu peur.

Une maison entièrement contemporaine manque de quelque chose : de cette filiation avec les formes du passé, triées et sélectionnées par notre goût actuel mais qui nous rappellent le cheminement de l'Histoire et de nos propres progrès.

Au cours de la vie, on change de goût, l'Art Nouveau qui nous charmait à vingt ans nous paraît insupportable à quarante, et retrouve notre indulgence plus tard. On aimait la couleur, on n'aime plus que le blanc. On couvrait les murs de tableaux, on n'en veut plus qu'un seul, admirable. On s'affine, on se remet en question, et l'étalage de toutes les époques mélangées nous permet, le temps d'une promenade, de faire le point.

Autrefois, seuls les collectionneurs étaient les adeptes favoris de ces marchés, aujourd'hui, on est tous intéressés. Sans compter qu'on se meuble pour pas cher dans une salle des ventes ou chez un commissaire-priseur...

Les hymnes nationaux

Chaque pays a le sien. Une fête nationale réunit les caractéristiques d'une culture et d'une histoire, de manière bien visible, comme les couleurs d'un drapeau. Le son d'une cornemuse nous signale en une seconde que nous sommes en Écosse, de même que les tambours des majorettes nous évoquent les États-Unis, et l'accordéon, la France. La samba annonce le Brésil, le fado chante le Portugal, et la balalaïka sonne la Russie. On dirait que chaque pays se définit rapidement par une musique, comme une marque choisit un logo reconnaissable et rabâché. Pourtant, les hymnes nationaux se ressemblent tous, les compositeurs se sont donné le mot pour faire pompeux et solennel. Pour la plupart, on ne se souvient pas d'eux, ils sont bousculés et effacés par les sonorités nationales typiques.

Il y a trois exceptions : *La Marseillaise*, le *God Save the King* et *L'Internationale*. Ce sont des tubes, que tout le monde connaît à travers le monde. C'est assez mystérieux, car ce ne sont pas des musiques inoubliables, mais elles sont ancrées dans les mémoires, comme des repères éternels qui appartiennent à tous. Peut-être symbolisent-ils des fondements de notre civilisation, Dieu et le Roi d'un côté, la République et la Révolution de l'autre. Dans l'esprit, chacun ressent que l'un est conservateur, l'autre est laïque, et le troisième progressiste. Ces hymnes ont contribué à l'image de la France et de l'Angleterre dans le monde, image qui perdure, même si nous avons beaucoup changé, d'un côté de la Manche comme de l'autre. Il n'empêche que nous incarnons, à travers ces mélodies et la tonalité des paroles dont le sens est inconnu pour les étrangers, et peut-être pour certains concitoyens, des concepts simples de liberté et de démocratie. Quant à *L'Internationale*, elle incarne nos rêves de justice planétaire, et fait encore venir la chair de poule, chantée par des foules vibrantes.

Dans l'effort de propagation des idées, on n'a cependant jamais autant entendu les hymnes nationaux : aux Jeux olympiques, aux Coupes du Monde, aux défilés et aux inaugurations, partout où un chef d'État se déplace. Il paraît que les auteurs médiocres de ces airs orchestrés académiquement, et leurs veuves, sont milliardaires. On peut le croire, s'ils touchent des dividendes chaque fois qu'on les joue. Le marché des pays nouvellement créés, ou restitués à d'anciennes frontières, est convoité par les musiciens. Il leur faudra un hymne à la mesure de la bataille qu'ils ont menée pour leur autonomie.

Mais rien ne vaudra une chanson d'Édith Piaf pour chanter ensemble la France qu'on aime, un peu nostalgique et idéalisée. En Italie, *Bella Ciao* soude le Nord et le Sud dans un vœu d'union en honneur de la Résistance, et en Allemagne la *Lorelei* rassemble les mélomanes et les amoureux du Rhin.

Les souvenirs d'hymnes funestes au pas de l'oie disparaissent au profit de la culture populaire qui ne s'oublie jamais.

Les valises

Le seul point noir des voyages, ce sont les valises. On a beau être organisé et prévoyant, on oublie toujours quelque chose. Il y a plusieurs techniques, qui reflètent la personnalité de chacun : soit on prévoit toutes les situations, et on s'affuble d'énormes valises, soit on réduit les besoins au minimum, afin de n'emporter qu'un petit sac. Je suis de la première école, raisonnablement. Les hommes sont quasiment tous de la deuxième, ils ont horreur de porter des bagages.

L'expérience m'a appris qu'en déplacement, on ne change pas d'habitudes, au contraire, on a encore plus de nécessités. On ne renonce pas au confort naturel d'une maison montée, et la vie active qu'on mène dans un lieu à découvrir, dans un climat différent, crée de nouvelles exigences et même de nouveaux goûts. Il faut donc s'assurer de ne pas manquer de ce que nous utilisons quotidiennement, version réduite pour le voyage, et se laisser aller aux suggestions du lieu, adopter de nouveaux usages qu'on rapportera, qui sait, en revenant.

Quand on dit que les voyages forment la jeunesse, on fait allusion à des préjugés qui tombent ou à des idées qu'on copiera par la suite. Le problème reste le même : il faut de la place pour tout ça, pour ce qu'on emporte et pour ce qu'on rapportera.

À cet office, j'ai constitué une petite liste, un pense-bête qui me permet de vérifier le contenu de ma valise avant de la boucler. Shampooing, brosse ronde, serre-tête, mouchoirs en papier, lunettes de soleil, réveil, ciseaux et couteau suisse (à ne pas garder à bord si on prend l'avion), porte-monnaie bis pour l'argent local quand on va à l'étranger, cartes, boussole, petit dictionnaire de la langue du pays visité, crayons, mini-bouilloire, prise multiple, talc, chapeau de soleil, imper pliant, recharge du téléphone portable, passeport, permis de conduire, sac de plage, chaussures de plage, crème solaire, deuxième sac vide pour ramener les cadeaux, aspirine, Mexaform, fer de voyage, savon liquide pour les petits lavages, appareil photo, boules Quies, anti-moustiques, paréo, etc. La liste s'allonge à chaque retour, le petit ventilateur que j'avais abandonné à la dernière minute m'a cruellement manqué, et la robe habillée aurait été plus jolie avec ses chaussures adaptées que j'ai laissées dans le placard. On se censure, on doute devant la montagne de choses à emporter, et on s'imagine qu'on va mener une vie spartiate, sous prétexte qu'on est loin. Or, j'ai constaté que je me changeais davantage en voyage, pour me rafraîchir et pour honorer les photos que mon compagnon ne manquera pas de faire. Et ces photos-là, elles restent. On les montre à tout le monde, on en fait des copies pour les amis, et les commentaires vont bon train : « Tu avais un drôle de chapeau, et tes godasses, quand même, tu ne pouvais pas trouver mieux, dans le genre commode ? »

N'en déplaise à ces messieurs qui abominent nos valises, maintenant qu'elles roulent et que nous avons moins besoin d'eux pour les trimbaler (sauf dans les escaliers des gares, au secours !), il vaut mieux avoir un truc en plus que regretter celui qui manque.

Les oliviers

Les campagnes françaises ont adopté un arbre autrefois réservé aux seules contrées méditerranéennes : l'olivier. Il ponctue les pelouses des parcs arborés de ses belles formes sculpturales et de son feuillage argenté. On le plante déjà adulte, car il se développe lentement, aujourd'hui on ne plante plus pour les générations futures, on veut profiter des plantations tout de suite.

Divine surprise, il résiste aux climats les plus variés, et à part les gels sévères et prolongés, il supporte à peu près tous les terrains. Les préjugés qui l'entouraient s'effritent, un olivier bien surveillé s'adapte à des sols divers, à condition d'être bien exposé et pas dans un creux afin que l'eau ne stagne pas à son pied.

Un marché florissant – on pourrait dire un trafic – d'oliviers cinquantenaires et même centenaires s'est ouvert en Europe. Les villages sévillans ou crétois vendent leurs oliviers séculaires qui sont arrachés de leur terre d'origine pour être revendus à prix d'or à des paysagistes en France ou en Allemagne. Une loi européenne essaie de les protéger en les nommant « monuments du patrimoine », mais comment lutter contre la misère de ceux qui pratiquent ce commerce sauvage ?

La mode de ce végétal s'explique aussi par la bonne presse héritée, non plus du rameau d'olivier porteur de paix, mais de l'huile d'olive. Non seulement les oliviers sont beaux, mais ils nous font du bien. Notre cœur, nos artères, nos cheveux et nos digestions leur doivent la santé, ajoutée au plaisir gustatif. L'huile de ricin a laissé de mauvais souvenirs tandis que l'huile d'olive nous ravit. Chacun en trouve une à son goût, dans le hit-parade des variétés et des saveurs. On commence à connaître les nombreuses provenances, à leurs bouteilles, à leur couleur et à leur bouquet. Tout provient d'abord des oliviers et de leurs olives. Les petites pointues cueillies vertes sur l'arbre en Toscane ne sont pas les grosses noires ramassées mûres dans les filets où elles tombent en Espagne, ni les marbrées à chair tendre de la Turquie ou les petites noires à gros noyaux de Nice. Les récoltes ne sont pas toujours sûres et le cours de l'huile d'olive peut s'envoler. Une récente disposition européenne autorise les appellations contrôlées à acheter des olives d'autres régions où l'hiver a été moins rigoureux pour alimenter leurs pressoirs. C'est dommage, mais que faire, la globalisation c'est aussi cette valse des oliviers, dans nos jardins comme dans notre assiette !

La patience

Si je devais définir la qualité principale d'une mère, je dirais : la patience. Dès qu'il s'agit d'enfants, de n'importe quel âge, les personnes les plus expéditives sont capables d'une patience calme et tenace. On se règle intérieurement sur le rythme de l'enfant et notre propre tempo s'efface au profit du résultat à obtenir, faire manger un bébé ou un petit enfant, lui apprendre à lire ou à compter, lui enseigner un jeu ou écouter ses misères à l'école avec son institutrice ou ses copains. Dans un magasin, alors qu'on aime choisir vite pour soi-même et qu'on déteste les longues séances d'hésitation d'un mari ou d'une amie, on supporte celles d'un enfant à la recherche d'une marque ou d'un modèle précis. Une tolérance magique s'empare de nous, qui pardonne à un ado tout le temps passé à la recherche de lui-même.

Autant la rapidité est reine dans toutes nos actions, autant le temps s'arrête quand il faut assister un enfant. On fait les courses à toute allure en n'oubliant rien, on se coiffe et on s'habille en cinq minutes mais on passe une heure à baigner et à langer un nouveau-né, qui nous met au pas pour les années futures. Le bain, l'habillage et le déshabillage resteront un moment d'échange et d'intimité pendant longtemps. Plus tard la patience se déplace. Elle devient psychologique et stratégique. L'inquiétude s'ajoute à l'écoute de l'enfant, on voudrait qu'il ne souffre de rien, qu'il grandisse dans l'équilibre et l'affection. Quelquefois, on le surprotège, en puisant dans cette capacité de dédoublement qui engendre la patience. On l'applique d'instinct, sans qu'on nous le demande. Bien sûr, nous sommes plus ou moins douées dans l'exercice de cette vertu naturelle, les femmes pressées ont du mal à cacher leur nervosité. Les enfants sont exigeants : ils veulent que notre attention ne soit pas trop visible, qu'elle reste discrète et pas insistante. Mais ils comptent sur elle, et se fâchent si on ne les a pas entendus, si on n'a pas enregistré un horaire de cours ou le nom d'un professeur. Aussi la patience s'accompagne-t-elle de la mémoire. L'altruisme que nous dictent les enfants nous oblige à des exercices mentaux excellents pour les neurones. On dit que fréquenter les jeunes conserve la jeunesse, je crois que c'est notre amour et notre patience qui nous éduquent à nous tenir constamment en éveil pour mieux suivre nos enfants. Appliquée aux autres activités de la vie, la patience ainsi développée devient une arme de tolérance pour vivre avec les personnes qui ne pensent pas comme nous. Elle est un but en soi, et peut-être un plaisir ?

Les coussins

On se moque de moi parce que je mets des coussins partout. Mes canapés sont constitués d'une banquette garnie de grands coussins carrés, eux-mêmes agrémentés d'une myriade de petits coussins moelleux. Mon lit est envahi de coussinets de toutes tailles, en plus des quatre oreillers, deux longs, deux carrés, indispensables pour lire au lit, plaisir suprême. Les chaises de jardin sont recouvertes de galettes, et les bains de soleil de matelas qu'il faut rentrer chaque soir et redistribuer le matin. Un vrai boulot qui équivaut à un footing. Je reviens en nage d'avoir parcouru les quatre coins de ma terrasse les bras chargés. Les murets sont à la bonne hauteur pour s'asseoir, j'ai aussitôt trouvé des coussins plats pour qu'on y soit au confortable. Mes chaises de cuisine ont des mousses tapissées qui adoucissent la raideur de la paille, et le hamac ne serait pas aussi délicieux sans les quelques coussins, un sous la tête, un dans les reins, un sous les pieds. Il y a tant de coussins autour de moi que je passe la journée à les charrier, à les nouer, les regonfler, les secouer.

Je me suis interrogée sur le sens profond de mon capitonnage endémique. Ai-je si peur des coups pour m'envelopper de cette manière, ou bien suis-je plus sensible qu'une autre à la volupté d'un rembourrage de plumes ou à l'élasticité des nouvelles matières antiacariens qui nous font rebondir, en souvenir de nos jeux d'enfance ? Ai-je besoin de la mollesse accueillante du sein maternel de crainte de manquer de tendresse ailleurs, ou bien suis-je si brusque que je me protège des chocs et des bleus ? Ai-je la nostalgie des harems ou de la vie nomade de mes ancêtres mongols assis dans des yourtes sur des tapis et des coussins, ou bien suis-je tout simplement lascive et amoureuse de la position allongée comme mes chats ?

Je n'ai pas d'explication claire, mais je m'aperçois que je ne suis pas seule à aimer les coussins, ils regorgent dans les rayons de décoration des magasins. Alors je me dis que notre époque de dorlotage nous a réconciliés avec le bien-être, autrefois peccamineux, dans la mansuétude des bons coussins.

Ongles rouges, ongles naturels

Pendant des années, les ongles rouges étaient pour moi synonymes de mauvais goût, de femme qui ne fait rien de ses mains, sauf les exhiber, inutiles et arrogantes. Des mains d'Américaine, plastifiées sans grâce. À peine sorties de chez la manucure, on peut dire que ces petites coupoles luisantes sont artificielles mais amusantes. Dès qu'elles commencent à s'écailler, ou que l'ongle pousse en faisant reculer la lisière vernie, aïe, ça devient un repoussoir. À l'absence de naturel s'adjoint l'aspect mal soigné qu'on remarque aussitôt, les mains s'interposent les premières entre les personnes. Des mains abîmées aux ongles propres et neutres sont moins choquantes.

Depuis quelque temps, je suis moins sévère. Je n'aime toujours pas les vernis argentés ou irisés, ni les couleurs violentes, le noir, le violet ou le vert, mais une main fine terminée par des ongles allongés et joliment vernis n'est pas désagréable. Avec les machines à laver et les gants en caoutchouc, une femme peut aujourd'hui s'offrir ce luxe. À condition d'en prendre bien soin et de remplacer le vernis dès qu'il se défraîchit. La laque rouge est plus délicate que la transparente, un esclavage de plus dans les nombreux gestes qu'exige notre beauté.

Ma préférence va pourtant au rouge pour les ongles des orteils. Certes, il faut que les pieds soient présentables. Dans des sandales ou des nu-pieds, on expose ses pieds, on les libère enfin de l'enfermement habituel. Les taches vives qui dépassent de la chaussure ouverte ressemblent à des bonbons à la cerise rangés dans un coffret. Elles sont émouvantes et joyeuses, je crois qu'elles exercent un fort pouvoir érotique sur les hommes, on les invite à cueillir ces petits fruits engageants.

Mes activités, l'ordinateur, le piano et la cuisine m'obligent à garder les ongles courts aux mains. En été, il m'arrive de laisser pousser les ongles des pieds afin d'avoir plus de surface à vernir en coquelicot ou en rubis. Chaque fois que je les vois, je pense à Rita Hayworth, à Ava Gardner ou à Brigitte Bardot dansant pieds nus. Elles incarnaient la féminité et le sex-appeal. Elles étaient sans doute mal jugées par une partie du public, mais elles ont marqué nos inconscients. Quand je passe délicatement le pinceau carré du vernis rouge sur mes ongles, j'éprouve un frisson de griserie, comme si j'envoyais un message coquin à qui voudra bien le recevoir.

Le cercle des amis

D'année en année, le cercle des amis change, il se réduit et se précise, mais d'une certaine manière, il s'élargit aussi. Quand on est jeune, on aime les fêtes avec beaucoup de monde, on a besoin de se confronter à des personnes différentes, pour mieux se définir soi-même. On part à la découverte, on est attiré par des personnalités éloignées de notre entourage habituel, auxquelles on accorde un crédit exceptionnel, quitte à en revenir plus tard.

Puis les amitiés s'affinent, se ciblent. On construit la vie à l'aide d'amis fiables, aux prises avec les mêmes problèmes que nous. On fréquente les parents des copains de nos enfants, les voisins et les collègues de travail. C'est la phase de l'amitié utile, pas forcément intéressée mais étroitement liée à notre quotidien. On se coopte par tranche d'âge, par profession ou par moyens financiers. Il faut une certaine égalité pour s'offrir ensemble les mêmes restaurants, les mêmes vacances et les mêmes adresses de fringues. On cherche plutôt à se ressembler qu'à se distinguer. Si la politique s'en mêle, on ne s'entend qu'avec les partisans des mêmes causes, des mêmes engagements.

Puis vient le temps de l'amitié-plaisir. C'est le privilège des années de maturité. On n'a envie de voir que ceux qui nous plaisent, ceux qu'on estime, qu'on admire ou qui nous amusent. On est beaucoup plus tolérant, on accepte les divergences d'opinions, de milieux, d'origines. Une amitié devient un voyage dans l'univers de l'autre, une démarche de curiosité, de surprise, de dépaysement. Bien sûr les amis de toujours qui ont traversé toutes les étapes restent les bienvenus, même s'il faut subir leurs lamentations sur la santé qui fout le camp et le monde qui ne va pas dans le bon sens. Mais on introduit plus facilement dans le cercle des amis quelqu'un qu'on a rencontré dans un train, ou sur un banc public. Un marin au long cours qui raconte ses longues navigations, un professeur de philo à la retraite qui est passionné par les alchimistes, ou une danseuse de caractère qui soigne les introvertis par la danse. Tout nous intéresse, on prend le temps d'écouter, d'imaginer les difficultés de parcours différents des nôtres, qui nous consolent de nos propres misères.

On attribue à la jeunesse la vigueur des sentiments, je m'aperçois pourtant que les amours heureuses et les belles amitiés arrivent sur le tard, au moment, peut-être, où nous sommes moins demandeurs.

La maison de famille

Chaque été, on se réjouit de profiter, soit ensemble, soit à tour de rôle dans les grandes familles, de la maison familiale. Encore habitée par les parents ou les grands-parents, ou bien héritée, quelquefois en indivision entre frères et sœurs, elle est le lieu de retrouvailles des petits-enfants, des cousins et des cousines. Qu'elle soit grande ou modeste, elle a toujours les mêmes caractéristiques : elle est inconfortable, elle est bourrée de défauts, mais on l'adore.

On l'idéalise pendant toute l'année, on la décrit aux amis comme un temple accueillant et sacré, mais dès qu'on débarque, on commence à critiquer les robinets qui couinent, le canapé qui n'est pas à la bonne place, les tuiles manquantes de l'auvent qui coule au-dessus de la porte d'entrée, et le chien du voisin qui aboie stupidement chaque fois qu'on descend au jardin.

Au bout de quelques jours, chacun a pris en notes ce qui ne va pas, il va falloir se réunir pour décider des travaux, profitons que nous soyons tous là pour le faire. Puis le temps passe, on s'habitue au loquet de la salle de bains qui est tordu, à la persienne qui ne ferme pas, aux herbes folles dans la cour entre les pierres, et à la glycine qui fait plier la tonnelle métallique. On ne voudrait changer cela pour rien au monde, et d'année en année, on transmet aux nouvelles générations ces images bancales et vétustes qui marquent les souvenirs de leur croissance. Le mur d'enceinte qui paraissait infranchissable à six ans se réduit à un muret à escalader à quinze ans et devient un dangereux éboulis de pierres à trente ans.

On veut retrouver le trou dans le crépi où c'est l'usage de cacher la clé, la dalle moussue qui recouvre les arrivées d'eau et qu'on a peine à soulever, et le tonneau percé qui devrait recueillir l'eau de la gouttière. Gare à réparer tout cela, c'est l'âme de la maison qui s'envolerait.

Alors on a beau se jurer de mettre enfin une chaudière pour venir en hiver, ou bien de créer la nouvelle salle de bains qui manque, on sait secrètement qu'on n'en fera rien, pas seulement par économie, mais par respect de la vie passée, pour conserver l'intégrité de la maison. Il sera toujours temps de la refaire, quand nous ne serons plus là. Si nos enfants ne la vendent pas, s'ils ne la transforment pas trop, c'est elle qui continuera à nous rappeler à eux.

L'arrière-saison

Bienheureux ceux qui ont la bonne idée de prendre leurs vacances en septembre. Ils ont devant eux les plus beaux jours de l'année. Où qu'on aille, du nord au sud de l'Europe, la nature se pare des couleurs chaudes et des lumières longues de l'arrière-saison. On a l'impression qu'elle veut se faire belle pour marquer les mémoires avec des images somptueuses, avant le sommeil de l'hiver.

C'est le temps de la préparation des vendanges et des récoltes de maïs, le temps des figues, des champignons et des premières battues de chasse. C'est le temps où la Méditerranée se calme, où le meltem disparaît en Grèce, où le mistral s'apaise chez nous, où la chaleur s'étale, comme repue, après avoir fourni les pointes de l'été. Le soleil se dore, complice et amical, on est à l'abri des grandes brûlures. Il est pourtant là, mieux qu'en août, quelquefois... Il prodigue ses rayons utiles, dédiés davantage à l'agriculture qu'au tourisme. C'est peut-être pour cela qu'il est plus fidèle en septembre. Ses caprices estivaux sont une coquetterie, il préfère bronzer les grappes de raisin que les fesses des vacanciers.

Notre système de congés est encore imparfait. Pourquoi la vie doit-elle s'arrêter en août, les villes se vider et les hôteliers se faire insulter si le beau temps n'est pas de la partie ? Ne faudrait-il pas encourager les départs en septembre ou en octobre, alterner les dates de rentrée des classes pour qu'on puisse profiter de cette belle période autrement qu'en constatant amèrement à la météo du soir qu'il fait beau partout, en particulier dans le coin où on s'est tapé dix jours de pluie et de vent en août ?

D'année en année, les signaux du changement de climat dans nos contrées se répètent : les meilleurs mois ne sont pas ceux qu'on croit. On s'est baigné en mai et on a allumé des feux de cheminée en août, les robes d'été sont restées dans le placard et les boutiques de fringues étaient en rupture de stock de blousons et de coupe-vent. Le glorieux mois de septembre nous offre sa douceur et sa richesse comme une femme épanouie qui aborde la deuxième tranche de sa vie, confiante et câline.

Dire oui, dire non

On me dit souvent : « Comme vous êtes enthousiaste, vous défendez avec vigueur ce que vous aimez, ce que vous appréciez, ce qui vous plaît. Vous donnez vos adresses, vous présentez vos amis à vos autres amis, vous révélez vos secrets de cuisine et vos petits trucs pour mieux vivre. Vous vous réjouissez de les partager. Ce n'est pas courant. »

Je me suis longtemps étonnée, je m'inquiétais, je me demandais si je n'étais pas un peu trop communicative, si la réserve n'était pas plus élégante, le secret plus sage et plus discret. J'agace et je dérange avec l'étalage de mes convictions et de mes découvertes. Et puis j'ai compris qu'il y a deux catégories de personnes sur cette terre : ceux qui disent « oui », et ceux qui disent « non ».

La France, alourdie par sa culture ancienne, par son expérience des soulèvements, des révoltes et de leurs retombées, a pris le pli de la prudence. On dit plus facilement « non » que « oui ».

Dire oui, c'est d'abord oser croire à quelque chose, le soutenir, essayer de convaincre, de transmettre une idée qui paraît juste, pour le bien de l'autre. C'est aussi écouter, suivre « l'instinct de l'idéal qui pousse à quitter l'imparfait pour ce qui semble se rapprocher du parfait », disait George Sand. C'est tenter, jouer, espérer. C'est regarder l'avenir avec curiosité. Dire oui est fatigant, ça oblige à se modifier, à évoluer, à entreprendre.

Dire non c'est douter, c'est attendre, voir si l'autre va se casser la figure, ne pas l'imiter, se protéger. C'est critiquer, ne pas être en première ligne, rester sur des positions qui ont fait leurs preuves, ne pas compromettre un équilibre qu'on espère le plus durable possible. C'est empêcher le changement, même s'il est présenté comme une amélioration. Dire non est jouissif et reposant, on est sûr d'avoir raison, on a des arguments, on barre la route aux trouble-fête qui remettent en question des acquis de plusieurs générations.

Ceux qui disent oui, qui sont partants pour de nouvelles initiatives, de nouveaux horizons, sont probablement ingénus et téméraires. Une vieille civilisation comme la nôtre doit contrôler les éléments remuants qui s'emballent pour les idées neuves. N'empêche que l'optimisme est le carburant sans lequel aucun progrès n'aurait jamais vu le jour.

Dans un monde où tout bouge à grande vitesse, où ce qui était vrai hier ne le sera pas demain, je suis heureuse de mon innocence et de clamer haut et sans crainte ma reconnaissance pour les occasions fortunées qui me sont données de dire « oui, d'accord, c'est bien, en avant, je marche ».

Les langues étrangères

On s'est beaucoup penché sur les raisons qui rendent les peuples plus ou moins doués pour les langues. Est-ce la difficulté phonétique et grammaticale de leur propre langue, ou la proximité géographique d'autres cultures, ou bien le sens musical plus développé qui dote certains d'une oreille pour les langues ? À l'inverse, est-ce la rigidité des religions, de la morale et du sectarisme historique qui inhibe les autres, hermétiques aux sonorités nouvelles ?

On ne sait pas bien, car d'une famille à l'autre la situation diffère, selon qu'un oncle ou qu'une grand-mère aient séjourné dans un pays étranger et en aient rapporté la curiosité et les usages. Mais les caractéristiques nationales existent. Les Scandinaves parlent l'allemand et l'anglais facilement, et les Libanais pratiquent l'italien, le grec, le français et l'arabe sans problème. Les Slaves naviguent d'une langue à l'autre avec brio. Les Français se situent hélas ! dans le peloton de tête des non-doués. Les jeunes s'y mettent, en peinant. Pourtant nous avons été, et nous sommes encore la terre d'accueil des étrangers. Des quatre coins de la planète affluent les émigrés, les étudiants et les artistes qui ont le culte de notre langue et de notre littérature. Ils s'adressent à nous en parfait français, parfois, et nous ne sommes pas capables de prononcer leur nom sans l'estropier.

Un mystère qui demande réflexion. On peut mettre ce handicap sur le compte d'une certaine arrogance, d'un sentiment de supériorité hérité de notre suprématie culturelle et diplomatique depuis le siècle des Lumières. Inutile d'apprendre une autre langue, tout le monde parle français... Mais aujourd'hui ? D'où provient ce blocage ? D'un excès de vanité, d'une crainte du ridicule face à la prononciation de mots biscornus qu'on persiste à rejeter ? D'un complexe de grandeur perdue et de rayonnement envolé ? Est-ce une limite structurelle, ancrée au fond de notre palais éduqué pour une langue martelée, à deux temps, sans accent tonique ? Un ami cubain me disait du français : « C'est entre le marteau-piqueur et le métronome. Bach aurait pu être français ! »

Bref, l'écueil est réel. Il faut cependant le surmonter. Nos enfants doivent se promener d'une langue à l'autre sans complexe, sans état d'âme. Il faut se lancer. La musique peut nous aider. En chantant avec Paolo Conte ou Gloria Gaynor, on attrape leurs intonations. Tant pis pour notre accent déplorable, il paraît que les Américains le trouvent charmant. L'important est de ne pas s'enfermer, et dès qu'on perce la barrière d'une autre langue, on s'aperçoit que les modes de pensée sont proches et que le monde est un village, quelle que soit la langue qu'on y parle.

Faire des économies

Dans la grande foire des progrès de notre époque, il y a les mille et une manières de faire des économies. Les annonces alléchantes tapissent les murs de nos villes et les pages de publicité de nos journaux. C'est un sujet de conversation, on se refile des tuyaux qui ne sont des secrets pour personne, et si on n'est pas au courant, on passe pour une nouille. Le but n'est pas tant d'économiser que de se montrer dans le coup, de ne pas vivre à côté de son temps, dans la naïveté des gogos qui se font plumer.

Cela commence par les catalogues des chaînes de distribution qui proposent des discounts surprenants, à saisir à un moment donné. Il faut courir dans les grandes surfaces pour trouver le super Bordeaux millésimé à prix cassé, ou les promotions sur les micro-ondes ou les lecteurs de DVD. On est content de faire une bonne affaire, mais neuf fois sur dix on arrive trop tard, tout est vendu.

Puis il y a les billets d'avion à prix record. En suivant les pistes multiples que vous indiquent les petits futés, on peut dénicher un Paris-Nice pour cinquante euros. Minitel et Internet nous abreuvent de « coups de cœur » et de coups de bol, à en perdre la tête. En général les fameuses réductions ne s'appliquent pas au vol qu'on doit faire, et on finit par payer plein pot, dans la honte et la rancœur. Il y a aussi les « miles » accumulés qu'on n'arrive jamais à utiliser, désolés, pas sur ce trajet, madame, pas ce jour-là.

Il y a les soldes, ils durent toute l'année, dirait-on, on se demande qui achète encore au prix fort. Les ateliers fabriquent pour les soldes, ils y gagnent sûrement. Tant mieux si ça nous permet d'acheter deux pulls au lieu d'un, dans l'euphorie des prix réduits.

Il y a tous les petits bonus, les cartes de fidélité, les primes et les loteries, grattez-moi cette fiche, il y a un voyage au bout, remplissez ce formulaire, il y a des avantages en retour. Tout sous la forme ludique de jeux faciles et prometteurs.

Dernières en date, les réductions sur les communications téléphoniques. Vaste concurrence sur laquelle je me suis cassé le nez. La société que j'avais choisie, pour mettre fin au bombardement quotidien de propositions, ne m'a pas convaincue. Ma ligne s'est mise à faire de drôles de couacs, on avait parfois du mal à me joindre, et le démêlé de la double facturation m'a plongée dans une situation inextricable qui a fini par isoler mon téléphone pendant l'été. J'ai tout envoyé promener, tant pis si je suis une gourde qui paye normalement, cette course à ne pas se faire avoir contraint à des contrôles de chaque instant qui sont épuisants. Pouce. Je cale. Quand je vois dans mon courrier une offre pour « mieux utiliser mon argent », je la mets directement au panier sans l'ouvrir. Aux innocents les mains pleines, et le cœur libre.

Vieillir

On ne se voit pas vieillir, on ne voit pas vieillir ses proches, mais de temps en temps, on constate qu'une amie a basculé, qu'elle a franchi une frontière, qu'elle est entrée dans une autre contrée. On dit qu'elle « a pris un coup de vieux ». Alors on va vite se regarder dans la glace, on tâche de ne pas être indulgent, et on s'aperçoit que le temps se lit sur notre visage aussi, sur notre silhouette. Nos gestes sont toujours rapides et assurés, mais il y a des ratés, les objets nous tombent des mains plus fréquemment, on doit s'appuyer à la portière pour sortir d'une voiture et on ne peut plus soulever un bagage lourd. Alors commence le besoin diffus d'assistance, on sait qu'il va se développer, qu'on va dépendre de ceux qui voudront bien nous venir en aide, par amour ou par devoir.

Ici peuvent bifurquer les comportements. Soit on laisse s'installer la douceur, on devient tolérant, reconnaissant, on apprécie tous les petits gestes ou pensées qui nous sont destinés, on sourit de ses propres faiblesses et on en fabrique un humour et une modestie. Soit on se braque, par orgueil ou par dépit, on devient acariâtre, exigeant et sévère. On cache ses diminutions, on invoque l'âge comme une arme et un droit, on devient un vieil emmerdeur ou une mégère.

Ce moment fatal où l'on verse soudain vers la vieillesse arrive à tous, plus ou moins tôt, selon les santés et les caractères. C'est une étape délicate qu'il faut traverser avec lucidité et simplicité. Une belle vieillesse en dépendra. Certes on ne décide pas tout. Des malheurs s'abattent sur certains qui rendent la négociation avec le vieillissement plus difficile. Je pense pourtant qu'on peut toujours faire un pied de nez à l'inéluctable en lui résistant par l'esprit, la conscience et un optimisme têtu. Les trois émanent d'une bonne évaluation de la situation, on n'a plus vingt ans, ni trente, ni quarante, mais on est encore curieux de la vie, et on a son mot à dire, quelquefois précieux pour les jeunes. On ne peut plus courir pour attraper un autobus en marche mais on sait écouter le monsieur qui a loupé le bus comme vous : passionné d'astronomie, il sait tout sur les galaxies récemment découvertes et vous ouvre des horizons.

Vieillir, c'est peut-être mieux regarder le monde autour de nous, non pas parce qu'il nous échappe, mais parce que nous nous reposons sur lui davantage. Ce n'est pas du détachement, mais au contraire de la pesanteur, et en prenant la mesure de notre corps moins agile, nous définissons les gens et les choses qui nous entourent avec plus d'acuité. Et une pincée d'ironie et d'espoir, qui ne sont pas contradictoires !

Les moments flous

Il y a des sensations de malaise indéfinissable qui nous prennent aux moments les plus surprenants, au retour des vacances, après une belle soirée avec des amis, au lendemain d'un voyage ou par un jour de solitude dans une maison dont on est la dernière à partir. Moments de spleen passager qui nous attrapent alors qu'on se sent en forme, reposé, et en phase avec le monde.

Ces moments flous nous décontenancent et nous remuent. Une pièce nue, un lit soigneusement recouvert de son couvre-lit, une persienne fermée, des vêtements d'été dans une armoire à moitié vidée ou un frigo débranché peuvent être les déclencheurs de cette mini-dépression qui nous tombe dessus sans qu'on s'y attende. Ce sont les signaux d'un passage que notre cœur prend pour un abandon. On se croit délaissé même si on sait que c'est temporaire, la logique n'y fait rien, on redevient l'enfant qui a peur du noir et qui demande qu'on laisse la porte de sa chambre entrouverte, afin d'entendre les bruits de la maison dans son sommeil.

Ces instants confus réveillent l'horloge intime qui ramène le temps passé, même récent, irrattrapable et déjà enfui. Les vacances sont finies, elles entrent dans la galerie des souvenirs, bientôt on les comparera avec celles des autres années, puis on les confondra, on ne saura plus quand on a fait le gigot de sept heures pour le 15 août, et quand le chien s'est cassé la patte, était-ce cette année ou l'année dernière ?

Cette inéluctable compression du temps nous angoisse subrepticement, on sait que le présent tout-puissant dans les jours actifs de l'été s'estompera et se rangera au pas de l'année scolaire qui commence, avec sa grisaille, ses parcours obligés et ses gestes répétés. À la fin de chaque période intense, après la vie des vacances, 24 heures sur 24 avec la famille et les amis, on retourne à la solitude partielle des journées distribuées entre les devoirs et les fonctions qui nous donnent un rôle et nous font gagner notre vie. Avec les trente-cinq heures, on a pris quelques jours de plus cette année, le trouble du retour est plus sensible et nos habitudes rassurantes sont plus longues à s'imposer. On traverse inévitablement les moments flous de la reprise de soi, on se pose mille questions qui mûriront en nous jusqu'à ce qu'elles entraînent des modifications à notre façon de vivre. Au fond, ces instants creux ne sont pas inquiétants. Ce sont ceux de la digestion du passé immédiat qui deviendront le fondement de nos rêves futurs.

Enseigner le sexe

On dit que le sexe est comme le vélo, ça s'apprend tout seul à la puberté. Pas de méthode ou d'enseignement, on sent peu à peu l'équilibre de son corps et on se lance sur les deux-roues avec de plus en plus de facilité.

C'était vrai quand on n'était pas inondé d'images de champions du Tour de France, quand on ne fabriquait pas de vélos sophistiqués aux fonctions multiples qui inspirent la crainte de ne pas être à la hauteur de ces machines si éloignées du tendre tricycle de notre enfance et du premier vélo équipé de petites roues. C'était vrai quand les copains n'avaient pas de motos à quatorze ans et les copines des scooters ronflants.

Le sexe subit les mêmes confrontations. Le cinéma et la télévision montrent de très jeunes amoureux qui pratiquent les gestes de la sexualité comme des professionnels expérimentés de films hard. La mode dénude les filles et les garçons, délave leurs pantalons aux endroits précis qui mettent en vue les fesses et les sexes, les adolescentes fument et se maquillent en prenant des allures de vamps. On dirait que ces ados n'ont plus rien à découvrir, ils manient les symboles et les fantasmes sexuels comme s'ils avaient lu tout Freud, tout Sade et tout Bataille. La gaucherie n'est pas de mise, il faut surtout ne pas passer pour un bébé. C'est à qui aura l'air le plus détaché, le plus averti. Au creux de leur être, ils sont rebutés par l'amour, ils en ont peur et s'en éloignent.

Il y a peut-être une façon de les aider, que ni les cours d'éducation sexuelle ni les bonnes paroles ni les prêches ne peuvent égaler. C'est l'exemple. Être de bons amoureux nous-mêmes. Leur parler de nos propres relations, avec pudeur mais franchise. Fermer la porte quand on s'isole avec son partenaire, mais montrer qu'on aime, qu'on fait l'amour, qu'on se sent épanoui, adouci, comblé par l'amour, et que les acteurs de ce bonheur ne sont pas forcément des champions du genre. Qu'on aurait tendance à répéter les mêmes gestes, délicieusement, sans chercher la performance, l'originalité ou le record. Que l'amour physique n'est pas autre chose que l'amour tout court, qu'il est son prolongement, son expression, un besoin qui se renouvelle dans l'attention quotidienne à l'autre. Qu'il n'est pas une exception et qu'il appartient à tous.

Si on présente le sexe aux jeunes comme une harmonie et non comme un stress, comme un art qui ne s'apprend pas en effet mais qui est à la portée de tous, si on fait l'amour avec plaisir et sans trop de mystère, les enfants qui nous regardent auront envie d'aimer l'amour.

Grossir

À l'approche d'un certain âge, des kilos embusqués nous guettent et nous tombent dessus sans qu'on ait fait d'excès particuliers. Les bienheureuses qui ne grossissent pas après cinquante ans sont rares et probablement pas tout à fait normales. Les nutritionnistes, gynécos et autres psys ont beau dire, on n'y échappe pas. Chacun prétend que ses traitements n'y sont pour rien, mais force est de constater : on grossit.

Pendant un certain temps, on pense que c'est provisoire, on se boudine dans des vêtements deux tailles trop petites, on s'obstine à acheter des chaussures étroites comme quand on avait vingt ans. On se dit : quelques jours de diète et je pourrai les remettre, ce sera un objectif. Puis les semaines passent, les mois, on voit bien que ça dure, on commence à envisager des toilettes floues, sombres de préférence, qui affinent mais ne rajeunissent pas. On porte le deuil de notre silhouette d'antan.

Puis on se résout à piocher dans les tailles qui nous conviennent, le choix se réduit. Pour s'assurer la souplesse d'une jupe, on doit flotter dans la veste, pour pouvoir boutonner un manteau, on hérite d'épaules de joueur de base-ball.

On se tourmente, on se met au régime, on obtient peu de résultats et les médecins ne prennent pas nos soucis de ligne en considération. Ils savent qu'ils sont irrémédiables.

Alors une idée pernicieuse s'introduit dans notre esprit : et si on s'en fichait ? Si notre nouveau physique n'était pas si désagréable ? Si nos rondeurs étaient une autre beauté, une autre esthétique, celle des femmes qui ne veulent plus serrer leurs fesses dans un jean, ou montrer leurs genoux sous des robes trop courtes ? Si cette nouvelle femme, lestée de quelques poids, avait plus de douceur, plus d'allure, plus d'autorité ? On a une démarche différente, les mouvements se ralentissent, s'arrondissent, on acquiert une noblesse, une ampleur calme qui émane de toute la personne. Nous devenons impressionnantes, triomphantes, comme les statues qui représentent la Fécondité ou la Justice. Elles ne sont jamais maigres.

Un travail s'ensuit : employer cette stature, trouver les mots, le ton de la voix qui l'accompagnent, les couleurs qui la rehaussent, et les hommes nous regardent à nouveau, bluffés par notre panache. Grossir est un art, une école de maintien, de modestie, et une affaire d'adaptation, donc d'intelligence. Tant que cela n'excède pas les limites acceptables, cela peut devenir un atout.

Que ça ne vous engage pas à vous jeter sur les gâteaux, tout de même !

L'angoisse du coiffeur

Vous m'accorderez que les heures passées chez les coiffeurs sont ennuyeuses, frustrantes, interminables et quelquefois pénibles. Le temps des chaleureuses causettes dans les salons de coiffure et du commentaire des magazines à potins est révolu depuis longtemps. On est pressé, on ne se souvient que de l'attente, de l'écoute imposée des conversations dans les portables, à tue-tête à cause du bruit des séchoirs, et de la lutte pour empêcher l'as des ciseaux de vous défigurer avec la dernière coupe à la mode.

Et pourtant on ne peut pas y échapper. Il faut bien y aller une fois de temps en temps, le jour de la coupe ou de la couleur. Pour la couleur, on peut à la rigueur s'en sortir toute seule, à l'aide des innombrables produits miracles du commerce qui nous permettent de nous bricoler honorablement à la maison. Mais pour la coupe, à moins d'avoir gardé ses nattes de jeune fille, on est bien obligé d'y passer.

Là surviennent de véritables petits drames. Le coiffeur qui détenait le secret de votre implantation de cheveux s'en va en province, ou bien déménage. On le suivrait jusqu'au bout du monde (Greta Garbo prenait l'avion de New York pour se faire coiffer par son Figaro napolitain), mais prendre un train ou un RER pour rejoindre le fuyard là où il s'est installé est un peu exagéré. On flotte pendant un certain temps, on se décide à tenter le coiffeur qui est en bas, à travers la vitre on a vu qu'il avait une bonne tête. Hélas ! il est rarement disponible, son assistant chaudement conseillé vous agace avec ses mains timides et vous frise sans mesure, on ne dit rien parce qu'on passe tous les jours devant la boutique, il faut conserver de bonnes relations de voisinage. D'autant plus qu'il a signé votre pétition pour sauver la petite fontaine moussue sur la place que la mairie veut démolir.

On essaye un salon de renom, même déception agrémentée d'une note vertigineuse. On se désespère. Et un beau jour, la caissière du supermarché vous indique une coiffeuse trois rues plus loin, une sympathique Toulousaine qui sourit tout le temps et qui travaille vite. Elle a le chic pour faire patienter ses clientes et ne pas les affoler, c'est plein à craquer. C'est comme les bistrots qu'on aime. Ils ne sont pas forcément les meilleurs, mais on se sent en confiance, on prend d'office le menu et le pichet du patron, soulagé de ne pas avoir à choisir. Confier son estomac à un restaurateur n'est pas moins grave que de confier sa tête à un coiffeur. C'est un peu comme chez le psy, si on y va, c'est pour se sentir plus léger après qu'avant.

La lecture

Tous les soirs, avant de dormir, je dois lire dans mon lit. Même quand je me couche tard, après une sortie, je ne peux pas m'endormir sans avoir lu quelques pages. C'est comme une prière, un rite, un moment de recueillement où je retrouve l'isolement et l'intimité de l'échange avec un livre.

Les piles s'accumulent sur ma table de chevet, car je lis plusieurs livres en même temps, en les alternant au gré de mes humeurs. Des romans, des biographies, des manuels de vulgarisation philosophique, des poésies, des classiques, du théâtre ou des scénarios, mais jamais de journaux, de magazines, de livres pratiques ou d'ouvrages illustrés, photos ou dessins. C'est l'heure des mots, de l'allusion, du sens. J'ai besoin d'imaginer, de fantasmer, de créer mes propres images, préparation à mes rêves nocturnes, peut-être.

Selon mon état de fatigue, je lis plus ou moins vite, je suis plus ou moins concentrée, il m'arrive de relire la même phrase plusieurs fois. Je sais alors que c'est le moment d'éteindre la lumière avant que mes yeux ne se ferment et que le livre ne tombe. Quand un texte me passionne, je m'aperçois parfois qu'il est deux heures du matin, mais je ne le regrette pas. J'aurai du mal à me réveiller demain matin, mais ce temps de lecture volé sur mon sommeil est le temps le mieux utilisé de la journée. Dans le silence de la nuit, les bonnes lectures coulent en moi avec continuité et précision. Je n'oublie rien de ce que j'ai lu la nuit. Mon esprit libéré par l'immobilité du corps se met tout entier au diapason de l'auteur. Cette adhésion, cette attente sont cruelles pour les mauvais livres. Pour les insincères, les faiseurs, les menteurs. La loupe de la nuit leur est fatale.

Aussi ce rendez-vous quotidien est-il une rencontre avec soi, avec notre propre vision du monde, les doutes et les interrogations qui nous assaillent. Dans le secret et la neutralité d'une page imprimée, nous pouvons confronter nos idées et nos croyances avec celles d'un auteur, en toute liberté, en nous appropriant ses mots, en les triturant dans tous les sens à notre guise, pour les tester, les comprendre et, dans le meilleur des cas, les adopter. Quel bonheur d'entendre formuler finement ce qu'on a ressenti soi-même, une fraternité réjouissante s'installe entre les lignes et nous, comme si elles sortaient de notre bouche. Quand l'auteur est éloigné, au contraire, on devient visiteur, on l'écoute attentivement comme un étranger qui parle une langue qu'on ne maîtrise pas. Dans tous les cas on s'enrichit, on est ensemble, on n'est pas seul. On offre aux pages du soir sa propre nudité, dans un rapport direct et courtois.

Lire est le comble de la politesse. Laisser l'autre lire aussi. Le plus fougueux amour ne me fera pas renoncer à mes tête-à-tête avec les dernières lectures du jour.

Technologie

Un bébé qui naît aujourd'hui est aussitôt entouré de technologie, d'appareils qui prolongent le geste humain, utilisés par tous. Dès ses premières heures à la maternité, il sent la présence des téléphones, des écrans, des scanners, des monte-charge et leviers électriques que les infirmières manipulent avec aisance. Si ses yeux ne voient pas encore, ses jeunes sens conjugués lui renvoient un monde extérieur mécanisé dont les performances lui semblent naturelles, comme si sa mère, sa matrice, était aussi constituée de toutes ces habiles machines.

Puis on le ramène en voiture dans une maison où la lumière s'allume sans même appuyer sur un bouton, chauffée de manière égale par un thermostat. Dans une pièce grésille le micro-ondes, dans l'autre ronronne la télévision, dans une autre cliquette l'ordinateur. Des sons qui lui seront familiers pour toujours. Ils sont le bruit de la vie, les signaux immédiats qu'il reconnaît et qui le rassurent.

La voix de sa mère sera vite relayée par la même au téléphone, quand elle appelle du travail et qu'on pose l'écouteur sur son oreille pour l'entendre. Donc sa mère *est* le téléphone, comme elle *est* le film en DVD qu'on lui montre sur l'écran de son petit lecteur de cassettes dont il sait très vite actionner les manettes. Elle *est* l'automobile où elle l'assied sur un petit siège prévu pour lui à l'arrière, de même que papa *est* la moto avec laquelle il fait corps. Nous ne sommes pas limités à notre enveloppe charnelle désormais, nous sommes augmentés d'une infinité d'objets et de techniques sans lesquels on ne peut plus bouger dans le monde actuel. Nos générations continuent à s'émerveiller, à trouver ces progrès remarquables. Un Boeing haut comme un immeuble qui se soulève dans les airs nous éberlue et comment faisait-on, avant, sans les portables ? Mais les enfants qui naissent maintenant trouvent ces accessoires parfaitement intégrés dans l'image de chaque individu, ils ne les imaginent pas sans eux. Il n'est pas absurde de penser qu'on se fasse greffer dès la naissance un récepteur ou une puce qui servira pour tous les instruments futurs dont l'homme aura besoin. Nous avons encore du mal à admettre l'ingérence de la technologie dans nos vies, mais on ne peut pas y résister, et qui sait, il existe peut-être une certaine poésie à capter mieux et plus vite les mouvements invisibles qui tournoient autour de nos têtes. Nous commençons à peine à connaître le monde grâce à l'amplification de nos perceptions dont nous dote, miraculeuse et mouvante, la technologie.

Les machos

Je voudrais me pencher sur le profil des machos. Ils n'ont pas le vent en poupe. On les condamne de toutes parts, les femmes les exècrent en chœur et se félicitent de la disparition de l'espèce... bien qu'elles regrettent tacitement certains de leurs traits.

Je crois qu'il faut faire une distinction entre les bons et les mauvais machos. Les bons sacrifient leur vie à leur condition de macho, ils se sentent responsables du bonheur de tous et leur mégalomanie s'étend aux enfants, aux amis, à toute leur famille, parfois à leur groupe ou à leur patrie. Ils défendent avec une partialité touchante les personnes qu'ils ont prises en charge, et même s'ils veulent tout régenter en exclusivité, ils ont des qualités qui en font de bons patrons, de bons managers sportifs et de vrais capitaines en politique. Ils sont insupportables à vivre, mais on les tolère car ils sont efficaces. Ils ont quelques fidèles adorateurs, grognards de service qui ne les abandonnent jamais.

Les mauvais machos sont ceux qui profitent d'une situation de pouvoir offerte par des usages ou par la société, et qui ne font aucun effort pour en mériter les privilèges. Les gras époux de femmes orientales, les ivrognes qui maltraitent femmes et enfants, les petits chefs dans les bureaux qui sacquent et réprimandent par principe ceux qu'ils ont sous leurs ordres. Si on pense, on espère, que les chefs autoritaires seront moins bienvenus dans les temps futurs, alors il faut éliminer la fibre macho qui dort en tout individu, homme ou femme. Je connais des femmes machos. Celles qui se délectent à commander, celles qui critiquent les femmes d'une façon plus virulente que les hommes et qui fayotent auprès des puissants.

Un macho traditionnel pense que les femmes tirent leur charme du caprice, de l'inconséquence et de la faiblesse. Or une nouvelle féminité est apparue, qui n'a pas besoin de se placer *par rapport* aux hommes. Le simple plaisir d'être femme suffit à vouloir être plaisante, d'aspect et de commerce, à cultiver des intérêts divers, à désirer participer à toutes les entreprises, sans songer si elles étaient jusque-là réservées aux hommes. Les femmes aspirent aujourd'hui à se plaire à elles-mêmes, à avoir une vie intéressante. Il se dégage d'elles un charme nouveau auquel les hommes sont sensibles. Pas les machos, peut-être, mais patience, ils y viendront...

Se chauffer

Chaque année, à l'approche de la froidure, on s'interroge sur l'efficacité de notre système de chauffage. Sera-t-il suffisant, est-il performant, coûteux, ou gaspilleur ? Avons-nous choisi la source d'énergie adéquate, moderne et non polluante ? Des annonces publiques en appellent à notre civisme, les pertes de chaleur offensent quelqu'un, quelque part sur le globe, qui n'a pas de quoi se chauffer.

Les chauffagistes et installateurs de systèmes d'isolation sont pris d'assaut. Doubles vitrages, plafonds isothermes, colmateurs de fissures et boudins de bas de porte font rage. On se barricade, pas un souffle d'air ne doit entrer, sauf dans la cheminée, sans lequel elle ne tire pas. Les Canadiens et les Russes scellent leurs huisseries avec des colles spéciales et ne les ouvrent plus de la saison. Chez nous, on n'en est pas encore là, mais la psychose du courant d'air a fait son entrée dans le perfectionnement du confort. À la maison, dans le train, la voiture ou au bureau, les 23° de rigueur doivent régner, quasi syndicalement. Celui qui ouvre la fenêtre est regardé d'un mauvais œil.

Serions-nous devenus frileux, ou bien le commerce de la chaleur nous a-t-il gâtés au point de ne plus supporter la moindre variation de température ? Proposer d'enfiler un pull supplémentaire paraît un anachronisme navrant, à l'époque des turbo-chauffages à pulsion, radiants, à circulation d'eau chaude, en plaques chauffantes, en circuits invisibles, au sol ou au plafond. J'admire les avancées techniques, je m'émerveille de ce qu'on améliore constamment les moyens d'utiliser le gaz, le fioul, l'électricité ou même l'énergie solaire, mais je ne puis m'empêcher de penser, quelquefois, que la course au bien-être est un tantinet exagérée. Bien sûr, il ne faut pas peler de froid, mais une petite différence entre les saisons aiguise nos capacités d'adaptation et raffermit les chairs. À se protéger de tout, on affaiblit nos défenses naturelles. Certains sont plus fragiles que d'autres, moi-même, depuis une hépatite virale, j'aime bien avoir chaud, mais je me réjouis de sentir de temps en temps ce frisson de l'air frisquet que nous apporte l'hiver, et de m'emmitoufler dans les laines et les bas épais. Ainsi les écharpes et les gros pulls ne gisent pas dans les placards que pour les mites, j'arbore une allure nordique, qui évoque les givres matinaux, les ruisseaux gelés et les feux de bois pour griller des châtaignes. Les Anglais ne chauffent pas les chambres à coucher, éteignent les chaudières la nuit, souvenir des rationnements d'après-guerre. Sans aller jusque-là, une bonne chemise de nuit en pilou sous un duvet moelleux n'a-t-elle pas son charme ?

La pomme de terre

Quand j'ai de bonnes raisons de vouloir faire plaisir à mon compagnon, je lui cuisine mes pommes de terre sautées. Il en est fou, cette offrande est synonyme de bonne entente entre nous.

Elles sont spéciales, mes patates. Je les laisse tremper quelque temps dans l'eau froide, pelées et coupées en dés, puis je les égoutte, je les essuie, et je les couvre d'huile *froide* dans un faitout qui n'attache pas. Tout le secret est là, elles cuisent à feu doux dans l'huile qui ne bout jamais violemment, à l'inverse d'une friteuse. Cuisson trente-cinq minutes. Elles sont croustillantes dehors et moelleuses dedans. Un délice. À surveiller constamment, c'est pour cela que je ne les fais pas souvent.

Vous me direz, une purée bien tournée nécessite autant d'attention, et les pommes de terre sarladaises aussi. Mais on est plus sûr du résultat, et si on utilise de bons produits, il est difficile de rater. La pomme de terre est généreuse : quoi qu'on fasse avec elle, elle répond au centuple. Autour d'un poulet qu'on oublie au four, elle se dore et s'imbibe de bon jus. Dans un hachis Parmentier, elle se pare du goût de la viande et gratine sympathiquement. En salade, assaisonnée tiède avec des herbes et de la moutarde, elle adoucit les harengs et les poissons fumés. En gratin dauphinois, elle fait jour de fête. En robe de chambre, elle valorise le bon beurre. En croquettes, elle se fond à l'œuf et au fromage. Sautée, soufflée, rissolée ou frite, elle accompagne les viandes avec classe. Elle se mimétise, s'adapte, complète ou flatte les autres aliments, discrète et fiable. Elle change de saveur selon les préparations, les cuissons et les présentations. Elle est notre amie, gare à en manquer dans le garde-manger. Dans la soupe, avec le chou ou le poireau, elle assure le liant qui donne aux potées leur agréable consistance. Écrasée avec une fourchette pour bébé, elle restera longtemps son plat préféré. En chips, elle fédère les ados. En soufflé, elle conforte les mal dentés.

Elle reste abordable, si on ne cède pas aux rattes ou autre espèce de luxe, qui sont exquises mais ne remplissent pas tous les offices. Bref, la pomme de terre est le légume populaire par excellence, qui réconcilie tous les goûts, les coutumes, les âges et les bourses. Elle a tous les mérites. Si on pouvait sanctifier des aliments, c'est elle que l'on devrait canoniser en premier !

Excusez-moi !

La nouvelle technique de nos chers ados, pour ne pas être en reste avec la bonne éducation, c'est de foncer sur vous, vous bousculer, passer les premiers dans les portes en disant, d'un air angélique : « Excusez-moi. » Ils ne changent rien à leurs manières, mais avec ce « excusez-moi », ils se mettent en règle, dans une inattaquable candeur.

Cet usage fâcheux et hypocrite s'étend. Je constate qu'hommes et femmes plus âgés en font autant. Ils ont compris la combine. On plaide l'innocence, la faute minime, reconnue, pardonnable. On s'auto-accuse, mais on continue à marcher sur les pieds des gens, à resquiller dans les queues, à piquer les meilleures places dans les autobus ou les cinémas, à la barbe de ceux qui attendaient posément leur tour. Un petit « excusez-moi » et le tour est joué, on se rend sympathique, on fait semblant d'être désolé, mais on ne cède pas sa place. Cette méthode astucieuse développe un phrasé expéditif et superficiel qui agace deux fois plus, comme l'air contrit du mendiant. Une fois, je n'y ai pas résisté, à deux jeunes filles encombrantes avec leurs sacs à dos et leurs portables allumés, j'ai répondu, alors qu'elles venaient de me lancer un « excusez-moi » indifférent et automatique pour m'écraser contre la paroi du métro : « Non, je ne vous excuse pas. » Elles m'ont regardée d'un air méprisant, prêtes à la riposte. Quoi ? Je refusais leur courtoisie ? Ne s'étaient-elles pas excusées ? Et je vis leurs vrais visages, agressifs et sans grâce.

La vie est dure pour tout le monde, l'espace vital de chacun se réduit d'année en année, surtout dans les villes, avec les nouveaux arrivés et les remuantes jeunes générations, à l'aise dans leurs baskets. Je comprends qu'il faille s'adapter aux rythmes que cette démographie impose, les empotés et les précieux ralentissent la vie générale. Mais cet usage de la parole qui lave de toutes les petites brutalités quotidiennes est une autre brutalité bien plus infâme. On nous prend pour des imbéciles. On nous ignore, on nous annule, on nous efface d'un mot, en ridiculisant son sens profond, celui du pardon et de la réflexion qu'il amène. On galvaude une prière qui remonte à la naissance de la civilisation, quand les hommes ont découvert qu'ils étaient égaux et qu'ils vivaient mieux dans la fraternité.

Les fourberies n'ont jamais la vie longue. Un jour, ces petits malins rencontreront plus fort qu'eux, ils auront affaire à la mauvaise foi et à l'injustice, et ils réfléchiront sur la réciprocité des actes.

La douleur

La douleur est notre survie, car si on n'avait pas mal en se brûlant, en se coupant ou en recevant un coup, on se détruirait, flambés, tailladés ou assommés. Elle nous prévient d'une agression, même interne, quand les inflammations, lésions ou embouteillages attaquent un de nos organes. On devrait donc la bénir, et bien des religions l'intègrent. Pourtant nous la haïssons, nous cherchons par tous les moyens à nous en débarrasser et à empêcher qu'elle revienne.

Ici faut-il dénombrer les variétés de douleurs. Il y en a une kyrielle, de quoi nous occuper toute la vie.

Les douleurs purement physiques causées par un accident, luxations, entorses et déchirures sont celles qu'on oublie le plus vite. Dès l'enfance, on subit ce genre de blessure, c'est une leçon et un garde-fou.

Il y a les douleurs féminines, qui nous endurcissent et nous blindent. On vit avec, on en prend presque l'habitude. Elles nous rendent moins douillettes. On dit que nous tirons notre force de cette accoutumance.

Il y a les maladies, les migraines, les lumbagos et les névralgies. Des souffrances qui rendent fou, on se taperait la tête contre les murs. Heureusement la pharmacologie moderne a raffiné les remèdes et les anti-douleurs. Quand ça disparaît, on n'y pense plus, nous sommes ainsi faits. Mais on se méfie, on garde à portée de main les médicaments qui nous soulagent, en cas de rechute.

Et puis il y a les douleurs morales, les chagrins, les dépressions et les angoisses. Celles-ci sont plus sournoises, plus difficiles à déloger. Les potions existent, mais elles ont souvent des effets secondaires. On tarde à y recourir, comme si ces douleurs-là étaient fatales, comme si elles s'inscrivaient dans la condition humaine, dans notre destin. On appréhende le monde par la douleur puisque notre issue est connue mais pas ses causes. Comment peut-on être serein et léger ? Ceux qui y parviennent paraissent superficiels et vains. Cette souffrance-là nous ennoblit, en quelque sorte. Elle est le propre de la pensée et de la sensibilité. Les artistes sont déchirés d'anxiété, les penseurs se torturent et se détachent des simples joies terrestres, les prêtres subliment leur tourment en générosité et altruisme. Seuls les enfants sont exemptés, jusqu'à un âge aujourd'hui écourté. La prise de conscience les attend au tournant, rapidement, avec la multiplication des informations qui les bombardent. C'est pour cette innocence qu'on les aime tellement. Ils expriment, par leurs jeux et leur insouciance, l'illusion du bonheur parfait.

Pour finir, il y a les masochistes, qui devancent l'appel et provoquent les douleurs. De grands craintifs, somme toute, qui attirent le mal pour ne pas être surpris, ou bien des orgueilleux qui défient le Ciel en anticipant des maux jugés inévitables.

Je louvoie entre la lucidité et le goût de me sentir bien, je déteste souffrir, mais je ne crois pas que la douleur soit inutile, il faut lutter contre elle tout en l'étudiant de près. N'est-ce pas cela, la conscience ?

Les feuilles mortes

Quand on a la chance d'habiter à la campagne, ou dans une maison avec un jardin, on en connaît les inconvénients. L'un d'eux, à l'approche du froid, est l'invasion des feuilles mortes. On les ramasse par tombereaux entiers et ce n'est jamais fini. On fait des tas que le vent soulève et éparpille de nouveau sur l'herbe, dans les buissons, à l'intérieur des maisons mêmes. Quand on veut les éliminer, elles sont trop humides pour brûler, trop encombrantes pour être jetées dans les poubelles, trop accueillantes pour que le chien ne s'y roule pas ou que les loirs n'y séjournent pas. Loin de la vision poétique et nostalgique des feuilles mortes de la chanson, elles sont un casse-tête et une corvée.

Vous me direz : dans les forêts personne ne les ramasse, elles jouent leur rôle dans l'éco-climat en pourrissant doucement au pied des arbres. Comme tout être vivant sur la planète, elles retournent à la terre en la fertilisant et en abritant les racines des arbres. Dans nos jardins où plus rien n'est naturel, où la pelouse est quadrillée de canalisations souterraines, où les végétaux ont été plantés un à un, dans un souci esthétique et élaboré, les cycles de la nature sont importuns. On défie le sol avec des espèces exotiques qui n'ont jamais poussé dans ces parages, des fruits oubliés ou des fleurs tropicales qu'on fait grandir coûte que coûte, à force d'engrais, d'arrosages spécifiques et de produits raffinés. Quelquefois la terre gagne. Dans le bras de fer, on est contraint de s'avouer vaincu. Mais on reste maître de son bout de terrain, les feuilles mortes nous dérangent, elles font désordre et nous n'en voulons pas. Le nettoyage, l'hygiène, sont l'apanage de la civilisation, nous reportons cet exercice à l'extérieur de nos maisons irrésistiblement.

Je regrette pourtant les tapis de feuilles dorées des peupliers le long des rivières, les feuilles rouges de la vigne vierge au pied des murs, les larges feuilles bariolées des platanes le long des routes et dans les parcs. Enfants, on les sélectionnait pour les apporter à l'école et les montrer à la maîtresse qui ne manquait pas de nous les faire dessiner, on revenait le tablier sabré d'aquarelle verte, rouge et jaune. Aujourd'hui, les cantonniers passent chaque semaine et font tout disparaître. Les feuilles mouillées sont glissantes, quelqu'un pourrait se retourner contre la municipalité. Notre goût de l'ordre a pris possession de la nature obéissante qui se laisse peigner, ranger, domestiquer. Sa seule vengeance est de nous envahir de feuilles mortes, pour nous rappeler qu'une année finit, qu'une autre commence, dans l'éternel renouvellement des choses vivantes.

Échanger les cadeaux

Au lendemain des fêtes s'engage une période active qui ne souffre pas de délai : l'échange des cadeaux. Il y a les échanges classiques, un vêtement qui n'est pas à la bonne taille ou qui nécessite une retouche. En général, le modèle est épuisé, ou bien il ne reste que les très petites tailles. Il faut prendre autre chose, on doit choisir parmi ce qui est exposé, restes de la razzia de Noël. On finit par emporter un article complètement différent, en déboursant une différence, car c'est un peu plus cher que l'avoir.

Il y a les échanges laborieux, il faudra revenir une deuxième fois pendant que la vendeuse cherche le modèle désiré chez le fournisseur, ou dans les magasins d'autres quartiers, d'autres villes, sans certitude de le trouver.

Et il y a les échanges délicats, voire pénibles, auxquels on se résout à contrecœur. La lampe jaune avec l'abat-jour vert ne va vraiment pas avec le couvre-lit de la chambre, comment la tante Mathilde a pu nous acheter un truc pareil. On a repéré le nom du magasin, et on se lance, même sans ticket de caisse. On trimbale le volumineux luminaire, en prenant bien soin de ne pas l'abîmer, et on s'aperçoit qu'une promotion de ces potiches jaunes envahit le magasin, à un prix dérisoire, encore baissé par les soldes. Il n'y a que ce modèle, ni repris ni échangé, et on repart avec le cadeau en se demandant où on va le mettre, dans le couloir peut-être, en changeant l'abat-jour ?

Quant aux cadeaux impossibles, ils atterrissent dans le fond d'un placard, ou directement dans la cave. Il faudra attendre quelques années pour les recycler, en s'assurant de ne pas l'offrir à la personne qui nous l'a donné ! En prévision de ces possibles gaffes, je prépare un sac de dons pour les tombolas de charité de l'année prochaine, afin que ces objets tout neufs et encore emballés fassent des heureux plus tard.

Mais il arrive que je regrette de m'être débarrassée d'un peigne pour chat quand je n'avais pas de chat, ou de babouches orientales alors que justement je dois me déguiser en fakir pour une fête. Je me dis alors que mon intolérance m'a punie, et qu'un cadeau vaut pour l'affection d'une personne et non pour sa valeur ou sa beauté. Pleine de remords, je m'arme de bonne volonté et je mets l'écharpe écossaise et le béret assorti qu'une amie chère m'a offerts, en ne me regardant pas dans la glace de peur de tout remettre dans l'armoire. On dit qu'un bon cadeau est celui qu'on aimerait recevoir soi-même. Se verrait-elle avec cet ensemble à carreaux autour de la tête, ma copine ?

Les invitations

On reçoit plusieurs dizaines d'invitations par an, davantage pour les citadins et encore plus dans les professions de communication.

La plupart de ces cartons vont directement à la poubelle, ils sont tout simplement de la publicité, une offre de venir dépenser de l'argent dans un magasin, un théâtre ou un restaurant. Contre une coupe de champagne gratuite au cocktail de lancement, vous serez fiché parmi les clients potentiels, avec possible harcèlement postal ou sur Internet. D'autres cartons somptueux laissent présager une soirée chic, avec cadeau à la clé. On hésite, on se demande si l'effort de se pomponner, de se remuer après une journée de travail vaut vraiment la peine. En général on est déçu, mais on rencontre toujours quelqu'un, ces soirées commanditées s'inscrivent désormais dans la vie sociale.

Il y a les invitations culturelles, les signatures dans les librairies ou les colloques dans les universités. En douce ils servent à vendre les livres ou les CD des conférenciers. Mais on se sent choisi parmi les personnes aptes à apprécier le sujet pointu qui sera débattu, c'est flatteur.

Les cartons sobres et classiques de la mairie, de la préfecture ou du ministère n'annoncent pas de soirée folichonne, mais on se croit obligé d'y aller, comme chez des parents conventionnels. On ne sait jamais, on peut rencontrer quelqu'un d'utile.

Les faire-part de fiançailles, de mariage, de communion et de noces d'or sont plus réjouissants. On sait qu'on boira et qu'on mangera bien, et d'un coup de filet, on prendra des nouvelles de toute la famille, même de ceux qui habitent loin. On reçoit ces invitations-là très à l'avance, mais déjà on se demande avec frémissement ce qu'on mettra et s'il faudra faire des frais. De toute façon on ne pourra omettre le cadeau.

Depuis quelque temps, c'est la mode des maxi-soirées d'anniversaire. On reçoit des cartons extravagants, en quadrichromie avec cordons dorés pour annoncer qu'Untel va enterrer ses quarante ans en grande pompe, il va mettre le paquet, il loue un château ou un grand restaurant pour lui tout seul, on est prié de s'habiller en jaune ou à rayures. Si on n'est pas d'humeur à ce moment, ces promesses de rigolades forcées n'enchantent guère. En vérité elles n'amusent que les organisateurs.

Les meilleures invitations, ce sont les petits dîners à quatre ou à six, sans cartons ni tralala. On se fait un bistrot, ou bien quelqu'un se met aux fourneaux. Quant à moi, les invitations que je préfère, ce sont nos tête-à-tête, mon chéri, avec une bonne bouteille et un dîner fin comme nous savons les préparer.

Les jours où je n'ai pas envie d'être jolie

Certains matins, je me réveille avec l'humeur de ne pas me mettre en valeur. Je choisis dans l'armoire une jupe qui ne me va pas, un pull qui ne se marie pas avec elle et des chaussures usées que j'aurais dû jeter depuis longtemps. Je ne sais pas si c'est pour avoir l'air minable et inspirer la pitié, ou pour me mortifier et me convaincre que je suis moche. Cela m'arrive suffisamment souvent pour que je m'interroge.

Interprétation pessimiste : ce désir d'enlaidissement serait une anticipation sur les ravages du temps, un avant-goût d'une situation de dégradation où personne ne me regarderait plus, autant s'y habituer vite en devançant le moment du désastre inévitable.

Version optimiste : la modestie exige une patience bienveillante, on a des mauvais jours, pourquoi lutter ces jours-là, il vaut mieux se déguiser en passe-muraille et attendre que ça passe. Mais il y a une subtilité : j'éprouve du plaisir à ni me coiffer ni me maquiller, à porter ces vêtements disgracieux, à m'installer dans leur laideur familière comme un chien retrouve son panier et sa vieille couverture déchirée. Ce sont des jours où je me retire, où je me fonds dans la foule, où je suis grise et sans ambition. Je ne me regarde pas dans les miroirs des magasins, dans les vitres des portes cochères, et d'ailleurs je ne me reconnaîtrais pas. Tous les efforts que j'opère les autres jours pour combattre mes défauts et pour être dans le coup sont annulés par un chapeau de pluie sans âge et, en travers de la poitrine, une sacoche éculée qui a déjà fait une dizaine d'hivers. Je les ai ressortis en me disant : ils sont encore très bien, cette bourse était si commode, jamais aucun sac n'a contenu autant de trucs. Mais c'est leur aspect défraîchi qui m'attire en réalité, comme de relire un livre écorné que j'ai lu et relu.

On a besoin, de temps en temps, de poser la hache de guerre, de renoncer à la compétition, à être la meilleure, impeccable et irréprochable. On se réfugie dans la neutralité d'une allure sans apprêt, sans construction. On ne prend pas la parole, on ne se met pas au premier rang. On laisse les autres passer devant, courir plus vite vers leurs objectifs. On fait la planche.

Cet état ne dure qu'une journée, deux tout au plus, qui coïncident avec une fatigue, une petite déprime. Mais ça s'arrête. Dès le lendemain, les stimuli reprennent le dessus, il faut séduire son banquier à qui on a demandé un peu de patience, il faut proposer une idée au grand patron qui vient faire sa visite hebdomadaire, il faut se montrer sous son meilleur jour à une amie pipelette qu'on n'a pas vue depuis l'année dernière. Alors on se reprend en main, on redresse le dos qui a tendance à se voûter, on s'arrange les cheveux, on met le pantalon qu'on vient d'acheter, et en avant pour un tour. Mais dans le fond du placard sommeillent la robe démodée et les vieux mocassins qu'on garde affectueusement, pour une prochaine fois...

La pluie

Karen Blixen raconte dans *La Ferme africaine* qu'à une certaine période de l'année qui correspondrait à nos automnes, la pluie était attendue avec impatience et un véritable sentiment de délivrance. Cette année, après les chaleurs que nous avons connues, nous avons un nouveau comportement envers la pluie : nous la recevons avec bonheur, nous ne la considérons plus comme une ennemie, mais bien au contraire nous l'espérons et nous la chérissons. Les Africains dansent et chantent pour fêter son arrivée, si nous osions, nous aurions bien envie d'en faire autant.

Il y va de la survie de nos forêts, de nos prés et de nos nappes phréatiques. Soudain nous évaluons la valeur de l'eau, de ses bienfaits. Nous étions des enfants gâtés jusqu'à présent, et les malheurs de la sécheresse ailleurs nous apitoyaient mais ne nous bouleversaient pas. Nous ne savions pas ce que c'était.

Les problèmes de l'eau dans le monde ne datent pas d'aujourd'hui. Combien de scientifiques, d'explorateurs, de Prix Nobel ou de politiques internationaux ont tiré la sonnette d'alarme. Théodore Monod, du fond du Sahara, le commandant Cousteau, du fond de ses mers, tous ont alerté l'opinion publique : par la pollution, on va démolir le système hydrique de la planète, si ce n'est déjà fait. Les pluies ne se forment qu'au-dessus des forêts, qui brûlent ou sont arrachées de toutes parts. La première globalisation, c'est la météo. La déforestation en Amazonie dérègle nos étés, et les gaz à effet de serre émis par l'industrie américaine font fondre la banquise. Tous reliés, tous dans le même bateau. Tornades et typhons s'abattront sur nous tandis que le Sahel se désertifie. On discute entre États après la bataille, on palabre, on fait des statistiques. Une écologie mondiale verra-t-elle jamais le jour ?

En attendant, réjouissons-nous du changement des mentalités. Cette canicule nous a fait du bien. Je n'ai pas détesté cette période inusuelle qui nous mettait sur la corde, et qui durait, qui durait, il fallait s'organiser pour du long terme, demain sera peut-être encore pire qu'aujourd'hui. Les caractères se dessinaient plus fortement, comme en temps de guerre, les plus tenaces ne sont pas ceux qu'on croit. Les égoïstes sont sortis du bois, on a vu sur qui on pouvait compter. Un petit coup de semonce nous était peut-être nécessaire, isolés comme nous l'étions dans nos avoirs et nos privilèges. La course aux ventilateurs, aux boissons fraîches, aux places à l'ombre frappait tout le monde. Le ciel désespérément bleu, pendant des semaines, nous a fait apprécier les nuages gris et les ondées. On s'y offre avec plaisir, en relevant la tête pour exposer nos visages aux gouttes bénéfiques et les remercier. La pluie a repris ses lettres de noblesse. Désormais, on ne se plaindra plus de ce qu'on appelait, il y a quelque temps, inconscients et ignorants, le mauvais temps.

L'émotivité

On devrait se blinder, au fil des années, subir le spectacle du malheur avec moins d'émotion, et je constate au contraire que je suis de plus en plus fragile, que le journal télévisé me bouleverse et que les films violents me sont interdits, cauchemars durables assurés. Me voilà bien en peine, en cette époque de couleurs fortes et de surenchère d'expression. Au nom de la clarté, de la transparence, on décrit les accidents, les brutalités et les désastres avec une minutie qui permet de visualiser les événements, de les reconstruire à la perfection, quand on ne vous les montre pas carrément, en précisant que le bon goût a exigé une censure des images. La réalité est encore plus affreuse. On nous laisse imaginer.

Mon imagination s'emballe à tel point que j'en ressors fourbue, affectée, écrasée. Je ne m'en remets pas. Je n'étais pourtant pas plus émotive qu'une autre. Nous sommes tous plus sensibles qu'on veut bien l'afficher, même les endurcis. On nous éduque à ne pas montrer nos frayeurs, à résister à la déstabilisation que procurent les atrocités de ce monde. Une bonne dose d'inconscience, pendant la jeunesse, parfait l'endurance. On arrive à affronter le lendemain, oublieux de ce qu'on a appris la veille. C'est ce mécanisme qui fonctionne moins bien pour moi aujourd'hui : je n'oublie rien. Les images reviennent, lancinantes, présentes comme si j'y avais assisté. Les mauvaises nouvelles me hantent, je n'évacue pas qu'une amie ait une maladie grave, qu'un autre ait perdu un enfant dans un accident, qu'un troisième ait été licencié sans raison, qu'un autre encore soit harcelé par la rumeur. Je vis avec ces pesantes calamités, elles me réveillent la nuit et assombrissent mes pensées. Et que dire des innocents massacrés pendant les guerres, assassinés par les guérilleros, emmurés par les tremblements de terre ? Je ne les supporte plus. Mon cœur bat en folie, s'agite et me cause du souci ! J'ai atteint mon seuil de tolérance. Je dois me protéger, m'obliger à fermer le téléviseur, à ne pas regarder les photos des revues. J'ai bien assez des visages souffrants autour de moi, des récits d'interventions chirurgicales, et des menaces qui planent sur ma vie, comme sur nous tous. Je ne comprends pas le goût grand-guignolesque qu'ont certaines personnes à se délecter du récit des horreurs colportées, en y rajoutant chaque fois une couche saignante. Je veux bien qu'on conjure ainsi le sort, ce qui est arrivé à l'autre nous est épargné, mais s'il s'agit de se préparer au pire, à l'écoute morbide des violences et des injustices, avec moi ça ne marche pas, l'effet contraire se produit, la nausée me gagne et sape mon énergie.

Aurais-je développé ma mansuétude, ma perception de la valeur de la vie ? Mon émotivité est-elle proportionnelle à ma charité ? Je l'espère, mais je dois désormais compter avec ce nouveau trait de caractère qui ne me simplifie pas la vie de tous les jours. Êtes-vous dans mon cas ?

L'alcool

D'abord on ouvre une bouteille pour les amis, puis on s'ouvre une bouteille à deux, et un jour on s'ouvre une bouteille pour soi tout seul. On n'en boit qu'un verre ou deux, le reste sera pour ce soir, mais sur le coup de sept heures, quand la nuit tombe, on a un petit coup de blues, on se prendrait bien un petit verre et on s'aperçoit que la bouteille est aux trois quarts vide. Alors on en ouvre une autre pour le dîner, et c'est comme ça que tout commence.

Insensiblement on passe des deux-trois verres en mangeant au ballon de blanc au bistrot et au digestif avec le café. Les mois passent, et de plaisir, cela devient un besoin. L'alcool s'est installé dans notre sang. Il règne sur nos sens en esclavage, il nous fait tenir des raisonnements indulgents dans le seul but de se refournir. Il ne nous laisse plus en paix. Subtilement, il nous transforme en personnes différentes. Avant que la honte des excès ne nous atteigne, quand il serait encore temps de lui résister, il se présente à tous les instants de la vie en faisant miroiter ses avantages : en le consommant on sera plus jovial, plus sociable, plus enjoué, les buveurs d'eau et d'orangeade sont de tristes coincés qui brisent l'ambiance d'un repas ou d'une réunion. L'industrie florissante des spiritueux offre un choix chatoyant de marques et de provenances, on peut déguiser un alcoolisme naissant en passion œnologique, il y aura toujours quelqu'un pour vous faire goûter un nouveau cru ou un assemblage du Nouveau Monde. Ne soyons pas dupes, ce qui nous attire, c'est la puissance enjôleuse de l'alcool. Les buveurs moins aisés éclusent des litres de bière, ou de cidre, ou de petits vins de pays. L'alcool en plus faible teneur s'accumule tout de même dans leurs veines, et les asservit à sa loi.

Nombre d'alcooliques voudraient s'en sortir. Hélas ! leur corps imbibé n'est plus le maître. Il faut des cures longues et radicales pour se désintoxiquer. C'est en amont qu'il faut être vigilant. La frontière entre l'usage traditionnel des alcools, dans nos sociétés, et la spirale de la dépendance chimique est très mince. Combien d'hôtesses de l'air ou de barmen se sont retrouvés alcooliques sans s'en apercevoir, seulement à force d'accompagner les clients avec une petite coupe de champagne par-ci, un whisky par-là. La protection à ces possibles dérives est peut-être tout simplement de considérer chaque verre de vin, chaque verre d'alcool comme une exception, un moment privilégié qu'il faut savourer, à toutes petites gorgées, et ne pas remettre ça, ne pas se resservir. Garder ces jus exquis, fruits de siècles de savoir et de sélection, pour les grands moments. Une rareté pour célébrer quelque chose. La bonne santé conservée, par exemple...

La mémoire

J'entends souvent autour de moi : « C'est affreux, je perds la mémoire, ça y est, c'est Alzheimer. » On croit qu'on perd la mémoire, mais en vérité elle se déplace, elle se niche ailleurs, selon un plan réglé par elle seule et que nous subissons.

Tout au cours de l'enfance, la mémoire est l'instrument de croissance numéro un. Les écoliers ânonnaient les tables de multiplication (il paraît qu'ils ne le font plus) pour faire des exercices mnémotechniques autant qu'arithmétiques. Ces litanies s'apprenaient par leur musique rabâchée. Tous les gestes de la vie sont reproduits d'après une image mémorisée, du nouveau-né jusqu'à l'âge adulte. Nous sommes formés par la mémoire. Elle est là, indiscutable, active, vitale. Les malheureux autistes qui en sont privés ne progressent pas.

Puis, pendant les études, on constate déjà une mutation. On ne se souvient bien que de ce qui nous intéresse, la mémoire nous aiguille et nous indique qui nous sommes. Inutile de demander au « manuel » de se rappeler un texte, ni au « littéraire » d'enregistrer des techniques. Chacun se définit par la sélection de ce qu'il retient. Imbattable sur les milliers de noms savants des minéraux qui le passionnent, mon fils est incapable de dire le titre du dernier livre qu'il a lu. Moi-même, je n'oublie aucun visage, mais j'ai un mal de chien à y apposer un nom. On se sectorise, on se spécialise, la mémoire nous seconde fidèlement, partout où c'est essentiel au cœur de nos aspirations. Ailleurs elle peut nous lâcher.

Enfin arrive le temps des récapitulations, des visions globales. Soudain on se souvient en détail de scènes de la prime enfance, ou du nom d'une camarade de classe à laquelle on n'a pas pensé depuis quarante ans. Les poésies apprises avec peine à la communale sans les avoir vraiment comprises nous reviennent, intégrales et vivantes. Elles nous avaient marqué plus que nous ne l'avions cru. C'est l'heure de songer à rédiger ses Mémoires, justement, de mettre de l'ordre dans les pensées, dans les souvenirs. On n'attache pas d'importance à une nouvelle du matin immédiatement effacée, mais on voit se dessiner la vie passée avec clarté et intensité. Une autre mémoire nous habite, parfois cruelle, parfois indulgente, qui donne cette fameuse « sagesse », autrement dit le recul et l'esprit de synthèse.

La mémoire nous balade au long de la vie, tel un curseur intelligent qui devance nos besoins. On ne la perd pas, elle se cache, elle se concentre sur un autre coin de notre être, qu'elle éclaire par moments d'une lumière inattendue. Elle nous fait des niches, facétieuse et imprévisible. Peut-être n'est-elle pas seule, un bataillon de joyeuses Muses s'ébattrait-il dans notre inconscient pour brouiller les pistes et nous gouverner ?

Les arbres

Jusqu'au mois de mars, on peut planter des arbres. C'est un moment sans pareil qui procure une émotion à laquelle personne n'est insensible, je crois.

Les techniques ont évolué, dans ce domaine comme ailleurs. On installe des arbres de tous âges, des bébés de l'année ou des adultes au tronc et aux premières branches constitués, pourvu, pour ces derniers, qu'on ait creusé au préalable un trou suffisant pour accueillir la motte importante dans laquelle on les a maintenus en pot. Grues, élévateurs, pelles mécaniques et treuils divers permettent à deux hommes, quelquefois un seul, de déplacer des individus qui viennent parfois de loin et semblent nous apporter fièrement un bout de leur Espagne, de leur Grèce ou de leur Finlande natales.

Quelle que soit la modernité des moyens utilisés, le geste de planter un arbre demeure un acte d'une symbolique antique, ancestrale, qui nous investit de sérieux et de responsabilité. Quand les troncs sont jeunes, on se demande même comment ces frêles plumeaux, sans feuilles et sans allure, pourront devenir les imposants sapins ou platanes dans l'ombre desquels on déjeunera l'été... Comment les fruitiers malingres pourront se couvrir de fruits et leurs branches futures en supporter le poids...

Planter un arbre, c'est croire à la vie, à l'avenir, c'est une affirmation constructive et joyeuse : je serai là pour te voir grandir. On surveillera la croissance du nouveau venu comme celle d'un enfant. On le protège déjà du froid avec de la paille au pied si nécessaire, des chevreuils qui se font les cornes sur sa tendre écorce au printemps, et des lapins, qui adorent grignoter les jeunes pousses. On les traitera contre la cloque, les parasites, les frelons et les champignons. On achètera tous les livres pour mieux connaître les secrets de chaque espèce, bien que celui qu'on a planté ne ressemble à aucun autre sur les photos. On échangera des descriptions avec les voisins, pour comparer les particularités de chacun, mais notre arbre c'est notre arbre, il est unique et il n'a pas son égal.

On prend en charge une vie nouvelle qui n'avait pas demandé à venir chez nous, elle s'y trouvera bien, peut-être, elle nous remerciera en montant vers le ciel tout doucement, ou par à-coups qui nous surprennent, d'année en année. La nature est reconnaissante quand on lui prodigue de l'attention, de l'amour. Moi, je parle à mes arbres, je leur dis des poésies, je les touche, je les caresse. Il me semble que ce sont eux qui me donnent de la force.

Le plaisir

Notre société prétend avoir recensé tous les plaisirs auxquels l'être humain peut aspirer, et nous les proposer sous forme d'offre plus ou moins commerciale, plutôt plus que moins. À peine exprime-t-on un désir qu'une foule de propositions nous est faite, compétitive et planétaire. On s'inscrit aussitôt dans une catégorie, la liste de ceux qui ont ce même désir et qui vont pouvoir nous faire bénéficier de leurs recherches et de leurs expériences.

Se relier aux personnes qui ont envie de soleil, de musique baroque, ou de gâteau au chocolat en même temps que nous, paraît pourtant une préoccupation première pour beaucoup. Ne pas être seul à désirer quelque chose semble la marque de sa validité. Ce qui est demandé par le plus grand nombre est la vérité. Une évidence démocratique et indiscutable. Or la découverte de soi s'opère par le biais des plaisirs, dès la tendre enfance. On se définit par ce qui nous attire, nous séduit. Et nous sommes tous différents, comme les milliards de feuilles des arbres, il n'y en a pas deux semblables. Nos désirs peuvent-ils être standardisés et catalogués si simplement ? Ne faudrait-il pas aller voir de plus près et s'interroger sur les réponses qui nous sont données ?

Nous censurons nos demandes pour entrer dans des cases. On applaudit à un spectacle qu'on a à moitié aimé parce que tout le monde applaudit, on ne veut pas passer pour un rabat-joie, un éternel critique, jamais satisfait. On ne renvoie pas un plat mal cuit pour ne pas faire un esclandre ni offenser celui qui a choisi le restaurant. On achète un pull orange parce que c'est tendance, alors qu'on a toujours vomi cette couleur. On se conforme, on ne veut pas se faire remarquer, on veut rester au chaud avec les autres, peut-être qu'ils ont raison, au fond s'est-on posé sérieusement la question de ce qu'on aime et de ce qu'on n'aime pas ? Ainsi, par glissements progressifs, la société se nivelle, se dépersonnalise, s'aplatit et se banalise.

Nos plaisirs sont sacrés. Ils sont l'expression de notre personnalité, de nos différences, de nos bizarreries. Ils parlent pour nous, ils nous représentent et nous renforcent. Et si la flûte traversière, le flamenco ou le chant grégorien vous donnent des frissons, ne vous laissez pas imposer de l'accordéon ou du jazz. Ne vous croyez pas anormal ou décalé, jouissez de votre plaisir avec assurance, vous sauvez l'humanité du conformisme et de la dictature du marché.

Ce qui nous botte

Il y a longtemps que les femmes ne cherchent plus d'excuse pour mettre des bottes : le froid, les éclaboussures sur les jambes, les chevilles fragiles ou un projet de promenade dans les bois... On met des bottes parce qu'on trouve ça joli, elles sont désormais si fines qu'elles ne tiennent absolument pas chaud, certaines sont montées sur talons aiguilles et ne facilitent pas plus la démarche que des escarpins. Les entorses ne sont pas exclues. Quant aux mollets emprisonnés, ils ne sont pas à l'abri des gonflements.

Et pourtant les bottes nous plaisent. On ne peut pas insinuer qu'on les emprunte à l'habillement masculin, elles n'ont franchement plus rien de sportif, et je défie quiconque d'affirmer qu'elles sont commodes. Elles sont fragiles comme des chaussures du soir, on nous les propose dans des cuirs et des couleurs si délicats que la moindre tache est un drame. Elles sont parfois imposantes et déterminent toute la toilette, la longueur de la jupe, des blousons et des manteaux. Elles obligent à les assortir avec sacs et ceintures, et commandent l'allure générale, de la coiffure au soutien-gorge, plus ou moins pigeonnant. Elles sont donc très contraignantes, c'est peut-être pour cela qu'on les aime.

D'abord, elles nous rattachent aux bottines de nos arrière-grand-mères, et aux chanteuses de Caf'Conc' de Toulouse-Lautrec, débordantes de féminité. Le charme du corset et de la bottine lacée est encore vivant. Cette boucle historique satisfait notre envie de nous déguiser, toujours présente dans nos cœurs d'enfants. Mais, par un curieux détour, elles symbolisent aujourd'hui l'émancipation, le goût de puissance et l'autorité. On ne marche pas en bottes comme en chaussures basses. Une silhouette bottée exprime l'indépendance, teintée d'insolence et d'une pointe de provocation. À part les bottes fourrées de l'hiver, les femmes trop sages ne s'aventurent pas à porter des bottes voyantes, elles ne sauraient pas les dompter. Nous touchons là le point sensible que révèlent les bottes : elles livrent un message qu'on ne peut pas abjurer. Nos jambes bottées affichent la liberté, l'autonomie, qui attisent la curiosité des hommes et consolident le pouvoir de séduction des femmes. Impossible de ne pas les afficher, impossible de les porter innocemment. Plus elles sont jolies plus elles sont chargées de signification : je suis fière d'être femme, j'assume et je revendique ma condition. Les jours où on se sent « mou du genou », les jours où on n'est pas trop bien dans sa peau, elles sont un véritable dopage, elles redonnent du punch. Toujours seyantes, je ne sais pas, mais vitaminées et rajeunissantes, c'est sûr.

Alors, vous avez pigé ? À vos bottes, toutes !

Le rouge et le noir

Pensez qu'il y a un siècle à peine, les deux plus belles professions étaient l'Église et l'Armée. Non seulement les femmes ont envahi tous les secteurs de la vie publique, mais elles ont aussi influencé les échelles de valeurs, en désertant les métiers qui leur étaient les moins appropriés. On veut bien de nous un peu partout, à compétence égale avec un homme, mais c'est nous qui ne voulons pas de certaines fonctions, qui nous paraissent violentes ou désuètes. Une nouvelle société est née.

Il y a bien quelque part une fille de général qui fait Saint-Cyr et entre dans l'armée, mais elle sera informaticienne et fera sûrement un travail technique. Il y a bien les épouses de pasteurs qui font la messe en l'absence de leur mari, mais elles sont encore peu nombreuses et sujettes aux critiques. Les femmes ne sont pas accueillies à bras ouverts dans ces rôles-là. Il faudra bien les accepter, vu le déficit de vocations, et la pauvreté des paroisses. Elles sont reçues ici comme pis-aller, pour pallier la désertification des lieux de culte. Ce n'est pas l'ambition qui les conduit à ces emplois.

Ainsi, petit à petit, un monde sans clergé et sans militaires se dessine, nouveauté absolue dans l'histoire de l'humanité. Les enfants ne collectionneront plus les soldats en uniforme, en dehors de quelques astronautes en combinaison futuriste. Les marchands de soutanes se raréfient, et les ordres simplifient leurs tenues, d'où le voile a presque disparu. Il est moins utile de se distinguer. L'humilité est de rigueur.

Quels seraient, aujourd'hui, « le rouge et le noir » ? Quel habit, quelle charge, quelle distinction ? Le survêtement du champion sportif ? Le petit tailleur couture de la députée, ou de la ministre ? La robe ultracourte de la chanteuse à la télévision ? Ou le pull en laine des Pyrénées de l'alter-mondialiste ? Qui sont nos héros, nos enviables, ceux qui ont choisi les voies royales de la société ? Existent-ils seulement, et peut-on conseiller à nos enfants un chemin plus qu'un autre ? Les grandes écoles et les costumes trois-pièces perdureront, mais ils ont un petit air vieillot qui peut en refroidir plus d'un. La gloire, l'aventure et la réussite sont de quel côté ? Sont-elles d'un côté précis, comme autrefois ?

Le grand changement est là. Il n'y a plus de lieu géographique du succès, il arrive n'importe où, à n'importe qui, pourvu que l'imagination et la volonté soient au rendez-vous. Tous les métiers sont prometteurs, manuels ou intellectuels. On peut réussir en faisant de la menuiserie, ou en inventant un logiciel. Ou en s'exprimant par la musique, par l'enseignement, par la recherche. L'argent et le pouvoir ne sont plus les seuls critères de réussite, un agriculteur heureux a un visage plus épanoui qu'un politique qui ne réalise pas ses ambitions. Les femmes ont fait le tri, elles préfèrent avoir un visage heureux.

L'homme-roi

Il y a encore beaucoup de femmes dont la vie est réglée sur celle d'un homme. Il est leur fonds de commerce, leur source de revenus, leur soutien, leur survie, l'assurance de leur vieillesse, leur tuteur social et psychologique. Dès le jeune âge, elles ont pensé que le mariage était la seule solution et que le choix de l'homme en question déterminerait leur vie. Quand elles ont eu le choix. Ou un semblant de choix.

Je les rencontre, après des années, dans des lieux et des milieux différents : elles ont toutes le même visage. Le teint effacé de la frustration, la douceur égale d'une plage aux galets polis par les vagues incessantes. Dès qu'on engage la conversation, on sent les remous changeants du regret tourbillonner dans leurs propos sous l'apparence sereine. Elles ont été des épouses et des mères parfaites, elles ont tenu leurs maisons et leurs ménages sans s'économiser, en sacrifiant leurs désirs personnels, qu'elles n'arrivent presque plus à recenser. À chaque phrase revient : mon mari dit, mon mari aime, je dois demander à mon mari, il veut, il ne veut pas... J'observe le mari, à l'autre bout de la table. Collet monté, beau parleur, opulent, le cigare à la bouche. Il est clair qu'il joue un rôle lui aussi. Il faut bien qu'il réponde à la fonction qu'on lui a assignée. Il est le maître, le chef, il doit bomber le torse et avoir réponse à tout. Tel un commandant des troupes, il doit inspirer confiance et respect, du haut de son cheval (ou de sa six-cylindres). En toute impunité, on reproduit le règne de l'homme-roi, prison morale et familiale où les femmes s'effritent et annulent leur créativité.

Heureusement, ce modèle n'est pas gagnant, ces temps-ci. Les jeunes femmes ne veulent pas se marier trop tôt, dans l'ensemble elles désirent vivre d'abord par elles-mêmes au cœur de la société, donc du travail, de l'engagement citoyen. Elles veulent rapidement se doter des moyens de faire quelque chose d'autre que des enfants, quitte à interrompre momentanément leur évolution quand elles souhaitent être mères. Elles choisissent leurs compagnons pour leurs qualités véritables, ou des affinités qui les unissent, mais certainement pas « un parti », une sécurité, sous la protection d'une famille et de ses biens. Elles ne veulent pas se réveiller à cinquante ans, comme leurs aînées, incapables d'entreprendre une nouvelle vie quand les enfants seront grands et mariés à leur tour.

On dit que les femmes sont devenues dures et carriéristes. Je pense au contraire qu'elles sont sages et responsables, et qu'elles ne veulent plus peser sur les hommes en les asservissant dans ce rôle de matador à toute épreuve. En partageant les responsabilités avec lui, elles le soulagent des attitudes régaliennes qui sont bien fatigantes. Libérer les hommes ?

La parole

Je pense à Françoise Giroud. À Marguerite Duras. À Simone Signoret. À nos grandes disparues. C'est étrange, pour moi elles ne sont pas parties. Elles sont là, parmi nous, elles continuent à surveiller le monde, et souvent il me prend de m'adresser à elles, de leur demander si je fais bien, si je poursuis convenablement leur travail, en suivant modestement le chemin qu'elles nous ont indiqué. C'est qu'elles sont présentes par la parole. La force de la parole. Leurs écrits, leurs déclarations, leurs interviews restent comme des pierres indestructibles, les alignements de Carnac ou de l'île de Pâques, érigés fièrement contre le temps.

Avant elles, d'autres femmes sont devenues éternelles par les mots : George Sand, Virginia Woolf, Anne Frank, Mère Teresa. Nous les entendons encore, nous les écoutons, et si leurs idées paraissent simples et évidentes, elles étaient audacieuses à leur époque et nécessitaient du courage. De la clairvoyance et du courage. Ces deux vertus les poussaient à trouver les mots justes, efficaces et puissants. La vérité ne se manifeste pas mollement. Il lui faut une expression solide, fondée, ciblée. On les disait anticonformistes, ou révolutionnaires. Elles n'étaient que justes, dédiées à la recherche de la parole exacte, du concept universel. La morale progressiste se glisse promptement dans les esprits qui cherchent l'essentiel. On n'émeut pas avec des pensées vagues ou alambiquées. Ces femmes ont marqué leur temps, et au-delà, par la pertinence et la précision de leurs propos. Il reste de chacune une image humaine et lumineuse. On peut dire qu'elles nous transmettent la lumière, celle qui éclaire nos pas chaque jour.

Nous leur devons les avancées prodigieuses de notre société, qu'elles n'ont pas toujours prévues elles-mêmes. Avec l'accélération moderne des changements, Françoise Giroud a entrevu ce qui attend les femmes. Elle l'avait prédit, elle l'avait souhaité. Une à une, les grandes figures de l'après-guerre nous quittent, c'est à ma génération aujourd'hui de reprendre le flambeau. Mais contrairement au passé, à cause et grâce à toutes ces femmes, le combat est désormais collectif. Nous devons nous faire connaître et respecter toutes ensemble, chacune dans son coin, par nos actes et par *la parole*. Dire, ne plus rien passer sous silence, ne plus se cacher derrière la volonté d'un autre, trouver l'humour qui démasque, les phrases qui dévoilent sans blesser. Nous savons faire cela, nous avons de grands modèles, et des enseignements imparables. Merci Françoise, merci Simone, merci à toutes. Nous continuerons. Il y a encore beaucoup à faire.

Bain ou douche ?

Les partisans de la douche et les amoureux des bains ferraillent à l'infini, chacun avec des arguments ajustés et éprouvés. Dans les familles, la bataille divise chaque fois qu'une nouvelle salle de bains est à aménager.

Les défenseurs du bain évoquent sa vertu thérapeutique, à la fin d'une journée stressante, d'un retour à l'enfance, à l'apesanteur dans un monde si pesant. Certains ont besoin de la chaleur pour soulager une colonne vertébrale fatiguée, ou de guingois. Ils arguent que la baignoire peut accueillir une douche, un jet d'eau fraîche étant le bienvenu sur les jambes à la fin d'un bain.

Les militants de la douche trouvent que la baignoire si rarement utilisée est un monument à l'eau chaude archaïque et encombrant, qui n'attire que les paresseux et les dégoûtants qui barbotent dans une eau stagnante. La douche vivifiante est propre et moderne, elle occupe peu de place et se case dans des coins inutilisables. Elle est économe en eau et en énergie pour la chauffer.

Les amoureux des bains ne pourraient s'en passer, ils sont disposés à changer d'hôtel si on ne leur assure pas une chambre avec baignoire, comme si c'était la seule garantie que la salle de bains soit de taille convenable. Même si les cadences du tourisme ou du travail en déplacement ne leur laissent guère le temps de prendre des bains. Car le bain est un rite qui nécessite du temps et le confort d'une salle d'eau chauffée, agréablement éclairée et équipée de moelleux peignoirs en éponge.

Les défenseurs de la douche vantent les bienfaits de l'eau qui fouette le corps, sous laquelle on peut se laver les cheveux du même coup, et ressortir comme un sou neuf, rincé et ravigoté. L'adulte, que diable, affronte la vie debout, on n'est plus des nouveau-nés en mal de placenta. La douche est hygiénique et civilisée.

Ma position est plus ambiguë. Je ne sais pas ce que je préfère, de la douche énergique au bain lénifiant. Je crois que j'aime les deux, selon les moments de la vie, selon mon humeur, mes contrariétés, et les soins que j'accorde à mon corps. Après avoir couru, j'apprécie la douche tonifiante, mais après un exercice prolongé, ou une journée de concentration sur le même travail, le bain me dépayse, me change les idées et me calme. Quelques gouttes d'essence à l'eucalyptus ajoute à sa volupté. Mais dès que les beaux jours arrivent, je les célèbre en délaissant la baignoire, plus encline à renouer avec les bienfaits aspergés de la douche...

Ne tranchons pas. Ne présumons pas de ce que nous aimerons demain. Laissons trôner la baignoire dans nos salles de bains, en long, en coin ou en sabot, il y a bien quelqu'un qui y fera flotter des petits canards en celluloïd...

Les secrets de famille

Dans toutes les familles, me disait un notaire de mes amis, il y a des secrets, tenus à l'abri dans des lettres, des carnets ou des documents bouclés dans des coffres. La réelle identité d'un grand-père ou les frasques d'un arrière-grand-oncle laissent des descendances cachées, des héritages génétiques ou immobiliers insoupçonnés. La vérité est connue par une vieille tante ou un cousin lointain qui détiennent ainsi un pouvoir jaloux.

À l'époque où le divorce était une infamie, les vies doubles florissaient, surtout du côté des hommes, évidemment. Mais pas seulement. De respectables femmes accouchaient sous X dans un coin de province après s'y être retirées pour quelques mois. L'enfant de leur amant ne pouvait être reconnu, l'homme en question étant marié parfois lui-même. Les familles d'accueil, souvent pauvres, trouvaient là un petit revenu et maintenaient le secret juré. Mais il y avait des fuites, et ces enfants entourés soit d'un excès d'attention, soit d'une carence d'affection, sentaient autour d'eux un mystère, une exception qui leur collait le syndrome du « bâtard ».

Aujourd'hui, à part les milieux très rétrogrades, hélas ! encore nombreux, le silence n'est plus la loi. On a compris qu'un secret pèse sur la tête de tous les membres d'une famille en dénaturant les relations au point de créer des névroses. Tout ce qui est dit est plus facile à digérer que ce qui est tu. Aucune situation n'est honteuse, les connaissances largement diffusées sur la psychologie et l'histoire des mœurs nous permettent de juger combien vivre ensemble est difficile, et combien nos exigences sont complexes. On a moins peur d'avouer ses faiblesses, car on sait que ces mêmes faiblesses peuvent se révéler des qualités dans d'autres circonstances. L'aventurier dilapide les biens familiaux, mais peut faire fortune, l'avare ne les dilapide pas, mais sa rétention assombrit la vie quotidienne de tous. Le chaud lapin est un mari amoureux mais essaime facilement, tandis que la naïve se laisse embobiner et modifie son testament au gré de ses amours. Si nos désirs sont mystérieux pour les autres, ils le sont aussi pour nous-mêmes, il y a longtemps qu'on ne jette plus la pierre à celui qui passe ses nuits à jouer aux cartes, et qu'on n'oblige pas celle qui aime danser à rester à la maison. On s'organise, on tolère les penchants de chacun. À notre époque, les cachotteries n'ont pas de raison d'être, et si elles perdurent, l'orgueil mal placé sera toujours débusqué par un petit coquin qui mettra les pieds dans le plat avec le plus grand naturel.

« Dis, maman, pourquoi oncle Mario n'a pas d'enfants ?

— Parce qu'il vit avec Lambert, mon chéri, et que deux hommes ne peuvent pas avoir d'enfants. »

Voilà. C'est simple. C'est rapide. L'ombre est levée, et le traumatisme évité.

Les verrouillages du passé sont plus tenaces, ils craquent forcément un jour, et paraissent, une fois dévoilés, bien anodins. Dramatiques sous forme de secret, ils sont émouvants dans la transparence. Pardonnables et humains, à coup sûr.

Sucré ou salé ?

Parmi les antagonistes courants, il y a ceux qui ont toujours chaud et ceux qui ont toujours froid, ceux qui aiment les chats et ceux qui aiment les chiens, ceux qui aiment la montagne et ceux qui aiment la mer, ceux qui aiment la solitude et ceux qui aiment la foule, ceux qui détestent le soleil et ceux qui ne peuvent pas vivre sans, ceux qui ont la bougeotte et ceux qui ne voyagent jamais, et il y a ceux qui aiment le salé et ceux qui préfèrent le sucré.

Au restaurant, les premiers ne commandent jamais de dessert, mais ne ratent pas les harengs à l'huile en entrée s'ils sont au menu, ou la brandade de morue. Ils salent d'office le plat qu'on leur apporte, sans l'avoir goûté, le sel améliorera n'importe quel mets. Le gros sel est une friandise, qu'on croque avec délices sur le foie gras, le pot-au-feu ou la salade. Le beurre est de préférence salé, foi de Breton. La cuisine aigre-douce des Caraïbes ou de Thaïlande est une plaisanterie, ce n'est pas de la nourriture. Les gâteaux et les sucreries sont pour les enfants ou les vieilles dames. Si on a une petite faim, mieux vaut une tranche de saucisson ou un morceau de fromage qu'un petit pain au chocolat. On mange quand on a faim, et pas quand on a envie de se faire plaisir.

Ceux qui ont « la dent sucrée » réservent leur appétit pour la fin du repas, à l'apothéose des douceurs. Un seul dessert est minable, un menu qui finit bien en comporte plusieurs. Certains, des hommes surtout, sont capables de faire des dîners entiers de desserts. Entrée : un soufflé à la vanille. Plat de résistance : un mille-feuille. Fromage : une crème brûlée, et en dessert des tartes et des glaces. Pour conclure, avec les alcools, des chocolats choisis. Ils sucrent le café, le thé, et même les infusions. Ils connaissent les subtilités entre le sucre de canne, la mélasse, le sucre candi ou la cassonade. Ils inondent leurs crêpes de sirop d'érable, rapporté spécialement du Canada. La cuisine orientale les enchante, avec les tajines aux pruneaux, les pastillas au miel et le thé à la menthe archi-sucré. Un en-cas sera fatalement un brownie ou une brioche au sucre, et les pique-niques composés de dattes et d'abricots séchés, comme les sportifs.

Inutile d'essayer de les réconcilier, leurs veines et leurs enfances vibrent pour les différencier radicalement. Les uns sont hypoglycémiques, les autres sont hyperglycémiques. Les uns ont eu des mamans rôtisseuses, les autres des mamans pâtissières. Ça ne s'invente pas. Trop de sel est superflu, trop de sucre est nuisible, les nutritionnistes nous le serinent. Mais comment changer d'habitudes, comment effacer nos « petites madeleines de Proust » qui ont fabriqué notre goût et notre caractère ? La raison n'y fait rien, et les influences postérieures jouent peu. Pour ne pas décevoir un conjoint, ou une amie, on peut admettre l'existence de l'autre camp, mais jamais le rejoindre tout à fait...

Les objets militaires

Quand je vois les jeunes filles habillées en treillis, ou juponnées de tabliers superposés en toile kaki mimétisée, je me demande ce qui les fascine dans ce message militaire. Les godillots et les sacs à dos ne sont pas d'usage qu'à l'armée, le camping et le trekking ont largement réutilisé ces accessoires de soldat. Mais les calots, les blousons gradés et les ceintures porte-grenades se rattachent directement au combat, à la hiérarchie des professionnels de la guerre.

Cet engouement n'est pas nouveau. À part les amateurs de musiques militaires et les collectionneurs de soldats de plomb, les héros des résistances armées font rêver les jeunes. Le béret du Che et la veste Mao continuent à se porter. Mais l'attirance pour les objets militaires ne faiblit pas : on adore les couteaux du Viêtcong et les gourdes ultra-légères des Marines. On recherche les zippos de l'armée américaine et les médailles soviétiques en étoiles rouges. Les ados berlinois s'arrachent les uniformes de l'Allemagne de l'Est, surtout s'ils sont usés. Partout fleurit une esthétique que les fabricants de tissus exploitent et répètent.

Le cinéma et les récits de guerre y sont pour beaucoup. Les vrais héros meurent à la guerre, seuls dans leurs avions de chasse, ou fusillés tragiquement. C'est dans l'esprit masculin de souhaiter mourir à cheval, en seigneur de la guerre, depuis Alexandre, César, les

Croisés, en passant par tous les régnants et conquérants de l'Histoire. Que les petits garçons jouent à la guerre, rien d'étonnant. Mais les filles ? Sont-elles à ce point désireuses de parité qu'elles adoptent les aspirations belliqueuses des hommes ? Je pensais, dans une de mes innocentes simplifications, que le Mal provenait du taux de testostérone chez certains ! Je vois, à l'attitude de femmes proches du pouvoir (une certaine Condoleeza, vous voyez ?) que cette hormone masculine n'est pas la seule coupable. La guerre a des charmes qui agissent sur tous.

Comment débarrasser l'humanité de cette fascination ? Certes les technologies avancées des armements sont remarquables, leurs utilisations dans la vie civile ont transformé notre vie quotidienne. Mais faut-il en passer par les milliers de morts ? Faut-il que les progrès se traduisent par la destruction, les bombardements, les gens dressés les uns contre les autres, la haine attisée et les peuples brisés ? Les affrontements économiques, culturels, sportifs ne suffisent-ils pas ? À tous les porteurs de pantalons de guérillas ou de jupes en toile de parachute bariolée, ne faudrait-il pas préciser ce qu'ils exaltent à travers ces vêtements de camouflage, faits pour tromper l'ennemi de jour et de nuit ? N'est-ce pas plus héroïque de réussir un examen, de défendre les couleurs de la France dans une équipe sportive ou de publier un roman à vingt ans ?

Non, nos chers enfants n'ont pas la nostalgie de la guerre. Ils l'exècrent, comme nous. Mais ils sont sans doute en mal de romantisme, qu'ils expriment comme ils peuvent, en empruntant ces oripeaux militaires chargés de menace pour en capturer le frisson du danger, et peut-être l'exorciser.

Les enfants adultes

Ils ont quitté la maison, ils se sont frottés aux rudesses de la vie sans nous, on les a perdus un peu, mais on les retrouve, ils reviennent, changés, quelquefois plus indulgents qu'auparavant, quelquefois enragés contre leurs difficultés, quelquefois sous une influence qu'on doit habilement déceler, évaluer, doucement équilibrer. Les enfants adultes sont toujours des enfants avec leurs parents, quoi qu'ils disent ou pensent. C'est bien ce qui les agace, ce qui les éloigne de nous par moments. Ils supportent mal le regard d'une mère qui devine tout, même quand on ne lui parle pas, ou d'un père inquiet qui met les pieds dans le plat : « Et tu vas les payer comment, les traites de cette voiture ? », ou bien : « Vous allez vous marier, avec Sabine ? », ou bien : « Quand tu auras fini ce stage, tu comptes rester dans la boîte ? »

Les grands enfants prennent ces interrogatoires comme des atteintes à leur liberté, des violences morales que seuls des parents peuvent infliger. Ils n'ont pas tort car, au fond, ils continuent à agir pour nous plaire, comme pendant leur enfance. Recevoir l'approbation de maman, voire des compliments, était un but et un moteur. Le vieux réflexe perdure tout au long de la vie. Encore aujourd'hui je me demande régulièrement si ma mère, qui n'est plus de ce monde, apprécierait ce que je fais. C'est plus fort que nous, nous sommes à jamais les enfants de quelqu'un. Le drame de ceux qui n'ont pas eu de parents réside bien là : ils ne se mesurent à personne, ils ne peuvent accuser personne.

Car l'heure des reproches ne manque pas de surgir. On n'a jamais fait assez pour ses enfants, on ne les a pas poussés à apprendre l'anglais, on ne les a pas encouragés dans le chemin artistique qui les tentait, on les a nourris trop richement, ou trop diététiquement, on leur a imposé nos goûts, nos habitudes, on ne leur a pas acheté l'ordinateur ultra-performant dont ils rêvaient à douze ans, et qui leur aurait fait gagner du temps d'apprentissage, on a boycotté un voyage en Inde à pied avec trois copines, on a fait capoter la première liaison en ne l'accueillant pas assez chaleureusement, etc. La liste de nos torts est sans fin. De quoi nous démoraliser pour de bon. Mais la vérité est ailleurs. Les enfants adultes cherchent en dehors d'eux des coupables à leurs échecs. Les parents servent alors de punching-ball pour défouler leur mécontentement, tout en demeurant des modèles. La nature humaine est ainsi, chaque sentiment a son retour de bâton, son contrepoids. Tous ces courants sont des formes diverses de l'amour, et du transfert d'identification. Tant qu'il y a échange, conflit, confrontation, il y a amour. L'inverse est l'indifférence, plate et immobile.

Puis les choses s'aplanissent. En vieillissant les parents s'affaiblissent et deviennent peu à peu les enfants de leurs enfants. Alors s'établit une relation basée sur la reconnaissance réciproque et le non-dit. On n'a plus besoin d'agiter les divergences, de provoquer les débats. On s'accepte comme on est devenu. On s'aime, tout simplement. On sait que ça ne se modifiera plus. Il faut beaucoup d'années pour arriver à cela.

Les petits oiseaux

Les oiseaux jouissent d'un traitement de faveur parmi les espèces animales que nous fréquentons. Leur grâce, leurs chants mélodieux, leur fragilité et leurs amours sont vantés depuis les premiers poèmes par les bardes, les troubadours et les chantres orientaux. L'oiseleur est porteur de messages exquis et ceux qui ont parlé aux oiseaux sont des saints.

Regardons-les de près, ces charmantes bestioles : voraces et chapardeurs, moineaux, passereaux et pigeons se jettent en toute hâte sur les miettes qu'on leur lance, en les arrachant du bec d'un merle voisin, s'il le faut ! Ils arrosent nos fenêtres et nos toits de fiente, des coulées corrosives qui laissent des traces indélébiles sur les chaises de jardin et les persiennes. Ils piaillent du matin au soir, on est content quand le soleil se couche, enfin un peu de paix. Ils se roulent dans la poussière et plongent leurs pattes dans la boue afin de marquer les dallages et les tables de pierre de petites croix crottées. Avez-vous jamais regardé à l'intérieur d'un nid ? Ils nichent dans leurs propres déchets, les restes d'aliments et les saletés ramassés ici et là, bouts de laine, boules de poils et autres débris. Les œufs sont posés n'importe comment, en équilibre précaire, de sorte qu'ils tombent quelquefois. Les cris de certains d'entre eux sont tellement stridents qu'on peut prendre peur. Ils n'ont qu'un seul son pour s'exprimer, deux pour les plus civilisés. Seul le rossignol chante sur quatre notes, quand il veut bien.

Les espèces sont innombrables, peu sont comestibles, et les Chinois n'ont pas eu de scrupule à les supprimer : ils dévorent les récoltes avant l'heure. Blé, orge et maïs, mais aussi fruits et raisin, qu'on doit protéger par des kilomètres de filets. Verrai-je les cerises de mon verger cette année ? Mes prunes sont balafrées de cicatrices opérées par des becs gourmets qui ne choisissent que les bonnes. Les abricots n'arrivent pas à maturité et les poires sont creusées de petits cratères bien caractéristiques. Nos amis, les oiseaux ? Comme ils appartiennent au paysage champêtre, et à la légende poétique (on dit aussi érotique), ils sont intouchables. On ne peut rien dire contre eux. Un pivert me fait régulièrement des trous dans les portes en bois, les pies boulottent les graines que je viens de planter, mais il ne faut pas se plaindre, les oiseaux ont tous les droits, ils sont si jolis, on se demande où ils s'abritent pendant les mois d'hiver, et le printemps sans les zozios ce n'est pas le printemps...

N'empêche que j'enrage. On a moins de tolérance pour les gracieuses couleuvres ou pour les petites grenouilles qui nous débarrassent des larves de mouches et de guêpes. On a des comportements névrotiques avec les chauves-souris, qui sont si mignonnes et nettoient nos greniers des parasites, on a du dégoût pour les limaces et ces vers de terre. Cette partialité est étrange. Que les enfants soient émus par la découverte d'un nid, cela se comprend. Mais que des adultes gâtifient autour d'une mésange qui s'est cassé une aile, alors qu'ils battent leur âne et zigouillent leurs duveteux lapins, je ne le comprends pas. À moins qu'on touche là un archétype, un mythe sacré, le rêve des hommes de pouvoir s'envoler à tire-d'aile, comme des oiseaux ?

Les écritures

On a beau dire que l'informatique fera disparaître l'écriture, on est toujours content de recevoir une lettre ou une carte écrite à la main. Que de choses se lisent dans une écriture ! Sans être graphologue, on déchiffre dans une phrase manuscrite une infinité de signaux qui nous feront cruellement défaut pour connaître nos prochains si les mails et les messages « on line » prennent le dessus. Quoi de plus indicatif qu'une écriture penchée, dans un sens ou dans l'autre, qu'une majuscule entortillée, que des lettres gommées, des pages très remplies d'une calligraphie ample et ronde, ou des pattes de mouches serrées dans un coin ? Quoi de plus révélateur que la manière de couper les phrases, de les ponctuer, les souligner ou les raturer ? Une écriture lisible peut cacher un manque d'assurance, tandis qu'une écriture elliptique, façon médecin, décèle une hâte, une envie d'en finir avec la lenteur de la main, pour ceux qui ont pris beaucoup de notes dans leur vie, longues études ou urgence du reportage. La disposition des lignes, leur parallélisme ou leur désordre, est un message esthétique tout autant que psychologique : on imagine les géométries qui règnent dans la tête de celui qui écrit. Les termes de politesse employés, les hésitations et les corrections sont passionnantes à étudier, sans compter les fautes d'orthographe, même chez les plus lettrés. La rédaction des enveloppes elle-même indique la clarté d'une pensée, l'aisance sociale ou la timidité.

Par quoi pourra-t-on remplacer ces précieux messages ?

Nous n'écrivons plus comme nos parents, qui mettaient un point d'honneur à tracer chaque lettre avec soin, selon des règles que leur avait enseignées l'école. Nous n'écrivons plus autant qu'eux, depuis l'avènement du téléphone. Nous avons donc moins d'entraînement, et ne parlons pas des nouvelles générations qui pianotent sur un clavier avant de savoir écrire. Mais je trouve justement que les écritures se sont différenciées, personnalisées, et reflètent davantage le profil de chacun. Les pleins et les déliés sont loin, on écrit comme on veut, droit, couché, en lettres d'imprimerie, avec des petits ronds à la place des points, en détachant les mots ou en les rapprochant. Pas de préjugés, les stylos bille autorisent toutes les fantaisies, et encore plus les pointes feutre et les mines d'architecte. Ainsi notre univers intime apparaît, librement dévoilé. Plus que jamais les écritures sont significatives, plus que jamais elles nous représentent.

Je me réjouis donc de recevoir encore des lettres, et d'en écrire moi-même, en hommage à ce dernier canal de communication directe, attachant et courtois. Je ne crois pas à la mort de l'écriture manuelle pour cette raison-là, on aura toujours besoin de confier à une feuille de papier un compte rendu de notre état intérieur du moment. Certains praticiens diagnostiquent des maladies dans une écriture. La sincérité des sentiments se lit dans l'agencement des mots sur une page autant que dans leur choix. Ces derniers gestes de la civilisation de la plume demandent une interprétation, où l'humain se glisse. Il faudra du temps pour les remplacer par le relevé de notre ADN ou par une froide carte génétique qui ne contiendra pas le mystère d'un individu transmis par son écriture.

Le guilledou

Le guilledou. Ce vieux mot de la langue française a une origine lointaine et incertaine. L'adjectif « guilleret » s'y rattache, et dans sa sonorité, on retient quelque chose de joyeux et d'inoffensif. On sent qu'avec l'arrivée du printemps, on a envie de s'ébattre, de se plaire, de se courtiser, de « courir le guilledou ». Oh, c'était répréhensible et mal jugé, mais force était de s'incliner, la nature est plus forte, la sève ne monte pas que dans les arbres et les buissons fleuris en cette période de l'année. On disait d'un homme amoureux des femmes qu'il courait le guilledou, mais on ne lui en voulait pas vraiment, honorer l'amour et ses jeux ne peut pas être une grande faute. Il y a dans cette expression un parfum de marivaudage, de courses champêtres et de plaisirs éphémères sans conséquences.

Nos jeunes courent-ils encore le guilledou ? Sont-ils soucieux de ce que pense le sexe opposé de leurs allures, de leurs désirs ? Testent-ils leur pouvoir de séduction comme nous le faisions, avec malice et sous-entendus ? Une fille qui veut plaire à tout un groupe de garçons passe pour une allumeuse, et un garçon qui sait charmer éveille des soupçons : est-il bien viril ? On dirait que la dureté du monde les a rendus moins légers, plus conformistes, il faut se ranger dans un camp, dans une apparence, et parler d'une seule voix avec « la bande ». Le fossé se creuse entre les garçons et les filles, les peurs augmentent, les clichés abondent. Le duo devient de plus en plus difficile, on se parle avec les mots de la télévision qui fournit les termes d'une libération factice, à moitié comprise mais adoptée sans discussion. Le sexe se présente aussitôt, terrifiant et brutal. Le gentil guilledou est loin.

Pourtant les mariages redoublent, une grande nostalgie de l'amour-toujours et des voiles de mariée s'est emparée de nos jeunes filles. Les vendeurs de cérémonies et de réceptions matrimoniales rivalisent d'invention, mariage au cloître, au château ou à la ferme. Les couronnes de muguet ou de myosotis pour les demoiselles d'honneur sont revenues. Les robes de mariée sont décolletées mais d'une blancheur obligatoire. Les voyagistes offrent mille privilèges aux candidats à la lune de miel. On y croit donc encore. Quitte à se faire des illusions, qui se soldent par des divorces précoces, mais qu'importe, la vie est faite d'instants successifs qu'il ne faut pas gâcher. La fête n'est pas que pour les stars et les reines. On a fait entrer le spectacle dans toutes les chaumières.

Je ne suis pas de ceux qui critiquent, qui regrettent les mœurs solides et sobres d'autrefois. Je vois là une permanence du sentimentalisme qui est en chacun de nous, plus ou moins déclaré. Une promenade qui perdure sur la Carte du Tendre, démocratisée et répandue. C'est bien ce que nous avons voulu, que tous accèdent au bal, qu'il n'y ait plus de Cendrillon ni d'Eugénie Grandet. Si l'expression de ces réjouissances est un peu grossière, elle s'améliorera, faisons confiance à la concurrence pour affiner son style. On inventera peut-être une fête spéciale du guilledou, un jour de printemps où l'on pourra se courtiser ouvertement sans crainte ni préjugé. Une Fête de l'Amour. Une fête botticellienne, à laquelle le joli mois de mai se prêterait bien.

La rosée

Quel poète ne s'est pas extasié sur ce phénomène attendrissant de la nature : les frêles gouttes de rosée qui s'accrochent à chaque brin d'herbe et qui s'évanouissent dès que le soleil monte dans le ciel du matin ? Quel enfant ne s'est pas étonné, ne nous a pas interrogés, n'a pas bu ces gouttelettes fraîches pour en tester le goût ? Même mes chats s'en régalent, tout en redoutant d'être aspergés quand ils se faufilent dans les buissons.

Pourquoi sommes-nous si émus par cet emperlement éphémère ? Les petits dômes gonflés d'eau captent les rayons du soleil comme des billes de verre étincelantes et semblent posés sur les feuilles par la main d'un orfèvre. On dirait que la nature offre des prototypes de joyaux dont on ne pourra jamais atteindre la perfection. Avec la chaleur, deux de ces perles peuvent s'unir, n'en former qu'une, dans un attouchement tremblant qui ressemble à un baiser. Puis le solitaire est trop lourd, il glisse le long de la tige telle une larme sur une joue, pour tomber au sol et disparaître dans la terre. Nous reconnaissons là nos propres larmes, celles du chagrin comme celles de l'émotion. Elles jaillissent, elles disent ce que nous n'arrivons pas à dire, et elles passent, elles s'assèchent, oubliées. La rosée nous ressemble, elle évoque des sentiments humains que nous cherchons partout, même dans le museau de notre chien. N'a-t-il pas parfois l'air de rire, ou de se moquer de nous, ou d'être vexé ? On ne peut s'empêcher de trouver des similitudes dans les mouvements de la nature dont les humains se considèrent le centre. Tout est disposé autour de nous à notre image et pour notre utilité.

Les anciens lisaient le futur dans l'observation de ces manifestations. Au moins l'avenir météorologique. La rosée annonce les beaux jours, l'air sec et limpide. Elle humecte les fruits et les fleurs sans les cuire, puisqu'elle s'évapore. Elle inonde les insectes et parasites qui détestent l'eau. Elle condense l'excès d'humidité qui tarderait à s'écouler. Elle clôt la nuit et lave les brûlures, doux pansement des roses dont elle réveille les parfums. Il faut se lever tôt pour la voir, créature de l'aube qui s'enfuit sans laisser de traces, dernier masque nocturne du bal de la veille. Les oiseaux la picorent, les chenilles s'y vautrent, on dit qu'aucune eau n'est meilleure, si on pouvait la récolter, on en produirait des lotions magiques pour la peau. Mieux que la pluie qui contient désormais les nitrates de la pollution accumulée dans les nuages.

Tendre humeur matinale de nos feuillages européens, elle méritait bien les sonnets qu'elle a inspirés. Elle rime avec fée, marée, fusée, croisée, visée, brassée, pensée et panacée !

Éloge du mensonge

Il est difficile de parler à ses proches, bien plus qu'à une personne extérieure. On redoute davantage les réactions de ceux avec lesquels on vit, surtout si on doit leur révéler des faits qu'ils ignorent, des aspects de notre personnalité longtemps cachés ou des vérités sur eux qu'ils semblent occulter. On protège ceux qu'on aime en aménageant la réalité autour d'eux en fonction de ce que nous pensons de leurs goûts, de leurs principes ou de leurs susceptibilités. Surtout avec les aînés. Mais pas seulement. Les enfants subissent des mensonges de commodité, du genre « provisoires » comme l'existence du Père Noël, dont on doit douloureusement les débarrasser un jour.

Ces petits mensonges récurrents émanent pourtant des effets de l'amour, de la responsabilité que nous éprouvons les uns envers les autres. Même en société, on ne peut pas tout se dire. On tempère les opinions, on nuance, on enrobe, avec patience et diplomatie. On ne dit pas à une amie qui a beaucoup grossi : « Il faut que tu maigrisses », ni a un ami qui a vieilli à la suite d'une maladie : « Tu as pris un sacré coup de vieux. » Pas plus qu'on déclare à un oublieux : « J'attends toujours le cadeau d'anniversaire que tu m'as promis », ou à un près-de-ses-sous : « C'est toujours moi qui paye l'addition. » On trouve d'autres moyens pour leur faire prendre conscience de ce que nous pensons d'eux.

L'amitié, l'affection pour une sœur, un conjoint, un fils adulte n'exigent-elles pas la poursuite de cet exercice ?

Ainsi s'installe une voie délicate du mensonge délibéré, proche de celui du médecin qui n'assène pas d'un coup à son patient toute la vérité de ses examens, afin de le préparer à entendre les mauvaises nouvelles. Des trésors de subtilité et d'arguments perspicaces sont développés, avec la précision des mots, le contrôle des expressions du visage, la douceur des gestes. Quand on ment, il faut être crédible. On tire de soi des prouesses de mesure et de persuasion, on apprend à maîtriser ses propres émotions, comme au poker. On se programme, on prévoit un calendrier homéopathique de déclarations, avec des étapes, des zones de repos et de prudence. On agit à l'opposé de ces journalistes qui balancent des vérités toutes crues à leurs invités, dans le but de les déstabiliser et de traquer leurs émois. C'est la brutalité de ces jeux de l'arène que les spectateurs consomment d'ailleurs avidement. Dans la vie, on ne fait pas cela. On cultive au contraire la modération de la bonne amitié. On élabore des mensonges « utiles » qui sont le tissu conjonctif de toute relation.

L'art de vivre ensemble réside dans ce dosage entre sincérité et simulation, entre protection et offense, entre intérêt et altruisme. On se doit d'être franc, mais on n'a pas à donner de leçon. On peut déplorer le comportement décevant de quelqu'un, mais on n'est pas invité à accuser ou à juger. La tolérance se construit au fil de cette quenouille qu'on dévide en dénouant ses nœuds à l'aide des aimables mensonges de courtoisie.

Résilience

Dans son beau livre *Le Murmure des fantômes*, Boris Cyrulnik utilise le mot « résilience », pour nommer la capacité des êtres humains à absorber les dégâts d'un traumatisme ou d'une situation adverse prolongée, sans en périr. Certains y succombent, ou entretiennent la souffrance, l'accentuent même parfois. D'autres au contraire surfent sur le malheur, en tirent humour et force. D'autres encore y puisent l'énergie de leur succès, comme au karaté on retourne la vigueur du coup reçu contre l'agresseur.

C'est si vrai qu'en observant le parcours des chefs d'État, des champions sportifs et des grands artistes, on déniche toujours au début de leur vie une contrariété, un handicap qui aurait pu, qui aurait dû enrayer leur ascension. C'est pour combattre l'adversité qu'on se surpasse, c'est pour survivre qu'on met les bouchées doubles, qu'on étudie deux fois plus que les autres, qu'on s'entraîne avec acharnement et qu'on saisit les occasions de s'échapper d'un milieu étouffant. Sans les provocations du sort, il n'y aurait pas de génies, pas d'explorateurs ni de créateurs. Les hommes resteraient tranquillement dans leur coin à regarder leurs vies s'écouler, sans heurt ni désir de conquête.

Cet art de pallier dès l'enfance le manque d'affection, la brutalité d'une famille, d'un parent, d'un entourage, s'accompagne de pardon. Pardonner les offenses. Nos catéchismes sont pleins de ces recommandations. Y parvenir est un réel atout pour continuer à se développer, à s'épanouir. En termes de bonheur autant qu'en termes de réussite. Si on ne se débarrasse pas des rancœurs, on ne peut pas avancer. On ressasse. On rumine. On s'use à souffrir inutilement. On s'aigrit le caractère. Pardonner, ce n'est pas oublier, c'est minimiser les dommages d'un choc émotionnel, dominer une injustice par la superbe et le dédain. C'est militer pour soi-même, envers et contre tous. On range les images désagréables au fond de la mémoire, elles y demeurent enfouies et indolores. Les démons de la vengeance et de la colère se transforment en stimulants de nos actions et nous présentent chaque jour un programme plus ambitieux. On cherche à corriger une trajectoire imposée, de victime on devient héros. Toute résilience bue.

En regardant ma propre vie avec cette grille de lecture je comprends mieux les actes que j'ai commis. Non pas que je les excuse tous, mais je les admets, et je cesse d'en vouloir à quiconque. J'ai eu mon lot de violences et de refus comme chacun, chacune d'entre nous, et je me dis que ma chance est d'être là, lucide et passionnée, clairvoyante et humble, incapable désormais de haïr ou de vouloir punir. On tricote son destin comme on peut, les ennemis n'ont pas gagné si on leur présente un visage serein. La vraie victoire est de ne pas mourir.

Par amour

Les grandes personnes qui font une bêtise se défendent fréquemment en disant : je l'ai fait par amour. On surprotège un enfant en l'asphyxiant, par amour. On harcèle de jalousie un compagnon ou une compagne, par amour. On infiltre l'entourage d'une amie pour avoir des informations privées, par amour. On gave un homme gourmand, par amour. On habille un chien comme un petit homme, par amour. On l'autorise à manger dans les assiettes des humains, par amour. On peut occire, par amour. On peut incendier une maison, ruiner un amant ou déshériter un héritier, toujours par excès d'amour.

Juridiquement, la passion est recevable parmi les circonstances atténuantes d'un délit. Un crime d'amour est moins coupable qu'un crime d'intérêt ou de vengeance. On garde une indulgence pour les sentiments, même s'ils provoquent des comportements violents. La vision romantique des pulsions qu'on ne maîtrise pas perdure encore à notre époque, malgré les éclairages nouveaux sur notre psyché qu'ont apportés la psychanalyse, la sociologie et la biologie. On explique les poussées d'adrénaline, mais on n'arrive pas à les enrayer. Les crimes passionnels demeurent. À en croire la presse, ils se multiplient. On les critique, on s'indigne, mais on pardonne, l'amour restera toujours un alibi qui confère une sorte d'immunité.

Les racines de cette « omerta » sont compréhensibles. Depuis l'enfance, on nous répète que l'amour est l'antidote de tous les bas instincts qui nous assaillent. Il faut aimer ses parents, ses frères et ses sœurs, ses camarades et ses professeurs. Il faut se forcer à aimer la tante acariâtre et le voisin râleur, c'est la solution à la vie en commun. L'amour annule la négativité qui tente de s'introduire dans nos existences. Le principe chrétien a fait ses preuves, rien de tel que d'opposer la bienveillance à la haine. Mais que dire quand on abuse de vous par amour ? Où est la limite de sa légitimité ? Autorise-t-il les invasions, les indiscrétions et les sièges ? Ne faudrait-il pas tempérer nos besoins possessifs, ou plutôt ne met-on pas sous la bannière « amour » des désirs confus qui émanent des insatisfactions et des peurs ? Aimer trop pour ne pas être oublié, pour exister fortement, pour repousser la solitude et bâillonner le doute d'avoir réalisé sa propre vie. On déverse sur les autres des barriques d'amour et de culpabilité en pleine impunité. Je t'aime, donc j'ai tous les droits.

Regardez autour de vous. Ce chantage n'est-il pas fréquent ? La frontière est ténue entre le bienfait de l'amour et sa lourdeur. Avec les enfants, on sait combien il faut être délicat, ne pas les envahir. Je n'en démords pas : il faut commencer par s'aimer soi-même, chercher à être heureux pour libérer ceux qu'on aime de nos débordements d'amour.

Nettoyage de printemps

Le soleil plus haut dans le ciel et plus longtemps sur nous avec l'heure d'été illumine nos humeurs mais aussi l'intérieur de nos armoires. Soudain les couvre-lits paraissent défraîchis, les pulls décolorés et la poussière se voit dans les rainures des portes. Un grand nettoyage s'impose. On va attaquer tout ce qui ne se voyait pas et qui apparaît, criant, à la lumière du jour.

Un vent d'air frais entre dans la maison et dans nos cœurs. Il faut du courage pour se lancer. Les paresseuses appellent le peintre et font tout badigeonner, dans les pays chauds c'est l'usage de chauler les murs, dedans et dehors, radicale désinfection contre les mouches et les moustiques. Les besogneuses décrochent les rideaux et les housses de canapé pour les passer à la machine, en espérant qu'ils ne déteignent ni ne rétrécissent. Les pressées, comme moi, envoient tout chez le teinturier, la note sera salée mais tant pis. Il faudra y ajouter les manteaux d'hiver, qu'on ne peut ranger dans l'état où ils sont, on est surpris des odeurs que laissent les vestiaires de restaurants où on les a accrochés. Le commando « propreté de printemps » est en marche.

La principale bénéficiaire de ce raid est la poubelle. Inutile de garder un soutien-gorge dont la dentelle est filée ou une paire de pantoufles éculées. Les femmes n'ont pas trop de mal à les bazarder, mais quand il s'agit de la vieille casquette élimée de Monsieur, ou de ses babouches déformées, c'est une autre histoire ! Les hommes s'attachent à leurs vieilleries et gare à les jeter sans leur demander leur avis. D'ailleurs le branle-bas du nettoyage les exaspère, il faut les envoyer à la pêche ou au cinéma pendant ce temps-là. À moins qu'ils aient un gazon à tondre, ce qui est l'idéal. Le remue-ménage peut durer plusieurs jours, voire des semaines. Dès qu'on commence à regarder un intérieur de près, tout paraît crasseux.

On exagère sans doute, mais ce désir de rafraîchissement est un défi à la mort, au vieillissement, à la dégradation. On a poussé le boulier d'un an pendant l'hiver, on le repousse en arrière au printemps, comme si on cherchait à annuler les méfaits du temps. On ressort allégrement les vêtements d'été, assurés que les beaux jours reviennent toujours. On maugrée furtivement s'ils sont devenus trop serrés, mais l'esprit général demeure à l'optimisme, on sentira le soleil sur les épaules, encore cette année. Les inconvénients du froid sont une illusion, puisqu'ils disparaissent. De même, nos épreuves auront une fin, on n'est pas fait pour la souffrance, elle est accidentelle, elle passera. En attendant on se prépare. On fait le lit du bien-être qui nous attend, dans des draps fraîchement lessivés, des tapis ravivés et des fenêtres aux voiles plus transparents. On s'exerce à laisser entrer la lumière dans nos vies, c'est notre seule façon de résister aux prévisions moroses des mauvais coucheurs qui annoncent récession, pagaille et paix volée, mais qui, on l'a vérifié, n'ont jamais raison.

Penser aux autres

Les égoïstes ne connaissent pas leur bonheur. Ou leur malheur. Penser aux autres est un travail de chaque instant, une ligne de conduite et un chemin de Damas. Chaque action se dédouble, une part pour soi, une part pour les autres. C'est un réflexe pour certains, une corvée pour d'autres. En vérité c'est tout bonnement un plaisir et une question de survie de l'espèce.

Deviner ce que désire un enfant, un mari ou une amie est une occupation et un jeu, on marque des points à chaque réussite, et pour peu qu'on ait le sens de la mise en scène, on assure du suspense et des surprises autour de soi. Se souvenir d'une date, d'une échéance ou d'un événement dans la vie d'un proche, ou d'un moins proche, provoque des émotions et renforce l'amitié. On démontre qu'on a été attentif, on ne bâcle pas les sentiments. Certains s'expriment avec des cadeaux, mais c'est surtout la pensée qui compte.

Aménager l'avenir d'une relation, lancer des signes d'attention et même critiquer aimablement sont le langage de l'amour. Imaginer les besoins futurs d'un fils ou d'un petit-fils, tisser avec patience autour de lui les filets qui le protégeront, jour après jour, sans rien dire, cela ne mérite pas de boniment ni de récompense, mais c'est délicieux en soi. Prévoir la fatigue d'un compagnon après une semaine lourde et lui organiser un week-end de paix, soigner la maladie d'une compagne avec le sourire, ces bontés naturelles nous reviennent en boomerang d'amour et d'attachement. On dit qu'on fait tout cela pour soi-même, pour donner un sens à sa vie. C'est probable. Mais si c'est calculé, c'est astucieux. En veillant au bonheur des autres on entretient le sien, on éloigne les mauvais fantômes de la tristesse et de la solitude. C'est tellement intéressant, les autres. On voit si clairement comment on peut les aider, la force qu'on peut leur donner. Si ça ne marche pas tout de suite, ça marche à la longue, et le ciment qui prend entre deux personnes renforce les deux.

De fil en aiguille, en pensant intensément à ceux qui nous sont chers, on développe l'écoute à tous ceux qui nous entourent, on apprend à lire leurs peines et leurs nécessités, et sans doute on devient plus charitable. La solidarité est l'instinct de défense de la plupart des sociétés, des archaïques aux plus gâtées. La politique en est la forme sophistiquée. Les religions déclarent toutes que nous ne sommes qu'un, que nous sommes reliés. La science révèle que l'énergie se transforme mais ne se renouvelle pas. Le bouquet d'humains que nous formons est indissociable.

L'enfer, c'est les autres, disait Sartre. Pas d'accord. Le bonheur, c'est les autres, en me préoccupant d'eux, je me bâtis moi-même.

Les chapeaux

Au rayon des chapeaux, dans les grands magasins, des grappes de femmes font un crochet, comme attirées par la flûte d'un Hamelin auquel on ne pourrait résister. On n'a pas besoin d'un chapeau, on n'en porte pas, on les trouve ridicules, dépassés, encombrants et inutiles, ils incarnent la futilité et le superflu, et pourtant on ne peut s'empêcher de les approcher. On les regarde d'abord d'un œil distant et dédaigneux, puis on les touche, on les décroche du présentoir et enfin on les essaye, presque clandestinement, en se planquant derrière une colonne. On rêve un instant, tête chapeautée, on se mire dans les miroirs ovales avec des petites moues de faiblesse et de minauderie retrouvée, celle qui est désormais bannie de notre vocabulaire de séduction. Dans un raptus d'adolescence, on régresse, on rêvasse, on se déguise, petite fille qui mettait les robes de maman et ses chaussures à talons que les petits pieds ne remplissaient pas. Les chapeaux nous affublent de visages d'antan, ceux de nos mères, de nos grand-mères, c'est fou ce qu'on leur ressemble, il suffit d'un couvre-chef pour s'en apercevoir, même nez, même front, même arcade sourcilière.

On s'embarque dans un carrousel de figures féminines, une voilette nous assimile à Mata Hari, un béret à Michèle Morgan dans *La Symphonie pastorale*, une cloche à Louise Brooks dans *Loulou*, un feutre à Greta

Garbo dans *Ninotchka*, une casquette à Rita Hayworth dans *La Dame de Shanghai*. Un bibi en virgule fait renaître la gouaille d'Arletty, une capeline fleurie nous replonge dans *Autant en emporte le vent*, une toque brodée nous couronne des fastes d'une tsarine. On ferait bien un tour dans ces vies-là, le temps d'un chapeau.

On passe, on repasse dans les allées où sont exposés en bouquets les bonnets, les pailles et les chiffonnades d'organdi de fiançailles. L'heure tourne, on est en retard, mais on ne peut pas se détacher, on a repéré un canotier bleu marine et blanc très mimi qui irait si bien avec un certain tailleur... On fait semblant de s'intéresser au stand des ceintures qui sont à côté, on fait dix fois mentalement la conversion des euros en francs, allez, il n'est pas si cher ce galurin, on craque et on va l'essayer de nouveau. Ultime résistance : est-il de la bonne taille ? La vendeuse nous assure que ça se porte ainsi, bien enfoncé sur le coin de l'œil, un parfum de Gigi et d'Audrey Hepburn nous enveloppe et nous fait chavirer, on paye en cash (pas de trace) et on s'enfuit, coupable et victorieuse, à la tête d'un chapeau qu'on ne mettra jamais.

Les bruits de bouche

Quand j'étais petite, j'étais admirative et envieuse de ceux qui savaient siffler, avec deux doigts, sans les doigts, entre les dents ou entre les lèvres. J'avais beau m'exercer, chercher à les copier devant la glace, aucun son ne sortait de ma bouche, sinon un crachotis décevant qui me fatiguait et me dégoûtait.

Plus tard, j'y suis à peu près parvenue, mais jamais d'une façon glorieuse et stridente comme certains savent appeler leur chien de loin. Je n'étais pas douée, sans doute, mais j'avais surtout une certaine réticence à émettre des bruits jusque-là réservés aux garçons et aux voyous. Pourtant les bruitages des dessins animés m'enchantaient, et leur reproduction dans *Tintin*, rédigés en bulles qui émanaient de la bouche du capitaine Haddock, me faisaient poiler.

Puis sont apparues les onomatopées, les imitations de bruits divers, de moteurs, de coups de feu, de cris d'animaux, de grincements de porte, de chutes d'objet dans l'eau, du décapsulage de bouteille, du glissement de ski, du flottement dans le vent d'un cerf-volant. Tous ces sons se sont introduits dans le langage des enfants, puis des adolescents, et maintenant de tous les comiques, qui émaillent leurs textes d'illustrations sonores pour exprimer rapidement et efficacement ce qu'ils veulent dire en nous faisant sourire. Mon ami Guy Montagnier converse avec toutes les bêtes de la jungle, y compris les fourmis et quelques espèces de son invention, dont des humains qui ne pourraient trouver leur habitat que dans une bande dessinée.

Enfin on imite les accents régionaux, les Belges et les Québécois étaient nos victimes, tandis que les Africains et nos méridionaux nous attendrissaient. Sans compter, aujourd'hui, le verlan et la gestuelle qui l'accompagne.

La langue française s'enrichit et se décongestionne, dit-on, les nouveaux dictionnaires hébergent des expressions inconnues il y a dix ans, au sens souvent lié à la sonorité (comme glup, splash, bingo) ou à un anglicisme (loser, se crasher, crooner, challenger), ou à la déformation d'un mot trop long (beauf, bac, déca, catho). On se moquait des Américains qui simplifient la prononciation trop british de l'anglais, l'écrivent en abrégé et en phonétique, nous prenons le chemin de cette aisance à tout prix, dans le langage comme ailleurs.

Je suis amusée et attentive à ces évolutions, mais je ne m'y fais pas. On m'a trop appris à ne pas faire de bruit en mangeant, à ne pas garder la bouche ouverte, à ne pas prendre la parole sans avoir quelque chose à dire, et encore moins à ne pas occuper l'espace sonore par des bruits de bouche divers, pour que je me réjouisse pleinement de cette libération de la langue, et de tous les postillonnages qu'elle provoque.

Voulez-vous dîner avec moi ?

Un homme qui invite une femme à dîner (même la sienne) déploie une méthode qui lui est propre. La plus commune est : « Où as-tu envie de dîner, ma chérie ? Choisis le restaurant et réserve, veux-tu ? » La femme assume la responsabilité du lieu, de la cuisine, et du montant de l'addition. On fera le bilan après.

Les inviteurs les plus recherchés sont néanmoins ceux qui s'occupent de tout, élisent le restaurant, téléphonent pour retenir une table, une bonne table tranquille et bien placée, et viennent vous chercher pour vous y accompagner. Les plus subtils vous font la surprise de vous emmener dans un endroit nouveau qu'on souhaitait découvrir, ou bien un bistrot qu'on adore, on n'y est pas allé depuis longtemps parce qu'il est un peu cher. Cette espèce d'hommes se fait rare, hélas !

Je me suis amusée à étudier les comportements des hommes qui m'ont invitée à dîner. Leurs choix sont très significatifs. Les uns sélectionnent égoïstement un restaurant qui leur plaît, ou bien qui est près de chez eux. Les autres souhaitent parader, être vus dans un lieu à la mode. Les gastronomes hésitent longuement et s'informent des plats de saison, les snobs ne craignent pas de s'entasser dans les gargotes branchées où on ne réserve pas, et on attend une table pendant une demi-heure, debout dans l'entrée exiguë. Les non-fumeurs évitent les restaurants d'hommes d'affaires à cigare, les moins riches chassent les adresses de petits bistrots populaires, les esthètes privilégient le décor à la cuisine, et les politiques ne fréquentent que les tables de politiques. Les francs-maçons et les adultères se cachent dans les restaurants des grands hôtels. L'invitée, en général, est une spectatrice. L'homme s'exprime par les lieux qu'il a choisis, et qui deviennent un attribut personnel, le temps d'une soirée.

La pire race est celle des dîneurs solitaires, pour qui la femme n'est qu'une figurante, une chaise occupée en face de lui. Il vaut mieux qu'elle soit jolie. On dîne en regardant autour de soi pour voir qui est là, et quel effet on produit. Grâce au Ciel, il y a encore ceux qui se font une fête de sortir avec vous, qui composent une soirée sur mesure, tout en se faisant plaisir et en brillant par leur ingéniosité. Ils repèrent le meilleur italien, ou le meilleur écailler, ou le dernier chef qui fabrique sa mayonnaise en douce, c'est désormais interdit. Il y a du travail en amont, il a fallu se renseigner.

Les dîners de filles sont plus rapidement décidés, ils sont agréables et joyeux, mais on a beau dire, ils sont moins palpitants. Rien ne vaut un tête-à-tête avec un homme qu'on étudie à la lumière de la petite lampe sur la table, avec bienveillance et curiosité. Et s'il vous prend la main après le sauté d'agneau aux petits légumes, le dessert ne vous en paraîtra que plus doux.

Au revoir

Je ne sais pas si vous êtes comme moi, j'ai la hantise des au revoir. L'instant où l'on se quitte, même pour quelques heures, me laisse un malaise qui peut durer longtemps.

On sait, la crainte de l'abandon, de la perte des êtres aimés nous poursuit et nous conditionne depuis l'enfance. Même mes chats détestent la vue de mes valises et le moment de mon départ. Chaque jour, je les vois pointer l'oreille au cliquètement de mon trousseau de clés quand je sors de la maison. Mon retour est fêté de mille manières, selon la durée de mon absence, soit par une bouderie ostensible et punitive, soit par des caresses excessives, baveuses et miaulées.

Nous ne sommes guère différents, nous sommes dressés à ne pas trop exprimer nos inquiétudes, mais on miaulerait volontiers, dans certains cas. Dans les films, les scènes les plus émouvantes sont les scènes de départ et les scènes de retrouvailles. On pleure sans retenue, sur l'écran comme dans la salle. La mort n'aura pas gagné cette fois-là.

« Partir, c'est mourir un peu », dit l'adage. Partir, c'est ouvrir une parenthèse dont on n'est pas sûr de la clôture. Tant de choses peuvent arriver, tant d'inconnues nous guettent. Une mère avait installé ses enfants en bas âge sur le pont du dernier navire qui partait d'Odessa après la Révolution, elle redescend rapidement sur le quai pour récupérer une malle en attente et elle voit le bateau partir sous ses yeux sans qu'elle ait le temps de remonter à bord. Elle n'a plus jamais pu quitter la Russie désormais Union soviétique. Que sont devenus ses enfants ? Quel destin les a attendus ? Comment surmonter le traumatisme d'une pareille séparation ? Je repense à cette histoire chaque fois que je dois quitter quelqu'un. Je me tourmente dans de moindres proportions, dans nos pays organisés et surveillés. Mais j'ai toujours un pincement au cœur...

Je comprends l'anxiété des mères qui voient leurs enfants partir en voyage. Elles doivent se taire et avaler leur angoisse avec un grand sourire. « Tu m'appelles en arrivant, hein ? » Déjà l'enfant se renfrogne, mais s'il est sensible, il combat lui-même le syndrome du départ, qu'il camoufle sous une apparente insouciance.

À la fin d'un dîner ou d'une réception, je suis souvent mal élevée, je file à l'anglaise. J'ai du mal à dire au revoir à tous, à répéter ces mots : « à bientôt », « porte-toi bien », « on s'appelle », « à très vite », comme autant de vœux lancés dans l'air, autant de promesses incertaines. Nous reverrons-nous ? Quand ? L'avenir est à nous, dit-on. Jusqu'où ?

Aussi ne m'en veuillez pas si je vous salue cavalièrement, à la va-vite, en vous disant : j'étais contente de passer un moment avec vous. Je ferai tout mon possible pour être là la prochaine fois. Salut !

Du même auteur :

Aux Éditions Albin Michel

LOVE. BABA
PATATI ET PATATA, TROIS PETITS TOURS ET PUIS ÇA VA
BIOGRAPHIE D'UN SEXE ORDINAIRE

Chez d'autres éditeurs

LE JOURNAL D'UNE FEMME MARIÉE, Denoël
LA STAR, Grasset
JOYEUSES PÂTES, Robert Laffont
MOI, J'EN RIZ, Robert Laffont
J'AIME PAS, Cherche Midi Éditeur
HARICOTS-CI, HARICOTS-LÀ, Robert Laffont

Composition réalisée par NORD COMPO

Achevé d'imprimer en novembre 2006 en France sur Presse Offset par

BRODARD & TAUPIN

GROUPE CPI

La Flèche (Sarthe).
N° d'imprimeur : 38223 – N° d'éditeur : 77980
Dépôt légal 1re publication : novembre 2006
LIBRAIRIE GÉNÉRALE FRANÇAISE – 31, rue de Fleurus – 75278 Paris cedex 06.

31/1778/5

RENDEZVOUS SKERKI BANK

Also by Peter C. Smith

DESTROYER LEADER
CONVOY PQ18: ARCTIC VICTORY
THE BATTLE OF MIDWAY

RENDEZVOUS SKERKI BANK

Peter C. Smith

NEW ENGLISH LIBRARY

A New English Library Original Publication, 1983

First NEL Paperback Edition September 1983

NEL Books are published by
New English Library,
Mill Road, Dunton Green,
Sevenoaks, Kent.
Editorial office: 47 Bedford Square, London WC1B 3DP

Set by PRG Graphics
Printed in Great Britain by Cox & Wyman, Reading.

0 450 05457 8

CONTENTS

1
Warm Up

Leutnant Franz Petersen settled himself into the pilot's seat of his Junkers Ju.87A and adjusted his harness, as usual paying meticulous attention to detail. The glare of the noon sun beat down on his bare head and the dusty runway of the tiny Spanish airfield shimmered in the baking heat. Behind him in the rear of the elongated cockpit, he could hear his rear-gunner Hanfried Hachtel going through his own checks, cursing quietly as he did so. Franz grinned. Hanfried was the youngest rear-seat man in the Kette, but being a Bavarian, he had already developed a vocabulary which would have shamed a veteran.

Ignoring the sweat on his forehead and trickling down the back of his neck, Franz concluded his take-off check: tail trim set to zero, rudder trim indicator 90 from full right; flaps set to Start; both main tanks on. The airscrew setting was fully fine and the radiator and oil cooler open. Petersen raised his hand to the fitter standing below his wing edge and Hanfried nudged his back twice to indicate that he was ready.

The engine snarled, and Petersen's little bomber turned onto the main runway astern of his Oberleutnant, with Leutnant Rothe following behind. The trio of dive bombers bumped their way down the rough strip, gaining speed, and swung sluggishly into the air, the dust swirling and billowing in their wake. Hung below the belly of each aircraft was a 550-lb bomb held fast in its special cradle, but the wing racks were empty. The runway was barely adequate for the Ju.87, even without a full bombload, but this was a special mission. It was not against the Republican infantrymen that the Kette was flying this time, but bigger game.

Gaining altitude slowly, the three planes adopted a V-formation, Petersen and Rothe taking station astern and outboard of Oberleutnant Muller's machine. The sky was clear and blue with only flecks of cloud to mar otherwise perfect visibility. Franz craned his neck to the right and upward. There, far above him, he made out the lean shapes of his fighter escorts: six Me.109's, in two flights of three, weaving to keep station on the slow-moving dive bomber group. All was well.

Muller set course for the coast, the fighters following suit, and Franz settled down for the journey. The sunlight glinted on the tips of the inverted gull wings and gleamed on the spinner. On each wing was the black circle and white X of the 'Legion Kondor', a symbol repeated on the white tail plane rudder. On each of the heavy wheel trousers of the undercarriage, the portly form of 'Jolanthe' the pig showed up clearly. Franz recalled his last leave in Berlin with Helga. They had seen *Krach um Jolanthe*, the comedy hit of the year, to help take their minds off their imminent separation. It had been spring, and they had been married for only six months. Helga had been so proud when he had been promoted and assigned to an active squadron, but when he had broken the news to her of his posting to Spain, she had wept.

His reverie was interrupted by Hanfried pointing out the glint of the sea on the horizon. He checked the sky again. It was still clear, but for the high-flying Me.109's behind them. The formation remained steady at 13,000 feet and Franz eased his machine slightly to the left to maintain station in the Kettenhunde position. Pigs and Chained Dogs – flying the Stuka was akin to being in an aerial zoo, he thought. But there was nothing piggish about his ungainly-looking aircraft; it responded beautifully to the lightest touch on the controls. Let the fighter boys mock his slowness and the Dornier crews mock his limited bombload; he knew he could hit a pinpoint target nine times out of ten – and that, when it came down to it, was what bombing was all about. This time the Kette was out to prove it, too.

Their target on this sortie was the ancient battleship *Catalonia*, which lay moored at Barcelona. In terms of fighting value in this autumn of 1938, the *Catalonia* was a relic, being an old pre-Dreadnought type. Built at Ferrol in 1912, she had neither the speed nor the protection to influence events at sea, even supposing the motley collection of Communist sailors on board could have sailed her, having slaughtered their officers some months previously. In spite of this, she did carry four 12-inch guns which were capable of being fired inland for twelve miles or more, and as such, she was a formidable threat to any Nationalist forces advancing on that bastion of resistance.

Numerous high-altitude bombing raids conducted by the Italian three-engined Savoia Sm.79's had failed to hit the old vessel. Now Wolfram Freiherr von Richthofen had decided it was time for his Stuka crews to show what they could do.

Franz smiled to himself at this. It was ironical really, for it was no secret in the Luftwaffe that Richthofen was no believer in dive bombing. Indeed, while he was Head of the Technical Office at the Air Ministry, nobody had fought harder to have the Stuka programme scrapped. Only when Udet had taken his place had the Sturzkampfflugzeug programme been pushed ahead with any enthusiasm. Now the same man, Richthofen, was Chief of Staff in Spain of the Legion Kondor and entrusted with the task of combat-testing the very machines he had opposed.

A few ugly black bursts of flak appeared below the three Ju.87's as the Red anti-aircraft gunners came into action, but their firing was wild and ineffectual at this height, and the Kette continued towards the harbour area without breaking formation. A deadlier danger awaited them. Almost at once Muller voiced a warning of it. Hanfried pointed towards the south and cocked his M-15 machine gun on its flexible rearward-pointing mounting, cursing again.

Franz glanced in the direction he had indicated and saw four specks climbing up to meet them. As they grew larger he could identify them as Soviet-built Polikarpov I-16 fighters.

'I-16's, Hanfried,' he said, and his gunner nodded, then glared down his gunsight as the oncoming fighters grew steadily closer. Franz glanced at Muller and Rothe's aircraft. They continued to fly steadily and he could see their gunners preparing to defend themselves, but the Kette made no attempt at evasion. The reason quickly became clear. Flashing down past the noses of the Stuka came the lithe forms of three Me-109's, their yellow spinners catching the sun as they hurtled towards the Red aircraft.

'Go, boys, go!' yelled Hanfried. 'Crucify the bastards!'

'No contest,' yelled Franz elatedly, and indeed, the Republican pilots had already acknowledged the fact. As Franz watched, the four I-16's began to turn away to make their escape. But in vain! Within moments the German monoplanes were in among them, and although Franz couldn't hear the burst of fire, the puffs of smoke from the nose and wings of the Me.109's showed they were in range. One, two of the I-16's were hit, blazed and fell smoking towards the land. The other two put their noses down and fled out to sea, the Messerschmitts reforming after their initial pass and pursuing them joyfully. The chase passed away and out of the vision of the Stuka crews.

The flak continued to rumble and burst below them – but ineffectually, as if the crews were disheartened by the foregone conclusion of the fighter scrap. Far below, the outer harbour of Barcelona lay spread out like a model, and the three dive bombers prepared for their attack.

Scanning the dockyard area, Franz eventually picked out one warship somewhat larger than the others. From a copy of *Jane's Fighting Ships* which he had studied in his Oberleutnant's tent the night before, he identified her as their target vessel. Squat and stubby, she lay like a great black slug alongside the outer mole, with a twin heavy gun turret fore and aft. From her midships superstructure came the wreathing plumes of smoke as her own anti-aircraft guns joined in the general barrage.

Muller waggled the wing tips of his machine, and Franz and Rothe moved into *en echelon* position, switching on their bombing instruments as they did so. Bracing himself as best he could, Hanfried scanned the sky behind them, but as far as he could see it was clear of further enemy fighters. Meanwhile, Franz was concentrating on his diving checks, as he had done so many times before: close radiator flap; turn off supercharger; tip over . . .

One by one, the three evil-looking aircraft peeled off, half-rolling towards the battleship far below them. The Stuka turned over and Franz tugged his stick back hard. The nose dropped and he pushed forward, lining up the ship in his sights as Muller plummetted away before him at an angle of eighty degrees. Franz set his own angle of dive to match, using the engraved red lines on his cabin side panels to line up his horizon. As the plane gathered speed in its near-vertical dive, Franz felt the old sensation as the G-force began to build. The bomber was now on a direct heading for its target, which was growing rapidly larger and larger in his sights. The bursts of flak were now behind them and unnoticed, and the few light tracers that came up to meet him had the glimmering appearance of fireflies, flickering past his head. He opened his slatted dive flaps below each wing to check his headlong momentum. Then, as the altimeter showed 1,700 feet, he yanked at his bomb release.

The 550-lb bomb, extended in its cradle below the diving plane, was thrown out and clear of the blurred arc of the popeller blade, hurtling on towards its target.

The screech of the Jumo engine and whine of the wind through his brakes and undercarriage rose to an unearthly howl as Franz pulled back on his stick to level off. He heard Hanfried gasp as the G-force plucked him up until he was floating in his harness and his eyes, mouth and facial muscles felt as if they were being pulled away from his bones. Although he could see by his graticle markings that he had held his plane firmly on the eighty-degree angle, it felt as if the whole Stuka were being forced over onto its back, past the ninety-degree mark.

The pressure build-up as he pulled the bomb release was enormous. His vision turned red, then grey, then flickered out to blackness for an instant and his ears sang but he never released his hold. The plane lurched as the bomb was released; then he was flying her again and he had to concentrate on avoiding the flak and the fire as he pulled level at 450 feet, with the water of the harbour, the ships, cranes and houses of the waterfront suddenly looming terrifyingly close below him. As the Stuka weaved and ducked its way across the water with ugly shell burst and tracers following them out, he heard Hanfried give a yell of exultation and at the same moment felt a slight wave of concussion which jerked the Ju.87 up for a moment, out of his hands.

'Bullseye,' screamed Hanfried. 'Smack on, Franz. You've hit the bastard ship!'

Concentrating as he was on weaving his way out of the cauldron of flak and the spray of near-miss shells that smacked into the water, Franz nonetheless spared a split-second glance out of his side panel over towards the great bulk of the *Catalonia*. From her midships superstructure, a great gout of flame and smoke had vomited heavenward. A direct hit. Wonderful. He had a fleeting glimpse of fire, smoke and, he felt sure, of men leaping into the water from the ship, and then he had to switch his attention back to extracting himself and his plane intact. He could hear Hanfried shouting and swearing in excitement, but paid him no heed.

'And another!' shouted Hanfried. 'Old Rothe's done it. Right on the bow!' Another concussion, slighter than the first, reached the Stuka, but already Franz was climbing away over the dockyard area, regaining altitude and looking for Muller to reform. Catching sight of Muller's Stuka heading inland over to his left, he steered to close the gap. Muller, he knew, would be throttling back now that he was clear of the city, waiting for them to catch up.

‘Where’s Rothe?’ he snapped at Hanfried.

‘Can’t see him yet,’ shouted back the tail gunner. ‘The old bucket’s really brewing up, sir. Two direct hits at least. There’s fire amidships, and her guns are out of action.’ Franz grinned at the word ‘sir’. Hanfried often tended to forget formalities in the heat of action, but he was a good crew member. His training showed through as he gave a detailed résumé of what he could see of the damage.

‘Two direct hits, sir – ours just aft her bridge structure. Leutnant Rothe’s seems to have hit right forward on her bow. There’s a little smoke from there, but no flames. She still seems on an even keel, though,’ he added with disappointment.

‘But where’s Rothe?’ demanded Franz. ‘Can’t you see him yet?’

There was a brief silence. The distance between Franz and Muller’s Stuka had halved. The skies still remained clear, save for the six Me.109’s, now reformed to the west and circling, waiting for them.

‘I see him, sir!’ yelled Hanfried suddenly. ‘Over to the right, beyond the breakwater. If he’s not careful he’ll run smack into that warship.’

‘Has he been hit? Can you see?’ asked Franz anxiously. Rothe and he were old comrades, having been through Graz together, as well as joining up within a month of one another. ‘Come on, Gunther,’ he thought to himself. ‘Get a move on.’

Taking station astern and to the right of Muller, he saw Schmitt, Muller’s rear gunner, wave at him, and raised his hand briefly in acknowledgement.

‘He’s alright, sir,’ reported Hanfried elatedly. ‘He went right past the bows of a warship in the bay, but it didn’t fire a shot. He’s pulled round OK and he’s catching up. I can’t see any signs of damage at all.’

‘Good,’ Franz breathed out a sigh of relief. Two

direct hits and no casualties. That was dive bombing. Now let the Dornier guys sneer!

Rothe's Stuka gradually closed the gap and settled in abreast of Franz. Franz waved over to him smiling broadly. Gunther waved back and held up two fingers. Franz nodded. Behind him he could hear Hanfried whistling tunelessly and drumming his boots on the cockpit floor. Far behind them a great cloud of smoke rose up over Barcelona like a giant funeral pyre. Beneath that pall men were still dying in agony and fear.

The captain of His Majesty's destroyer *Ferocious* watched the receding shapes of the three German aircraft intently for several moments, then switched his glasses to the burning Spanish vessel inside the harbour. The flames that had shot up mast-high amidships after the first hit had now died down somewhat, but thick billows of smoke still hung over the old ship, and the water around her hull was black with the bobbing heads of her crew. The consorts close alongside seemed to be doing little to help these unfortunates, and on the quay only a solitary antique fire appliance was in action, its pathetic stream of water playing ineffectually over the blackened bridge structure. The captain pursed his lips and then turned to Sub-Lieutenant Richard Gibson beside him. 'Get away the seaboat, Sub. Go with them and see what you can do.'

'Aye, sir,' said Gibson eagerly, and left the bridge in haste.

'We are neutrals, Number One,' mused the captain aloud to Lieutenant Johnston, who was also studying the carnage through his binoculars. 'But much as I loathe the philosophy of our comrades across the harbour, we can't leave the beggars to drown.'

Johnston, who had a midshipman friend in the Spanish Navy who had been found floating in the harbour with his throat cut a few weeks before, pursed his lips in silent disapproval. He avoided comment and instead resumed his watch.

'They were caught flat-footed this time, sir,' was all he said.

'They usually are,' replied the captain pensively. 'But this time there was damn all they could do about it anyway, once their fighters turned turtle.'

'Have you ever seen those German dive bombers before, sir?' asked Johnston, dropping his glasses and turning to follow the deft movements of the destroyer boat crew, as their brawny backs and strong arms pulled steadily towards the burning Spanish ship.

'No, not those. Junkers type 87 are new to me,' replied the captain. 'Damned efficient piece of work, I'll say that for them. Mind you,' he added, 'our Fleet Air Arm boys have been dive bombing like that for years. I saw the Nimrods from *Glorious* carry out an attack on the *Centurion* off Malta last year that was a classic. We were the carrier guard ship and got a grandstand seat – just before you joined us, this was. I don't know how many hits they scored, but it was very impressive. They only carried light practice bombs of course, but if they'd used the real thing, her upperworks would have been in the same state as the *Catalonia*'s.'

The lieutenant frowned. 'But that was against a ship that wasn't firing back – and the old tub over there was a sitting duck. I doubt whether they'll trouble us when we're going full steam ahead at thirty-five knots and zig-zagging.'

'We'd give them a run for their money all right,' replied the captain. 'But *Centurion* was making seventeen knots and the Nimrods didn't appear to have much trouble. At least the big boys could hit back hard. I'm not so sure that we'd give them much trouble with our pop-guns. The 4.7's won't elevate above forty degrees, and that's useless against dive bombing. As for our multiple 0.5's, their range is well below the height that second fellow let go his bomb.' The captain warmed to his theme. 'Of course, we'd usually have some of the big boys to cover us and a carrier to provide air cover – although against those new monoplanes I don't expect the fighters we have would be much use. There's the new Skuas, though, once we get enough of them. They can dive bomb *and* act as a fighter – a perfect combination.'

'Anyway,' said Johnston, 'those German dive bombers have such a short range that they could never be used against the Fleet – not unless we obliged them by steaming up the Kiel Canal. Out here, if it came to a showdown with the Eyeties, it'd all be high-level stuff, and we've already seen enough of that to know that they couln't hit the *Queen Mary*, let alone the *Ferocious* when she's flat out.'

The captain nodded agreement, then trained his glasses on the destroyer's whaler. 'Smart piece of work that by Gibson. He's almost in among them now.'

In the sternsheets of the whaler, young Sub-Lieutenant Richard Gibson watched closely as they drew closer to the bobbing heads and smelt the pungent stench of burning oil fuel. The shrieks and cries of the drowning or burning men reached them clearly over the intervening stretch of water but as he kept the boat heading towards the nearest cluster his mind was still dwelling on the attack his young eyes had just witnessed. It had been unreal in its swiftness. Within moments, a drowsy Spanish harbour at midday *siesta* had been transformed into a blazing nightmare. And it had all looked so simple: three frail little aircraft taking on the bulk of an old battlewaggon and within seconds reducing it to a smouldering ruin.

As they crossed the final yards to the screaming sailors, he recast his impressions in his mind's eye, trying to implant them firmly before they were forgotten in the rush of events. He recalled the calmness of the day and the stillness of the water, the *Ferocious* lying with spread awnings off the outer harbour, and himself drowsily listening to the captain and the first lieutenant talk about salmon fishing on the other side of the bridge. He remembered the strident cry of Leading Seaman Symons, the port wing lookout, shattering that calmness; then they had all swung round in the direction of his pointing arm, towards the blazing sun over the harbour area . . .

'Full marks to Symons,' he heard the first lieutenant mutter to himself, and indeed, even with the help of the leading seaman's warning, it was some moments before he had picked out the oncoming aircraft: one group of three with oddly shaped wings, and higher up, a second group of six sleek monoplane fighters.

'Three small bombers and six fighters,' he heard the captain say. 'Only a small raid.' Symons had also been the first to spot the intercepting I-16's, climbing to meet the oncoming flights; Gibson recalled the jeers from the stokers down on the iron deck amidships when the Reds had promptly turned back as the monoplanes streaked down towards them, and the cheers and laughter as three of them were shot to pieces and fell into the sea. There was no love for the Spanish of either side on the lower deck.

But Richard had been more interested in the, to

him, entirely novel tactics adopted by the three bombers, for he had never seen dive bombing before. He watched, entranced at the precision of it all, and as the Stukas fell out of the sky one after the other, like evil vultures swooping upon a carcass, he recalled what his old gunnery lieutenant on the China Station had once told him in a lecture: 'Remember, a dive bomber coming straight for your guns presents a perfect nil-deflection shot. In theory you can't miss 'em. Just keep your head and keep firing.' Well, someone might just have got it wrong, because for all the flak that rose up to meet the plummeting planes, nothing seemed to deflect them from their purpose.

He recalled the whine and shriek of the bombers as they tore down, and the shock of the direct hits. But he had almost cheered when one of the bombers pulled out perilously close to the water, forgetting he was watching death being meted out by Germans in a war they had no business to be in; he had been utterly caught up in the excitement of it all and the dash of the pilots, willing the aircraft to pull level before it hit the sea. 'That one's had it,' a stoker had yelled, but he had been wrong. The last dive bomber just feathered the waves and came roaring out of the harbour towards the *Ferocious* as her bomb exploded on the ship's bows behind her.

Those, more than any others, were the moments Richard recalled. The aircraft seemed to be making straight for them and seemed certain to plunge into the destroyer's bows, so low was it. There was a wild scamper aft, by the off-duty seamen out of harm's way. But, as Richard watched, the aircraft's nose came up and it snarled over the fo'c'sle, so close that the hunched figures of the pilot and tail gunner could be seen in the long cockpit canopy. As the little plane banked and wheeled around *Ferocious*, the front seat man waved his arm in greeting and to Richard's amazement, gave the thumbs-up signal as they roared past the bridge.

Seeing such a typically English sign from so alien a thing as Nazi dive bomber shocked Richard much more than the sight of the badly burned and wounded men he began fishing out of the harbour as the whaler got in among the survivors. It had seemed so *wrong* – more repugnant to him than the actual bombing itself.

'I thought the bleeder was going to 'ave a go at us then,' he heard CPO Mills say to his oppo below on the roof of 'A' mounting. 'Bleedin' Huns, they bomb first and ask questions later.' But Richard knew there was little chance of that – *Ferocious* had her Red, White and Blue 'Neutrality' stripes clearly marked atop 'B' turret roof. No, they knew exactly what they were doing.

And that was the thought that stayed with him throughout the long afternoon of rescue work and mercy: the German pilots had known exactly what they were doing, and had made no mistakes. Like their leader, Hitler, they seemed to be having everything their own way lately, while Great Britain, like the *Ferocious*, could only, it seemed, stand by and watch as they went about their work coldly and efficiently.

As he worked, his feelings of indignation changed from ferocity at his, and his country's, seeming impotence, to one of cold hatred for so powerful and so ruthless a people. What sort of man could do such a thing? he thought to himself, as each blistered and charred body was gently hauled aboard from the reeking débris-littered harbour. What sort of man?

Franz Petersen was born in Hamburg two months

before the end of the Great War, son of a violin player turned reluctant soldier, and a music teacher. His father never came back from the trenches, vanishing in the mud of Flanders during the fighting of that frenetic summer, and his doting mother had been hard pressed to raise her infant in the grinding poverty and near-famine conditions of the defeated Germany in the years that followed the Armistice. Nonetheless, what little there was, she saw Franz had the bulk of it and he grew up a tall, sturdy flaxen-haired lad with both parents' intelligence. When his mother died in 1929, exhausted and worn down by hardship, he was taken in care by an uncle who had no sons of his own, and rapidly passed through his schooling with good results by dint of much hard work. By the time of his sixteenth birthday, he was a strapping young man with both ambition and a sense of adventure. On leaving school with honours, he enlisted as a cadet in the Hamburg police, but before the end of six months he lost his heart to flying, of which he had his first taste with the cadets in the glider school at Moringen, near Nordheim.

The thrill of air sport soon held him fast, and as in most things, the young Franz learnt quickly as well. He had little interest in the strident political chaos of the time, being mildly scornful of the promises of politicians and contemptuous of the brawls and street-fights stirred up by the Communists and the hotch-potch of right-wing groups. Thus Hitler's appointment as Chancellor in January 1933 had little special significance for him – although the Nazis' nationalistic slogans undoubtedly struck a chord of patriotism in him.

As well as their fanatical pursuit of all things martial, the Nazi party actively encouraged participation in sports – particularly those which would produce with speed a generation of fit, healthy and alert young men, bursting with national pride. Göring of course saw to it that his young Police Cadets were trained along similar lines, and with the rapid, although still clandestine growth of the embryo Luftwaffe going on apace behind the scenes, it was almost inevitable that Franz and like-minded colleagues who showed natural flair should be encouraged to consider the Air Force as a career. Franz needed little encouragement, and in January 1935 he officially transferred to the Luftwaffe in Prenzlau.

As in his schooling and the police cadets, Franz's dedication soon became noticed, his application and intelligence winning him quick rewards. On 3rd May 1936, at the age of eighteen and a half he was promoted to Fahnenjunke. Franz was now the apple of his uncle's eye and was justly proud of his achievement. Thus far he had survived the very hard and selective training with ease, his mind set on becoming a pilot come what may; but on his leave after his promotion, he quickly found other distractions to intrude on this prime passion. At a party given in his honour at his uncle's house in the suburbs of Hamburg, he met, danced with, and quickly fell for Helga Andorfer, a pert young girl chum of his two cousins. She was two years his junior, raven-haired and very pretty. She was also very self-possessed and knew what she wanted from life – and was as attracted to the tall young officer cadet as he was to her. Their brief contact developed steadily and by the time of his departure they had already sworn eternal fidelity to each other with all the intense convictions of youth.

Unlike many such encounters, the attraction between Franz and Helga survived the first parting, and the next, and ripened into a real and firm liaison. Now Franz had two overwhelming reasons for succeeding, and applied himself even more. He and his term-mate Gunther Rothe were soon singled out as young men of special aptitude and flair and as such were selected to join the élite of the Luftwaffe pilots. Rothe volunteered for fighter pilot training and Franz for the dive bomber arm, but both ended up, to their great delight, together once more at the Stuka School.

At Kitzinger the young men entered Stukaschule 1, where their initial flight training was built on in an intensive four-month course intended to familiarise them with dive bombing techniques. Here the two friends flew the Hs.123 and some old Heinkel biplanes, initially undertaking formation flying and some basic fighter tactics, but mainly practising dive bombing. Although tame by later standards, the training course was exhilarating enough and Franz took to it with zest, as his frequent letters home to Helga confirmed day by day.

Both young pilots competed furiously with each other, Gunther having an almost reckless approach to the work that earned him the frowns of his instructors, while Franz was more methodical and precise. Both scored highly, but his fellow cadets poked good-natured fun at Franz's 'by the book' attitude. 'Slow Franz', he was called. Nonetheless his methods paid off, for it was Franz who emerged with the highest accuracy scores of them all.

'In dive bombing those who take the least risks survive to fight again,' their veteran instructor told them, but Gunther laughed at this philosophy.

'In war it's nothing *but* risks,' he maintained. 'So why fight fate? Ride with it.'

Despite their differing temperaments, the two remained firm friends. While Gunther celebrated his passing out and posting to a front-line unit, by getting blazing drunk in a whorehouse, Franz sat down and wrote a long letter to Helga which included a proposal of marriage. Two days later he received a telegram from Helga which read quite simply: '*JA*. Helga.'

She had made her mind up months before!

They married in his pre-posting leave – with Gunther as best man, of course – and honeymooned on the Rhine in a small boat, an idyll which not even the obvious defence works on both banks, French and German, could intrude upon. They were very young and deeply in love, and the frantic preparations for war passed them by, despite the fact that Franz's job destined him for the front line of any future conflict. Their attitude was fairly typical of most of their non-committed contemporaries. Hitler, they assumed, would achieve his aims by peaceful means, and the bloodless occupation of the Rhineland and the agreement that followed, which incorporated all of Austria into the Reich, seemed to confirm that confidence.

The two friends had both been posted to the same dive bomber unit, St. G.4, the 'Udet' Geschwader, stationed at the Austrian airfield of Thalerhof near Graz, which was also a training base. Here the new unit practised and improved its techniques. But war was steadily approaching, and to give their young pilots real combat experience, the 'Kondor Legion' was sent to Spain to assist General Franco. Only three Ju.87A's were sent, but the personnel were constantly rotated so as to give the maximum number of crews the necessary experience. Franz and Gunther took their turn in July 1938 and the Barcelona raid was their grand *finale*. They had survived with increased confidence in themselves and their machines. Only Helga had doubts.

They rarely talked about Franz's job, which was a taboo subject between them. He was flying, and glad to be able to do so. He was proud of his skill, of the efficiency of his unit and of the close comradeship of his fellows. He was also proud of the new respect Germany was gaining in the eyes of the world. Each day the radio and newspapers told him of this, and although he realised that much of what he heard now was highly coloured, he could also remember the humiliations of the Germany of his childhood. He had no wish to return to *that*.

The three dive bombers bumped their way back down onto the rutted Spanish runway and taxied across to the hangar area. Some of the exhilaration of their success had worn off during the long flight back in the heat, but once safely down, their feeling of elation, their pride in themselves and their achievement returned. Gunther came over to Franz, his eyes agleam.

'You saw,' he cried out, smiling. 'I dived the lowest and hit the old tub right on her nose!' He raised his two hands together in an expressive gesture. 'Wallop! One less Red battlewagon.'

Franz smiled back. 'You certainly hit her, Gunther,' he replied, 'but not in the stomach where it really hurts.'

'Pooh. I know, you hit her dead centre. You would. Slow but sure, eh, Franz?' Gunther mocked him, as they walked across to the CO's tent.

'You damn near didn't pull out of that crazy dive, Gunther – and you know it,' replied Franz. 'There was I, busy thinking of the damn letter I'd have to write to your parents.'

'Well, I did pull out, didn't I,' laughed Gunther. 'And here I am, alive and fit. I scared the pants off those English sailors, though, did you see?'

'Hanfried said you nearly went straight into another warship out in the Bay,' replied Franz, more seriously now. 'We wondered why they didn't fire at you. A British ship, was it?'

'*Ja*; Royal Navy.' Gunther pulled a face. 'Gleaming paintwork, awnings spread, fresh red, white and blue stripes painted on deck. All *very* correct and proper. But I bet a few of her crew had to change their spotless white trousers after I flew over.' He chuckled broadly. 'They scattered like rabbits, and when I gave them the thumbs-up and a wave, they all stood staring like frozen statues. Not a single upper lip twitched!'

'They didn't wave back, then, Gunther?' Franz smiled as they approached the tent just behind Oberleutnant Muller, who had turned at the entrance to wait for them.

'What, the English? Stiff-necked rulers of the Empire, wave at their successors? Never, Franz, never.' He chuckled again. 'What sort of people are they Franz? What sort of people?'

2
Initiation

Norma moved drowsily below him and her lips brushed his neck.

'Not going to sleep on me already, are you?' she whispered, and moved her hips gently.

Richard returned her kiss and nestled closer against her body.

'Insatiable woman!' he replied, smiling down at her in the darkness. 'Even passionate young naval officers need time to replenish, you know.'

She kissed him again, long and hard this time. 'We've only got a few more hours together. I want to make the most of them before my brand-new husband deserts me again.'

'Mmm . . . But it won't be for long, sweetheart, you know that. Probably be a shore appointment – Pompey or Chatham; home by six every night and early to bed.'

He felt her tense up. 'If only you could be sure of that,' she sighed. The mood was broken as each reflected on the chances. Both were realistic. Both knew they were not good.

'Come on,' Norma said in his ear. 'Roll over and get your strength up. I'll make a drink while you prepare a fresh boarding party.'

He lay on his back and stretched luxuriously, watching her as she busied herself in the tiny kitchen of their flat, her nakedness seeming somehow more potent and desirable as she moved about in the half-light of the bedside lamp. He felt a deep contentment, and his body tingled with satisfaction and love; but thoughts of the future cast a long shadow over his mood.

He glanced at his watch. 0054 hours precisely. He made a reluctant calculation. In six hours, six minutes, he would be saying goodbye to her. For how long?

A church clock near Barnes Common started to sound the muffled tone of one o'clock. It was 30th September, 1938.

He clung to the memories of their final hours together all the way from Waterloo to Portsmouth Harbour, and when he arrived he made sure he got into the nearest phone booth ahead of the rush. Her voice sounded strained over the line and he guessed that she had not stopped crying since he left her. As he passed out of the gate, the headlines on the newspaper boards screamed at him, despite his determination to ignore them: MUNICH DECISION TODAY – IS IT WAR?

At his quarters he found the mood among his fellow officers grim and determined. It was almost deserted there; with the fleet mobilised only a few men remained, awaiting their exam results in an atmosphere of funereal gloom. To most of them the threat of war was rather overshadowed by the threat of personal failure, although Richard himself felt it would make very little difference. If the balloon went up today, exam results wouldn't matter one iota – they'd all be pitched in at the deep end.

Richard had lunch with Peter Reynolds, his term mate, the gangling, fresh-faced son of a Cornish farmer. Peter was gloomy about his own prospects, as always, although Richard knew that he would probably pass out the highest in their group. He found

Peter's morose attitude inexplicably cheering.

'Looking forward to the lecture today?' he asked, as Peter picked disinterestedly at his food. 'Destroyer tactics, screening and torpedo attack on the Enemy Battle Fleet.'

'What, with bloody Ratcliffe taking it?' retorted Peter. 'You know what he's like. It'll be his version of how we'd have won the Battle of Jutland if only they'd taken his advice . . . We've heard it all before.'

'Well, maybe Ratcliffe was right,' Richard smiled. 'He did get a DSO in destroyers, remember?'

'Are we ever allowed to forget it?' grumbled Peter. 'Anyway, what Enemy bloody Battle Fleet are we supposed to try these evolutions on. The Germans? Don't make me laugh! They haven't got a Navy any more. Three piddling pocket battleships! *Hood* could eat them for breakfast and still be hungry. The Eyeties? I doubt whether we could ever catch the perishers before they tuck themselves up a canal in Venice. As for the Nips, I've seen blocks of LCC flats looking more seaworthy than their battlewagons.'

Richard laughed. 'Never mind, Peter. That still leaves the Americans. The *Chicago Tribune* has been demanding war with the British Empire for the last hundred years. Perhaps they'll have their way as part of the New Deal!'

'Now that *would* be worthwhile,' responded Peter. 'It's about time the rebellious colonies were brought to heel. One of my ancestors lost a fortune when we ballsed that one up – he owned about half of Boston.'

'My people still do,' interrupted another voice. 'Mind if I join you chaps?'

'If you must,' muttered Peter. Looking up, Richard saw that Vincent Edwards had sauntered over to them, immaculate as ever and wearing his usual half-sneer. Without waiting for further comment, Vincent took his place. Peter rolled his eyes to the ceiling and sighed.

'Heard any news yet about the damn Czechs?' Vincent asked Richard.

'Nothing much. I've only just got back from Town and I slept most of the way.' Richard always tried to be polite to Vincent, but it was an effort. He had long since come to the conclusion that Vincent Edwards was an obnoxious little squirt who should never have been allowed in the Navy at all – and wouldn't have been if he hadn't had a vice admiral for a father. Certainly Vincent was not the most popular person on the course, with his Oxbridge honk and his complete lack of interest in anything other than his own brilliance. He had already earned the nickname 'Toady' among the other young officers – not that this in any way bothered him. In his own estimation – and that was the only one that counted – Vincent was destined for a Great Future in the Navy. 'In the blood, old boy,' was one of his favourite sayings. 'Always been an Edwards in the Service. Salt-water in the veins, don't you know.' To which Peter usually responded, 'In the bloody head, you mean.'

'Sleeping? With war on our very doorstep? Not on, old boy,' said Vincent, attacking his meal with vigour. 'You should be alert and ready. I heard my father say the other day that old Adolf wouldn't bother to declare war – just bomb London flat one day and tell us about it later. But of course,' he went on, grinning blandly at Richard and nudging Peter's elbow, 'you wouldn't have got much sleep this last week, would you. Married man and all that.'

'Shut up, Vincent,' said Peter. 'Ratcliffe will probably give us a bad enough afternoon without your inane comments.'

'Just joking, old boy,' said Vincent blandly.

'Richard knows I'm just joking, don't you, Richard?'

Richard remained silent, wishing that the whole scene would just vanish – Czechs, Edwards, Ratcliffe, the Navy and all; wishing he was back in Norma's arms again, wishing the time was 0054 again, and not 1354.

'Ratcliffe doesn't bother me anyway, Peter.' Vincent changed tack. 'He served with my father, you know.'

'Didn't everyone?' said Peter, with a heavy sarcasm that was totally lost on Vincent.

'Anyway, while you chaps have been farming and fornicating, *I*'ve been doing my homework. Spent the week brushing up on my tactics. You remember the last exercise in the Med, Richard? You were in *Ferocious* and I was in *Firebrand* when we made that night attack on *Barham*. Well, I've written that up. Dawlish made a frightful hash of it; we damn near collided with our target ship.' Still chewing with gusto, he turned to Peter. 'Between ourselves, I think old Dawlish damaged his career prospects more than a little there. Can't see him getting another destroyer command, or anything else much for that matter. Still, I've learnt a lot from it.'

'And what have you learnt, Vincent?' said Richrd.

'Not to get assigned to another of Dawlish's ships, old boy, that's what,' smirked Vincent. 'Failure rubs off.'

'I heard you were actually on the bridge that night,' said Peter quietly. 'If I were you, I'd worry about *that*. Still don't let it stop you bringing it up again at the lecture this afternoon. I'm sure we'll all benefit from your week of dedicated study.'

'I say, I hadn't thought of that,' Vincent suddenly stopped his hearty chomping. 'I say.'

'Enjoy your meal, old chap,' grinned Peter, getting up. 'Join me, Richard. Let's take a little fresh air before the lecture.'

They walked away in good humour leaving Vincent alone at the table, his appetite suddenly gone, staring at the tablecloth.

'Pompous little ass,' muttered Peter.

'Forget him,' smiled Richard. 'Let's enjoy an hour's sun before Ratcliffe gets going.'

As they crossed the huge drill yard heading towards the main block, they noticed that around an open window a little knot of subs had collected. A radio was blaring out, a voice speaking in clipped BBC accents. There was no chatter among the listening officers. Richard and Peter strolled over to join the group.

'What's it all about, John?' Richard asked one of the subs. 'War for certain?'

'No war,' replied his contemporary. 'Not now. We've bloody scuttled.'

Peter's brow creased in puzzlement. 'Thrown in the towel? Without a fight? You can't be serious.'

Someone in the crowd made shushing noises and they listened. Over the yard the tinny little radio broadcast its message of relief: no war. The Prime Minister had flown home that morning and had emerged from his plane to cheers, waving a little piece of paper. Later at Downing Street, before jostling throngs of people singing and shouting 'Good old Neville!' and 'For He's a Jolly Good Fellow,' the slight figure had confirmed that he had reached agreement with Hitler and that there could now be 'peace in our time'.

Peter exploded. 'And what about the poor bloody Czechs? What happens to them?'

There was a murmur of sympathy among the other young men, but Richard remained silent. His emotions were hopelessly mixed: shame at the way a far-off nation had been sacrificed, but also a guilty relief that the chances of seeing Norma again had been so dramtically improved. He turned away on his own and walked towards the lecture room. After a while Peter caught up with him. Not noticing Richard's mood, he was still seething.

'Peace in our time!' he muttered. 'Not a bloody chance. If we don't fight the bastards now, we'll have to next year or the year after. How many Czechoslovakias will it take before we stir ourselves?' But Richard remained silent. No War. Norma. Thank God. *Norma.*

Commander Ratcliffe turned away from the blackboard and glared at the young officers seated in front of him. He was a big, white-haired man, his face red from countless foreign suns, his eyes sharp and hawk-like, his shoulders broad and slightly bowed. The creases in his forehead were more or less permanent – the natural consequence of having to try and ram common sense into a lot of boys with only the most idealistic notions of what a naval battle was really like. As he never tired of telling his fellow instructors, 'They come here with their silly young heads crammed full of *Boys' Own Paper* nonsense – waiting to see the whites of the enemy's eyes and then letting fly with a pistol in one hand and a cutlass between their teeth. Why, at Jutland I only *saw* the Germans for about half an hour, the whole bloody battle. Nothing but smoke and mist most of the time. No one knew where the enemy were, how many there were of them or which way they were heading – and a whole line of Dreadnoughts commanded by men who hadn't the gumption to ask such questions, parading up and down, tight-lipped, without a clue what was going on – following bloody father while the Huns slipped off home.' Commander Stephen Ratcliffe, having spent the greater part of his career in destroyers and other small ships, had an ingrained contempt for all battleship officers. Being passed over for rear admiral in the lean years of the late 1920s hadn't improved his opinion of them either.

Today, Ratcliffe's customary bad-temper was exacerbated by the news of Chamberlain's capitulation. Politicians he had always bracketed somewhere below German submarine captains and big ship admirals in his catalogue of villains.

'Now,' he began, his bushy white eyebrows raised, his shoulders thrust forward, his jaw set squarely at his audience. 'Let us imagine that by some miracle or oversight on the part of Their Lordships, you should be placed in command of one of His Majesty's Fleet Destroyers. Let us further stretch our imaginations to consider the possibility that you have brought your command safely through the preliminaries of a major battle and that your captain (D) has so placed your flotilla that it is on the bow of the enemy battle fleet, which is steering at, say, 21 knots and engaged with our own battle line at extreme range. Your speed is 30 knots and the range is down to six miles. Your flotilla leader is hit and her bridge wiped out. It is up to you now. You have your orders to carry out a torpedo attack. What, gentlemen, is your considered opinion on your chances, given misty conditions and the fact that your ship is probably under fire from the enemy battle fleet's secondary armament? You,' he pointed a finger steadfastly at Richard, 'what would you do, Gibson?'

'I would make smoke, close to within six thousand yards of the leading enemy battleship, swing and fire full torpedo armament, sir.' Richard's response came quickly and automatically.

'Would you indeed?' growled the Commander. 'Would you really? Six thousand yards, you say.'

Richard nodded. 'Yes, Commander. With a full spread of eight torpedoes, I would hope to score at least one hit on the enemy van at that range and force him to turn away from further attack.'

'The 21-inch Mark IX torpedo, which as you are aware, Gibson, is the standard torpedo armament of British destroyers, has a range of 11,000 yards at 40 knots speed. The secondary armament of German battleships is the 5.9-inch gun with a range of at least 22,000 yards. If your ship got to within 6,000 yards of the *Graf Spee*, Gibson, I doubt if it would be in a fit state to fire anything other than distress signals. Wouldn't you agree that closing to such a range was a pretty good way of committing suicide?'

'It would depend on the situation, sir,' Richard replied steadily. 'To force the enemy fleet into the arms of our own ships would be worthwhile. After all, destroyers are expendable.'

'I wouldn't care to serve under you, Gibson!' replied Ratcliffe. 'But my God,' he thought to himself, 'I'd like to have you with me!'

'Any other brilliant contributions?' The Commander glowered, and the few brief grins that had greeted Richard's discomfiture were abruptly cut off. Until then Vincent Edwards had been noticeably silent, but now his hand shot up. Ratcliffe saw who it was and groaned inwardly. 'Yes, Edwards – your plan?'

Vincent got to his feet, smirking slightly. 'Well actually, sir,' he started, 'I wouldn't adopt Gibson's course of action at all. Far too dangerous. No, I'd keep my ship just within sight of the enemy van and await an opportunity to try a long-range shot, forcing the enemy away and still keeping my ship intact for further chances.'

'Very commendable, Edwards,' Ratcliffe responded with a scowl, 'but not very dashing for a destroyer captain. Supposing the enemy turned *away* from our battle line and yourself. You wouldn't have a hope in hell of getting into such an ideal position again. Chance squandered, never to return.'

'But I'd live to fight another day, sir,' beamed back Edwards.

'Also pointless if you acted in the same way the next time around – not that there'd ever be a next time, knowing the Germans. Sit down, please.'

Suitably deflated, Vincent resumed his seat, looking slightly bewildered. There were more grins around the room this time.

Sighing, Commander Ratcliffe turned back to the board and with chalk of various startling hues, proceeded to demonstrate what should be done. As the chalk screeched across the surface of the board like 15-inch shells hurtling towards a distant opponent, he illustrated various alternative courses of action, throwing in the odd expletive to emphasise the more telling points. Vincent leaned towards Peter and whispered, 'Jutland again!' but Peter pointedly ignored him.

The warm, drowsy afternoon wore on and the pupils listened with varying degrees of attention to the Commander's lecture, until question time came round. For each query the Commander shot back a text-book answer, so obvious that each pupil felt ashamed that he hadn't worked it out for himself. Richard had been thinking hard, and eventually he, too, raised a hand.

'Yes, Gibson,' rapped the Commander.

'Sir, it's just that nowhere in the syllabus have we come up against the problem of defence against bombing.'

'From carrier-based aircraft or land-based?' Ratcliffe suddenly felt weary; this had damn all to do with destroyer tactics – it was a Fleet Air Arm question. 'The Germans and Italians have no aircraft carriers at all –'

'Peter's voice interrupted him. 'But the Germans are building two, aren't they?'

'They have announced that fact; it remains to be seen whether they'll ever finish them. As I was saying, the Krauts and the Eyeties have no aircraft carriers, and the Japanese only have a couple or so – and their aircraft are so obsolete I doubt if they could even get off the decks. But the Germans and especially the Italians do have large numbers of long-range bombers, which – so they and our RAF friends are always claiming – they'll use to try and drive us from the sea. To deal with these, we have the Fleet fighters of the British carriers, which will always be on hand in any major action out at sea, plus heavy anti-aircraft batteries, which have steadily improved in type and numbers on all our heavy ships and cruisers. These will provide cover against attacks, keeping the enemy planes high, and therefore, ineffective. I watched the Brylcreem boys trying to hit a target ship last month – they didn't even come close. *And* there was nobody firing back.'

'Torpedo bombers, sir. Surely they could menace our own battle line?' Peter pressed the point. 'I saw an estimation the other month that six torpedo bombers attacking an "F"-class destroyer were almost certain of sinking her.'

'Balderdash, Reynolds. You have 4.7-inch guns to engage them at long range, plus the entire firepower of the Fleet. Those things have to drop almost to wave level before release; long before then they'd have been blown out of the sky. If they get too close, the multiple 0.5's will do the trick.' Commander Ratcliffe went on, warming to this theme; he detested aeroplanes, regarding them as damn noisy rattletraps held together by string. 'As I've said before, carrier-based torpedo bombers are only a menace if sufficient are used to saturate our gunfire. No potential enemy has that number, nor the carriers to take them to sea.'

But Richard came back again. 'And what about dive bombing, sir? When I was off Spain, the Germans had some aircraft that were very accurate.'

'Even less of a threat than all the other types,' replied the Commander briskly. 'Firstly, the damn things are all short-range efforts. No German dive bomber could even reach the middle of the North Sea let alone worry the Royal Navy anywhere else. Italy has no dive bombers. The Japanese Navy on the other hand, has several types on its carrier, but only because the Yanks have. Their bombloads are very small – they could never hurt a battleship. Our Fleet Air boys' policy is to use them – when we ever get any, that is – purely and simply to bang holes in the enemy fleet's carriers thus preventing torpedo bomber assaults at source and also, incidentally, preventing aircraft intervention in a Fleet action in anything but a limited reconnaissance role. Even then, if the weather's bad, they can't operate. No, I can foresee no naval battle or operation in which dive bombing is likely to have the slightest impact.'

Richard sat down, but he was far from convinced. The arguments sounded convincing, the facts hardly worth questioning; but in the back of his mind Richard could still see the burning *Catalonia*, the blackened bodies of her crew and the three little planes impertinently winging their way back over the Spanish coast, unmarked. 'I hope you are right, Commander,' he thought to himself. 'I hope to God you are right.'

In Spain the news of Munich was received with great jubiliation. Franz and Gunther, neither of them politically motivated, went out on a spree with Muller, who on this occasion relaxed enough to get drunk with them on several bottles of extremely poor wine. The next day they were in action again. Gunther was glad to get back into the fighting, Franz less so; but now that the threat of a far greater conflict had abated, he was able to write home to Helga with far more confidence.

Her letters to him reflected the same relief. The feeling throughout the country, Helga wrote, was one of euphoria at having achieved all that they had set out to do so easily and at so little cost. The prestige of the Führer was also enormously enhanced – although there were disturbing rumours that he was unhappy with the way things had gone. 'I wanted war,' he was alleged to have told an aide, 'and that little worm Chamberlain has spoilt things.' But the bulk of the populace never knew of that rumour and probably wouldn't have believed it had they heard it.

To strengthen Franz's buoyant mood, his period of time in Spain was now almost over and his letters were full of plans of how he and Helga would spend the next leave together. He was particularly looking forward to visiting her parents who now lived in Berlin, and to having an opportunity for sight-seeing; it would be almost like a second honeymoon for them both. Helga booked seats at shows and was already bubbling with excitement. 'I wish November would hurry up and come,' she wrote to him. 'I have so much planned for you and much love to catch up on when you come home.'

Gunther promised to look them up during their stay. He had liaisons with various girls in widely differing parts of the Fatherland and had worked out a gruelling itinerary which would enable him to visit each one of them during his three-week break.

'You'll never stand the pace, Gunther,' laughed Franz when he examined his list on the night before they entrained for the departure port and the ship that was to take them back home. 'Look at this: Munich, Bremen, some place I've never heard of in the Black Forest, and then Berlin! Impossible.'

'My friend, you underestimate me,' Gunther roared back with gusto. 'Sinking battleships or bedding women – always you've got to plan ahead. You'll see. Look. On November 1st, I arrive at Munich and Hildegarth will be at the station to meet me – she's already promised me three nights I'll never forget! Hildegarth is quite a girl, Franz – she has breasts like the Alps and thighs like the Brandenburg Gate. And then, on to an overnight stay with Marie – she's a woodcutter's daughter, Franz, and I guarantee to light a fire in her heart that'll sweep away the last of her inhibitions. On to Bremen on the 8th, and Hannah. Now Hannah – let me tell you about Hannah. Her husband's first mate of a timber ship which should be well on its way to Stockholm on the night I arrive – think of that! What's more . . . '

'Stop, stop, Gunther,' laughed Franz. 'Enough of your boasts and your loose women. I'm a married man, you must remember.'

'Still, I promise you this,' Franz grinned, completely unabashed. 'By the evening of the 9th I'll be in Berlin, and you, Helga and I will turn the ruins of the Reichstag upside down.'

Franz laughed. 'You'll probably arrive on a stretcher if half your plans work out. But if you make it, we have your ticket. It'll be a good leave Gunther, a good leave.'

And indeed, for Franz and Helga, the leave was perfect. Helga's parents were understanding enough to leave them largely to their own devices. They had adopted Franz more as their own son than as a son-in-law, and he in turn looked upon them now as his immediate family. Hans worked as a minor official at the Foreign Ministry and was able to give Franz amusing thumbnail sketches of the various Nazi officials who passed through its portals, the vain, preening Ribbentrop being the object of his particular sarcasm. His wife, a quiet little woman like a frail china ornament, nestled in her home and doted over her daughter and her handsome young officer husband like a contented hen.

The precious days seemed to pass all too quickly, and before they knew it, autumn was fading and winter beginning to set in. The talk now was of the approaching Christmas, and whether Franz would be able to share it with them. He was already under orders to rejoin his old unit early in 1939, but he put this from his mind for the time being. On the evening of Gunther's expected arrival in Berlin, they had still not heard from him and were dressing to go out. Helga sat in her slip before the dressing table, brushing her hair in that uniquely sensuous way women have, while Franz struggled with his collar stud behind her, cursing at its obstinacy.

'Do you think Gunther will really turn up?' she asked him.

'You know Gunther, darling,' Franz said, still

fumbling with the collar. 'Halfway through dinner or the play he'll suddenly descend on us, yelling his head off and probably the worse for wear.'

'Here, let me do that.' She smiled. 'Men.' She stood up and turned to face him. Her perfume was thick in his nostrils and he slid his hands down her back and cupped her buttocks.

'None of that now, Franz Petersen,' she scolded him. She fixed his stud and gave him a peck on the cheek. 'Nor *that*!' she gasped as he laughed and kissed her. 'Now you've ruined my make-up.' She sat down with a pout to repair the damage.

Franz whistled to himself as he put on his jacket, but in the mirror he saw her face was serious.

'Tell me, Franz, we never talk about such things, I know, but was it bad down there?'

'In Spain? Didn't I tell you in my letters? Sun, sand and rocks. Nothing beautiful about that wretched country.'

She slipped her dress over her head. 'Button me up, please.' As he did so, she returned to the subject. 'You know what I really mean, Franz,' she said. 'The war. The killing. Risking your life in a war that has nothing at all to do with us. It seems so pointless.'

'Come on, darling,' he admonished her lightly, 'you know it's my job. The risks go with the uniform and the pay. You've always known it would be like this.'

'Of course I knew,' she replied fiercely. 'When I took you I knew that I was only keeping a part of you, that your aircraft had an equal share of your affection. I suppose one gets used to sharing you with a Stuka.'

'Well, then, don't worry,' Franz replied. 'There isn't going to be a war now, and my turn in Spain is finished. I shall probably spend the rest of my career stuttering around the clouds in Austria somewhere, scaring the pants off our new ally Mussolini.' He laughed at that thought.

'You could do that on a bicycle.' She smiled, then grew serious again. 'When we all thought war was coming, I did some thinking. I told myself that if war came, you'd be in the thick of it. I don't know much about dive bombers, but I know flying is dangerous at the best of times.' He started to protest, but she put her fingers to his lips to silence him. 'No, listen, please – we must say these things before you go away again.'

'But darling, the taxi will be here soon – '

'Damn the taxi. Just listen to me.' He shrugged his shoulders. 'I told myself that if war came, there was a very good chance you would be hurt, badly, or even . . . ' She faltered, not wanting to say the word. 'You know.'

He kissed her on the forehead. 'Morbid talk before a night out on the town . . . '

'But once I accepted *that*, as far as I could, I decided it was best not to worry you with my fears. If the worst *did* happen, I told myself, the sacrifice would be not just for me, but also for all Germany. I would cry, I would hate it, but I would, in a way, be proud. Can you understand?'

'I think so,' replied Franz. 'I would willingly give my life for both.'

'Yes. I know that. But you see, Spain was different. You wouldn't have sacrificed yourself and our future for me or for Germany, but for a pot-bellied little General with a face like a tomato. That would have been a worthless thing to die for.'

'It wouldn't have been for Franco that I made the sacrifice, Helga,' he replied, serious now for the first time. 'If the Communists were to take over in Spain, it would mean that another western power would have succumbed. The Communist menace is more hideous than anything you could possibly understand. I've seen them, Helga, these Communists. I've seen what they do to people – not just rich and powerful people who come into their clutches, but the poor who get in their way, their own kind, the ones they claim to be fighting for. I cannot describe the awful things I have seen done in the name of the Brotherhood of the Poor in Spain.'

'But the Russians say the same thing about the Franco troops and the German flyers,' she murmured. 'Living here in Berlin, I see some of the foreign papers, the English and the French newspapers that Daddy has to read. They say terrible things, Franz; they accuse Germans of all kinds of atrocities . . . '

'Who cares what they say, Helga? You and I know those stories are untrue. We only attack military targets, not civilians – although civilians often get in the way. That's the way war is, Helga – it was always so. One day these English idiots will thank us for keeping the Reds out of Spain. The trouble is, they're so weak that newspaper talk is the only thing left for them. They are pathetic.' His eyes were hard and his voice bitter.

'But I see things too, Franz,' she whispered. 'Here in Berlin.'

'Isolated incidents, darling. What are a few fights between Jewish revolutionaries and thick-headed Brownshirts? Now come, finish dressing. I refuse to listen to another word. The taxi is waiting, the food is waiting and, somewhere out in the night, wild Gunther's on the loose!'

So saying, he kissed her on the head for a second time; but as he did so, she turned away to hide the hopeless fear in her heart.

By midnight Gunther had still not appeared. They had

both enjoyed the play, but Franz had felt throughout that Helga's mind was elsewhere. Afterwards, as they dined at their favourite restaurant, they scanned the throng from time to time for Gunther's bulky frame, but still there was no sign of him. In the end they decided to forget about him and simply enjoy each other's company, and even Helga started to relax and have fun. On a crowded dance floor, they clung closely to each other, until the last waltz was played and finally it was time to go.

Outside, the night seemed very black after the garish lighting inside. While the doorman tried to hail a taxi, Helga huddled in her coat in the drizzle and the cold night air and Franz stamped his feet. After Spain in high summer, Berlin in November took some adjusting to even now.

As they waited, the bustle of the late-night traffic became muted and was overtaken by a kind of roaring sound from the other end of the Unter den Linden. The doorman craned his neck to see what was happening, and both Franz and Helga followed suit. As they did so, the sound began to swell and there came a sudden crash of breaking glass, followed by chanting. Franz and Helga couldn't distinguish the words and even as they tried to make out the cause of the racket, more noises erupted to their left, from one of the side roads studded with restaurants, jewellers' shops and travel agencies – the sound of shouting, again the crash and splinter of glass and a sudden burst of cheering.

'Stay here.' Franz thrust Helga back into the restaurant doorway, where a group of other late-night revellers were just emerging, and strode across the road towards the entrance of the side street. As he came level with the corner street lamp, there was another wave of cheering and suddenly a sheet of flame burst up from the front of one of the shops. In the glare of the mounting fire he could make out a large crowd, shouting and waving banners, and among them, and to the fore, several hard-looking Brownshirts. The flames were rapidly spreading and from the upper storey of the shop smoke began to belch forth.

Shocked and bewildered, Franz took a few steps down the street towards the riot and noticed a police officer standing in a doorway, watching the events but making no move to intervene or fetch help. Franz strode over to him, but the man had his eyes on the fire and the mob and didn't turn until Franz touched his arm.

'For God's sake, man, *do* something!' yelled Franz. 'They're going crazy down there.'

The policeman took a step forward, it seemed menacingly; then, seeing the Luftwaffe uniform he was wearing under his open coat, he stopped and shrugged his shoulders. 'There's nothing I can do on my own. They're Jews in there.'

Franz stared in disbelief for a moment, then there was a renewed howling from the crowd and he turned. Immediately he saw the reason. The side door of the shop had opened and a man had emerged. In the glare of the leaping flames, Franz saw him silhouetted sharply: he was small with a round, pudgy stomach, wearing pyjamas, a pair of fine-rimmed gold spectacles half-off his large nose, his hair awry, his eyes wide with fear. There was a crash as an inner wall collapsed and behind the fat figure, standing poised in the doorway, Franz could dimly make out other, smaller forms in night attire and could hear the screaming of a woman's voice close to hysteria. Even as he watched with the policeman motionless beside him, three of the Brownshirts rushed up to the man.

He saw a booted foot raised, then saw it plunge with full force into the shopkeeper's stomach. The little figure doubled up with a scream of agony and another figure walked up and kicked the huddled figure again and again. Franz moved forward to intervene, ignoring the baying crowd behind the four figures around the door, but as he did so, two pairs of hands held him back. He looked around. Helga held one arm, tears streaming down her face. The other was the stout grip of Gunther.

'Don't, Franz!' shouted Gunther above the roar of the crowd and the flames and the screams of the family behind the half-opened door. 'There's nothing you can do on your own.'

'Don't be bloody stupid,' screamed Franz. 'Get that stupid policeman to help us and we'll run those bloody thugs off.'

'He's gone, Franz,' he heard Helga say. 'He ran away when we came up. Let's go away from here, please, Franz.'

Franz stood, his hands at his side and watched. The three men had picked up the limp body of the shopkeeper and were now carrying him back through the door. The crowd cheered again, the screaming started afresh inside the house, only to be cut off sharply as the door crashed shut on them. The three Brownshirts wedged it shut with smouldering beams from the roof. Then the whole building seemed to collapse inwards, sending up a huge gout of flame and smoke and scattering the laughing, gesticulating mob in all directions.

'Come on, Franz,' hissed Gunther. 'At least get Helga out of this hell.'

Franz numbly nodded and turned away, Helga clinging to him, sobbing wildly, as Gunther led the way back across the street to the club, where a small crowd milled around asking questions. Gunther ignored them and elbowed his way through to the nearest taxi, bundling Helga and Franz inside and giving the driver their home address. The doorman peered in at the open window and shouted at Gunther, 'Another Jew gone. Another street cleaner.' Gunther said nothing, but Franz came up out of his seat in a fury. His fist crashed into the doorman's face and blood spurted from the man's nose as he fell back. The taxi pulled away with the driver crashing through the gears in his haste to leave the scene.

Behind them the Unter den Linden receded, lit by the glow of fires and still echoing with the shouts and cries of the Brownshirts. On a tall office building a huge portrait of Hitler proclaimed 'One Leader. One Party. One Reich.'

3
First Blood

His Majesty's heavy cruiser *Northumberland* slid her 10,000-ton bulk effortlessly through the black, tumbling water at a steady 23 knots. Dawn was still an hour away, but already there was a faint hint of morning lightening the sky. From his position on the starboard side of the bridge, Richard could dimly make out a darker smudge against the white-flecked waves which he knew to be one of the two escorting destroyers *Albatross* and *Arrogant*, pacing the larger ship, silent save for the questing, metallic song of its anti-submarine devices.

Although it was the second week of April, it was bitterly cold on the exposed bridge. A biting, penetrating wind swept out across the sea from the distant mountains and fiords of the bleak Norwegian coastline, and its icy tentacles soon penetrated even the heavy clothing of the waiting sailors. The halyards above Richard's head were stretched taut, a few wisps of bunting flapping against them, while from the mainmast astern, the great battle ensign was flown out proud to port.

Below him he could see the roof of 'B' turret swung round 90 degrees to starboard with its twin 8-inch gun barrels jutting up at high elevation, and beyond them its sister mounting, 'A' turret, likewise deployed. Astern and out of his view, the two rear turrets also lay trained and waiting. Inside their angular blocks of steel, the guns crews stood like medieval warriors in hooded anti-flash gear, waiting for the director layer in the control tower to close the electric circuit and for all eight guns to speak in unison.

Behind him on the bridge, the lookouts remained motionless, crouched over their binoculars, while the rear admiral and the captain occupied the centre-front of the stage, deep in muffled conversation, their faces lit by a dim glow from the instruments. Other officers sat hunched over the controls all around him, and in the silence, Richard could feel rather than hear the faint whine and hum of the turbines from far below, thrusting this great mass of metal forward, along with the seven hundred or so men on board her. Each one of those seven hundred was waiting at his position, tense and ready. None would have any idea what would be happening outside their own limited confines of bulkheads and closed watertight doors; but each would have a part to play in the coming minutes' work.

Miles away to the east of the darkened ship, beyond the rocky coastline, lay a sleeping aerodrome: the Norwegian airfield of Sola, close by the city of Stavanger. But on that little airfield, instead of the tiny aircraft of Norwegian businessmen, or the mail-carrying planes that linked up this long, rambling, sea-edged nation, stood the gaunt forms of Luftwaffe bombers, at rest now, but only awaiting that same dawn before they once more took to the air to bomb and machine-gun the pitiful Norwegian army as it retreated northward. The time was April 1940.

In the past eighteen months, the hopes and joy that had filled Richard's heart had been swept away on the tide of events – events manipulated with cold precision by that evil genius in his Berchtesgaden eyrie. The sacrifice of the Czech nation had not sated his lust for conquest; indeed, encouraged by the ease of his victory, he had now set his sights even higher. What remained of Czechoslovakia had been swallowed up the previous Spring, and the hate-filled voice of Dr Paul Joseph Goebbels had started to scream its fury against Poland, clearly the next small nation on the list. It was obvious now, even to Chamberlain, that if Britain and France were to honour the firm guarantees they had given to the Poles, then war would be inevitable. In September, 1939, the Germans had taken the plunge and had swept into Poland in an overwhelming assault, crushing it in three weeks, aided and abetted by the cynical Soviet dictator in the east. Together the two bitter ideological enemies, the two anti-Christ nations of right and left, had swallowed up the Catholic nation that lay between them, while Britain and France, hopelessly unprepared after two decades of disarmament and blindness, could do little but stand on the sidelines, hapless spectators, wringing their hands and promising defiance, but powerless to act.

After the first breathless conquest of Poland, events had stagnated as the two sides prepared for the next move. While the Germans moved their aircraft and tanks up to the borders of France, Holland and Belgium, the latter two nations, in blind panic, voiced their neutrality and buried their heads in the sand. The French mobilisation, meanwhile, rolled sluggishly on, and the concrete and wire fortresses of the Maginot Line filled with troops in readiness for a repetition of the Western Front carnage of World War I. Only at sea did the war explode with periodic violence between September 1939 and March 1940.

For Richard and Norma, these traumatic months had produced mixed fortunes. Success in his examinations had been followed by promotion to Lieutenant, along with both Peter and Vincent; as Richard had guessed, there was now a desperate need for officers and pre-war conceptions of the Navy were having to be modified. With the Fleet stretched to the limit, every man was suddenly worth his weight in gold. His own achievements, however, were soon forgotten when Norma had announced that she was pregnant, but again, their happiness at this had tended to be marred by the bleak prospect of long separations ahead.

Now, with the birth of his child only a matter of weeks away, Richard longed more than ever to be with Norma. He had only seen her once since September and that was only for three fleeting days before he took up his appointment on the *Northumberland*, which had instantly sailed to the South Atlantic to join the teams of hunting groups searching for the *Graf Spee.* There followed long, monotonous weeks of patrolling empty sea lanes, punctuated only by refuelling spells at Freetown, Cape Town and Rio; endless days spent cruising under hot, sultry skies, and nights baking within the boiling confines of his steel prison, with only the intermittent arrival of out-of-date mail to enable him to keep in touch with her and to plot their baby's progress in the womb. They never found *Graf Spee* – her fate was decided by other ships; but the patrols went on even after her destruction until it was learnt that the other raider had returned to Germany. But Richard's hopes of a swift return home were dashed when *Northumberland* steamed into the Indian Ocean and took up new duties, escorting innumerable troop convoys from Australia up the Red Sea to Egypt.

At Aden, he received an excited letter from Norma, describing how she had felt the baby move inside her.

At Colombo, he read how her parents had begged her to give up their flat in London and take refuge with them in Guildford. Between the lines he sensed her fierce determination to keep their little home intact no matter what; but his anxiety increased when he remembered the fearful toll of damage the Luftwaffe had inflicted on Barcelona.

Eventually the *Northumberland* had been called home for a refit and to reinforce the Home Fleet at Scapa Flow – and Richard's hopes of seeing Norma again had risen accordingly. All through the long voyage home he had dreamed and plotted with his fellow lieutenants of how he would spend his leave allocation. He had already worked out train times and knew exactly how long it would take to reach London from the bleak north of Scotland. He had calculated that he would have thirty-six hours at home with Norma at best, and he aimed to make the most of every minute. But when, on the 7th April, his ship had steamed through the Pentland Firth towards the rocky cliffs of the Orkneys, events were already in train that were to dash his hopes once again.

Long uneasy at the Allies' intentions towards neutral Norway and goaded on by his naval advisers, who didn't want to see their fleet hemmed in in the North Sea as it had been in World War I, Hitler had struck swiftly and surely. While Allied eyes were riveted on the Western Front, his ships, planes and men had audaciously risked the overwhelming strength of the Royal Navy in its own backyard and within a few hours had seized all the major Norwegian ports. Caught on the wrong foot yet again, the Allies desperately sought to redeem the situation with such hotch-potch forces as they could spare; but even a series of brilliant little naval victories could not alter the fact that the Germans had stolen the march and were in possession of the land, the air and the initiative.

Almost as soon as she had refuelled at Scapa, the *Northumberland* had been hurried to sea. Since the Luftwaffe dominated the land fighting, it was judged wise to try and knock them out on their advance bases. Long-range bombing attacks by the RAF having proved totally abortive, Their Lordships now decided it was time for the Navy to take a hand.

The discussion in the cruiser's wardroom as they steamed down the coast of Norway the night before had been muted, but one thing stood out. Those officers like Richard who had seen the Luftwaffe in action had a totally different concept of warfare from those who had not. One of those present was a bearded lieutenant commander who had served in river gunboats on the China Station before the war. Richard, who had served as a midshipman on that same station aboard the cruiser *Hawke* and had thus exchanged yarns with him on many a long watch, had asked his opinion. The talk had centred on bombing, and Richard was interested to hear that the officer's views on dive bombing coincided with his own.

'I saw what the Jap dive bombers did to the Yank gunboat *Panay* in December 1937,' he said quietly.

'Maybe the Germans won't have dive bombers this far north,' replied Richard. 'I've only heard of He.111's and the like in the news bulletins.'

'Perhaps not,' replied his companion. 'Which means we stand a chance if we nip in quick, drench the field with 8-inch high explosive and steer out to sea at top speed immediately afterwards.'

'I hear the RAF are laying on fighter cover at dawn anyway,' said another officer. 'So we should be safe enough.' Jennings, whose special responsibilities were the starboard 4-inch anti-aircraft guns, now went on frankly to pooh-pooh the whole idea of the bombers worrying *Northumberland.* He had joined the ship straight from Whale Island gunnery school and, although a contemporary of Richard's, he had an unshakeable confidence in the power and effectiveness of the ship's weapons.

'Our eight heavy anti-aircraft guns will keep any bombers high,' he explained, with the affected patience of a nanny trying to teach a backward child. 'If any of your precious dive bombers come near *this* ship, they'll find that unlike your tincan destroyers or your old Spanish ironsides, we're fitted with pom-poms and high level directors. We can put a curtain of bursting shells up over this ship that no aircraft could fly into and survive.'

'I once saw the Mediterranean Fleet fire for three-quarters of an hour at a radio-controlled "Queen Bee" target plane,' remarked a thoughtful lieutenant(T) on the edge of the group round the wardroom table. 'They didn't hit the damn thing once.'

'Trust you to knock the ship's *main* armament, Smith,' mocked Jennings. 'We all know how you dote on your damn torpedoes. I doubt whether you'll ever fire one of those bloody things in anger, even if the war lasts for ten years.'

'You'll be glad enough of my torpedoes if we bump into the *Scharnhorst* and *Gneisenau*,' replied Smith.

'*Scharnhorst* and *Gneisenau*! You won't see those beasts any more this side of the cease-fire,' laughed Jennings. 'Old *Renown* gave them a drubbing last week up north from here and they ran like scalded cats.'

'Still, I wish we had *Renown* with us on this trip,'

said Richard, 'just in case. And I wouldn't mind seeing the *Ark Royal* with her either, with a deck full of fighters.'

'You're all taking a very gloomy view of the situation, considering it's your first time in action.' The speaker was the quiet lieutenant-commander. 'What we aim to do is drench that damn airfield with shells so that no planes will even be able to take off, let alone attack us. So let's just hope that the destroyer boys are on the job and that Jerry hasn't got a pack of U-boats parked offshore, waiting for a nice juicy target.'

'Seems a funny sort of bombardment, then. I mean, what we really need is accuracy,' said Smith, coming back after a period pondering things. 'But we can't send off our Walrus to spot fall of shot in the dark – so the whole thing's going to have to be done by guesswork.'

'Don't let the navigator catch you talking such heresy,' laughed Richard.

Now, as the final seconds ticked away, he remembered that discussion in the warm and brightly-lit wardroom those few hours ago. Whoever was right, they'd find out soon enough, he thought. The destroyers were moving into new positions, ahead and astern of *Northumberland*. He caught a glimpse of the white bow waves as they corkscrewed and bucketed their way across the dark water. He sensed the whine of the turbines increase as *Northumberland* worked up to 28 knots and came steady on her firing course.

Richard trained his glasses shoreward, but could make out nothing of the distant, enemy-controlled coast. As he concentrated, all four turrets suddenly erupted in blinding sheets of flame as a full broadside crashed out against their unseen target. The concussion and blast arrived almost instantly, pounding in his ears like a mad percussion beat of deafening force. The great brown wreaths of smoke drifted up past the bridge structure and streamed astern; the smell of cordite hung pungently in his nostrils. Then another salvo smashed out, and another and another . . .

Eleven-and-a-half miles eastward of Richard, Franz lay sleeping the deep sleep of total exhaustion in a timber-built hut on the edge of the Sola airfield. Below him on the timber bunk, Gunther lay sprawled out like a basking shark on top of his bedclothes, clad in vest and pants and boots, totally oblivious. The other members of the Staffeln lay in equally incongruous attitudes. The air of the little hut was thick and warm from a large log-fed stove in one corner, sputtering and chuckling to itself in the darkness.

Outside, the Junkers 87's stood hunched like sleeping vultures around the airfield perimeter, their engines heavily blanketed against the cold. The starter motor, on wheels, looking like a giant's clumsy woodwork pram, stood parked close to the leading bomber; crated bombs and loading trolleys also lay scattered in close proximity, ready for the morning's work. A few early risers among the ground staff were picking their way slowly to the washrooms on the unfamiliar airfield, and the sentries moved slowly up and down along the wire fence, bleary-eyed and listless.

Gunther stirred in his sleep restlessly, his brawny arm clawing at his pillow and pulling it down onto his chest where he gripped it tightly. One of his boots fell onto the wooden floor of the hut with a rasping rattle, but nobody else made the slightest movement.

One of the ground crew, suddenly awoken, parted

the curtains and peered out at the early morning sky. There was a rumbling sound which instantly developed into a screaming wail; then the earth shook in a succession of violent thuds and explosions. Huge geysers of earth vomited into the sky and gouts of flame and smoke followed.

Eight craters opened up in front of the paralysed man, punching an irregular path that began at the edge of the runway and ran across the perimeter fence and beyond. The man dropped his towel, tin mug and toothbrush and flung himself flat on the ground. As he did so, the washroom took a direct hit and vanished in a ball of fire and matchwood. Two of the Stukas at the edge of the field, hit by flying shrapnel, ignited instantly, the flames soon taking hold and flaring up like a torch. Beyond the fence a little wooden Norwegian house collapsed in on itself and from within there came the sound of distant shouting and screaming.

Before the man on the ground was fully aware what was happening, the shriek and whistle of another salvo filled his ears and the stunning concussions were repeated. A second line of flaming cascades blasted their way along the main hangar, blowing in the whole of one side, lifting the roof off and transforming the windows into a shower of screaming splinters. Feeling the ground heave and rock beneath him, the man clawed at the stunted turf in a pathetic effort to bury himself. Suddenly he felt a sting at his neck and died in that same second, his jugular pierced by a thin sliver of metal half an inch long.

Already the air-raid sirens had started to add to the din and the clamour. Men tumbled out of huts and ran shouting and struggling across to the dug-outs, the flames from the burning aircraft and buildings casting a ruddy glow on the confusion. Away across the field, a solitary Bofors gun began its throaty coughing, sending up an optimistic stream of shells into the empty night air.

The third salvo arrived, this time slightly outside the perimeter wire, marked by tall plumes of earth and the crashing of fir trees at the edge of the forest on the side of the main roadway.

Seconds after the first shell had dropped, both Gunther and Franz were awake and struggling into their trousers, but with the second series of massive detonations, they abandoned any such civilised notions and joined in the general scramble for the nearest shelter. Amid a veritable storm of explosions the pair tumbled down the rough concrete steps and into the inner room and immediately someone slammed the door shut behind them. Franz pitched over a body in the gloom and Gunther's momentum also carried him on headlong, the three ending in an untidy heap in the middle of the room with Gunther knocking all the breath out of Franz's body. For some moments he could only lie still, gasping as the shelter shook and rattled and small pieces of whitewash flaked off the walls and drifted down like snowflakes on top of them.

'It's the bastard RAF,' screamed one of the occupants. 'Heavy bombers by the sound of it.'

'And on target for a bloody change,' someone else replied languidly from a deep corner. 'They must have been practising since last time.'

There was a general laugh around the shelter. The last time the RAF had bombed the airfield, not one bomb had landed within the perimeter and the majority of those that had landed in the wood two thousand yards away had failed to explode anyway.

'That's not bombing – that's shellfire,' yelled Franz.

'Stop talking out of your arsehole, Petersen,' came the retort. 'The nearest Tommy artillery battery is four hundred miles north of here – and still running after the strike we made against it yesterday.'

'Don't tell me the Wehrmacht are shelling us for lack of other targets,' chuckled another as the ground rocked and swayed again and more flakes drifted down.

'Shut your mouth and listen,' snarled Gunther, who throughout this exchange had made no effort to move from atop his two human cushions. 'They *are* shells – we heard enough of them in Spain to know what we're talking about.'

Another series of vibrations, this time even further off.

'He's right,' said an elderly staff officer. 'I was on the Somme in 1916. I sat through three weeks' bombardment. Those aren't bombs.'

'Will you get your bloody great carcass off me, Gunther,' gasped Franz. Gunther reluctantly complied.

'It's the most comfortable billet I've had since Bremen,' he complained, dusting himself down. He stood in his undergarments and one boot, looking comically dejected: 'Trust the poxy English to come at such a time. I was just dreaming I had persuaded that Norwegian wench from the canteen to let me slip her pants off. It was lovely, Franz, do you know . . . '

'To hell with that, Gunther,' roared Franz. 'If it really is shellfire, there'll be an infantry attack next. We'd better get ourselves organised. I want my crate in the air.'

The tremors were continuing, but now each series of blasts seemed more and more remote. The single naked bulb in the centre of the shelter suddenly went out, plunging them in darkness once more.

'Come on,' said the staff officer, 'get that door open and let's get moving.'

There was a scuffle around the door before somebody managed to get it ajar and they filed sheepishly out into the growing daylight to survey the damage.

Now that his sleepiness had been dispelled, Franz's emotions were mixed. Perhaps uppermost was anger: anger with himself for being panicky enough to run for cover at the first moment's danger; anger with the British for catching them all off-guard; and finally, anger with his superiors for letting it happen. As he looked around the airfield in the dim half-light, however, he began to see things more objectively. It was clear that the bombardment had been more frightening than dangerous. As he and Gunther walked over to the control tower, joined by Hanfried, his young face aglow with excitement and seemingly oblivious of any danger, they began to get a clearer picture of the damage inflicted by the shelling. Four or five Stukas were write-offs and only the bare ribs of their fuselage and the smoking remnants of their wings were still intact. The whole of the main hangar had collapsed, and oily smoke was still pouring from one corner. A couple of Ju.52 transports had been buried in the débris, along with several impounded Norwegian Gladiator fighters. Shell-holes marched off in varying directions, but few had shattered the concrete of the runway itself and most seemed to have fallen outside the main perimeter after the first two or three salvoes. In the distance he could see flames still licking up from the pulverised house across the road – the house of the village postman, if he remembered aright – but that was all, save for the fact that part of the wood seemed to be burning in the distance.

On their way to the control tower they met Gunther, wearing his usual worried expression, and he found time to give them a few details of casualties as he knew them. Five ground personnel killed outright near the ablutions hut; two more fatally wounded by shrapnel. No pilots or radio operators of the squadron had received so much as a scratch, but five Stukas had been lost. It was said that the postman's family had been killed or badly burned, but apart from that there were no other casualties recorded.

'Most important of all, we can soon fly in spare aircraft. They failed to hit the fuel dumps, so we're by no means grounded,' added Muller.

'What are we waiting for, then?' exclaimed Gunther vigorously. 'Let's get after them and pay them back for waking up the squadron at such an hour!'

'Hold on,' Muller smiled. 'First we have to locate them. Reports are still coming in from the Army outposts on the coast. It seems we were shelled by a single big warship, and she's already turned away on a northerly course.'

'I bet she can't outrun my Stuka, sir!' said Gunther.

'There's no question of us taking off for at least two or three hours,' replied Muller. 'Use your head. We need to know exactly what we're up against here. They might have an aircraft carrier waiting further out to cover her withdrawal, so we'll need fighter cover just in case. Not only that, but the carrier itself would make a more worthwhile target for our bombs. The British probably think they can get out of Stuka range within a short time; they don't know about the Richards – that's one little surprise we have in store for them. You go and get cleaned up and have a good breakfast. I'm having the squadron bombed up with the heaviest we can carry on a strike at extreme range; that means 550-lb bombs – they won't be big enough to hurt a battleship, so you'll have to be especially careful to place them where they'll hurt. Now away with you. I'll brief at 0800.'

Hanfried waited until Muller was out of earshot, then had the temerity to grouse in front of his senior officers.

'That'll be far too late. By that time the boys of the "Puma" Geschwader will have had all the fun. They keep telling us they're the shipbusting experts after that *Ark Royal* incident. Of course, we know they didn't even hit her, let alone sink her – but that doesn't alter the fact that they'll be going all out to grab this chance.'

'Just let them try,' growled Gunther. 'We'll see who can bomb accurately, tubby He.111's or our Stukas.'

'Still, as Muller said, they don't know about the Richards yet,' grunted Hanfried.

The Richards were the Ju.87-R Stukas with which Franz's unit had been re-equipped especially for the Norwegian operation. The 'R' stood for *Reichweit*, or range, which was extended by fitting two external fuel tanks under the Stuka's wings, thus increasing the operational distance with a 550-lb bomb to 875 miles.

As the three strode back towards the quarters, Franz did not join in their talk. He was still brooding to himself, analysing his emotions, which had been different from anything he had felt before. The main difference, he decided, was the fact that for the first time since the war began, he had been on the receiving end, and not just dishing it out. This had come as a sharp shock – and, he felt, a timely warning against complacency. True, he had been under fire many times before, from flak and small arms, both in Spain, and more recently, in Poland. He had felt his little bomber rock and shake over Warsaw as the ugly black puffballs of AA shells had exploded around it. But in situations such as those, he had been too concerned with keeping the aircraft steady and on target to worry too much about his own skin. While others in his unit had brought their planes back with great holes punched in wings and fuselage, he seemed to bear a charmed life, returning with not so much as a single bullet hole.

He had also had the unnerving experience of being attacked in his slow-moving plane by Polish fighters. But here again he was always one of a large formation and the Polish interceptors never numbered more than two or three. The odds were always strongly in his favour, and besides, the sky above him had always contained friendly Me.109's waiting to pounce, as in Spain. Throughout the entire Polish campaign he had only once seen a Stuka shot down by an enemy fighter, and that was on the first day of the war.

He thought back to that day. The sky had been murky and it had been cold in the cockpit of his Ju.87, with tiny icicles forming on the inside of his canopy. They had become hopelessly lost somewhere over the frontier on the way to the target zone and after stooging about in a wild little river valley, they had unexpectedly found themselves flying over a Polish airfield – little more than a grass bank, a single hangar and a windsock. Before they had fully realised it, three Polish biplane fighters had climbed up and begun attacking, and Stefan, another of the veterans, had gone flaming to his death. It had been a quick death, and must have struck almost before Stefan knew it. And even this shock had been quickly mitigated. The same Polish fighter was itself taken under fire by several of the Stukas as it extracted itself clumsily from the kill, exposing its belly to Hanfried and other tail gunners. The Polish pilot had outlived his victim by mere seconds.

But the startling bombardment which had caught them sleeping this morning was something else. There was nothing you could do to strike back at the unseen enemy. You felt completely helpless. It was a feeling Franz did not like. He realised, for the first time, that he might very well die in this war, and the fears that Helga had tried to convey to him that bitter night in November 1938, a night when so many illusions had been shattered, at last began to have a real meaning for him. War was, after all, not just a grand game that you could play in comparative ease and safety. He thought of those hundreds of milling horses and riders on the Polish plain before the river crossing near Wielun. They had surprised a jangling mass of Polish cavalry, a whole division, assembling for a counter-attack. Franz remembered how he had gazed down at the mass of wheeling and galloping horsemen; it had been like a scene from the new film *Frederick the Great* he had read about – as if the armies of Blücher had come alive on the plains of Poland, a hundred and fifty years after their time. He recalled the exhilaration that had gripped him as they swooped down on the great mass as it swirled and heaved below them, the horses wild-eyed and at full stretch, the riders waving swords and lances defiantly at the death that thundered down out of the sky towards them . . .

The Stukas' bombs and machine-guns had cut great swathes in their ranks as they crossed and re-crossed the area, the cavalry falling like wheat before the sickle. At the time he had felt nothing but fascination that an enemy could go to war in such a fashion. But now, remembering the first seconds of fear as he awoke to hear the great naval shells bursting close by him, Franz suddenly felt akin to those hapless Poles in all their finery, as destruction overtook them.

Over breakfast, Gunther was as hearty as ever, detailing how he would personally sink the English flagship even if it meant going down her funnel to do it, while his other friends talked and reflected on the most exciting event of their young lives. Franz, however, felt he had grown up a lot. The illusion of war, like the illusion of the new Germany, had been stripped away now, and he had emerged a wiser but also a more determined man. He felt admiration for the British at pulling off such a daring stroke, but also a determination to make them pay, not simply as an act of vengeance, but as a means of regaining the initiative once more. The British, being an island race, naturally thought of the sea when planning their attacks; but to the Germans it was a wholly alien element. But the air, the air was still neutral, and it was for Germany to make it *her* element. Franz was certain that it was already his.

'Here they come again!'

The young signalman squinted up into the clear blue sky, sucked his teeth glumly and clamped his tin hat harder down on his fair hair. Richard did likewise and followed the flak bursts high up towards the brilliant sun. At that great height, the anti-aircraft shells exploded with only a distant muffled crack in pretty patterns of fours and eights, just below the thin silver flecks that he knew were Heinkel 111 bombers. Meanwhile the signalman was doing his own calculations, mouthing them quietly to himself like a scorer at a cricket match.

' . . . four, five, seven, eight. Eight of the bastards! How many more planes has Jerry got in friggin' Norway anyway?'

Richard wished he could answer that one. It seemed as if every plane in the Luftwaffe had been queuing up to have a go at *Northumberland* that morning. Hour after hour, and still they kept coming – ever since just after first light, when the first, ugly Blohm and Voss floatplane had lumbered over the horizon and heaved its ungainly bulk round and round in maddening circles just out of range of the guns, reporting, noting every switch in course. Within an hour the first wave had come in, tiny specks high up and out of danger, sliding across the sky, their motors rising and falling in typical German style, while the 4-inch had banged and shook and spewed out shells at them in frustrated rage.

They were fascinated at first, watching the little clusters of bombs appearing high in the sky, seemingly miles off course, then seeing them grow steadily larger, until their shrill shriek filled their ears even above the bark of the guns. Feeling the ship heeling, as the captain, his eye also on the bombs, gave quiet, steady instructions to the helmsman. Seeing *Northumberland*'s wake curving and creaming as she dodged gracefully this way and that. And then the *whoomph* and shudder as the bombs exploded in the water to left and to right, some within a few dozen yards, others further out. Huge cascades of water heaved up out of the peaceful ocean and thudded down on the bridge, drenching the men in exposed positions. They felt the cruiser's hull whip with the impact of the underwater hammer blows as her thin plates took the force of the detonations. Smoke was puffed out as her boilers shook in protest and flakes of soot wafted aft from her fragile funnels as they shuddered and rocked.

And all the time the steady, rhythmic *crack*, *crack* of the 4-inch, never faltering as the aircraft approached, stopping suddenly as they flew away. In the early attacks, the puffs of flak had followed the bombers as they retreated disdainfully towards Norway, but now, after ten such attacks, the ship's magazines were falling dangerously low. Guns was restricting his tired crews to engaging only those enemy aircraft on an approach course, in the hope of deflecting their aim just those few yards that would mean the difference between life and death to the seven hundred men on the cruiser.

Richard had soon tired of watching the bomb patterns and checking how close they were, whether they were in-line, over, or short. Luckily, at the height from which the bombs were being dropped, there were always a few vital seconds in which the captain could judge their fall of shot and swing the cruiser's hull away. Time and time again a perfect salvo was skilfully avoided. The patterns wheeled down and erupted. The ship shook herself like a terrier after a bath. The guns barked defiantly away. The men of the *Northumberland* became more and more weary. And repeatedly, as one wave droned off into the distance, another would be spotted steadily approaching in rock-like formation astern of them, and the guns would swing round, the shell cases clinking and clattering down onto the main deck and over the side, as the weary gunners tried to give themselves elbow-room to deal with the next attack.

So far, thought Richard, as he lined his sights up on the oncoming bombers, they had been lucky. But at this rate it would only be a matter of time before either a lucky hit found its mark, or the cruiser's ammunition ran out, leaving the German bombers a defenceless target on which to make closer-range practice. Neither thought was encouraging. He had calculated that it would be at least another hour before they were out of range. He could only hope that the Germans would run out of bombs before *Northumberland* ran out of shells.

He ducked as the whistling grew louder. Eight aircraft in this batch, a wider spread, more bombs. Perhaps this time their luck *was* out. His stomach tightened with fear as a series of heavy explosions drummed into him. So thick were the bomb splashes that several bombs appeared to ignite at once; it was as if the first of the stick had set off the others while some were still in the air. Fragments of metal clanked against the cruiser's hull, leaving ugly gashes and scars. A small scrap went clean through the bridge screen glass, removing the navigator's cap but leaving him completely unmarked. He heard the captain's instant response: 'Don't come on the bridge improperly dressed again, Charts, or I'll have you at defaulters.' There was a ripple of laughter from the men closest to him, but Richard realised that the skipper's joke was a deliberate ploy to relieve the tension that had been steadily building through the long hours. Some of the young ratings still looked shaken.

As the last crash and roar subsided, Richard looked up and saw the great circle of splashes dissolve into smears and rings on the sea's surface. Further out, the destroyer *Arrogant* was emerging from a great forest of splashes that dwarfed her slim, rolling hull, water streaming off her midships section. Her noticed that her whaler had vanished. A light was blinking from her bridge to *Northumberland*.

'WHY PICK ON THE LITTLE 'UNS,' Richard spelt out to himself, and grinned, he knew the *Arrogant*'s skipper from his days in *Ferocious*. Had it not been Captain Rawlings on *Northumberland*'s bridge, but only a fellow destroyer captain, the *Arrogant*'s signal would doubtless have been unprintable.

There was a shout from the signalman on his right, and Richard turned to see him pointing at the now retreating aircraft. From one of the tiny specks was extending a thin trail of black smoke, like a smudge of ink on a carelessly blotted letter. As they watched, this smudge lengthened and thickened and the aircraft began to become detached from its fellows.

'*A hit*! Got the bastard!' someone yelled, and a ragged cheer went up which was repeated faintly up and down the ship by gun crews and others who were topside. It was true; they *had* hit her. The smoke trail became even more pronounced as the stricken Heinkel struggled vainly after her comrades, losing height all the time. She was so far distant that they couldn't make out whether or not the crew had taken to their parachutes but the trail became more and more steep and vertical until it vanished, beyond their vision, over the horizon.

'Well done, Guns,' said the captain. 'That's one of the beggars who won't come back again, anyhow.'

'Yes,' thought Richard. 'One.' But only one. He wondered how many thousands of shells they had fired off to reap that little success. No matter; it had an effect on the ship far beyond its value to the war effort. Word of their victory was quickly relayed by voicepipe and speaker down to the depths of the ship, the news passing rapidly from ammunition supply party to damage control party to the boiler rooms, where silent men in oily overalls stood gazing at flickering controls and heaving pistons in a bedlam of noise. Everywhere, men gave each other the thumbs-up, grinned, nodded, all sharing in the achievement of the gun crews.

'Aircraft bearing Red-six-oh! Angle of sight four-oh!'

Another wave approaching. The gun control tower swivelled silently on its bearings. Inside, the three officers sat in a row over their instruments – the gun control officer, director layer and director trainer, passing down their assembled data on the oncoming formation to the transmitting station, where the bombers' height, estimated speed and distance were married to the wind speed and other information and converted into ranges, elevations for the guns and fuse-settings for the gunners' shells. The rear two 8-inch turrets elevated their twin muzzles to the sky and spoke. The big shells screamed off towards the horizon. In an effort to deter the bombers, main armament fire was being tried now, for the present wave was much lower than all the previous attacks. The big guns had been designed by some far-sighted expert for just such a purpose back in the 1920s, but this was the first time they had been used in this way. It would help conserve the dwindling 4-inch ammunition until the bombers came within range, and at a position in which the main turret guns would no longer bear.

Richard felt the cruiser shudder again as the guns opened up. The four shells were quickly followed by three more at long range, 'X' turret misfiring on one in their haste. The bursts were behind and below the aircraft, but this no longer concerned Richard, for as he studied the oncoming silhouettes as they worked their way round into the sun, he was suddenly struck with a terrifying realisation.

'Those are Stukas, sir,' he yelled towards the centre of the bridge.

The captain said nothing, but continued to fix the planes through his glasses.

Guns half-turned. 'Surely not, young man. They don't have the range now.'

But Richard knew that inverted gull-wing shape better than most. They seemed to be carrying three big bombs, one in the normal position below the fuselage, and two even larger ones below their wings; normally they only carried light bombs or none at all.

Now the captain had seen them too. 'They're Stukas all right,' he said to the gunnery officer with firm conviction. 'And they look as though they've been equipped with some kind of spare fuel tank under the wings.'

Guns studied the aircraft intently, and slowly nodded his head. 'You're right, sir. Full marks to young Gibson, then.'

Richard felt his throat go dry as the nine little aircraft, whose shapes were so familiar to him now, started climbing higher.

'Gaining height for the dive run,' said the gunnery officer with sudden conviction. '4-inch battery engaging now. Tell the close-range guns to stand by. It looks as if they'll get their chance today after all.'

Richard lost the aircraft in the sun for a while and when they re-appeared he could only see three of them. After a while he saw that the others had split up onto different bearings. Three packs of three, coming in from different directions in a synchronised attack. The 4-inch batteries on the starboard side of the ship were the only guns which would bear now, and there were only two mountings. Each of the two chose the group closest to it and pumped out a steady stream of shells. Richard watched as the two groups peeled off together from ahead and astern. The remaining group of three held on for a brief period after the others commenced their dives. Then their noses dropped and, completely unengaged, seemed to be swooping straight at him.

As the aircraft hurtled down, the shriek of their engines became a howling wail that screwed up the tension to unbearable pitch. The 4-inch guns kept up a steady bark for a while, faltered, then started again. Richard later found out that all their shells had run out, but after a brief pause, star shell and dummy practice rounds were loaded, fired off and expended in their turn. It made no difference. The oncoming dive bombers were now within range, and the staccatto barking of the multiple 0.5 machine-guns and the pom-pom added their frenzy of sound to the bedlam. '*A wall of steel over the ship*', Richard remembered the words. Certainly the curtain of exploding pom-pom shells looked impenetrable enough; but to Richard's dismay, the middle group, against which it was directed, wheeled up, pulled out of its attack and started to circle again. The pom-pom was frantically swung round to engage one of the other two groups, but it was too late. With a final scream the six remaining Stukas pulled out of their dives and their bombs swung clear on the crutches below the fuselage, out and clear of the propeller arcs, heading straight at the cruiser.

After the attack, Franz stayed with Muller for a short while, circling their crippled opponent. The first four bombs had been near misses. The fifth had hit the after end of the ship's deck, skidded over the side and exploded in the sea astern. It had probably damaged her steering, for she was now wallowing helplessly in the heavy swell, turning in a slow, painful circle. The sixth, seventh and eighth bombs had also been near misses, but Gunther, the irrepressible Gunther, had gone in almost as he had promised to do, down one of the ship's three tall funnels, and scored a direct hit. His bomb had penetrated the deck just between the two after gun turrets and must have travelled down into the ship before exploding in the magazine of 'X' mounting. As Gunther pulled up and over the front of the vessel, an enormous ball of fire had shot up, engulfing the two turrets in a sheet of white flame and setting fire to the great flag atop her rear mast. A dense mushroom of smoke had followed it, and all the guns towards the rear of the ship had suddenly stopped firing.

'She's helpless now,' thought Franz as he circled her – helpless, but safe. His attack was the last sent out, since the aircraft were all needed ashore now; nobody was on their way to finish off the cripple. There were no German submarines in the area; all had been withdrawn to Germany three days before to regroup – or so Muller had been told.

One of the smaller warships had closed her and was playing hoses onto the blazing area of her larger companion. The other was taking station ahead of her and from time to time firing off a solitary shell from her own small guns as if to warn the two Stukas off their grievously hurt companion.

'She'll get back to England?' asked Hanfried over the intercom. He sounded disappointed in the extreme.

'She'll get back,' replied Franz. 'But I doubt if she'll be shelling any more Germans for a year or so. She's out of the war for at least that long, if I'm any judge.'

'Pity we couldn't have blown her up for good, though,' shouted Hanfried, as the two dive bombers set course to follow their seven companions homeward.

Looking at the blackened, charred turrets and thinking of the cremated men locked inside those glowing steel coffins, and of those dying a ghastly death in the blazing passageways below, Franz did not reply.

Somehow, today, war was no longer heroic.

4
Re-run

From the top of Box Hill, the Surrey countryside looked peaceful and still. Although it was only early May and not yet noon, the sun was already hot. Craning his neck as he lay sprawled on the comforting grassy slope, Richard could just make out the white forms of Norma and her mother at the base of the hill, leaning over the pram, attentive of young Paul's every whim.

'He'll be spoilt, you know, Richard.' Norma's father sucked on his pipe and nodded in the direction of the tiny group. Richard smiled his agreement.

'Why not? I was when I was a child. God knows, with things as they are, the poor little blighter might not have much of a future to look forward to. Let him make the most of it while he can.'

John Patterson knocked the pipe on the heel of his shoe reflectively. 'I promised myself that I wouldn't spoil today for us all by talking about the war, but *are* things as black as they seem?'

'You know as much as I do, John,' Richard replied pensively. 'They tell us precious little about what we're doing and why we're doing it. If France turns out to be the same kind of shambles as Norway, then things are going to be tough enough.'

'Why are we never ready for wars? It seems to be an English national trait – always too little, too late. We had enough warning of this one; six years, in fact. And now look at the mess we're getting into.'

Richard couldn't answer that. There *was* no easy answer. As a people the British detested war, and after the traumatic experience of the 1914-18 War, when for the first time they had suffered casualties on the same huge scale as their continental neighbours, the revulsion had become almost pathological. It was no bad thing, Richard reflected, to be disgusted by war; not a bad national failing. But they were paying now for two decades of political apathy. You couldn't suddenly press a button – as they had in 1938 – and expect a rusty, run-down war machine to suddenly transform itself into a force that could stand up to a power like Nazi Germany, which had been arming itself flat-out for four years. Now they had to fight with what they had, which was precious little.

Still, at least now they had a leader equal to the task. If anybody could bring it off, Winston Churchill could, and he also had the advantage of a united nation behind him in his endeavours, and the reputation for being aware of the coming danger for much longer than his contemporaries.

'What's your new ship like, Richard?' his father-in-law asked. 'Are you pleased with her?'

'She looks a beauty,' Richard replied with some enthusiasm. 'A two-funnelled destroyer, like *Ferocious* and with almost identical aramament. She was one of a batch of six built over here to our design for the Brazilian Navy. we took them all over – just as well, considering how many destroyers we've lost already. She's beautifully fitted out inside; you should see some of her fittings. My Captain – it's Jimmy Boyd from the old *Hawke* – showed me over his cabin the other day. It's panelled in mahogany – you wouldn't believe it! And he's got a bathroom tiled in green! She's more like the *Queen Mary* than a ship of war.'

'That's fine for cruising, but it's to war you'll be going, Richard – and soon.'

'You're right of course. But it's not just the luxury of the fittings; the whole ship *feels* right. It's hard to explain, but I know she'll be a good one.'

'Well she's got a good first lieutenant anyhow, even if he is a bit fresh around the edges.'

'Don't rub it in. I hardly feel ready for the job yet.'

'Well I'm sure you must be, or the Admiralty wouldn't have appointed you. At least you've been in the thick of things now, so you'll know pretty much what to expect.'

'Yes. Yes, I think I know what to expect now,' Richard's voice was faint and his father-in-law saw his eyes glaze over slightly, as if he were suddenly far away. His face was white and his hands clenched the grass at his side.

John reached out hesitantly and gave Richard's arm a pat. 'I knew I shouldn't have brought the damn war into the conversation. Come on, let's change the subject.'

Richard nodded, but his memory was firmly in charge for the moment. He was thinking of the *Northumberland*, her riven hull heeled over in torment, her smoking quarter-deck almost awash as far as the blackened hulk of 'X' turret, dragging her way slowly into Scapa Flow after a forty-eight-hour nightmare. The dead, those that could be parcelled together in one reasonably-sized bundle, lay lined up along her rails, wrapped in smoke-charred ensigns, awaiting their burial at dawn. Screams and moans issued from the temporary sick bay, where burnt and mutilated men were undergoing an agony which even morphine was unable to deaden. He remembered the stench of the charred flesh, the stomach-wrenching scene in the lower passageways, where parties of men were at work with shovels, buckets of seawater and in some cases hoses, clearing up the piles of bodies and pieces of men. Please God, he'd never witness such scenes again in this war. But, yes. *Now* at least he knew what to expect.

Awkwardly, Patterson tried to steer the conversation back to the pleasantness of a peacetime family gathering.

'Hope you didn't mind us persuading Norma to move in with us, old man. I know your feelings. When I first married, I was just as determined: our own place, no matter what – no relations, no in-laws. Our own lives, our own mistakes. I know, believe me, Richard. And when this mess is all over, that's the way Jane and I want it to be for you both – or you three, I suppose I should say now.'

'It's OK. We talked it over a lot. It is the only solution, with things as they are. If the Germans get to the Channel Coast, London won't be any place for a woman on her own with a baby.'

'Do you think they'll bomb it flat? Would they really do that?'

'Not much doubt about it. Warsaw copped it, and so did Rotterdam. They'll probably go for the docks first, disrupt life as much as possible. Despite what you read in the newspapers, they do go for targets of military significance first – it would be a pointless waste for them if they didn't. Mind you, they're not too bothered if they overshoot. The civilians are going to catch it all right, and I'm glad Norma and Paul are with you.'

Patterson nodded gravely. 'Mind you, I doubt if they'll start bombing London just yet – they need their aircraft in the field. From what I can gather, they rely on their bombers to bust open the tough spots, then the tanks and troops stream through and mop up behind. It beats me why we don't try the same tactics to stop them.'

'Blitzkrieg requires training and close co-operation between both services. Jerry is good at it – he's had plenty of practice. There's precious little of that sort of liaison between our services, I can tell you; each thinks the other two are luxuries we can do without.'

'Well, I only hope they come to their senses soon. We won't get another chance. If our allies continue to fall apart at the seams, like they're doing now, we'll soon be facing Hitler on our own. No room for inter-service squabbles then.'

'It's another legacy from the last twenty years, John,' replied Richard. 'When you spend all that time scrambling for a share of a cake that's far too small anyway, you hardly give a damn about the other chap's point of view.'

'If the worst comes to the worst and we're left alone, they'll damn well *have* to work together. It'll be up to the RAF to stop the bombers and the Navy to stop the invasion fleet. I'm sure our fighter boys will hold their own. According to the *Telegraph*, we're knocking down ten Jerries for each one of our own fighters lost over France.'

'I'll believe that when the Germans admit it. There were no gallant boys in light blue off Norway when we needed them in spite of all their promises.' Richard's voice was bitter. It was perhaps fortunate that just at that moment John saw the tiny white figures of Norma and her mother below them, waving their arms.

'Time to go, Richard. We'll drive back, have an early tea and then I'll take my grandson for a long walk. That'll give you and Norma a couple of hours to say your farewells in private. C'mon.'

'Thanks, John.' Richard looked hard at the older man. 'If the worst does come to the worst, get them all out of this, won't you?'

'Don't worry. You just get on with your job and make sure it never comes to that. They'll be all right with us, whatever happens.'

Embarrassed by the rather emotional scene, both men hurried down the hill, waving and shouting to their womenfolk.

Four hundred yards from the machine-gun slit in the nearest Belgian bunker, Franz curled himself up into the smallest ball possible and hugged the ground. Close by him, the young Luftwaffe radio-operator was struggling with his UHF set, headphones clamped tight over his bare head, a look of fierce concentration on his face, seeming totally impervious to the *swish* of bullets as the Belgian gunners once more raked the top of the bank in a long burst. Over to his right, Franz could see two paratroopers lying on their back, their bulky clothing making them look like helmeted teddy-bears. Their eyes were wide open, staring in complete disbelief into the sky from which they had minutes ago fallen. Blood seeped from the chest of the nearest corpse and mingled with the thick, black earth behind the embankment of the canal. Just below the crest, three others crouched, automatic weapons gripped in their hands, stick grenades spread out professionally in front of them, waiting their chance.

The machine-gun finished its traverse and cut off suddenly. They were probably conserving their ammunition; just firing enough bursts to keep the paratroops pinned down until help came up from the main fort to their immediate rear. Franz wondered if they felt trapped and doomed in that concrete prison. At least out here they had the freedom of choice: they could attack, wait it out, or simply pull back. For the

Belgian conscripts behind that narrow slit, there was no way back. They fought and died or ran and died; not much of a choice.

How many more such bunkers, how many more forts on the road to the sea? Franz mused. He raised his head slowly, taking care to keep it below the top of the embankment, and looked up into the sky. Christ, that was where he should be, not crouched on the side of some stagnant waterway by the Meuse. He smiled inwardly. Not so long ago he had been thinking how lucky he was to be a flyer and not an infantryman. Now here he was, armed with only a Lueger and a sheaf of maps and blown-up photographs, within a stone's-throw of one of the most powerful forts in the Belgian defence line.

'*Accuracy is of the essence.*' He recalled the words of Muller at the first briefing session two weeks ago. '*We plan to take Fort Espère by surprise.*' Two large-calibre guns commanded the bridge approaches for miles. Given the flat, watery landscape of the Low Countries, there was no question of the Panzers taking it by a rush. Heavy troops lay entrenched all around it, and thick bunkers and ample wire. Only from overhead was the fort vulnerable, not so much from bombing as direct assault. The plan was to drop parachutists and special assault Kommando units, each armed with special hollow-charges, right on top of the unsuspecting defenders and out of the line of fire of the fixed defences. While the Belgians were pinned down by precision Stuka attacks, the ground forces would then take the fortress by storm.

To avoid blowing their own troops apart, those Stuka attacks had to be right on the button. There was no room for error at all. And there was only one way to achieve that: drop an experienced Stuka pilot with the paratroopers, armed with the most detailed knowledge of the fort they could obtain, and let him direct the dive bomber strikes from the ground. At the time it had seemed like a good idea to the young flyers, although they all agreed it was a bit hard on the poor chap who made the drop. Franz and Gunther had been highly enthusiastic. But who would be the man on the ground? Smiling, Muller had held out his forage cap. 'Lucky dip, gentlemen. Who'll draw first?' And of course Franz had been the unlucky one.

Gunther had exploded with mirth when the result was announced and shook the crestfallen Franz by the hand.

'Cheer up, careful Franz. You can rely on me to put my bombs just where you want them. You won't even be alone – I'll fly so low we can shake hands. If you like, you could hop aboard for the trip home!'

'You just make sure that you don't blow me to atoms. Remember, I'll be the one with the wet trousers this time!'

'Never mind. You'll probably get a medal if you survive,' replied Gunther, unabashed. 'Now, if it were me, I'd make my way to the nearest farmhouse full of strong, healthy young Belgian farmgirls and lay siege until I obtained complete and unconditional surrender.'

'You can volunteer if you wish, Herr Oberleutnant,' said Muller when the laughter had died down. 'It might do you good to slow down a little.'

'No, no! The honour belongs to Franz. Careful Franz will take the fort for us.'

'I'll leave the women for you, Gunther,' Franz promised. 'They'll probably smell of pig-food and silage anyway . . . '

Just then, the Belgian gunner started another random sweep along the embankment crest, and a hail of bullets sliced through the grass above his head, sending small clumps of earth rattling down on to his helmet. As the swathe of fire moved away to his left, the three patient paratroopers, without a single word spoken, rose in unison above the crest, each with a stick grenade in one hand. Within seconds they were over the top, vanishing in an instant from Franz's startled gaze. There was a sudden pause as the machine-gun fell silent. He could picture the scene inside the enemy stronghold: the sudden appearance of the German soldiers over the crest; a cry, perhaps; an exclamation of fear and alarm; the gunner frantically bringing his weapon back towards the danger point, squeezing the trigger again in desperation . . .

A few rounds clattered out, but were almost immediately drowned by the muffled roar of grenades exploding. There was a shrieking and yelling, suddenly stilled by a short burst of automatic fire, and then silence again. Franz kept his head down, waiting to see which way the brief skirmish had gone, idly noticing that all through this interlude the radio operator had continued to hunch over his machine, mouthing into it. A paratroop officer followed by about a dozen more of his section came racing along his side of the mound, crouching low, and flung themselves into the positions vacated moments before by the three attackers. With never a glance in the direction of their two dead comrades, they took up positions, the officer sliding into the earth alongside Franz, panting. For a moment the two lay side by side, just looking at each other. The officer was little older than Franz, with a thin, lean face, deep cheekbones, a thin mouth and blue, piercing eyes.

'So you both got down safely,' grunted the officer to Franz after a minute. 'It's all going well. Is that set working?'

The radio operator looked up and briefly nodded. 'I'm in contact now, sir,' he said, looking at Franz for instructions.

The officer smiled his thin smile. 'Excellent. Here' – he thrust out a gloved hand towards Franz and Franz took an earth-stained map from him. They squeezed closer together. 'We're now in position, as planned. We can move no further towards the main complex without your Stuka cover.'

'Right,' said Franz. He noted that the position of the recently-attacked bunker in front of him had been marked in green, the other targets in red; all were hastily ticked off in blue crayon. 'OK, Otto, give them the go-ahead, exactly as planned. It's *Puma*, got that? *Puma*.' It was going like clockwork, he thought – far better than he had expected. He had been prepared to get new co-ordinates from the paratroops, showing the positions they had gained rather than their targets; but no, all the targets were taken. There was no need for any adjustment to the strike plan.

Otto sent the coded signal *Puma* over the air five, six times. He listened a moment, then turned and nodded again. 'They acknowledge, Herr Oberleutnant. Attack commences in ten minutes.'

'Right,' said the officer. 'We've just got time for a cigarette, then we move up again.' He took a thin silver case from one of the big, flapped pockets of his overalls. Franz took one. Otto hesitated, not sure if he was included in this officers' *tête-à-tête*, but the paratrooper tossed one over to him. They lit up and waited.

'I thought paratroopers were forbidden to smoke?' queried Franz.

'And I thought the same of Stuka crews,' smiled back the officer. 'I won't tell Reichsmarschall Goering if you don't.'

Otto grinned to himself. His instrument chattered briefly. 'Attack in three minutes, sir,' he told them.

'Off we go, then. Keep close behind my men. It should be safe enough, but stay low and keep moving until we get below the bunker wall. Then wait for us until it's over. Good luck – and thanks.'

He slid away and joined his men. Then they were up and over the embankment and running hard towards a low mound ahead of them, beyond a broken concrete pathway. For the first time Franz got a glimpse of the Belgian bunker, the slit now blackened and burnt. From it a gun cocked up into the sky, its barrel bent and buckled. In front of the slit was a large patch of burnt ground, still smoking slightly, and the contorted body of one of the paratroopers. The other two were in position atop the bunker, ready for the next move forward, upward, towards the main fortress, which lay like a harmless knoll a few hundred yards further on, looming over them like a great green toad, tipped with concrete and steel emplacements from which great guns could be seen projecting.

Nobody fired as Franz, heart pounding and ears singing, found the shelter of the smoky concrete. He held out his hand to steady Otto in. 'Made it,' he gasped.

It was quiet again. Every so often, one of the great guns boomed, sending a shell over their heads out towards the forward positions of the waiting Panzer column to keep them in check. There was, of course, no reply from the German tanks. They lay like slugs, engines idling, their mad initial onrush halted for the time being by this bulky monster in their path: a phalanx of steel awaiting the work of seventy-odd ant-like figures crouched around the base of the fort.

Otto's radio chattered for an instant. 'Attack imminent!'

Otto reminded Franz of Hanfried, his own radio operator; both looked far too young to be involved in this sort of thing; in another world they would have been at home, where they belonged, or playing football, walking their girl in the park, studying . . .

The distant whirring of aero-engines came to them faintly now. Franz and his paratroop officer consulted their watches. A minute late! Then, high overhead in the clear blue sky, the shapes of the bombers appeared in a long *échelon*, stacked up on each other's shoulders like an escalator. As they watched they saw the top aircraft tip over on its side, the shark-like nose drop and begin its dizzy descent towards them. One after another the other twelve planes followed her, their screaming approach rising in a crescendo.

The Germans flung themselves to the ground. 'Come on, Muller, come on Gunther. For Christ's sake get it right,' Franz whispered to himself.

The ground shook and heaved. Again and again Franz felt his whole body lift clear of the earth and fall back with a thud on the unyielding soil until his chest and legs ached with bruising. Eventually, after what seemed hours but as a quick glance at his watch showed was only two minutes, the bombing ceased and he was left with only a ringing in his ears and the muted snarl of retreating engines.

He looked up. Already Otto was back in his crouch against the bunker, blood trickling from a graze on his forehead. The young paratroop officer had gone, too, and he heard the scuffle of his feet on the bunker top. He waited for the inevitable stutter of the Belgian machine-guns and the crack of their rifles, but there was nothing – only a hoarse shouting from ahead of him. He ventured a look over the top. A thin line of Germans was inching up to the crest of the fort. His officer friend was with them, gesticulating and shouting to his men. Was he urging them on? No, far from it, they were standing up, in the open. Suicide! And then he saw why. From the top of the Belgian fortress, a huge white sheet was flying in the thin breeze. Surrender!

Franz stood up and beckoned Otto to join him. Together the two young men stood at the foot of the great emplacement, staring in wonder at the white flag fluttering from its apex.

An hour later, as they sat in the hot sunshine, watching the tanks and half-tracks thunder past down the poplar-lined roadway that led to Brussels, Franz saw his officer friend, tired but evidently happy, walking in the opposite direction, a file of silent men behind him. Franz waved, and the officer halted his men while he dodged between the columns of lorries and vehicles, and crossed over to join the Luftwaffe men.

'It worked,' he grinned.

'So they gave in without firing a shot!'

'We couldn't believe our luck either. According to the Belgian commander, the concussion of your bombs did it. He said it was so great down below in the concrete galleries that his men couldn't stand any more. They were bleeding at the ears and totally demoralised. He said it wasn't fair: they couldn't shoot back at bombers – they were expecting tanks!'

'Thank God, anyway,' said Franz.

'No, thank the Stukas,' laughed the officer.

After he and his men had left them again, Franz and Otto sat on the verge and watched the Belgian prisoners file past in great columns: four hundred unshaven, weary, beaten men. Few of them glanced towards the two young Germans; most kept their eyes firmly on the ground. Franz had felt contempt for such men until he saw them; now he felt pity. Like the dazed Poles and Norwegians he had also seen led away like so many cattle to market, they had been caught hopelessly unprepared. Their first taste of dive bombing had been their last. Young men, fresh from the barracks, a levening of veterans that had fought against Germans before – all wore the same humiliated look. Four hundred; the first of tens of thousands who were to be misled, misguided and mishandled in the fleeting days to follow: the vanguard of a vast army of POWs who never once fired their rifles in anger in defence of their homeland.

'Come on, Otto,' said Franz after a while. 'Let's get back to base. I'm tired.'

Lieutenant Vincent Edwards looked down at the body at his feet on the bridge of the destroyer *Haughty*. The captain looked peaceful, lying there in the hot sunlight; the worry lines on his forehead seemed to have lessened, his features relaxed in death; but the bomb splinter that had cut him down along with the signalman had lodged deep in his chest and for the two or three minutes he had taken to die, he had been in excrutiating agony.

'Get him below,' said Vincent at last. It was up to him now.

He moved over to the side of the bridge as the two bodies were manhandled away. Across the water, littered with wood, boxes and all manner of débris, an oily scum had settled, lapping at the brand-new paintwork of the two destroyers moored side-by-side against the long mole. The sky was black in that direction, the fires from the burning oil storage tanks still sending up a thick pall of smoke into the air over Dunkirk. Above and to the north it was blue, and almost cloudless.

Edwards cursed. The pall of cloud that had lain over the stricken harbour for the last two days had been a blessing; it had shielded them from the bombers, blanketed their advance airfields, keeping them immobilised and impotent while the hundreds of little ships had painfully loaded up with their immense human cargo and chugged slowly back across the Channel to safety. Now that the clouds had dispersed, they were wide-open again. The first day of June 1940 was stunning in its beauty, but Vincent knew that the perfect weather spelt death for hundreds of the soldiers waiting patiently in their long lines on the moles and the beaches, and for many of the sailors, both Navy and civilian, who were struggling against time to rescue them.

It had already meant death to his captain and signalman, and to a score of soldiers crowded on the *Haughty's* slender decks – and the morning was still young. He glanced over to the bridge of the *Hyaena* alongside, wondering how Richard was coping. Better than he was, probably, he thought ruefully. Well, it was hardly his damn fault if his father had pulled strings and got him posted to the Admiralty after their course in 1938, while Richard had gone off to a bloody cruiser and damn near got himself sunk. Unfortunately there was no escaping the fact that on a day like this, seatime and action counted for more than his wasted eighteen months behind a stupid desk in a stuffy office off Whitehall. He became aware of the eyes of the yeoman on him, awaiting a decision.

'Sub!' The lithe form of Sub-lieutenant Crosby appeared at the head of an iron deck ladder.

'Sir!'

'Can we take any more?'

'Doubtful, sir. We're packed solid now. There's only room around the guns; below decks, we're busting.'

'What's the count, do you reckon?'

'It was 950 half an hour ago, sir. I would say half as many again now.'

'That'll do, then. The bloody ship will capsize if we take any more.' He switched off the loud-hailer and addressed the captain of the *Hyaena*.

'Captain Snaith, sir. I'm going to cast off now. We are loaded to capacity.'

The stocky form of the *Hyaena's* CO waved an arm across the short gap between the two sister ships. 'So am I. Very well, Lieutenant Edwards. Take your ship out into the deep-water channel and wait for me there. I'll follow you out and you can follow me back to Dover.'

'Very good, sir,' shouted Vincent. *My* ship, he thought. So be it.

He caught a glimpse of Richard amidships on the *Hyaena*, supervising the loading of the last batch of troops. Richard looked up towards the *Haughty's* bridge, glimpsed Vincent's form there and waved. He couldn't hear the words, but he lip-read the message: good luck, Vincent. He held up one hand. 'You too!' he mouthed back.

He gave steady orders and within seconds the lines securing the two ships were cast off and the gang-planks jettisoned. The water boiled and bubbled between the two slim hulls, the oily water lapping up the *Hyaena's* sides, scarring her immaculate paint-work. She looked a mess already, Vincent thought; as no doubt, did his own vessel now: the near-miss bomb which had landed outboard of them and cut down his captain had peppered her upperworks and hull with splinters that scarred, chipped and tore into her.

Only a fortnight ago the two sister ships had lain together much like this at the builders' yard on the Isle of Wight, brand-new, gleaming, spotless. The coincidence that both he and Richard should be appointed first lieutenant to sister ships at the same time – and to a pair built by J. Samuel White's famous firm – had been a tonic for them both. Both felt pride at their achievement and looked forward to whipping their new ships and crews into shape before sailing for the Scapa Flow base to work up together. The collapse in France and Flanders had ended all that. Both ships had had to cut short their normal working-up periods and be hustled over to the little harbour at Dunkirk to salvage what they could of the BEF. This was the third trip for both of them in as many days. Would it be third time lucky?

Slowly *Haughty* backed out and down astern of the *Hyaena*. The distant rattle of gunfire from the dunes, the crackle of the burning oil tanks and the steady murmur of the troops as they inched forward in their solid ranks, were the only sounds since the last aircraft had withdrawn. High in the sky a few vapour clouds were visible: fighters heading back to England. 'Our bloody air cover's legged it, then,' Vincent thought grimly. 'Let's hope their relief gets here damn quickly, or we *are* in for it.' But he could see no trails coming from the west.

As soon as *Haughty* had drawn back level with the next pair of destroyers – two old 'V' and 'W' boats, veterans of the first war, themselves already laden with soldiers – Vincent brought her to stop, then inched forward towards the two lighthouses on the ends of the moles that marked the gateway to the open sea and the exit from the rat-trap of a harbour. Once out there, and with some speed and room to manoeuvre, he reckoned he'd have a fighting chance; hemmed in here, he felt trapped. Slowly, with only the slightest bow wave, the *Haughty* moved towards the harbour entrance.

As they re-passed *Hyaena*, Vincent saw that her gangplanks were now being shipped and her ropes flung ashore. The patient herd of soldiers stood silently watching the departure of the two destroyers, waiting with infinite stoicism for others to come and take them away from this hell, trusting the Navy not to let them down. And nor were they disappointed: further out to sea lay the lean forms of three more destroyers, their guns pointing skywards, awaiting their turn. The water around them and all up and down the long shoreline was criss-crossed with the wake of scores of lesser vessels: motor launches, Thames barges, tugboats, Broads cruisers, rowing boats – all manner and shape of craft. Out on the far horizon could be seen the low shape of an anti-aircraft cruiser, bristling with weapons. Glancing at her through the gap in the harbour arms, Vincent saw her decks suddenly ripple with fire and flame as she engaged an unseen enemy with long-range fire. All along the beach he saw the great brown masses of men sink to the ground. The destroyers out at sea now joined in the firing and the wakes of the small craft became more frenzied and distorted, as if they sensed imminent attack.

Haughty's bows were almost level with the lighthouses now; a few more minutes and she would be clear. Astern, the *Hyaena* was moving slowly away from the mole, where the troops had thrown themselves prone on the open and horribly exposed stone and wood finger.

'Aircraft approaching from astern, sir,' sang out the lookout. Glancing aft, Vincent could see a dense mass of aircraft rising up over the town, their approach framed by bursting shells.

'Engage when ready,' he called down, and the solitary after 4.7-inch gun, cranked up to its full elevation, fired almost immediately. In the rush to get the ships to sea and into the war, they had only shipped three of their guns instead of the usual four. They had only one set of torpedo tubes, too; in place of the after pair nestled an old 3-inch anti-aircraft gun, a relic from the Great War, but one which nonetheless could elevate up to eighty degrees and still worked perfectly. Unfortunately the bright spark who had thought of this useful aid had placed it so that its field of fire was masked both ahead, by the funnels and bridge structure, and astern, by the mainmast and after superstructure; as a result, it could only engage enemy aircraft on either beam.

As the German bombers headed towards them from directly astern, the AA gunners could only stand by their weapon, helplessly looking on.

'3-inch won't bear, sir,' shouted Crosby. Vincent knew that already. He glanced ahead again; they were halfway through – just 150 yards to go.

On the after deck of the *Hyaena*, Richard also gazed astern at the oncoming formation and felt the concussion as her solitary after mounting joined in the feeble barrage. Sickened, he saw the inevitable drama unfold. It was obvious that the Germans would make a dead-set at the *Haughty*. If they could sink her slap in the harbour entrance they would pull off a masterstroke. They would bottle in the other three destroyers, two large train ferries and a dozen or so trawlers, render this major embarkation point useless, and at a single stroke, cut the lifting potential of the evacuation force by more than half.

For the third time in his life, Richard watched the

dive bombers sweep down on the attack. Their drill was as immaculate as ever, their accuracy as deadly as before – and their luck still held good: not one aircraft received so much as a scratch on its way down. Three-quarters of the way to safety, the *Haughty* was hit.

The bomb struck her between her twin funnels, then plunged on through her boiler rooms and exploded below her keel, breaking the ship's back and knocking both funnels overboard. She started to settle in a cloud of steam and smoke, further bombs smashing into the water close alongside, one hitting the mole itself right where *Hyaena* had been berthed moments before and blasting a huge hole in the ironwork trellis supporting it. It hung for a moment, then slowly canted over and fell into the sea, spewing bodies and shouting, struggling men into the water.

As the spray from the explosions died away, the stern of the *Haughty* came into view once more, her midships section and bridge still hidden behind a pall of smoke. Heads dotted the waters around her as the soldiers who had survived threw themselves overboard into the oily water. The oil that gushed from her ruptured fuel tanks had now ignited, and the flames roared and spread from the riven hull in a wider and wider circle, overtaking the tiny dots and snuffing out their cries for help.

But miraculously the stricken ship was still moving. Painfully, barely making steerage, the blazing wreck was clearing the entrance. There could be nobody left alive in her engine-rooms; her own momentum was all that was carrying her forward, inch by inch, through the harbour entrance. As the sound of the aircraft engines faded away, the distant bark of the cruisers' guns following them, all eyes were now focused on the crippled destroyers' death throes. 'Go on,' urged

Richard, 'you can do it. Go on, Vincent, bring her clear.'

A vast explosion burst from the *Haughty*, and what remained of her bridge vanished. The fires had reached her forward magazines and her whole fo'c'sle was ripped open. She slid to a standstill. Already her stern section as far as the after gun was under water and she was listing over to port. She was now only just clear of the entrance; if she sank now, she would still block the only deep-water channel. It looked as if they were trapped after all.

And then, from out of the smoke and chaos, a buff, blunt bow suddenly appeared, followed by a squat bridge and tall funnel belching out thick, black smoke. Paddle wheels churned the sluggish water and the burning oil fuel. Nosing up out of the inner harbour came an ancient paddle tug, going flat out, her vintage engines at full stretch. As she passed the *Hyaena*, Richard recognised her as the Admiralty tug *Petal*, built, so the story went, in 1899. For forty years she had never seen the outside of Portsmouth harbour, but now she had burst on to the scene with all the dash and drama of a battle-cruiser, her tubby old hull panting and heaving as she steamed to the rescue. Within moments her bows were alongside the sinking wreck of the destroyer, the water foaming behind her paddles as she pushed and strained at the gutted, water-filled hulk of the *Haughty*. At first it seemed as if she was making no headway and the destroyer was sinking faster than *Petal* could shift her sideways, but gradually she made headway. Slowly, her smoke-cloud growing more turgid by the minute, the tug edged the *Haughty* out of the swept channel and into shallow water. Just clear of it, the destroyer's bows came up out of the water and rested there, her stern firmly on the bottom. Then she rolled over on her side, the flames quenched with a hiss of steam as the water lapped up her side and upperworks.

Richard felt like cheering, but there was no time for celebrations; already the *Hyaena* was on her way out of the harbour, and behind her the other two destroyers were casting off. As the slipped slowly past the gutted wreck of their sister ship, the *Hyaena's* captain signalled to the little tug-boat, busy now trying to rescue the pitifully few survivors from the water: 'WELL DONE PETAL'. But there was no answer; the tug's captain was too busy about his work.

Richard was gazing at the wreck when he caught sight of a body floating close ahead of his ship. From his position in the waist of the ship, Richard was close to the water and could make out an officer's uniform, and a deathly white face, one arm limply upraised. He felt like diving over to help, but he knew that was impossible; he had his own ship to get home. But suddenly *Hyaena* herself started to slow. Part of the *Haughty's* rigging had appeared, floating on the water in her path. Rather than risk getting it entangled in his props. the *Hyaena's* captain had stopped engines and was now signalling to a motor launch to shift it out of his path. The other two destroyers didn't stop, but picked their way gingerly past *Hyaena* on the safe side of her, blocking her in for a time.

'Get that officer out of the water,' the captain shouted down to Richard. 'But be quick about it, I can't hang about.'

The CPO had already anticipated the order; before the words had left the captain's mouth, the whaler was slipped. It hit the water with a dull splash and the oarsmen were soon bending to their task. Meanwhile Richard told the huddled groups of soldiers to make way for survivors and alerted the ship's doctor. The sick bay was already full of wounded troops, and the doctor tersely told Richard to put any survivors in the wardroom, where he would see to them in due course. By the time he got back on deck the whaler was on its way back. In the sternsheets Richard could see the body of the officer, and beside him lay the still forms of two young ratings. All were covered in filthy fuel oil.

Soon the whaler was hoisted inboard and *Hyaena* was making her way out to sea in the wake of her two companions. As they picked up speed and headed towards the open water, there were sounds of renewed firing over the harbour as a fresh attack bore in. Ignoring this, the three destroyers which had been waiting out to sea now made their way in.

'What's it like in there, mate?' yelled a rating over to his opposite number on board the *Hyaena* as the two ships passed.

'Lovely,' came the reply. 'Can't wait to get back.'

It was two hours before Richard was able to go below again. He made his way to the wardroom with difficulty. In every passageway, dead-tired soldiers lay asleep like so many sacks of coal. Eventually he got inside. On the wardroom table, the doctor was trying to perform an amputation. Richard looked away. The medical rating was bending over a still form on the settee.

'How are the *Haughty* survivors, Snelling?' Richard asked him as he turned from his work.

'The two lads will be all right, sir,' replied Snelling wearily. 'They're still coughing up fuel oil, but they'll be OK.'

'And the officer?'

'No chance, I'm afraid, sir. Not only full of oil, but he's burned to hell. It's a miracle he's still alive now.'

Richard bent over the still figure in the corner. It

was Vincent, his body swathed in dressings, his face a mask of pain. The blackened eyelids flickered up and the eyes stabbed out at him. The charred lips, thick with cream, moved. Richard bent to catch the words.

'Always knew I'd make captain before you, Gibson,' the dying man breathed. 'Captain of my own destroyer – even if it was only for twenty minutes . . . '

'I knew you would too, Vincent,' said Richard.

'Lying bastard.' The words were a faint croak. 'Bloody amateur. Should leave the Navy to the experts. It's in the blood, you know.'

Richard bent forward, but the man's eyelids closed suddenly and his whole body relaxed.

'Snelling!' Richard yelled, but the man was already at his elbow.

'He's gone, sir. Someone you knew?'

'No,' said Richard, almost to himself. 'Someone I *thought* I knew, but didn't.'

5
Recuperation

The shoreline of France slid past beneath his port wing, clearly visible through the thin wisps of cloud. Ahead of him, Franz could see nothing but the white-flecked, glistening waters of the English Channel. Nothing moved on the surface of the sparkling water; there were no vessels to be seen. A few weeks ago, this had been the world's busiest shipping highway, bustling with ships bringing the lifeblood of the Empire into the heart of London. Now the Channel was rapidly earning itself a new reputation, as the world's largest ships' graveyard.

While the bulk of the Luftwaffe prepared itself for the final reckoning with what remained of the Royal Air Force, and the victorious German army paraded through the empty, silent streets of Paris, and Hitler danced his little jig of glee in the forest clearing at Compiègne, the Stuka crews continued to fight. Their main task was already known to them. When Operation Sea Lion got under way, they were to blast a path of destruction through the British coastal defences, while the Army stormed ashore from its makeshift armada of barges and tugs and established itself on land. They were to fall immediately upon the hordes of British warships which were bound to throw themselves at the German transports, and drive them off. As soon as the invasion forces had gained a footing, the well-tried routine of Blitzkrieg would come into operation, in a final drive that would end the war, sweeping round west of London, smashing the pitiful, almost weaponless remnants of the army that had scrambled ashore from Europe and cutting off the capital from the northern part of the country. There was to be no respite for the dive bomber crews until the task was completed.

But first they had to draw the British fighters into combat, to lure them into a battle of attrition which would harrass them, wear them, grind them down in preparation for the final reckoning and the last act of the drama. To do this, and to put further pressure of the reeling British civilian population, the Channel artery had to be cut. The little groups of coasters and colliers were now the front line of British resistance, and on them fell the brunt of the war during the hot, tense days of June, July and August 1940.

Already their German strategy was proving effective. The early attacks had found the little convoys ill-prepared. A few balloons flew over the ships like sluggish sausages. Two or three destroyers attempted to defend their charges by laying smoke and firing their solitary AA gun, but in vain: ship after ship had gone down before the Stuka attacks, while others dragged their tubby hulls, burning and smoking, into the haven of the small south coast ports. In one attack, the dive bombers had caught an entire convoy of big ships just as they came in from the Atlantic, having survived all the perils of the U-boat-infested Western Approaches. They had struck and harried the ships off Portland, bombing, machine-gunning and worrying them like terriers round a rabbit warren, and within a single day the proud assembly of ships, which had made the 3,000-mile trip with immunity, had been reduced to a mere handful. The results had been far-reaching. The Admiralty had exploded in rage at their lack of fighter cover. The RAF had made a tactless statement to the effect that they were there to defend Britain, not ships. And the heavy losses among the merchant seaman had also raised the question of morale in the minds of the British Cabinet: would the men refuse to man the ships when they knew that the chances of death were one in three for every trip they made? Finally Churchill had instructed the RAF to give the convoys the cover they needed. Phase two of the German plan, the destruction of these protecting fighters, could now go into effect. The live-bait remained the Stukas, but as yet, they still hadn't drawn the British fighters in any large numbers. Franz knew that any day – perhaps today – that could change.

He looked up at Muller's yellow-tailed aircraft ahead of the formation: Muller, on whom the great burden of the past year's non-stop combat had fallen: Muller, quiet, calm, never hurried, always ready to listen to his young crews, always in the leading aircraft on the most dangerous missions. Franz wondered where they would have been without Muller's rock-like figure to guide them through it all. 'Uncle' Muller, the pilots had christened him; at thirty-eight, he was by far the oldest man still flying combat missions in dive bombers – a kind, sometimes harsh, but always fair father-figure, unobtrusive until the moment of crisis.

Franz looked left, to the 2nd Staffel, now led by the irrepressible Gunther. Even in this, their normal cruising formation, he noticed that Gunther had edged his formation out slightly ahead of its proper station; not by much – just enough to show that as always, he was impatient to get into the action first. Gunther never changed. Franz looked up above his clear canopy and saw distant specks of light, reflecting the sunlight high away to the left: their fighter cover. Lower in, the big twin-engined Me.110's, the 'Destroyers', Goering's pets, the long-range fighters; further up, a whole mass of the sleek Me.109's. The latter were called 'flying bricks' by their pilots, because it was said they flew tail heavy, but Franz knew they were the match of any fighter anywhere. He was glad to have them along.

He had been talking to one of the fighter pilots a few days before. He and his colleagues were supremely confident and frustrated by the lack of British opposition, eager as they were to tackle the enemy while they still had the edge. Franz had been faintly amused; if his instincts were right, the fighter boys would soon be getting all the action they wanted. He knew something of the British now. He recalled the rude awakening on the Norwegian airfield, an eternity ago. Their present lack of resistance was out of character; they were saving themselves, he felt sure of it. Unless, of course they were really trembling in confusion and fear, as German radio claimed . . . ' "Why doesn't he come?" ' Hitler had mocked on the radio. 'That is what they keep asking in England. Well, don't fret. He is coming.' And they were.

The Stukas droned on. Now a long, dark smudge had appeared on the far horizon, and Franz knew that this was the coast of the enemy island, the outer ramparts of the final and greatest fortress. As they approached, the blur grew and gradually resolved itself into a line of chalky white cliffs topped with green. England!

'Panther leader to Panther force.'

Muller's steady voice broke in on his thoughts. The whistling of Hanfried abruptly ceased as he cocked his head in expectation.

'Target in sight. Select your vessel. Choose those

not already on fire or in obvious difficulties. Attack by Kette, reform on me to the south immediately. Keep close together for the return. Fall back on any stragglers, and keep bunched tight. Good luck, Panthers.'

There! Below them the convoy lay spread out like a model on the glassy sea, little ships appearing hardly to move. As he watched, the straight lines of the convoy began to break up as each ship took its own individual evasive action, ignoring the frantic orders of the two destroyers who had the impossible task of shielding them all. A slim, fast ship moved out in the direction of the oncoming bombers, thick clouds of black and white smoke belching out from her two funnels and forming a thick cloud behind her. Smoke-screen. But in the almost windless weather conditions, the great pall hugged the surface of the sea, leaving the ships still exposed to the hovering vultures overhead. He could see Muller leading his Kette into the attack in the distance, far over towards the enemy coastline; as usual he had selected the most dangerous target. Gunther's Kette was plunging vertically out of the sky against the leading British ship, a few flak bursts appearing to the right of his aircraft.

Now Franz selected his own target: a stubby little vessel which had become detached from the main herd. Smoke poured from her single funnel right aft as she tried to squeeze one more knot out of her ageing engines. Funnel right aft. Perhaps a coastal tanker, then – a very useful prize.

'All clear behind?'

'All clear, Herr Oberleutnant,' replied Hanfried.

A maze of smoke trails below them. Far above them, a sudden swirling in the sky, long vapour patterns appearing. British fighters approaching. He knew their own fighters would be moving to intercept them, so there was nothing he could do now. In any case, the British were too late to prevent them attacking.

Now they were committed to the dive. To hell with the brakes – this was going to have to be quick: fastest way down and shortest way out to the rendezvous point, before those fighters closed in on them. Franz felt his Stuka bite the air as she screamed towards the sunlit sea, heard the howl of the siren on the wheel fitting, felt the familiar sensation as the G-pressure built up. Concentrate! His ears sang. He blinked his eyes to clear them. The ship was looming large now. He sensed rather than saw angry red flashes of light machine-gun fire coming from her superstructure: wink, wink, wink. So the lamb had claws, then! As the bows of the vessel came into the sights, he pressed the bomb release and felt his plane lift as the weapon fell free. He yanked hard back on the stick. Blackness – then his vision cleared. They were roaring across the ocean towards the distant cliffs. He banked to the right and started to climb. As he came round, he saw his target out of the corner of his eye. A huge cloud of spray was climbing close alongside her. Missed! He continued his climbing turn, keeping the ship in view. Another mountain of water erupted close by her bow. The smoke from her funnel changed visibly, blackening as the soot was dislodged. A spout of steam came up, her bow wave dropped away. Then, suddenly, an explosion amidships. Flame heaved up from her innards. *A hit*! Great gouts of oily smoke were already covering the ship and he could see frantic figures running along her decks towards the lifeboats, but these were already enveloped in the flames.

'Where are our wing men?'

'Forming up astern now. Both look OK.'

He pulled round to the rendezvous point. From all points of the compass the Stukas were now converging and forming up. Here and there a gap. He spotted Muller's yellow tail ahead of him and increased speed to close the gap slightly. He knew that Muller would drop back and let the rest catch him up eventually, but right now he wanted the strength of the rest of the unit around him. Muller grew closer, ahead of him now and slightly below him. As he watched, he suddenly saw the sea below Muller's aircraft churned up into a welter of spray by columns of bullets.

'Fighters above and behind,' he heard Hanfried yelling, and the sound of his machine-gun started up in short bursts. A shadow flashed across his vision. Duck-egg blue undersides with large roundels; guns flaming from the leading edges of those distinctively shaped wings. Spitfires! Franz banked hard right, but the British pilot ignored him, concentrating his cone of fire on Muller's machine ahead. Bits of tailplane and fuselage whirled into the air behind him as Muller pulled his aircraft up and round. The Spitfire went soaring past, overshooting, and vanished ahead.

'Left!'

Franz dragged the little bomber into another tight turn. He felt the thud as bullets smacked into its body. The steady bursts from their own gun continued.

'Left!'

Another savage yank on the stick, and round they came. No hits this time, he thought, as another Spitfire flashed overhead. Where was Muller? He glanced around the sky, now alive with diving and wheeling aircraft of all types and sizes. A Me.110 flashed past them to the left, burning fiercely, the parachutes of the crew tumbling out behind them. A sudden ball of fire in the sky below them to the right: a Stuka had exploded in mid-air. The shock wave rocked his plane.

'All clear,' came Hanfried's voice.

They steadied on their withdrawal course and gained a little height. The two wing men formed up behind him, again unscathed. Where the *hell* was Muller? Then he saw him, far below, his passage marked by a long streamer of white smoke. As he watched, it lengthened and the yellow-tailed Stuka continued to lose height steadily.

'Hit hard. Engine failing. Am ditching.'

Muller's voice sounded strained. The Stuka flew lower towards the surface of the water. All eyes were on their leader now. Would he make it? The water looked calm enough, if he could just keep her steady.

'*Hard right*!' Hanfried's voice screamed.

Instinctively, Franz pulled at the stick, and the plane responded instantly. Another fleeting glimpse of a lithe form. The Spitfire, all guns blazing, passed easily between Franz and his wingman, slid down and below the main formation and calmly lined up his shark-nose behind the hapless form of Muller's stricken plane.

'*Look out*!'

A dozen angry voices screamed in unison as the eight guns started to flame from point-blank range, the fighter pilot throttling back to keep behind his target. Flames suddenly burst from Muller's machine, one wing fell away and the Stuka cartwheeled three times, struck the ocean with a huge roar and sank like a stone, leaving a single wing floating on the churning water. The Spitfire lazily banked over the grave of its victim and started to climb casually back towards the British coast. No more attacks; it was probably out of fuel now.

Helpless, the Stukas watched it go. Franz was blinded by hate and a feeling of total impotence.

Uncle, poor Uncle.

'He never stood a chance, sir,' said Hanfried over

the intercom. 'That was sheer murder – he was going down anyway.'

'Shut up and keep your eyes peeled, or it'll be us next.'

He knew the little Bavarian was near to tears and that his own anger was revealed in that taut answer, but Franz didn't care. To hell with murder; this was war – bloody war. Just one big series of murders. Silently he took station and began following the Number Two. There were five aircraft missing from the sixty that had set out a few hours earlier. Others he noticed, had holes in wings and fuselages. One had the entire top half of her tailplane broken off, but still managed to keep immaculate formation. Gunther was unscathed. He wondered how many holes he had in his own aircraft. And he also wondered what the hell he was going to write to Muller's wife . . .

'What's wrong, Franz?'

Helga's pretty face screwed up in hurt as he brushed her hand away.

'I'm sorry, darling. I'm just tired, very tired.'

He lay with his back to her, hating himself. He *was* tired, physically and mentally, but he knew there was more to it than that. He was weary, not of her, but of the whole present pattern of his life: the sleepless nights, the discomfort, the worry – the pointlessness of it all. The proud young pilot and husband of a year ago had become the hard killer of today; affection and love had been buried beneath the routine of war and death. Since the death of Muller, even his former pride in his unit had vanished, to be replaced with a sense of hopelessness. Victory had not brought rest. Victory seemed as far away as ever. The fighting went on and on. For what? Damn the British – didn't they know they were beaten? Why prolong the agony? Damn Hitler. Why not just ignore the British and let them rot away in their little island? Nothing they could do would affect the fate of Europe, anyway. Let them plead for the Americans to come to their aid – much good it would do them. The Americans were making far too much profit out of the British resistance, selling scrap-metal warships in return for chunks of the Empire the British were fighting to save; selling second-rate aircraft and weapons to the nation that once claimed to be the workshop of the world . . . No, the Yanks wouldn't help them – so why did they allow Churchill to prolong this pointless, hopeless fight?

But it was not only that he had learned to hate; he had also learned to fear. Suppose the war went on and on? Already it had spread to the Mediterranean. The contempt he and his companions had felt for the Italians, who had jumped into the war when it was already almost over, had only been deepened by the series of naval and military victories that the British and the Greeks had achieved over the ramshackle forces of Mussolini. The only thing that the British had going for them was hope – and that hope had been rekindled by the victories they were now achieving over the Duce. In themselves, these naval battles and their success in running the Italian armies out of Egypt and half Albania were meaningless; a couple of panzer divisions would redress the balance in a fortnight. But they gave the British something to cling to, a reason for continuing the struggle. They gave them back their pride. Damn the Italians!

Now his fears were not for himself and Helga alone, but also for his unborn child. For that little speck of their combined love, he had the greatest fear of all. When Helga had first announced that she was pregnant, he had been ecstatic, beside himself with happiness. Happiness for her – for he knew how much she wanted the baby – and for this new seal on their love. At the time he had felt that the war would soon be over and that they would soon be able to celebrate as a complete family, with no doubts or worries about their future. In their optimism, they had even discussed his leaving the Luftwaffe and setting up as a training instructor with a civilian company, far from Hamburg and the stench of factory chimneys, somewhere deep in the heart of Germany, miles from the sea – for he had come to hate the sea. Now he knew it wouldn't be like that at all.

It was almost Christmas again, Christmas 1940, and he had survived the grim fighting of the summer over southern England. Twice the Stukas had been pulled back; the first time, it was from their advance bases in Northern France; later, when Sea Lion was postponed and the Luftwaffe switched to night bombing of London and other large cities, they were called back to Germany itself, to refit and refurbish. On both occasions, Franz had been able to spend three whole weeks with Helga. The first time, it was almost like a second honeymoon, but now, with the dull realisation that nothing had been settled after all, things were different.

They were training again – full training. His promotion had followed those summer battles. Along with Hanfried, he and Gunther were now the veterans of the *Staffel*, the most experienced Stukamen in the formation. The other old faces that had survived the battles over the Channel and the green fields of Kent and Sussex that summer had been transferred to new units to replace losses in other units. The new pilots were fresh-faced kids who had never seen a shot fired in anger. They knew of the exploits of the Stukas and had been proud and eager to volunteer for them, supremely confident, basking in the aura of victory they had inherited, brash and abrasive. In his more bitter moments, they reminded him of himself two years before. How long before they became jaded and worn, like himself? How many more campaigns? How many more deaths, between boyhood and cynical manhood?

And what were they training *for*? The invasion of England, now supposedly planned for the spring? There had been precious little talk of that recently. Maybe they would be sent to the Mediterranean to reinforce their comrades of St.G.2, who had already moved to attack Malta and the British Fleet? No – he didn't think so. Their targets were fortified bunkers, entrenchments, tanks; it was as if they were repeating the lessons of last spring. For England? No, surely not. The courses were, more and more, on the Soviet military machine and the geography of Eastern Europe. No longer were the papers talking of their reliable ally in the East, but increasingly of the Communist threat to Rumania, the Red hordes on the frontiers of East Prussia and the fate of the Finns, our true friends. It didn't take too much imagination to foresee the way things were going.

Already his unit's advance base personnel were being entrained for Poland, and their future bases were being set up in great haste and secrecy along the uneasy frontier that faced the Pripet Marshes. Now it was no longer the coastal batteries around Dover that were being studied in detail, but the emplacements that surrounded Brest-Litovsk.

His thoughts in a turmoil, he fell at last into a troubled sleep. Beside him in the bed, Helga lay with her eyes open, staring at the ceiling. She felt him thrashing and turning beside her, muttering in his sleep, and touched the sweat on his back and legs.

My dearest, my dearest, she thought, what are they doing to you?

From the far side of the convoy came the clang and rumble of torpedoes striking home. The sky in that direction lit up starkly in the pitch blackness for a brief instant, then the flicker of flames died away.

'Christ, she went fast,' murmured the signalman.

'Radar-bridge.'

The captain, a tall figure muffled by the bulk of his duffel-coat, the peak of his cap pulled down over his eyes, his thin face etched white in the light of the binnacle, moved over to the voice-pipe.

'Bridge.'

'It's one of the escorts, sir. Must be the *Hyaena*. Her echo has vanished from the plot.'

'Very good.'

The captain turned to the officer of the watch. His voice was cold and clear, matching the bitter Atlantic night. '*Hyaena's* copped it.'

'Poor bloody bastards.'

'Move *Hydrangea* up from astern to cover that sector, and tell *Petunia* to leave the stern of the convoy and take *Hydrangea's* place.'

'Aye, sir.'

The captain pointed out into the night. 'That's where the bastards are, over there. We'll have to concentrate that side and hope for the best.'

'Yes, sir.' The man hesitated, knowing full well the answer he must receive even before he asked the question. 'And *Hyaena*?'

'We've got a fix on her last position. Number One will work out the wind drift. At first light we'll go back and pick them up. That's one hour, sixteen minutes from now. Carry on.'

The officer turned away, averting his gaze. The captain's own eyes were fathomless, staring through the empty night, out across the great black swell of the waves, through the freezing drizzle to where the *Hyaena* had gone down. Both men knew that by the time they located the spot there would be precious few men left alive out there; but their duty was to the convoy – *Hyaena's* skipper would have reacted the same way. In the remorseless logic of sea warfare, *Hyaena* and her crew no longer counted; the forty-eight remaining merchant ships and their crews and cargoes were all that mattered.

The captain now had only one destroyer and three corvettes with which to protect the convoy – four escorts, and they had already lost six merchantmen before the *Hyaena* was sunk. Admiralty estimates were that at least three and possibly five U-boats were in the immediate vicinity of the convoy, and they were still four days out from Liverpool. Three old destroyers had been sent out earlier that same day to help them, but they wouldn't arrive until midday at the earliest. There was really no choice – but of course that didn't make the decision any easier.

During the one hour, sixteen minutes the captain remained on the bridge, saying little. Another two ships were lost to the U-boats, and the rescue ship moved up the convoy lanes in the gathering light; the surviving merchant ships opened ranks to pass by the sinking freighters, then closed again and plodded on another mile closer to safety. The first lieutenant came up onto the bridge and exchanged 'good mornings' with the men there. At exactly the time prescribed, the captain straightened up, pushed his cap back from his head and stretched. His deeply-lined face showed little emotion.

'Take over, Number One. Wake me when we reach *Hyaena's* men.'

The knife-like bows of the *Python* shredded the wave crests as she heeled over, beam-on to the long Atlantic rollers. A great dollop of grey-green sea burst over her low midships section, and slammed its way aft, lashing her after superstructure, torpedo tubes and gun mountings with a great cataract of spray. Then she was round.

'Crack on, Jim.' The first lieutenant spoke down the engine-room voice-pipe. 'Try and give twenty-five knots.'

'Our fuel situation won't stand it, sir,' came the reply. 'But my oppo's on *Hyaena.* We'll do our best.'

'Good man.' The first lieutenant knew he would get his twenty-five knots, no matter what. As he gazed out towards the empty grey sea beyond the *Python's* quivering bows, he thought, 'My oppo's out there too.' And Lieutenant Peter Reynolds set his jaw squarely, wondering what were the chances of either of them seeing their friends alive again.

It was another hour before the *Python* came upon the pitiful scraps of evidence of the *Hyaena's* demise: a large oil slick, a few lifejackets, their tiny lights still aglow, a smashed-up ship's boat, the body of the ship's dog, a tiny black bundle bobbing among some debris. Two of three huddles of bodies, smothered in fuel-oil, lay head down in the water.

There seemed to be no sign of life. Patiently, Peter started a box search in the area and for twenty minutes they quartered the foul-smelling patch of ocean without success. Then one of the lookouts shouted and pointed. As the *Python* rose on a wave crest, Peter saw the tip of a tiny mast for one instant, before it vanished in a trough.

'Port ten.'

Python eased herself round.

'Slow both.'

They inched up towards the tiny boat, corkscrewing up and down ahead of them, and the destroyer slowed down until she barely had steerage. The little huddle of bodies in the boat slid lifelessly about in the bottom of her hull. Not a hand was raised in greeting, not a murmur of relief was uttered. The bare heads lolled listlessly; all eyes remained shut.

'Away seaboat,' said Peter crisply, and the boat smacked into the water at just the right moment, judged to perfection by the coxswain. Peter turned away from the rescue operation and pressed the captain's buzzer.

'Yes, Number One.' The captain's voice sounded desperately weary, but the response had been instant.

'We've located one of *Hyaena's* boats, sir.'

'Only one! Any other survivors?'

'Nothing else, sir.'

'I'll be up immediately.'

Peter stepped forward to the front of the bridge. The *Python's* boat was alongside now, and as he watched, the coxswain stepped from one boat to the other with the easy experience of a seaman and tied the two together. Then he was bending over first one, then another of the bodies. Peter watched silently, joined presently by the captain. They stood side by side in silence, only their eyes alert. From behind them came the sing-song ping of the ASDIC. It remained unanswered; the U-boats had done their work and had moved on, pacing the convoy and awaiting the next nightfall to start their business again.

The sailor straightened up and cupped his hands. Faintly, across the hundred yards or so of water, they could make out his cry.

'There's nine still breathing,' he shouted. 'Three dead of exposure.'

The captain stared straight ahead of him. Peter caught the words he whispered.

'Nine, out of 170.'

Soon the still, cold bodies were lifted gently aboard the *Python*. The three dead men included *Hyaena's* captain. Among the nine still alive was her first lieutenant. Peter watched as Richard was carried below.

'Thank God,' he breathed. 'Thank God.'

One of the stokers heard him. After Peter had passed out of earshot he spat into the ocean.

'Thank God, indeed. Thank God he ain't a bleedin' stoker. None of them poor sods got out. Officers! I've shit 'em!'

The hospital ward smelt of stale disinfectant and freshly-laundered linen. The tall windows were wedged open at the top, despite the coating of frost, and outside, by hauling himself up by the bedside cabinet, Richard could see the slush and dirty snow along the edge of the driveway. With a distinct lack of Christmas spirit, a robin bickered with a sparrow over a dirty strip of bacon-rind on the windowsill. The sparrow won and flew away with the rind dangling from its triumphant beak, leaving the robin looking miserable.

'Serves you right, you spiv,' thought Richard, envying the bird its freedom. The robin stuck out its red chest in disdain, as if to say that it had never really wanted the bacon anyway.

'Show off!' said Richard, and lay back on his rumpled bed again and smiled at Norma.

'You can laugh,' he said, as she smiled down at him.

'But that's the only entertainment you get in this concentration camp, you know.'

'Idiot. Still, you'll soon be out and under *my* feet again.'

'You're sure the Sister said Friday.'

'Friday. I've told you six times already.'

'I don't trust her myself. I think she's a Nazi spy out to break my spirit. That would probably be her idea of a practical joke. Except that I've never seen her so much as crack a smile.'

'She wasn't joking. She said you'd been more trouble to her since you arrived than the whole of the Polish airforce contingent last summer. And they wrecked the place, apparently.'

'That's not true,' laughed Richard. 'It's just that I want to get out of this dump. I'm OK now. I told her I wanted to be home for Christmas and here I am, stuck here eating their ghastly food and without even a sprig of mistletoe to dangle over Nurse White.'

'Hmmm. Is she the tarty one with the legs and short dress? No wonder you've been in here four weeks.'

'Your legs are better than hers,' grinned Richard. He reached out and made a half-hearted attempt to slip his hand between her knees.

'Richard – for goodness sake.' Norma blushed and looked round quicky. An officer in the next bed winked at her and she blushed an even deeper crimson. 'Have you no respect? A naval officer is always supposed to be on his dignity. I'm the mother of a growing child, you know.'

'I hope you don't take that attitude when I get home,' grinned Richard.

'You'll have to wait until Friday for your main Christmas present,' she answered primly. 'That's if your son will let you near me.'

'I'll square it with Paul. He and I have a complete

understanding. Anyway, at least he can't tell tales yet.'

'Tell me *your* good news again,' said Norma, blinking away the suspicion of a tear. 'I still can't believe it's true.'

'It's official. I'm shorebound for at least a year. Admiralty. Stuck at some damned desk shuffling cards and giving lectures to RNVR officers whose sum total sea experience is a rowing boat on the Serpentine.'

'Don't sound so fed up about it. I'm delighted. It's just what we hoped for – you remember: nine to five, and home for supper every night.'

'Well, it's not *quite* like that. We do fortnightly shifts and work staggered hours sometimes. But I'll be around enough to pester you, all night – even have rows with mother-in-law, I expect!'

'Mother's looking forward to having you home almost as much as I. She's not content with fussing around Dad and Paul, you know.'

'I can imagine. Looks like the life of Riley for me, then.'

'You won't be happy for long, I know you. In three months you'll be wishing you were back on some stupid boat getting your fool head blown off again.'

'I will not!' he protested, grabbing her shoulders. He kissed her hard. She kissed back urgently, then shook free. 'Honestly.'

'I know better. I'm your wife, remember?'

'Can't you picture me as a commuter, then? Number One uniform, gas mask over the shoulder. Copy of the *Daily Telegraph* under one arm. I'll be the pride of Guildford Station. Your father and I will be able to travel up to town together. Except that I'll be stuck in the corridor with my Warrant and he'll be in his First Class Smoker with his umbrella.'

'The way Southern Railway is running now, you certainly won't enjoy that, my dear.' Again she looked pensive. 'I'm not sure you wouldn't be safer out at sea than in London, especially if you're going to be working at night. The bombing's getting worse all the time. They hit the Palace the other night – and they say the King's still living there.'

'I'll be safer than His Majesty,' replied Richard. 'I'll have about twelve feet of solid concrete over my head. Probably won't even hear the bombs down there . . .'

But after she had gone, he lay and wondered. It was curious: all this time he had thought of nothing but seeing her and Paul, of being together and loving, of no more long separations and sad partings. Of watching his son grow. Now that it had been promised him, he should have been delirious: no more freezing cold bridges, four hours' sleep punctuated by alarms; no more heart-stopping moments of action, no more oil-soaked corpses, no more smell of charred flesh and stink of death. And yet, as he had lain there during those four long weeks while his exhausted body and mind had knitted together, it was the other things he remembered: the dawn at sea after a peaceful night; the almost solid mug of Navy cocoa that accompanied his relief; the sight of a whole convoy of rusty, sea-stained freighters entering a harbour entrance after crossing the Atlantic unmolested. The pitch and heave of the destroyer as it lulled him to exhausted sleep in his bunk.

He felt guilty at having such thoughts, but they wouldn't leave him. And he knew, as Norma knew, that they would increase rather than lessen as the weeks lengthened into months. Looked at coldly, his feelings were illogical, stupid. He had done his share. He had seen his fair share of this war; he knew that it would still be going on in the same remorseless pattern a year or more from now. He knew that there was a long, hard road to climb before they could even begin to take back what they had already lost. But somehow he never doubted that they would do it, somehow. One day.

'It's in the blood.'

The words came back to him now, mockingly. Somewhere at the back of his mind, the sea was still calling to him faintly, even after almost killing him. He knew he could resist her siren call for now, for a year maybe. But even when he was locked in Norma's arms, or playing with his son, or deep within his Whitehall bunker, that call would come to him again, with more and more persistence. And sooner or later he would have to surrender to it and go back.

He looked out of the window again. The robin was strutting up and down with cocksure pride and arrogance, but an empty belly.

'Who's the biggest bluffer, redbreast?' he thought as he watched it. 'You or me?'

6
Middle Game

Richard found his new job far more interesting than he had dared to hope. The hours were staggered, and to his complete amazement, he found that he had some sort of choice as to which part of the complicated rota of the department he joined. A further surprise to him, after spending so much of the war at sea, where he had no real time to call his own and never more than a second free from some unexpected emergency, was that he was allowed one day a week off. The particular day varied from week to week, as did the actual hours he spent on duty. Every four weeks he did two weeks on night duty, and sometimes particularly during his traumatic period at the Admiralty, his day duties ran on into the night and the next day. Nonetheless, he was able to travel home most days to join Norma and Paul at their parents' house, where he watched his son's progress, from crawling to walking and from emitting incomprehensible gurgles to basic words. His thin features began to fill out, and Norma's mother stopped shaking her head and saying how drawn and tired he looked. And so did Norma.

He found in fact that he had two quite separate jobs. Firstly, he was attached to the Director of Anti-Aircraft Gunnery's Division. This he considered a million-to-one stroke of luck – never having dreamed that the Admiralty would attach any importance to his interest in the subject and his experience of being on the receiving end during the first year's hostilities. It was not until he had been in the Division seven months that the Chief told him candidly that that was precisely the reason he was there. It came as a shock to him to learn that the remote and august Board of Admiralty *did* actually know what was going on. He would never have credited this fact while afloat, and knew none of his young friends would either.

In this capacity he spent a large part of his time sifting through the Reports of Proceedings of various of His Majesty's Ships of War which had suffered the indignity of bombing attack, a file which already contained four hundred cases when he first joined the Division, and was growing thicker all the time. Significantly, the reports Richard dealt with concerned only those ships which had been sunk or suffered heavy damage from bombing; the minor incidents were not even included. They also gave him ample evidence of the fact that before the war the Admiralty, indeed the Royal Navy as a whole, had gravely underestimated the air menace and had relied far too heavily on anti-aircraft guns for defence. Further, those anti-aircraft guns chosen were useless, or poor, when far superior systems were available.

For example, the Bofors 40-mm automatic cannon, manufactured in Sweden, and the Oerlikon 20-mm cannon, built in Switzerland, were both made available to the Royal Navy before the war. Both were tested and found to be superior, but were rejected on trivial grounds. Instead, the old pom-pom was adapted – despite the fact that it was short on range, required a large gun-crew to man it, was too heavy for small ships to mount, and worst of all, tended to stick at the critical moments. The quadruple 0.5 machine-guns with which most modern destroyers were equipped in 1939, were also pitifully inadequate in every way, especially in stopping power. None of these guns were equipped with stabilisers or gyroscopic mountings; none had any form of director or predictor, and instead relied totally on eye shooting. Which state of affairs Richard was amused to see in a pre-war memo from an august member of Board was considered to be . . . 'totally adequate'.

The eye-openers of Norway and Dunkirk had come as a sharp snock to the Navy, but decades of neglect couldn't be reversed overnight. The shipping of the old 3-inch gun of the 1914-18 war had been a gesture, although it was adopted more for morale value than for its efficiency as a weapon. The hasty acquisition of both the foreign automatic weapons was largely nullified by lack of capacity to build the thousands of such guns required to equip the Fleet.

In tactics, too, the initial remedies were pathetic. Richard came across one document, in fact a detailed study by the First Sea Lord himself, which gave the startling opinion that destroyers should hold their fire during dive bombing attacks, wait until the enemy aircraft had dropped its bomb and flattened out over the ship, and only *then* engage her with a good chance of scoring a hit, Always assuming, of course, that they hadn't been blown out of the water in the meantime!

Tactics were slow to change; and as he analysed the records, Richard began to realise just how slow. The total lack of integration between Divisions and even Commands meant that what the Home Fleet learned of dive bombing off Norway, and the Plymouth and Nore Commands learned off France, the Mediterranean Fleet had to learn in the Mediterranean, entirely from scratch. Thus, the crippling of the brand-new aircraft-carrier *Illustrious* and the sinking of the

10,000-ton cruiser *Southampton* by Stukas off Malta in January 1941 were commented on by the C-in-C, Admiral Andrew Cunningham, as something new and devastating, when in fact Richard knew from his own experience that captains of ships attacked in exactly the same manner during the summer had already sent in detailed reports on the Stuka methods. Apparently the *Southampton* had been thought to be out of range of the Ju.87's when hit; but this was inexplicable considering the fate of *Northumberland* just nine months before. Why hadn't word of the long-range fuel tanks been passed on?

The second part of Richard's duties consisted of helping in the War Rooms, the control centres far below the Citadel at the head of the Mall, on whose great wall charts and tables the whole course of the war at sea was plotted day by day. On night watch, Richard could follow the passage of a heavily-beset convoy across the Atlantic; watch as the little symbols signifying U-boats and ships multiplied, and remember how it actually felt when one of those symbols was removed from the board. Initially he was angered by the cold detachmen of his fellow-officers, dealing remotely in life and death under the big lights below the heart of London; but his anger was tempered when he saw how pitiful were the resources at their disposal. To take a destroyer from a convoy that hadn't been attacked and send it to reinforce another in bad trouble seemed an obvious move to him at first. Then he would examine the symbols and the data. The convoy that hadn't been attacked might be transporting vitally needed troops. Would it be justified to risk the lives of 20,000 Australian or Canadian soldiers by weakening its escort? Equally, it might be a tanker convoy, whose safe arrival would mean that Tobruk would hold out for another three months, or that factories would be saved from grinding to a halt in Leeds. And so the deadly game of balance and counter-balance was played out, quietly and calmly, like a gigantic game of chess in which the defender always had fewer pieces than he needed.

Richard was fascinated. Often he would follow the perilous progress of convoys to Malta from Gibraltar, with their guarding Force 'H', as they ran the gauntlet of a fleet six times their size, hordes of submarines, torpedo bombers, minefields and, from January 1941 onward, the German Stuka units based in Sicily.

One particularly poignant moment during a hard-fought convoy to the battered island came when one of the escorting destroyers was sunk after being hit by two torpedoes during a savage aerial attack. The staff had been jubilant, for the convoy got through with the loss of only that single destroyer and one of the vital merchantmen. To them it was a significant victory, and the Premier even sent a signal congratulating all concerned. But Richard was sad; the ship removed from the board had been his old destroyer *Ferocious*. The memories of happy sun-filled days at Malta in 1938 came back to him, of the flotilla regatta, cruises to the Greek islands, of the friends he had made on board. Like the ship itself, they were memories only. *Ferocious* was gone, Malta was under constant air attack, the Greek islands under the heel of the Germans; his old shipmates, many of them, were gone also.

All the great dramas of the sea war Richard witnessed in miniature in his Whitehall burrow: the developing scenario of the Battle of Cape Matapan, in which Richard in London knew the movements of the Italian Battle Fleet before they did in Rome; the hunt for the *Bismarck*, with its tension and nail-biting finish; the decimation of the German supply fleet in the wastes of the Atlantic.

And from war remote and unreal in his airless cavern, Richard would emerge, blinking, into the reality of war on his doorstep – or rather, over his head. The gaping holes in familiar streets, the windowless offices of the Admiralty, the sandbagged entrances and the frequent disruption of the railways, all merged into the new and accepted pattern of his life. In London, there were no civilians any more, and it gave sobering food for thought to Richard to know that among its teeming population were women and children who had lived through horrors at least equal to his own and who had survived them all, intact and irrepressible. As well as putting his own suffering into sharp perspective, it also added yet another nagging ingredient to his inner dilemma. For despite his happiness at home, the determination to hit back at the enemy for all this wanton waste became stronger within him, as he knew it would.

In the end, he had little choice in the matter, for his period ashore terminated far more abruptly than he had expected.

One of the fascinations of his job was that he obtained rare close-hand glimpses of the famous men who were directing the war: Sir Dudley Pound, the First Sea Lord, a spry, dapper little man, on whom the whole weight of sea war fell. Distant and aloof, he had been C-in-C of the Mediterranean Fleet during Richard's days with *Ferocious*, and he knew him by sight, from that period. Though he had a reputation as a tyrant, others whom Richard worked with had declared that he was an upright man, fiercely protective of his service, but just and fair in his judgements of officers and men. Tales were told of how, at important Chief of Staff meetings, Sir Dudley would close his eyes and suck his pipe, to all intents and purposes asleep. Of how officers from other services, who didn't know him, would look askance at such complacency from one of the three top men in Britain's war effort. The whisper grew that he was worn out, an empty shell, and should by rights be replaced, and that only Winston's personal fondness for him kept him at his post.

Others, who knew him of old, were not deceived.

'Thought the old chap had gone completely,' one rueful Commander had confided in Richard over lunch. 'He didn't appear to hear a single word. I just carried on making my report – I couldn't do much else. I felt a bit of an idiot, really. I could see some Wing Commander grinning, so I just addressed myself to the Deputy Chief and got through it that way. Damn me, if, as soon as I had finished, old Dudley didn't open his eyes and start firing questions at me. He even told me to go back and do my homework on one section, and when I did I found I'd omitted a vital report completely. The sly old fox knew more than I did.'

Richard had also caught a glimpse of the First Sea Lord early one morning, around 3.30, roaring up Whitehall and across Trafalgar Square in a little two-seater sports car, crashing through the gears and accelerating away like a professional. He kept a new opinion of the man after that.

He once saw the legendary Admiral Somerville, of Force 'H' fame, during one of his fleeting visits home from Gibraltar. The clear-eyed man with the smiling face and deep tan had passed through the department like a whirlwind, and had proved keenly interested in all forms of research on anti-aircraft gunnery – hardly surprising, since he had to outface both the Luftwaffe and the Regia Aeronautica every time he stuck his nose outside the Gibraltar mole. Richard found the man who supplied Malta, cheekily bombarded Genoa and brought the *Bismarck* to bay a sympathetic listener, but impatient with the slow progress of improvement.

And then of course, there was Winston himself. His stocky figure was a familiar sight in the War Room, often appearing suddenly, usually early in the morning or just after midnight, with a little cluster of red-eyed officers in his train, and briskly making his way across the room to study the great Maps. He would stare hard at the latest dispositions, make a few asides, shake his great head and disappear again. Frequently, following his departure, there would be a general flurry among its occupants; signals would fly here and there and worried groups of officers would suddenly huddle in corners, discussing the implications of Winston's latest foray.

Richard's first actual exchange of words with the Great Man were his last. He and his group had been hurriedly asked to submit an urgent report on one of the more crackpot new ideas for repelling the dive bombers, which, if judged successful, would be implemented on all the new battleships and cruisers now building. This was the infamous UP weapon, brainchild of Professor Lindemann, whose pet projects were widely championed by the Premier, to the dismay of his professional advisers. UP stood for Unrotated Projectile and was, in fact, a battery of rockets mounted in sets of six to eight tubes, sometimes more. On the approach of enemy dive bombers, these rockets were fired off *en masse* in the general direction of the aircraft, trailing wires behind them in which the attacker was supposed to become enmeshed and come to grief. They were hopelessly inaccurate and of short range, and so, in practice had failed even to come near a single aircraft, let alone bring one down. Nonetheless the Cabinet was impressed by their capabilities and full-scale production was being considered.

Richard was only a junior member of the team which finally submitted the report, but unfortunately for him, only he and his Chief were on duty when Churchill and Lindemann appeared one night. Both had read the report with mounting anger, and now demanded a fuller verbal explanation of the team's attitude. Richard's chief had gone patiently over the reasons for their rejection of the weapon point by point, but Churchill glowered at him in disgust and cut him off. 'We know all that,' he rumbled. 'What we want to know is what the men at sea think of it, not chair-bound theorists!'

He then rounded on Richard. who had kept discreetly in the background throughout.

'You, young man.' The piercing blue eyes glared like daggers out of the pudgy face, the jaw thrust forward exactly as the cartoonists had caricatured it so often. 'I understand you've been afloat in this war. Is that right?'

'Yes, sir,' replied Richrd, wondering what the hell was coming next. 'HMS *Northumberland* and the HMS *Hyaena*, sir.'

'Hmm.' The eyes continued to bore into Richard. 'You've seen dive bombing enough, then. What's your candid opinion of the UP system?' He swivelled round and glared at Richard's Chief. 'Never mind what your CO and his gang think; I want *your* opinion.'

Richard took a deep breath and thought: here goes nothing.

'In my honest opinion, sir, it's totally without merit. It has insufficient range, it's unwieldy and hard to train on to the correct bearing in the short time allowed; the rockets are unpredictable in their flight, and it requires twice as many men to man it as a Bofors gun, which is far more effective . . . er, Prime Minister.'

Churchill glowered at him. 'I didn't ask for your opinion of the Bofors gun – I'm fully acquainted with its capabilities, thank you.' Winston paused. 'I can see you are as completely brainwashed as the rest of your Division.' The Premier and the Professor passed on without another word. Richard looked at his Chief, who shrugged his shoulders resignedly. Just before the group passed out of earshot Richard heard the Premier's voice booming out to Pound, who accompanied the party: ' . . . and the sooner that young man is out of here and back at sea the better I will like it!'

Within a fortnight Richard had received his new posting.

He broke the news to Norma over supper in town the same evening. The days were drawing out, and it was now late May. The Blitz had faded out over the previous few months, but recently things seemed to have hotted up again. The talk was once more of invasion – but this time of an invasion far away. As Richard and Norma sat quietly and talked and watched couples on the minute dance floor pretending things were normal, the sun-soaked island of Crete was reeling under the hammer-blows of the Stukas, and huge clouds of German paratroopers and glider troops were pouring out of the sky. At sea, ship after ship of Cunningham's hitherto victorious fleet was being smashed and pulverised, and long queues of exhausted soldiers were gathering on her southern beaches. A year had passed since Dunkirk, and once again a British army was being humiliatingly expelled from Europe.

'It's another ship, isn't it?' Norma asked as they held hands over the table.

'Yes. Another destroyer.'

'Tell me about her.'

'I'd rather not, not just yet. Not tonight.' He looked at her sweet face. 'Darling, I'm sorry.'

'Don't be a fool, Richard.' She smiled at him. 'I knew it would happen – I told you it would. We've had six good months – the best months since the war began. Not many officers' wives have had that much.'

'I didn't ask to go back,' he said earnestly, hoping she would understand. She did.

'I know that, darling. I also know that for the last three months you have wanted to. You may not have known it, but I did. So you see, I'm ready for it; I've had three months' warning – three months longer with you than I thought I would have.'

He didn't know what to say to her. The band struck up the last waltz.

'Come on, you stupid sailor, dance with me. And this time hold me tight.' She smiled. '*Very* tight.'

In the huge antechamber of the Reichskanzlei, all was hushed, and the little groups of officers stood around nervously, exchanging subdued conversation. The Gothic embellishments of the room, the huge lighted chandeliers and the Nazi banners, blood-red drapes from ceiling to floor with the swastika on its white field, all produced a feeling of overpowering claustrophobia among them, for days before they had been used to nothing but open sky and distant sun-drenched horizons.

The fifteen officers present were from all three services. A famous submarine captain looked hopelessly out of place, his sharp blond beard and pinched face dominated by tiny eyes that had spent hours straining through the murk of the Atlantic night. He shifted from leg to leg, sipping his glass of wine and standing alone by the wall. He was credited with sinking a quarter of millions tons of Allied shipping, but tonight he looked like a worried tram conductor who had mislaid his change. The Army officers stood in a group, their forced laughter and stiff uniforms looking more in keeping, but their nervousness was just as plain.

Franz and Gunther stood together, immaculate in their Number One Luftwaffe dress uniforms, Gunther, clearly rendered ill at ease by all this pomp and ceremony, constantly running his finger round the inside of his stiff collar. The Luftwaffe *aide-de-camp* Oberst von Below approached them silently from one end of the room, and they turned to meet him.

'Cheer up lads,' he grinned at them. 'The Führer won't eat you!'

'It's very well for you to say,' replied Gunther grimly. 'You know him. I would have been quite happy if he had just posted me my Ritterkreuz along with an extra ten days' leave.'

Von Below laughed. 'Ten days, eh! Another of your women, Herr Oberleutnant?'

Gunther looked hurt. 'What do you mean, sir, *another*?'

Franz intervened to spare his friend further embarrassment. 'You misjudge Gunther, sir. This time it's the real thing. He's found the girl of his dreams at last.'

'Until his next leave at any rate,' answered von Below.

Franz decided to change the subject; it was hardly proper, he felt, to be discussing such matters in such a place.

'Is the Führer well, sir?'

'Never better, my boy, never better. I don't think I've seen him so calm and sure of himself as of late. He must have come to some great decision – it's always the way. He worries and frets over some problem until it isn't safe to open your mouth. When Yugoslavia changed government back in March he was beside himself with rage. But now, that's all settled and he's in sparkling form, you'll see.'

'Is one allowed to ask questions of the Führer?' asked Gunther. 'Or does he prefer you to remain standing like a dummy until you're spoken to?'

'He'll probably welcome discussion,' answered the *aide*. 'He prides himself on close contact with his young officers. They are his hope for the future, all our futures. You'll have your chance of that, I'm sure.'

'Not that I've got any questions,' added Gunther hastily. 'I'm *quite* satisfied with things, thank you!'

'I have a question,' said Franz pensively.

Von Below looked sharply at him, suddenly alert. He was about to speak when the doors at the far end of the room were opened by two tall and immaculately turned-out SS troopers, complete with shiny helmets and black ties.

'Come, gentlemen,' said von Below, beaming. 'It is time to meet your Leader.'

Adolf Hitler was much shorter than Franz had expected. He was waiting for them informally in the centre of the small room. On the balcony outside in the sunshine of the May afternoon, the swastika flags flapped listlessly; a small band struck up a medley of light martial music next door, and the sound wafted gently in through the open doors. The Führer was dressed in his green jacket and black corded trousers, his Knights Cross proudly pinned to his breast, a half-smile on his face. His face looked untroubled and calm. Behind him, the enormous bulk of Goering stood watching them through piggy little eyes, his own richly-embellished uniform liberally sprinkled with every manner of decoration. To Franz's eyes, the leader of the Luftwaffe looked vulgar and garish beside the modest attire of the Führer. Also present were other high-ranking officers of the Navy and Army: the self-effacing Grand Admiral Raeder in his old-fashioned cut uniform; Richthofen himself, gaunt as a timber-wolf; and the toady Jodl with his neatly-parted hair.

The ceremony was simple and moving. As Hitler pinned the decoration on Franz's chest and shook his hand, his eyes darted over Franz's face searchingly, as if photographing every square millimetre of him and storing away each impression in a vast storehouse. Franz knew instinctively that he would never be forgotten. The grasp of the hand was light and spongey, but the Führer's congratulations and smile were, however, sincere enough. He stepped back in his turn, raised his arm in the Nazi salute.

'*Heil Hitler!*'

The Führer saluted back with that little half-wave – almost a parody of the official greeting. At the conclusion of the brief ceremony he moved to the centre of the room and gestured for the officers to gather around him. He began talking, quietly but with firm conviction. Franz and Gunther listened enraptured as he discussed the military situation with them, exactly as if they, too, were high-ranking staff officers. He pointed out how rapidly they had overcome all opposition by the use of daring innovations and new tactics. He laughed when he mentioned the British.

'I know them,' he said. 'Proud and self-deceptive. The common soldier is brave and will never admit defeat, but unfortunately, their absurd class system ensures that this, their most valuable asset, is thrown away. They are led by buffoons and fools from Public Schools; if Waterloo was won on the playing fields of Eton, then this war will surely be lost by them for the same reason.

'The British aristocracy play at war. They use live men for their games, to be sure, but their methods are those of the nursery. They learn nothing. The British papers delight at showing us Germans to be rigid and regimental, nothing but robots. As usual they confuse discipline with mindlessness. *We* are the innovators in this war, *we* are the masters of the surprise – the dive bomber, the parachutists, the U-boat. Look at Prien and the Scapa Flow incident! They are still fighting the First War. Look at Greece: the same tactics as they used in France, and the same result.'

'But they are still fighting, Führer,' said one of the young Army officers bravely. All eyes immediately switched to him.

'Yes, they still fight. And for what? I will tell you. They fight for the American-Jewish moneylenders. For that clown Roosevelt, who is taking their trade now and will take their Empire later while they bleed to keep it. For Churchill and his pack of minions, secure in the knowledge that by the time we set foot ashore, they will be safely on board a ship to Canada.

'They have only one hope, these British. The hope that the Bolsheviks on our flanks will suddenly rise up and take us by surprise. *That* I find rather amusing. The one last hope of the Capitalists in London is the Red Dictator in Moscow. They have another surprise waiting for them there. We National Socialists do not wait around for others to surprise us. It is *we* who take the initiative, *we* who go forward, *we* who are the new hope of Europe. A New Order will be established by our deeds that will change the face of this old continent for generations.'

Hitler's eyes were afire now. He had lost his audience of young officers, he was now dreaming his vision, preaching to posterity.

'Once before we stood in full array and were betrayed. I tell you: it will never happen again. There will be no capitulation in this war, gentlemen. This time we shall go on to complete and final victory.'

Franz listened to the stream of rhetoric, half-hypnotised by the man's aura of confidence and fanaticism. Like so many before him he was carried away by the sheer strength of his oratory. And then suddenly, the spell was broken. His eyes strayed to the figure of Goering. The pudgy face was nodding up and down in mute veneration, hanging on Hitler's every word. The words that Franz had once heard accredited to this man came back to him now:

'If any British aircraft fly over the Reich, you can call me Myer!'

He thought of the nightly sirens in his home town; the crash of the bombs exploding; the people scurrying to the air-raid shelters, his wife and baby among them; the gaunt ruins of the homes and factories – the toll of destruction, which grew each night as the RAF returned in endless procession. As he stood there and saw Goering nodding his ugly head, he knew, as if in a sudden, blinding flash, that it was all bluff. It was not just the British who were led by buffoons, but the Germans. Hitler might be sincere – this he did not doubt; but his aides – Goering, Ribbentrop, Himmler and the rest of the ramshackle party – were just so much flotsam, riding to glory on their leader's will.

Eventually the ceremony was over, and the young officers filed out of the room, glowing and determined, fired by the dynamic force of the Führer. Even

Gunther, cynical, carefree Gunther, looked entranced. As they left the building and walked out into the sunlit streets of Berlin, the aura remained with them.

'He was wonderful, was he not, Franz?' murmured Gunther. 'Magnificent. I didn't realise until now what a great man he really is. A man with a mission. I'll never let him down.'

'A man with a mission.' Franz nodded; but to himself he thought: 'and a man with a fatal obsession.'

'Lieutenant-Commander Gibson!'

Richard looked down from the bridge towards the fo'c'sle of HMS *Radiant* and saw the dockyard foreman waving a slip of paper at him, his bowler hat clasped in his other hand despite the fine rain which angled down on them across the dirty waters of the Clyde. All around them, gaunt skeletons of ships rose like the bones of prehistoric monsters; gaunt cranes swivelled and lifted; the sound of hammering and riveting clattered out across the huge yards, and the flames of welders' torches cut huge arcs of glaring light as they bit into steel plate. Richard raised a hand.

'Hello, Mr Mill,' he called back.

'Can I come up now?' The man on the fo'c'sle had to cup his hands to make himself heard. 'I'll no be a minute.'

'Of course, come up. You know the way better than I do.'

The man grinned and vanished from sight behind the steel box of 'A' mounting. While he waited for him to reappear Richard gave himself the luxury of another look at his command. *His* command! He could hardly believe his luck. A lieutenant-commander in charge of his own ship – a brand-new destroyer! He felt a pride and thankfulness of heart he had rarely known before. After his abrupt departure from the Admiralty, he had been convinced that the future held little for him. People who dared to speak their mind to the Premier, as he had done, could hardly expect to find the gates of promotion exactly flung wide before them. But instead of some God-awful command, like first lieutenant of a minesweeper at Suez or a netlayer at Colombo, along came this peach of a job. Behind his good fortune, Richard thought he detected the hand of the First Sea Lord. Sir Dudley Pound had said no word in Richard's defence at the time, nor had he prevented the Premier's will from being carried out; but still Richard felt that Sir Dudley knew where his ambitions lay – and knew that in sending Richard back to sea, he was giving him what he wanted more than anything else in the world.

And here she was: almost two hundred feet of her – his own ship. She was one of the new Emergency War Programme vessels. built to a standardised design combining the hull lines and plan of the latest Fleet destroyers with the best armaments available, and incorporating the most up-to-date gadgetry and refinements produced by war research. She was equipped with four single guns in open mountings, like the old *Ferocious*; but instead of the normal destroyer-type low-angled 4.7's, hers were the smaller 4-inch HA type once mounted on old battleships back in the 1920s. Traditional destroyer skippers might have looked askance at her main outfit, the stubby little guns being dwarfed by the long, raking hull and a trawler-type bow that marked her for a good sea boat; Richard, however, knew better. He knew that each of those four guns could elevate up to 90 degrees on *any* bearing, and that they could pump their shells out in an endless stream from her enlarged ammunition magazines and ready-use racks. Not only that, but they had a full outfit of directors and range finders, coupled to a brand-new radar air warning set, which would enable him to plot incoming bombers well before they came into sight and lock the guns onto their targets. When they came within range, he could also engage four bombers at once or lay down a 4-inch barrage at a considerable distance from his ship.

For close-range work he had a twin Bofors gun mounted on a platform behind the single, raking funnel, with clear arcs astern and on either beam of his ship, the favourite approach for dive bombers; on either side of the bridge peeped the barrels of single Oerlikons to back them up. Should any heavy surface ship show up against which his guns were useless. the *Radiant* carried two full outfits of torpedo tubes, eight in all, and her anti-submarine potential was vastly increased over earlier boats by extra throwers and racks astern.

Her powerful engines and boilers were adequate, bearing in mind all the extra equipment she carried, and her top speed was thirty-five knots. Not as fast as *Ferocious* or *Hyaena*, to be sure, but quite fast enough for most purposes. He wouldn't be able to outrun the Italian Fleet, but then, he had no intention of doing that anyway, if the chance came, he was banking on catching them! They had just returned to the builders' yard after completing their final run on the measured mile of Arun and she had behaved perfectly, moving through the water with the grace and power of a racehorse.

His crew were mostly Hostilities Only ratings and fresh young officers from the *Prince Arthur* at Lee-on-Solent, the new training establishment, but he had a leavening of experienced men to help pull them through and shake them down. His first lieutenant,

Andrew Stephens, was a plump, curly-haired Yorkshireman, who seemed efficient enough and tackled the paperwork like a veteran. His last ship had been the old sloop *Macclesfield* stationed at Belfast, and he confessed he was glad to see the back of her. His chief engineer was a Londoner, with the dry wit of the East End and the qualifications of civil engineer. One of his chief petty officers had served with him before on *Ferocious*, and he knew he was worth his weight in gold. Altogether, Richard felt supremely confident in his ship, his crew and in himself. It was good to be back.

There was a panting and sighing and the portly form of Mr Mill appeared up the bridge ladder, red-faced and with his regulation bowler now perched dangerously on his balding head. He still clutched the slip of paper aloft, like a runner entering the stadium with the Olympic torch.

'Here you are then, sir,' he puffed, leaning on the bridge rails and wiping the sweat from his forehead with an oil-stained jacket sleeve. 'I trust you found everything to your liking.'

'She's perfect, Mr Mill. A real beauty.'

'Aye, she's that right enough. A bit lagging flat out, but it'll come, sir, it'll come. You treat her right and she won't let you down. We've been building destroyers in this yard since 1898 – we know what we're about.'

'I don't doubt it. But *Radiant* will be your best yet, you'll see.'

'Just don't go trying to sink yon *Tirpitz* on your own, young man, that's all,' replied the foreman. 'She'll tackle anything else without much trouble.'

'If I run across the *Tirpitz*, I promise you I'll give her a chance to prove you wrong.'

'Ah don't doubt that you would, at that.'

The rain became heavier, driving hard across the dock now and almot obscuring the huge bulk of a *King George V* class battleship in the process of fitting out, that loomed like a cliff above them, with tier upon tier of guns, directors, superstructures and masting that reached up to the sky, dwarfing *Radiant*.

'I just hope that when you meet bloody *Tirpitz*, ye have yonder big brother with yer, that's all.'

'I hope so too, Mr Mill,' laughed Richard.

'Well now, she's not quite yours yet, sir. If you'd be so kind as to sign this slip, I'll be getting myself off. I've a wife waiting for me at home, and a hot dinner and any amount of whisky that needs tasting.'

'Of course, Mr Mill. I'll not stand between and man and his tot.'

Richard and the foreman found a sheltered corner of the bridge, out of reach of the wind and the rain, and Richard spread out the small scrap of paper before him and reached for his pen. He read the words typed on it; briefly, it stated that he was satisfied in all ways with the destroyer, Job Number 872, and that he would accept her into the Royal Navy on behalf of the Board of Admiralty. After re-reading it, Richard signed with a flourish. Mr Mill examined his signature closely for a second or so, then tucked it casually away in his waistcoat pocket. They shook hands solemnly.

'I'll be off, then. Good luck to yer, sir.'

Richard watched as he clambered down from the bridge and made his way to the gangplank. The rain was falling in a steady stream now, and the water alongside *Radiant* danced with the rhythm of it. The foreman reached the gangplank, stopped, patted the ship's guardrail affectionately, raised his hand to Richard once more, then crossed over, vanishing from view.

Already, on the same slipway from which *Radiant* had been launched five months earlier, the form of an identical destroyer was rising – Job Number 873, no doubt. Just a hunk of metal and machinery really; but not to Richard. He knew that each ship was unique, like a person. Whether *Radiant* became a happy ship and an efficient ship depended mainly on him. He also patted the bridge rail as he had seen Mr Mill do. 'We'll be OK,' he thought. 'We'll make it together.'

The burly form of the radioman broke in on his solitude.

'Captain, sir.' Richard still couldn't get used to that. 'Message from the Admiralty, sir.'

'Thank you, Sparks.' Richard took the form from his hand and read: 'BEING IN ALL RESPECTS READY FOR SEA, HMS *RADIANT* WILL PROCEED WITH MODERATE DESPATCH TO TOBERMORY TO COMMENCE WORKING UP PROGRAMME.'

'All right, Sparks,' repeated Richard, 'that's all. Just acknowlege.'

'Yes, sir,' replied the man. He hesitated. Leading Seaman Carter had still not quite weighed up his new skipper and was wary of taking liberties.

'If you please, sir.'

'Yes, Carter, what's the matter?'

'Nothing the matter, sir. Just thought you'd like to know, sir. It's just been announced on the wireless. We was testing,' he added quickly.

'What's just been announced? Is the war over?'

'No, sir. Matter of fact, I don't think it'll ever be over now, sir. The bloody Jerries have invaded Russia.'

7
Sticking it

The bitter wind that howled its way across the endless steppe had come more than 3,000 miles across the Siberian wilderness without meeting more than token resistance for the whole of its icy journey, moaning over the Soviet capital like a tormented spirit and speeding westward. Beneath its indifferent blast, the long, straggling lines of evacuees heading east from the city suburbs scurried on, shivering and quaking. The flames of burning government offices around Red Square were fanned by the wind and their smoke whirled almost horizontally, the blackened scraps of files and documents swirling hither and thither in its wake. It blew across the western outskirts of the city, and out past the tiny settlements that dotted its perimeter. Its freezing breath smote the teeming thousands of infantrymen in their trenches and bunkers. The long lines of dug-in T-34 tanks, like steel dinosaurs, felt its touch on their cold, shiny flanks. Mile upon mile of tangled barbed-wire and dug-outs, stretching like some giant's demented scratchings in the hard soil guarding the approaches to Moscow, felt the chill of its passing. Trainloads of slant-eyed Siberian troops, crawling their way to the front, glanced up at its touch and their eyes gleamed. It was as if they recognised an old, familiar companion, come to join them in this alien environment west of the Urals and aid them in their task of stopping the flood of field-grey men that pressed ever closer to the heart of the Soviet Empire.

That same wind struck the advance posts of the troops a few miles further on, and the sound of its passing was like the sounding of the death-knell on their hitherto triumphant progress. The battle-wearied soldiers, who six months earlier had crashed over the frontier in a thousand-mile tidal wave, swept to within a dozen miles of Moscow, overwhelmed the cream of Stalin's armies and taken three million prisoners, now felt themselves up against the ultimate enemy – and one which they were ill-prepared to meet. The Commander of the Ninth Army winced at its touch, and for the first time, smelt defeat. The Russian winter was upon them.

That same wind screeched across the primitive airfield a few miles west of Rzhev that dark, bleak December morning, rippling the mufflings of the Stukas that stood scattered across its bleak and open surface, worrying at the dive brakes and rudder flaps, singing a mournful song in the radio masts and making the wings creak and shudder with its violence.

The 'Met' Officer opened the creaking door of the briefing room and squeezed in through as small an opening as he could manage. Even so the wind followed him in, snarling through the room and sending papers flying.

A chorus of abuse greeted the apologetic officer as he struggled to close the door with one shoulder, grimly holding on to his own bundle of papers with one free hand and his cap with the other.

'Don't tell me. It's going to snow,' yelled one pilot, looking up from in front of the stove where he was huddled.

'Of course it's not,' jeered another. 'It's just a fresh breeze, which means we can operate at maximum range and coast home again without engines.'

'You have to be able to start the bloody engines first.'

'Not according to Heinrich you don't. Just fold a Stuka along the dotted lines and throw it at the enemy. It makes no odds if the engine's frozen solid and the fuel and bombloads are stuck in snowdrifts just outside Minsk. The Ruskies will laugh themselves to death, and we can just walk into the Kremlin, pull our chairs up in front of the fire and tell the world the war's over.'

'Do you ever look out of the window, Heinrich?' asked another; but Heinrich had heard it all before and remained unperturbed.

Striding across the room, he took up his customary stance in front of the briefing table. Methodically he spread out his documents, his back to the big wall map. The map hadn't changed for three weeks now. Earlier in the campaign it had changed almost every day as the squadron hurried on from makeshift base to makeshift base, ever deeper into the Soviet hinterland. But this map, of Moscow and its western environs, had remained pinned to the wall for almost a month now. It was a sign of how things were going. In a sense it told the whole story of the war.

Franz motioned to his crews for silence, and one by one they took their seats in front of the table. They seemed to exhibit varying degrees of attentiveness, but Franz knew they would absorb every word. The fresh youths of June now bore the stamp of experience. Outwardly languid, inwardly they were tense and alert. He examined Heinrich out of the corner of his eye. How many knew the truth about Heinrich? His lank frame, gangling manner, his strict and meticulous attention to detail, his concern for the *Staffel*, his ceaseless work behind the scenes – these were known to most of the young Stuka crews. But his past? Franz made it his business to know everything about each one of his team, whether aircrew or ground back-up. As a 'Met' man in a Stuka team Heinrich was vital to the success of each mission. Although Heinrich had never spoken of it, Franz knew that he was also unique; for Heinrich had dived at Neuhammer, and survived.

As the stiff, formal officer read his papers before him and the young pilots awaited his set briefing with patience, Franz cast his mind back to what he knew of Neuhammer. It was a grim milestone in the Stuka story, and a bitter warning to all 'Met' officers in the Luftwaffe. It had been August 1939. The German ultimatum to Poland had still not run out, but preparations for war, which was regarded by then as being inevitable, were well under way across the Reich. The planning of the campaign to crush Poland called for the highest integration between the new and largely untested dive bomber units, and the advancing Panzers. Now such co-operation was commonplace, accepted doctrine, but in August 1939 it was still very much an unknown factor – unknown and distrusted, both among the Army commanders and their troops, who feared above all else being bombed by their own aircraft, and also among many leading Luftwaffe leaders. This despite the experience of Spain and Franz's own pioneering missions.

In an effort to stage a full-scale demonstration of just how accurate a Stuka attack could be, three wings of Ju.87's were loaded with smoke bombs and instructed to carry out a mass dive bomb assault at the Neuhammer range. Watching the exercise from the observation mound would be the top brass: Richthofen, Sperrle, Loerzer and others. The three units were told to approach the target zone at a height of 12,000 feet, make their dives and release their bombs at 1,000 feet.

The day dawned bright and mainly clear, and the Stukas set off from Cottbus and formed up en route. But as they sped there, cloud started to form. It was reported as being light, at heights varying from 2,500 to 6,000 feet, and the Stukas were told to dive through it and release at the agreed height.

Between Cottbus and Neuhammer, thick ground-fog had also started to form, white and dense, like a thick, woolly mattress covering the earth. Some of the units recognised the mist for what it was and expected the whole exercise to be called off, but one *Gruppe* evidently mistook the ground fog for the reported higher cloud. Heinrich was flying with that fated *Gruppe* that day. The entire formation had tipped over and dived towards the target area, the scream of their engines rising to the usual high pitch as they plunged earthward. Too late, they realised that what they were diving into was not a cloud layer but the gound itself. Frantic screams told of the danger, desperate efforts were made to pull out, but in vain! With engines howling, thirteen of the Stukas hurtled straight into the ground at full speed and exploded in searing columns of flame and burning fuel. A few managed to scrape themselves off the deck by inches, only to fly into the trees on the perimeter of the heathland, their wings tearing off and fuselages buckling and disintegrating about them. When the other two units arrived over the area a few minutes later, all that could be seen were great columns of smoke billowing up from the funeral pyres of their comrades.

Heinrich had been one of the very few survivors of that hell. His aircraft had nosed up in time, but had shredded in a nearby wood. They found his battered body lying several hundred yards from the remnants of his cockpit. His face was burned down one side, both his legs were broken and his body was a mass of lacerations. They found his young radio-operator among the wreckage. A branch of a splintered pine tree had impaled him like a skewer through the stomach, pinning him to the back of the fuselage after passing through the back of his seat and his harnessed body.

It was a miracle that Heinrich had survived, and his uneasy stiff gait told of the dreadful injuries that he had overcome. Obviously he could never fly again; but he desperately wanted to stay with the Stukas and could never forget his dead comrades, or why they had died. When he had rejoined the dive bombers, just before the Russian campaign began, he was a stern, dedicated man, obsessed with his new calling; and determined above all that no freak weather conditions would ever again claim the lives entrusted to him.

All this flashed through Franz's mind as he watched Heinrich ready his notes, clear his throat, and begin his briefing. So much has one man endured and overcome, he thought; so much inside, unknown, undreamed of.

And what they could see inside *my* head? Franz thought. What would they see? A young man; a Stuka leader with experience in Spain, Norway, France and over the Channel; a real pro. A veteran. A hard man, but with a soft centre, perhaps. A wife and child back home in Hamburg. A cautious man, but a survivor. A man whom they could trust with their young lives each time they flew a mission – even though there were barely five years between himself and them. But what if they could see the doubt inside, the growing realisation that all the killing, all the sacrifices, all the hopes, might yet turn out to be illusions? *They* were fighting for Germany, for their loved ones, for Hitler, for the security of the whole of Western Europe against the rapacity of the Communist. But what was *he* fighting for? His family, certainly; his country, maybe; but for the new Messiah back in Berlin? More and more he doubted this. He felt that Hitler was becoming increasingly out of touch with reality. Too many easy victories had convinced him that he could do no wrong, but in Russia, Franz felt more and more that they had been misled. Those masses of men and machines! Enormous hordes, unbelievable to Western eyes. They had destroyed armies ten times the size of the French, but still more came – more and more in endless procession. They had wiped out tanks by the hundred, by the thousand; but each day more and more appeared on the front line. And what tanks! The appearance of the T.34s had a nightmare quality that matched everything else in this campaign. They completely outclassed the latest German tanks, and it was clear that in this, as in so many other things, the German leadership had disastrously underestimated the opposition. And always the endless men. What had Goering said a few days before? It had been whispered around the front-line units as being true. 'The Russian POWs are so hungry that they're starting to eat each other!' That kind of humour ill became a leader who led a sheltered life of fantasy far from the Eastern Front, far from the bombed ruins of the cities he had promised would remain unscathed by the war.

Each hundred miles they advanced, new batches of prisoners were brought in, and more cities fell; but always more and more Russian soldiers and tanks filled the gaps. Steadily it seemed the élite of the German army was being eaten into, ground down by sheer weight of numbers, by determined resistance on a scale never before encountered. And now, here was Winter! The enemy troops he had seen led away to captivity in recent days had been warmly clothed and equipped, in stark contrast to the pathetically inadequate winter clothing that had trickled through to the German infantrymen from the west. Things could only get worse. Where would it all end?

Franz's mood of doubt and distrust had been growing ever since Norway. Now he was racked by fears – for his family under the pitiless blows of the RAF; for his comrades, swallowed up by the vastness of this strange land; for his country, ruled by a man whose personal phobias were carrying them all to hell. He also began to fear for his unit. Was he still the right man to lead them, riddled with such doubts? Was it fair to them? Franz glanced across to Gunther's great bulk on the other side of the 'Met' officer. Gunther was now second-in-command; shouldn't he admit his fears and let Gunther take over? Wouldn't that be the best course for them all? But Gunther had changed too. Franz had always thought him immune, but ever since that meeting and Hitler's oratory, the hitherto shallow and carefree Gunther had found a new sense of mission, of purpose. His passion for women still gripped him, and his legendary appetites were as insatiable as ever; he was still the same old daredevil, still the reckless plunger into danger, the exact opposite of careful Franz. That had not changed. But somehow he had become more coarse, more brutal, more spiteful than before. Now his recklessness was tinged with hate. Underlying his carelessness of danger was the desire to kill the enemies of his beloved Leader, and go on killing those enemies endlessly until he was told to stop. He hated the Russians and had become dedicated to slaughtering them, because he knew his Leader hated them. When the Russians were all dead, he would hate whoever the Leader next turned *his* hatred upon. He was becoming a mindless robot of death, a perfect instrument of destruction, loyally and efficiently serving his master's whim. He now wore the Nazi party button on his collar. That had not been there a year ago. Then, Gunther had scorned politics like the very plague. Now he attended political lectures, and could often be seen deep in conversation with other like-minded pilots in the unit. A strange convert indeed!

Could one speech call forth such fanatical loyalty in a man? It must be so, for the same speeches had roused similar passions in the whole nation. Or perhaps the truth was that in Gunther, as in Germany as a whole, Hitler had simply released baleful instincts that lay dormant beneath the thin veneer of civilisation in *every* nation. In which case the hatred had always been there, under Gunther's bluff exterior, just awaiting the key that would unlock it and turn it loose. He recalled that night long ago in Berlin: the brutal mob baying, the shouting, the kicks, the glee as the Jew's house crumbled in flames. Gunther had restrained him then, but he had never commented on that night since. Had Gunther secretly approved of what they were doing – even then?

Firm friends as they remained, Franz now detected a certain reserve beneath the old comradeship that he had not known before. Or was this just another manifestation of his own confusion? Was he becoming so paranoid that even Gunther – Gunther, of all people – was turning away from him, or being turned away in spite of himself?

God, this wouldn't do. Here he was, leader of a crack dive bomber unit, holding back an ocean of enemies with just a handful of aircraft, plugging gaps in the sagging German lines daily, and brooding like an old man. He erased his thoughts and turned his attention to the briefing. He must go on. He *had* to go on.

The Stukas flew low over the frozen, snow-bound landscape, following Franz's red-nosed lead plane. Beneath their wings now they carried not bombs, but strange bulky containers: weapons packs, each one containing several high-powered machine-guns, angled at various degrees downwards – watering-cans of death, capable of spewing out a wall of bullets over the terrain below. Flying infantry – that was what the hard-pressed troops on the ground had christened them. Their faith in the Stukas had become absolute, their trust implicit. The Stuka crews, awed by the hardships these soldiers were daily overcoming, were proud of their new name and eager to justify their reputation; but sometimes even they despaired when they saw the inequality of the fighting below them.

They were on a desperate mission now. A few miles ahead, on the featureless plain of snow and ice, a small detachment of infantrymen were dug into the frozen front line – a bare handful of men with rifles and a few small anti-tank guns, whose shells simply bounced off the thick hides of the T.34s. They lay in their shallow trenches, black scars on a white blanket that stretched in all directions as far as the eye could see. They were twenty miles from the Kremlin. These men were the spearhead of the German advance, now forced back from their earlier gains and powerless to help their friends beyond the range of their guns, and they were all that stood between the Soviets and the rear of their own painfully extended lines. In support of them was a squadron of tanks, but they were immobilised by the cold. The temperature had now fallen to fourteen degrees below, and was still dropping.

The Stukas were still able to operate by the simple expedient of the 'cold start' technique, which in simple terms meant that a small amount of gasoline was added to the engine oil while still warm, to thin it down. This technique was also known as the Udet technique, after the old dive bomber champion Ernst Udet, who had also demonstrated it to the Army in front of Hitler at Rechlin in the summer of 1939. The Army, however, had chosen not to adopt it and so their tanks now lay like useless blocks of metal, powerless to intervene, as the long lines of Russian infantrymen rose up and advanced slowly and purposefully towards the German line.

The visibility was poor. Murky banks of cloud were piled up, restricting the feeble half-light of early dawn even more than usual. There was no hope of the promised fighter cover showing up in such conditions; but with luck, the Soviet fighters would also be grounded. The featureless plain stretched out below them as Franz led his formation straight to the target zone at height of only 200 feet. As they approached the region of small lakes and streams, they began to lose sight even of the tundra, the whole area being enshrouded by thick mist. Flying by compass, Franz felt anxious. Even if they found their target in this soup, they'd be too low to carry out attacks unless absolute identification could be had. And there'd be precious little time for that, if the situation on the ground was as bad as he'd been told.

'Check the new boys, Hanfried.'

Several of the young replacement pilots had only arrived in the last few days and had never flown combat missions at this height and in these conditions before. Franz was worried about their ability to maintain formation. No doubt they'd be scared of flying into the ground.

'Two are falling back, Herr Oberleutnant. Red Six and Red Eight.'

Damn! He was right. Franz checked their positions himself. Yes, there they were, Bruckner and Hoepner, fresh as newborn lambs, and probably scared as hell. If any Rata or Lata fighters showed up now, they'd be sitting ducks, well adrift of the covering fire of the main formation.

'Red Six and Red Eight, close up. Close up, boys, for Christ's sake.'

But despite his order and their immediate acknowledgement, he could see that they woudn't make it. He checked right and left. The other eleven Stukas steadily maintained their positions, rising and falling gently in the currents but holding formation. He saw Gunther to his immediate right raise his hand and jerk his thumb back over his shoulder. He was going back to keep an eye on the stragglers. Franz raised his hand in acknowledgement.

'Round 'em up, Gunther.'

Gunther's plane dropped back out of formation and Franz ordered the rest to reduce speed slightly to give them a chance to rejoin. He checked his watch; by now they should be approaching the front lines. Damn the mist. The haze was becoming patchy again, and far below he caught brief glimpses of defence works, isolated trucks half-buried in snow, a group of four tanks with only their turrets and gun barrels showing. They seemed to be firing off to their right. He looked in that direction. Now the streams were left astern, and they were approaching a hilly area with the stunted shapes of snow-clad woods on its flanks. More and more trenches came into view; guns were firing; a few men stood up and waved their helmets on sighting the Stukas. This must be their own lines; now where were the enemy? He checked astern. Gunther and the two new boys had gained slightly, but were still adrift. Well, he couldn't wait for them; Gunther would have to organise his own attack. No doubt he'd welcome a chance to show the new boys what he was capable of. He doubted whether the new crews would enjoy the experience much.

The air began to vibrate with shell bursts. Fleecy pockmarks appeared ahead and above them; the enemy was overestimating their height. They crossed another line of trenches on which shells were bursting in great fountains, throwing up great spouts of black earth and dirty snow. Ahead of these trenches were huge areas of brown. Bare earth? But the areas were in long lines and were piled up like hummocks . . . Then he realised; they were mounds of dead – thousands upon thousand of them, piled up where they had fallen; wave upon wave of Russian infantrymen, cut down on the snow. Even as he took in the vast scale of the carnage, Franz saw that further lines of brown figures were now pouring out across the same stretch of ground. Another wave! The huge forms of T.34s appeared behind the first line of running men, then behind them, another line of troops running forward *en masse*. God – this was it!

'Attack!'

Franz shouted the order. There was no need to specify targets, and no time for Stuka precision; the overriding need was rapid action, before this new deluge of men overwhelmed the German front.

The Stukas dropped even lower, fanning out over the advancing troops. Before they could drop to the ground, the multiple machine-guns were spraying bullets into their tightly packed ranks. There was no escape. Within seconds the fury of the eleven Ju.87s' massed firepower had reduced the front ranks to yet another hummock of dead and dying piled up before the German trenches. They completed one run, banked round and headed for the second line. Franz caught isolated glimpses of drama amid the endless carnage as he made his second pass. The Soviet tanks were turning back for the safety of their own defence works. Suddenly he saw one wheel round, right into a mass of Russian troops who had been following close behind it, seeking shelter. The men were pulped instantly into the snow, and the tank careered on to safety. If only he'd had a few bombs to rip off their tracks! Even so, the attack was faltering now, rapidly turning into a rout. Now that the big T.34s were exposing their vulnerable rear ends to the German trenches, even the anti-tank guns could come into their own. While their shells simply ricocheted off the tanks' massive frontal armour, they were now able to penetrate their fuel tanks and thin skins with ease. One by one they were picked off, and burst into flames. Dense columns of smoke arose from the steel corpses all along the front; at least sixty were burning now, and the others were well in retreat. The second wave of infantrymen were scattering in their wake, but again the avenging Stukas spewed out a curtain of death into their ranks. Men threw up their arms and fell in heaps. Franz noticed a few standing their ground in the open and firing back in defiance before being cut down.

This second strike had carried the Stukas dangerously close to the Soviet front line. Bursts of fire all along a low ridge disclosed battery upon battery of light flak. Franz felt his own aircraft hit, and away to his left, another Stuka disintegrated in mid-air in a ball of fire. A hit at this height and it was all over. They completed their second run. The attack was now utterly routed. A short respite had been earned for the

German soldiers in the salient. Now it was time to go home.

'Re-group to the west. Form up on me. Red Two, abort your attack and cover our withdrawal.'

But Gunther was not to be thwarted of his prey. As the main formation swooped back over the cheering soldiers in the German trenches, Franz saw the three Stukas, the two new boys keeping good station on Gunther, swoop over the battlefield, heading towards a group of retreating T.34s. No doubt Gunther would justify his action as covering Franz's retreat, but Franz knew the real reason for this suicidal attack: Gunther had had his blood up – and to hell with the consequences.

As he collected his other aircraft at the rendezvous point, Franz had no time to watch Gunther's mad action, but Hanfried excitedly jabbered a running commentary from behind him.

'Go boys, go! They've caught them now, sir. A dozen Ruskies. Burn 'em, lads! Oh, wonderful. They're making mincemeat of the bastards. They're all flaming now.'

A sudden flash and glow were reflected in Franz's cockpit canopy.

'Christ! Hoepner's caught it! And Bruckner's hit, too.'

As the main formation took station on him, Franz spared a glance back across the battlefield. Gunther's Stuka was climbing over the Soviet lines, pursued by flak but intact as always. The second surviving Stuka was plunging into enemy-held territory, smoke belching from its fuselage.

'Pull her round, Red Six. Try and get over our lines. *Pull her round*!'

Franz knew that it was hopeless, but he had to try. Probably Bruckner was already dead; almost certainly his plane was out of control. God help them if they survived the crash; after this carnage, the Reds would crucify them. Poor little devils. Bruckner was twenty, his radioman nineteen. He found himself praying that the Stuka would crash – at least that would be quick. Then he had to concentrate on his own withdrawal.

'What's happening now?' asked Hanfried.

'Red Two is rejoining from astern, sir. Red Six has crash-landed on the other side of the Russian trenches, as far as I can see. I lost her in the mist. I didn't see an explosion, sir.'

Franz swore silently to himself. Gunther rejoined the formation as they sped back across the white desolation and looked over to Franz, thrusting his thumb up in that typical gesture of his. Franz ignored him and Gunther looked away, shrugging his shoulders.

'Russkie fighters astern,' Hanfried shouted, and immediately opened fire. 'Two of 'em, coming in now.'

Franz slid his machine left, and the first Rata overshot. Caught in the defensive fire from the rest of the unit, it vanished with smoke streaming from its rear fuselage. The second homed in on Franz. He felt the bullets thud into into his aircraft and suddenly heard Hanfried cough and his gun fall silent.

'Hanfried, are you OK?'

There was no reply, but he could hear Hanfried whimpering in pain. Hard left. The second Soviet fighter passed him, pulled up and vanished astern. The engine faltered, and the Stuka's nose suddenly fell. Franz could see flames fanning up from his port wing and his little bomber felt heavy. Gunther's voice came to him.

'Franz, you're badly on fire. Can you get down?'

'I'll try, Red Two. Assume command. Get my position if I make it and get help back here quick.'

'I'm staying with you.'

'No, you bloody well aren't. Get the lads home – that's a direct order, Red Two. Now get out of here, I'm busy.'

Gunther made no reply, but waggled his wings and flew on to join the others. Franz was fighting hard for control now. He was almost on the deck, and there was no time for nice, easy landings. The snowbound earth sped below him, a small hut flashed past him, then a copse, then it was open ground again. He could no longer see the flames; perhaps his headlong rush had blown them out. Well, there was always hope. He cut off the ignition.

'Brace youself, Hanfried,' he yelled out.

Then the Stuka hit the ground. The legs sheered off and the front of the cockpit burst in on him. They were cartwheeling through the air. He felt a hard blow on his head and a pain in his arm. The sound of tearing metal and Hanfried's scream of agony, then blackness . . .

When he came to, perhaps a few seconds later, perhaps minutes, everything was still and quiet. He moved his head slowly. It ached, and his neck felt sore. He carefully tried all his outer limbs; one leg hurt like hell, but he could stand it. The Stuka was lying on one side; the port wing had gone and she had tipped up with the remnants of the starboard wing cocked up to the sky. The nose was crumbled where the engine had been thrust back at right angles by the propeller boss, and the blades had all snapped off. There was no sign of fire, but in the deadly silence he could hear the *drip, drip* of petrol from in front of him. Got to get out!

He undid his harness and painfully scrambled up. The cockpit had disintegrated, and he felt blood on his forehead, but he could see and move. Steadily, wincing at the pain in his leg, he hauled himself clear of his seat and out onto the edge of the remaining wing. *Hanfried*! Could he lift him clear? He bent over the slumped figure. His radioman hung limply in his straps, his chest a mass of blood. Blood was slowly welling out of his mouth, and his tongue was swollen and protruding. His sightless eyes were wide open and staring out at Franz, as if in reproach. In death one finger still clutched at the trigger guard of his machine-gun.

Hanfried, my poor Hanfried.

Fogetting his own danger, Franz undid the dead man's straps. He had only a vague idea of why he was doing it. Maybe some notion of giving Hanfried a decent burial. It was absurd, of course; he couldn't lift him, could hardly move him. Hanfried's head lolled onto one shoulder, more blood spurting from his mouth, and Franz sank back onto the wing, exhausted. There was a sound of distant shouting. Franz slid quickly down the wing and ducked behind the fuselage. A sudden shot, and a bullet clipped a tiny portion of the Stuka tail. Partisans! Franz felt sick. There was no escape now. The pain in his leg intensified as he hugged the ground. The shouting was louder now. Two more shots thudded into the fuselage in front of him. He fumbled for his own gun. Take one with you, or use it on yourself! His fingers were numb; he couldn't get the gun out of his flying suit. He heard the men clearly now. Ruskies all right! This was it.

Then, as he lay in the slush and débris and waited for death there came the familiar sound of a Stuka engine. He looked up in disbelief. A solitary Ju.87 suddenly roared into view, machine-guns chattering. He heard the shouts of the Partisans in front of him change to shrieks and cries. The Stuka banked and made a second run; more machine-gun fire and the men in front of him were suddenly silent. The Ju.87 flew low over the wreckage. Dimly he saw an arm waving, then he blacked out once more . . .

He awoke the second time to find himself jostled and shaken unmercifully. What the hell was going on? As his vision cleared, he saw the stubbly face of a medical orderly looking down at him. The man had thick scarves wrapped round his head under his helmet and was smoking the butt of a cigarette. His eyes were friendly. Sensing Franz's bewilderment, he smiled.

'Ah, Herr Oberleutnant, you have rejoined us, yes?'

'What happened?' Franz croaked at him.

'You are a very lucky fellow,' replied the MO. 'Those Partisans nearly had you for breakfast. Stuka pilot stew, it's one of their favourite dishes. Added to which, Uncle Joe has put a big bounty on Stuka crewmen. They thought this was their lucky day, until your friend came back – then they knew different!'

Gradually Franz took in what had happened. Gunther had withdrawn as instructed, but had then handed over command to the Red Three. A German military convoy on its way back from the front had been close by, and Gunther had made them understand that they were to follow him. He had arrived in the very nick of time, had shot up the Partisans and kept their heads down until the German column arrived and killed or drove off all the survivors. The German commander had given up his MO and one truck to get Franz back to his base, and they were almost there now. Weakly, Franz muttered his thanks. The MO grinned back.

'We have to look after you fly boys. After what you did this morning, *we* owe you our lives. You stopped them cold. At least now we've a chance of getting out with our skins.'

'We're pulling back again, then?' asked Franz.

'Yes; we can't hold them this far forward. They've already broken through north and south of here. I don't expect you'll be at your base for long – I understand they're pulling back, too. At least you'll have a more comfortable ride than in old Henrietta here!'

'My radioman – did you manage to bury him?'

The soldier looked away. 'I'm sorry. No time. The Ruskies are close behind us. You understand, we can't even bury our own dead; they're too numerous and the ground is too hard. We covered him up with stones. It was the best we could do. That's war, I'm afraid.'

'Yes. I understand. That's war.'

'Merry Christmas, Franz!' bellowed Gunther, banging the door behind him. 'Look what I've foraged for our festive fare.' He banged down a bottle of vodka on the table in front of Franz, and tin mugs followed. 'And now, my masterpiece-*voilà*!'

It was a chicken – a little scrawny, perhaps, but undeniably, unbelievably, a chicken.

'How the hell did you manage that?' asked Franz, grinning in spite of himself.

'I have my methods,' replied Gunther, winking. 'Four miles from here there's a liberated farm owned by a peasant, to whom "Scorched Earth" is as big a heresy as Collective Farming. He hates the Communists even more than we do; they took his land away, let him work it again for them, then burnt it when we got close. But he kept his chickens – they and his family and his hate are all he has left. He loves us Germans, I tell you.'

'He can't love us that much when everyone else is starving. There's more to it than that, I'll wager.'

Gunther threw back his head in his old manner and laughed. 'Well, a little. He has three daughters – lovely girls, all of them. As becomes a saviour, I've been steadily liberating them also. Yesterday I liberated two of them of their pants and their virginity. What a way to spend a day, Franz! Two at a time! And they were grateful – so grateful in fact, that when I mentioned that my gallant leader was grounded, miserable and hungry, they offered their services to you as well. Knowing you, you damned puritan, I took the chicken and the booze instead. So, today we celebrate.' He poured two mugfuls of the spirit and handed one to Franz. 'Happy Christmas Franz. Here's to us, to 1942 and to Victory.'

'I'll drink to that, Gunther. God knows, we need all three.'

They drank steadily for a while, and Franz began to feel a bit whoozy. The heat of the hutment; the idleness which had been forced upon him by his leg for the last fortnight; the boredom; the bad news from the front – it was good to relax again at last and forget it all.

'When do you fly again?' asked Gunther, pouring out another generous measure of vodka.

'Not for another fortnight at least, according to the doctor. It can't be too soon for me.' He looked bleary-eyed at the big, bluff face of his friend. 'Your leadership in my absence has impressed the top brass, Gunther. I've got a Christmas surprise for you, too. You're going to get your own unit in the New Year. You're going to take over the 4th *Staffel*. Their CO is going back home to take over a flying school. And I've been told I am, too. Graz, Gunther. I'm going back there – only this time to teach, not to learn.'

'The 4th *Staffel*, eh! They need a boot up their backsides, all right; no wonder they gave me that. It's more like a punishment than a promotion. Hell, I'm not a leader, Franz, I just like to fly and fight. You know that.' Gunther looked squarely at Franz. 'Training at Graz, eh? You'll enjoy that, my friend. You'll be able to take Helga and the children down there. A year away from the front – it'll be wonderful for you all. It's about time you got them out of Hamburg. But what will I do without you, my friend? We're a team, you and I.'

'You'll manage, you old bastard. You never listen to my orders anyway.'

'If you mean the other day, it was necessary.'

Suddenly there was a spark of tension between them. Their tongues had been loosened by the vodka, and the truth was naked and in the open.

'Was it necessary, Gunther? Was it really?'

'Of course it was. We destroyed thirteen tanks that were getting away, and covered your tail.'

'You wasted the lives of four young men, Gunther – needlessly. What are thirteen tanks among the thousands the Ruskies have. To us, every crew is worth their weight in gold. Priceless.'

'Now look, my good friend,' Gunther was pressing forward, thrusting his face into Franz's. 'Those thirteen tanks could have turned around when we were gone and smashed our boys flat again. The line would have busted wide open and not four crews, but thousands of good German soldiers would have been dead – or worse – by now.'

'You disobeyed my orders twice, Gunther, and you know it. Hell man, we could have refuelled and returned in an hour with no further losses.'

Gunther relaxed, his speech slightly slurred. 'Well, it's a damn good job I disobeyed the second time, or else your arse would have been shot off good and proper. *Sir.*'

Franz felt defeated. He couldn't go on like this. Not with Gunther. Perhaps it was a good thing that they were splitting up – a good thing that he was going back to Graz to regather his wits, leaving Gunther to his killing and his hate. He suddenly realised how little they had in common.

'You saved my life, Gunther. For that I'm in your debt. But I still think that four other young lives could have been saved if you had obeyed orders. I wouldn't say this to another soul, you know that, but I still feel it, Gunther. I still feel it.'

'*Pah*. Saving your life. Sentimental rubbish! You'd have done the same for me, Franz and you know it. Except that you'd never admit that you might disobey orders to save a friend.'

'I wouldn't have done it, Gunther,' replied Franz steadily. But Gunther laughed it aside.

'What rubbish we're talking! We should be celebrating. Christmas, promotion, re-union with your lovely family – *and* a chicken! Come, let's take it over to the cookhouse and watch it roast.'

Grabbing the chicken and the vodka, Gunther walked unsteadily to the door and Franz followed him silently. From the wall, a picture of Adolf Hitler glared down at them.

'Heil Hitler, and a Happy New Year,' shouted Gunther, throwing his arm up in salute, the chicken dangling incongruously from his hand.

'Heil bloody Hitler,' thought Franz. 'The chicken has had its neck wrung. But who will be next, my Führer? Who will be next?'

8
Earning it

For two hours now, the *Radiant* on the starboard side of the convoy's screen had played cat-and-mouse with the German U-boat. They had first sighted her tiny, black conning-tower as a distant speck on the horizon some ten miles away, her image magnified by the refraction of the sunlight on the arctic sea. No doubt at that distance, the U-boat skipper had imagined himself safe from visual detection, and with the smoke from the forty-odd merchantmen of the convoy giving him a perfect and easy mark on which to home in for his attacks.

It was far from ideal submarine weather, from the German skipper's point of view. At 76 north, some distance south of the tip of icy Spitzbergen, the sea was usually a foaming cataract from hell; today it was uncharacteristically peaceful. The pale sea was glassy calm, stretching away into infinity to merge with the pale sky, the two shades so perfect a match that it was impossible to tell where one ended and the other began.

Richard's reactions had been automatic. The signalman was immediately told to send a sighting report by Aldis to Captain (D) in the *Rigorous*. While this was being acknowledged with a curt 'Good hunting', Richard had instructed the chief below to crack on maximum revolutions and given orders to the helmsman to bring *Radiant's* bows creaming round it in a tight arc. The U-boat's tiny silhouette was now lined up dead in the 'V' of the sight on the compass on the destroyer's bridge. Soon, the knots were building up and she was tucking her square stern firmly into the still water, the bow-wave under her wickedly-raked stem piling up as she cleaved through the water, leaving an impatient white-and-green wake bisecting the sea behind her.

Soon the conning-tower loomed closer, still – incredible as it seemed – completely unaware of the oncoming destroyer. The slender barrels of 'A' and 'B' 4-inch guns were raised in quivering anticipation, pointing dead ahead, their guns crews closed up in impatient readiness. Looking along the bridge gunsight, Richard willed the *Radiant* onward, her hull shaking at 37 knots. By his side, his first lieutenant, Tony Ransome, the young sub, Manning, nicknamed 'Squirrel' by the wardroom for his bustling, fussy manner and eagerness to please, and the chief yeoman of signals, Bush, all had their glasses and telescopes locked onto the German sub. All, with Richard, were silently willing its lookouts to remain as blind for another few moments as they had been so far.

'Forward guns on target. I think I can reach the target now, sir.'

The pointed reminder from the first lieutenant was right on cue. As it came, Richard was already preparing to give the command 'Open fire.'

'Target is diving, sir,' came Bush's taut comment as his powerful telescope remained locked on to the horizon.

'Blast, they've spotted us,' murmured Squirrel angrily.

'Open fire,' ordered Richard.

At once there came a crash and jar from 'A' gun and a sharp concussion as the shell roared away and a cloud of brown smoke blew back. Now 'B' gun followed, its shell winging over the sea, hard in the wake of the first. Already 'A' gun had run back, the breech opened, and another shell and charge had been slid in. Richard watched the smooth rhythm of the loading teams as the shell was punched into the breech, which clicked shut. *Crash* – another shell sped forth.

Richard again levelled his powerful glasses along the gun-sight: already the conning tower was hardly visible. She had crash-dived at last – they must have been completely blind not to have done so before. He wondered why. No matter, they were losing her now. The first two shells ploughed into the water close alongside the boiling froth left by their target, and two more slammed in soon after; then she was gone. Now it was up to the Asdic crew.

Richard ducked into the plotting table room, merely an improvised table set in one corner of the wheel-house. Over the chart, the navigator was running a thin pencil line along his rule. The course and speed of the *Radiant* were fed automatically into the plotting table by the gyro compass and chernikeef log, the actual position of the destroyer at any given moment being indicated by a light which shone up through the glass of the table onto the underside of his chart. The Asdic sang its melancholy note from the Asdic hut, but without response.

'We opened fire at a range of three miles, sir. At our present speed we'll be over her diving position in five minutes.'

'Very good, pilot,' acknowledged Richrd, straightening up and returning to the bridge.

'Tony, we'll commence searching to starboard now. Come about on to 050 degrees.'

'Aye, sir.'

Richard bent over the voice-tube again. 'Chief!'

'Sir.' The placid Northumbrian tones of Engineering Officer McDivitt came back up to him at once.

'She's dived, Chief. Reduce revolutions – I'm going to start a search to the right now. But stand by to crack it on again as soon as I yell.'

'Aye, sir. Do you think we hit the bastard?'

'Doubt it, Chief, but we'll nail him yet.'

Richard swung back upright, chuckling to himself. McDivitt would give Tony hell after this; his precious engines had gone flat out and then Tony's guns had missed a sitter. Richard could just imagine the words that would fly about later – and it wouln't make any difference how this hunt turned out.

All the same, he spared a brief thought for McDivitt and the 'Black Gang' of stokers down below on their fragile catwalks, amidst the plunging and pulsating machinery under the waterline – the great boilers, the pipes full of scalding-hot steam and the oil fuel tanks. The place was a bedlam of noise and frenzied activity; and just outside the thin steel plates that encased them all down there, was the Arctic Ocean and somewhere a very short distance away, a very angry and frightened U-boat captain, who might even now be lining up *Radiant* in his sights. He didn't begrudge McDivitt his humour.

The destroyer had slowed down appreciably now, her great white bow-wave dropping away. She slid easily through the flat-calm water, the questing tone of her Asdic and the alert men on her bridge scouring the water around them for a glimpse of their quarry. Far away behind them, the convoy was steadily ploughing its way south-west; already the rear escorts and the rescue ships were hull-down and out of danger. Should he call off the hunt now? After all, *Radiant* had done her job: the U-boat was down, and more intent on saving herself than keeping in contact with the convoy for the moment.

'To hell with it,' thought Richard. 'I'll keep her down until she's completely harmless. Better yet, I'll get the bastard!'

Radiant had cut a wide arc and was now running down the last known course of the submerged submarine. Suddenly the pinging from the Asdic hut changed in the intensity. There was a return echo. The operator, Leading Seaman Carter, sang out, his voice cracked with excitement.

'Firm echo, sir. Large submerged object moving right, at about five knots.'

The *Radiant's* knife-edge bows were brought round, in line with the latest estimate as plotted on the little chart table. The navigator followed the new line of the point of light, marking a series of dots ahead of it as each new contact came in.

'Bridge-plot. What do you make of it, pilot?'

'Looks good, sir. Firm, and moving at about five knots steady.'

'Right!'

Steadily, *Radiant* bore down on the hidden enemy. Richard cast a quick look astern. Down on the quarter-deck he could see Lieutenant Maynard and his various depth-charge parties standing alert and ready by the traps and throwers. The intensity of the Asdic had reached a new peak, the echo and return almost on top of each other now.

'Attacking. Stand by for full pattern attack.'

The navigator watched as the pinpoint of light ran down the final gap.

'Fire, full pattern.'

There were four jarring shocks and a rumble as the depth charges left the chutes at the stern of the ship. On each side the great, grey canisters fired by the throwers sailed up into the sky in a lazy curve, their primers falling away from them. *Radiant* ran on, cutting a broad furrow astern.

Suddenly the sea heaved and boiled in her wake, and again – twice, on each side of the long, white trail. Four mountains of dirty, grey water boiled up into the air and the sea shook, the concussion whipping the slender destroyer.

All eyes were fixed astern in hope and expectancy, waiting for the welter of foam as the black, shark-like hull broke the surface. But as the explosions died away and the surface of the water settled back to its previous calm, nothing happened. From the Asdic hut came the voice of Carter, matter-of-factly shattering their hopes.

'Lost contact, sir.'

'Very well.'

Richard felt a surge of anger in his heart, but it was quickly replaced by a resignation and firm resolve. So; the German might have been caught napping like a rank amateur, but now he was down below, in his true element. He evidently knew his stuff.

'We'll come about, Number One. Start a box search.'

'Aye, sir.'

Richard saw the disappointment in Tony's face but thought: What the hell – it isn't a bloody game or a film. You don't sink U-boats with one lucky depth-charge. You have to earn your luck.

'I'm going below for a bit. Call me the moment we regain contact.'

Richard had been on the bridge for eight hours solid now and felt in desperate need of a cat-nap. Until that Asdic stared singing again, he was going to close his eyes, if only for a moment.

He stretched out on his sea cabin, the spare Asdic headphones on his head, and was almost instantly asleep. But it was a fitful doze, interrupted by flashes of memory as his tired brain tried to cope with a thousand impressions and warnings that had crowded in upon him during the previous fortnight. He remembered the assembly of the escorts for the Russia convoy at Scapa Flow – and recalled how close they had come to colliding with that American heavy cruiser off Hoxa; the flurry of signals, the tall bows looming up over *Radiant's* bridge, the frantic bout of orders . . .

The briefing of the escort commanders aboard the flagship; the pompous voice of Vice Admiral Sir Robin Edwards, Vincent's father . . . Poor Vincent, he had almost forgotten him and that day at Dunkirk, so much had happened to him since. The Admiral was known to all the irreverent young skippers as 'Bullshit Rob' and his stirring rhetoric could have come straight out of a British Movietone News broadcast. Seemingly oblivious to his general unpopularity, Rob had hectored them for over an hour about the importance of convoy PQ.20 to the war effort, of how our gallant Russian allies were holding back the ferocious Hun, and how every tank, plane and box of ammunition we could get through to Murmansk would be vital. Richard had discussed this aspect of their mission afterwards with several of the officers, and they had all come to the same general conclusion. Which was that if it was so vital to ship tanks and planes to the Russians – who'd never asked them for help and certainly never thanked them for it, forever moaning that it wasn't good enough quality and that there was too little of it – why had it not been considered vital a few months ago to ship these self-same tanks and planes to British possessions in Malaya, Hong Kong and Burma, all of which had fallen to the Japanese in a matter of weeks for want of such equipment. They could make no sense of it; it was obviously a decision reached at the highest level. They only knew that they and their Merchant Navy cousins would have to pay the price. No Russian escorts were available to help them in their task, although they were told that they would be met, two days out from the Kola Inlet, by four destroyers.

He thought back to the threats that 'Bullshit Rob' had sketched in for them: the *Tirpitz, Scharnhorst, Admiral Scheer* and *Hipper* all lurking in their Norwegian fiords close to the convoy route, with a cluster of big destroyers, each twice the size of the *Radiant* in tonnage and gun-power, ready to swoop on the convoy at the first opportunity. He had warned how the Germans had been steadily reinforcing their U-boat strength in that area and could call on thirty submarines to dispute their passage. He had cited the latest intelligence reports on German air strength in the region: a hundred or so Ju.88s, four or five long-range Kondors to scout for them, and – a new element – fifty or sixty He.111 torpedo bombers, fresh from their training camps at Grossetto in the Mediterranean, and eager to try their skills on PQ.20. All told, it was quite a full hand to pit against thirty-six merchant ships.

But Edwards had also extolled the virtues of the new-style escort: the anti-aircraft cruiser *Bacchante*, one of the new *Dido* types, armed with 5.25-inch dual-purpose guns and a whole host of close-range weapons, plus the latest radars; the sixteen destroyers taken from the Home Fleet's best flotillas, including the *Rigorous, Radiant, Restive* and *Retriever* from Richard's own flotilla, four 'Tribals' and eight older ships; the six corvettes and six minesweepers; the rescue ships – four in all, a new feature to ease the strain on the escorts – and last but by no means least, one of the new escort carriers now being turned out wholesale in American shipyards and made available to the Royal Navy. The *Hitter* carried six Swordfish and three Sea Hurricane fighters, and these had all, as promised, played a great part in getting the convoy through.

For they had got through after all. The big German ships had stirred; they had heard snatches of the signals that had flashed through the ether from a worried Admiralty to the C-in-C Home Fleet, some hundred miles or so astern of them with his two *King Georges*, his big fleet carrier and four heavy cruisers, including two American, one of them being the *San Remo*, with whom Richard had almost terminated his career at Scapa. In the event of the Germans coming closer, the escort had its own well-rehearsed drill of what to do to protect the convoy. Mainly it consisted of all sixteen destroyers heading straight for the biggest opponents, laying smoke and hoping to get in a torpedo attack while they were still afloat. Richard remembered the 'plan' he had thought up for such an eventuality back in 1938, and old Ratcliffe's patient reaction to it. Where was Ratcliffe now? he wondered. Thank God, the strategy had never been put to the test. The Jerries had got wind of the Home Fleet's strength and of their efforts to intercept them, and had hightailed back to Narvik and Altenfiord at a high rate of knots.

But the submarines had not held back, and nor had the bombers, though neither had achieved very much: three merchantmen had been torpedoed, but two U-boats had been sunk in return – it wasn't a good rate of exchange for the Germans. The Ju.88s had fared no better: no hits at all, though plenty of near misses. But the torpedo bombers – they were something else again. Richard would never forget them. He remembered how they had first hove into view, climbing over the rim of the world like a long line of evil phantoms, skipping over the wave crests towards the startled convoy, apparently immune to the hail of flak that greeted them. The merchantmen had been far too slow to turn about; many, indeed, seemed to take no action at all, but steamed steadily on in their regular lines, ten deep, while the aircraft released about eighty torpedoes against them at point-blank range.

The carnage had been dreadful. Ten ships had been hit in as many seconds, and soon the convoy was a mass of burning, sinking vessels. Meanwhile the torpedo bombers continued to weave in and out of the survivors, pursued by light flak from the untried American ships that was more of a menace to the remaining ships than to the bombers. Two 40-mm Bofors shells had slammed into *Radiant*'s bridge structure, fired by some wild-eyed American gunner from a Liberty ship in the nearest column. But all of this was eclipsed by the dreadful memory of the destruction of the *Joseph P. Malone*, an ammunition ship that had taken two direct torpedo hits. One second she was there – 15,000 tons of steel, crewed by forty seamen and twenty gunners, her decks packed with TNT, shells and depth-charges. Next second there was only a huge towering cloud of smoke, an enormous concussion that shook *Radiant* through and through, and a few smears of wafer-like débris.

They had got through even this, and twenty-one ships had finally reached the Kola Inlet. The German aircraft returned to their bases; the U-boats gathered further south for the return convoy, and the German big ships anchored and wrapped themselves in torpedo nets, deep in their fiords. The Russian destroyers arrived a day later, shot up every bit of floating driftwood and depth-charged every available wavecrest and announced that the convoy was now safely under their protection. Unfortunately this bit of bravado lost its meaning – if it ever had any – when two of the American merchant ships strayed from the channel into Murmansk and sank themselves on Russian mines. No doubt the wires between the Kremlin and the White House were still humming.

And so, nineteen ships out of thirty-six made it safely to Russia. Richard recalled the heady scent of the fir forests that lined the water for mile after mile, as they picked their way up river. He recalled the Russian sentry on the quay where the *Radiant* and other ships of the escort had tied up alongside a couple of American freighters. One of the American skippers had met him there for a run ashore, bringing him copies of the *New Yorker* and thick American cigarettes, Philip Morris and 'Luckies', in exchange for a completely illegal bottle of Scotch which Richard had been saving for a rainy day. The thick-set and heavily muffled Russian sentry had come straight up to them as they exchanged the gifts and had stuck his American tommy-gun into the American captain's stomach. He had then taken the cigarettes and kept them, the whisky, and kept that, and had flicked through the magazines without comprehension before giving them back to the Americans. Then he had left them. Some ally! Some alliance, built on complete and mutual incomprehension!

They also remembered the Russian children, dirty and ragged, who hung around the wharf, dodging the sentries and raiding the rubbish tips of the Allied ships in search of food and clothing. The sailors threw them cigarettes, which the ten and eleven-year-olds smoked like veterans. So much for freedom from want. '*Ping . . . Pock. Ping . . .Pock.*'

The noise in his headset penetrated his uneasy sleep instantly, the subtle change of the response immediately triggering him to wakefulness again. As he began to wrench his weary body up again, he felt a hand shake his arm.

'Captain, sir.'

'OK. Barnes, I know.'

'Thought you might like this, sir, before you go up.' His steward offered him a large mug of steaming hot tea. 'Nothing like a cuppa for hunting submarines, sir!'

Richard took the mug gingerly and nodded his thanks. No matter what time of the day or night, Barnes always seemed to have a mug of tea ready for him, his cure for all known evils. Like some hoary, sea-booted Jeeves the diminutive figure of the steward would suddenly appear at his elbow with it. Richard had given up wondering how he managed it with his other duties and action stations responsibilities.

Barnes took the earphones off his head while he sipped the scalding brew and reached for his helmet.

'I'll take it with me,' he smiled, and stumbled up to the bridge.

He looked at his watch. It had only seemed like seconds, but he saw now that he had slept for almost an hour. When he reached the bridge, he saw the first lieutenant and Squirrel in an excited huddle. The song from the Asdic cabinet had increased in tempo. Richard looked around him and was startled to see that the rearmost ships of the convoy were once more in view. Damn! He instantly realised what had happened. The U-boat captain was a craftier old fox than he had given him credit for. Instead of taking evasive action when he first went down, as expected, he had taken a chance and had steered the least expected course, straight for the convoy to take up his shadowing once more.

'Good work, Tony. How did you know he'd be here?'

'I didn't, sir,' admitted Tony ruefully. 'Fact is, Captain (D) ordered us to rejoin the screen about ten minutes or so ago. Apparently the Admiralty estimate is of twelve U-boats now in contact and he wants us all tucked in. I was going to wake you then, but as we ran in we picked up the blighter's echo again, heading in the same direction.'

'Contact steady, dead ahead, sir,' came Carter's monotone from the Asdic hut.

'Attack.'

Once more the destroyer slid down the invisible line of sound that joined her to her quarry. Again the depth charges sailed into the air and rolled over her squat stern. Again the water heaved and bubbled as their cargo of TNT punched up from the depths. Richard thought of the submarine skipper below him, imagining his surprise at being caught from astern, at the realisation that his audacious plan had failed and that he was now trapped with escorts on both sides of him. He tried to imagine the fear and tension in that tiny, cramped hull below him, the sweat and the heat; the dread as the explosions crept nearer and shook and tossed the submarine pitilessly about.

'Lost contact, sir.'

Again they looked astern, hopefully. But again they were unrewarded.

'We'll try again,' said Richard.

'Signal from *Rigorous*, sir,' yelled the yeoman from the far side of the bridge.

Richard looked across the miles of water to the convoy. From the bridge of one of the wing escorts, which he could just make out as his flotilla leader from the thick, black band on her funnel top, a light was winking at them. 'REJOIN SCREEN IMMEDIATELY. TAKE *RESTIVE'S* POSITION. SHE IS TO REFUEL.'

'Hell!' breathed Richard. 'Just when we had the damn submarine dead to rights.' He half-considered sending a signal back to *Rigorous,* 'Am in contact with enemy submarine,' or something like that, in the hope that Captain (D) would allow him to get on with the job. Then he realised that this was foolish: they had shaken the U-boat up for the second time, and he was hardly likely to try that tactic again. Anyway, contact was lost, and no doubt Captain (D) knew the overall picture. With twelve U-boats homing in on the convoy, he wanted his team to be at full strength, fully topped up and ready for the fight.

'Acknowledge. Steer 040.'

The *Radiant* came about and headed towards the rear of the screen. As they came up to her, the *Restive* made sympathetic signals. Her captain was only a few months junior to himself; obviously he knew how he felt. 'SORRY *RADIANT*, DOWN TO MY LAST THIMBLE-FULL OF JUICE,' Richard read.

'Make "Remember it's your round when we get back",' he told the yeoman, who turned to this task, winking at his mate as he did so.

'The Old Man's bloody furious, Nobby,' he chuckled.

'So would I be,' replied his chum.

Richard watched as the *Restive* moved out from her position as flank guard and prepared to search for the oiler, hidden deep in the centre of the convoy lines. Suddenly he saw a huge column of water rise up from her amidships and her torpedo tubes, wrenched completely off their mountings, flew up into the air.

Spurts of black smoke coughed up from her funnel and there was a steady roar of high-pressure steam escaping from fractured pipes. The torpedo had hit her slap in her main engine room, the largest compartment in the ship. The water was pouring in through the gaping hole, and already the *Restive* had taken on a list to port.

That bloody U-boat! Curse her! Richard knew it might have been any one of the other twelve that had fired that fatal torpedo, but his mind refused to acknowledge it: it was *his* bloody U-boat – the sitting duck he had twice missed killing.

Minutes ago he had felt pity for her skipper and her crew, and now she had torn asunder his flotilla mate. His own friends were dying under his very nose as a result of *his* failure.

Busily flashing instructions to her brood, the *Rigorous* and *Retriever* steered out along the torpedo tracks in an attempt to locate and attack the submarine. The *Radiant* was ordered to close her companion and see what help they could give. She was joined by two of the other destroyers, who took up patrolling positions, while Richrd got in as close as he could. Despite the sickening list, the *Restive* was still afloat. The fact that she had been low on fuel had meant she was riding high before she had been hit, and had also helped to minimise the fire hazard. According to her skipper, her main engine-room and gearing room were flooded and the water was seeping into the adjacent boiler-room, but the main bulkheads on both sides had been shored up and were apparently holding firm for the moment. There was no power, of course, save for the auxiliary diesel generator – not the most reliable piece of equipment – but while this was working, the bilge pumps were coping with the inrush and holding her steady. With the *Rigorous* now over the horizon, the *Restive's* skipper looked to Richrd for judgement on the fate of his ship.

'I'm not giving up without a fight,' Richard told him. 'We'll try and tow you home.'

It was quite a decision. They had several hundred miles to go before the nearest friendly port, through waters that were infested with submarines; and although all remained calm at the moment, the seas ahead were notorious for bad weather. However, when Captain (D) returned to the little group of four destroyers half an hour later after a fruitless hunt of his own, he fully agreed with Richard's decision, as did 'Bullshit Rob' when he was informed. In fact, he even sent back one of the ocean-going trawlers that formed part of his team to effect the tow and help out as best she could. It was a happy thought, and Richard began to wonder if there was a side to the Admiral that he hadn't been aware of before.

After a hurried consultation, Captain (D) hurried away to rejoin the convoy taking with him the *Retriever* and one of the other destroyers. He had explained to Richard that they couldn't spare any further escorts and that he would have to make his salvage attempt with the aid of the destroyer *Desperate* and trawler *Count Magnus*. Richard fully realised the odds were against them, but he was grateful for the chance. The nearest port was the bleak Akureyri fiord in Iceland, and that lay some 700 miles away. If they could get the crippled *Restive* that far, she could be beached and probably saved. There seemed little else to discuss. After a brief 'GOOD LUCK', the *Rigorous*, *Retriever* and *Doughty* hastened after the convoy and were soon little more than smudges on the horizon. When even these signs of friendly contact had vanished, the little group had begun to feel very lonely indeed.

The important thing, Richard had agreed with Captain (D) before he left, was to get any survivors who weren't needed off the listing destroyer, to jettison as much of her top weight as possible and to get a tow started, so as to get away from the main convoy route and the questing submarine pack. Hopefully, the U-boats would concentrate on the convoy and leave the salvage group in peace once they had come clear of the normal submarine patrol zones.

While the *Desperate* maintained a ceaseless anti-submarine patrol around them, *Radiant* and *Count Magnus* got to work. Fortunately the glassy calm made the initial tasks fairly simple. While the trawler ran alongside the *Restive* and took on board the surplus hands and the wounded, the hawser was passed across to *Radiant* and made secure to the towing slip at her stern. Then the mammoth task of ranging her steel rope and shackling it to her anchor chain was accomplished, and some of it paid out to take the strain of any sudden whipping between the two ships. Once the tow was established, it was found that the cripple was yawing at the end of the rope, and it was only by hand-steering that her captain was able to keep her steady in *Radiant*'s wake. Tony was organising things on the quarter-deck, and Richard joined him there before nightfall. The taut wire was humming and vibrating and looked as if it would snap without much further pressure.

'I don't like the look of it, Tony. If it keeps on shuddering and jarring like that, it won't last the night out. Better range our own tackle now in readiness for when it does.'

'What speed do you think she'll stand?'

'I doubt if she'll take much more than five knots. I've been doing some mental calculations. If we can hold her at that speed, we'll be at Akureyri in five days or so. That's if the weather holds, her bulkheads hold, the U-boats lay off and our fuel lasts out that long.'

'Is our fuel situation that bad, then, sir?'

'Well, it's not good. *Desperate*'s skipper reported that he re-fuelled about four hours ago, so he thinks he can make it. But if the patrolling continues for more than two days, he'll be in trouble as well. At least *Count Magnus* is OK – those trawlers can run on a tin of lawn-mower fuel if needs be.'

Tony looked at Richard as they stood in the shadow of 'Y' gun, watching the *Restive* wallowing astern of them while her skeleton crew cut away as much of the top-weight as they could and dumped it unceremoniously into the sea astern.

'I've been doing some calculations too, sir,' he said.

'Oh?' replied his captain wearily. 'Did you manage to work out why we didn't nail the bloody submarine when we had two chances?'

'No. Not that. There was nothing more we could have done, sir. You know what Asdic conditions are like up here. No, I was thinking that if that submarine attacked about five minutes later than it did, it would have been us who copped that torpedo, not the *Restive*.'

Strangely enough, Richard hadn't thought of that. Now he grunted, recalling the last time it had happened to him: pitch-darkness, no warning, the *Hyaena* plodding along, keeping watch on the darkened ships in the nearest line, the silence of the night and the barren wastes of the Atlantic all round them. Then . . . He shook his head, as if to chase away the memory.

'Luck, Tony. It cuts both ways. So far that damned German has had most of it. Perhaps it was our turn then. Let's hope it's *Restive's* now.'

They resumed their gaze astern. From the starboard quarter of the *Restive* came a series of muffled splashes that were almost immediately lost in the gloom and silence. The only sound now was the creaking of the tow wire and the muffled hum of *Radiant*'s turbines. In the distance, a black silhouette against the horizon, *Desperate* continued her patient beat. A little astern, the chunky hull of the *Count Magnus*, her tiny decks crammed with survivors, chugged along as long-stop.

'More top-weight being jettisoned, I suppose. I didn't think they'd find that much more to get rid of.'

'That wasn't top-weight, Tony. They're burying their dead.'

Feeling as if they were prying on a family event, the two men turned away from *Restive*, as further packages slid over her side and bobbed briefly behind her before sinking . . .

Two days later, they were still plodding westward. The hawsers had snapped that first night, as they had expected, but *Radiant* had quickly secured her fresh tow. On the first day, volunteers had been sent across to the *Restive* in *Radiant*'s motor-cutter to relieve the dog-tired skeleton crew and to lighten her further by hauling ammunition and stores topsides for disposal. But *Restive*'s skipper refused to leave her bridge. *Radiant*'s team of seamen and stokers went over under the command of the Squirrel, who was eager as always, despite the fact that he would have to camp down under tarpaulin covers on deck; nobody was allowed below once the jobs were completed, so slender were the destroyer's chances of staying afloat.

As the hours dragged by, it became clear that they were slowly but surely losing the fight to keep the water out of her remaining compartments. But what was worse, far worse, was the alarming story that the barometer was telling. For forty-eight hours it had been dropping steadily and as Richard arrived on the bridge that morning – 'morning' meant anything in this region of continued watery sunlight – he felt the touch of an icy breeze that was stiffening the ship's ensign and gusting the signal halyard above his head.

Instinctively he looked astern, as he had so often during the previous two days and nights. What he saw made him purse his lips in distaste. The *Restive* was now beginning to dip her bows in response to the combination of the wind on her tilted hull and her reduced buoyancy.

A telephone cable link had been established via the hawser between the two ships. Richard crossed over to the speaker. Squirrel's voice came back to him.

'She's still just about holding, sir,' he said, optimistic as ever. 'But she can't take much more of this. If the wind increases, we'll lose her.'

'Where's Lieutenant-Commander Simpson?'

'Sleeping at the moment, sir. Shall I wake him now?'

Richard scanned the horizon. The wind on his cheek was without doubt stronger already. The sky was becoming overcast as cloud banks drove in from the east. It didn't look good.

'Yes, wake him up, Sub. Tell him I'd like a word with him.'

Tony caught his eye. 'This is it then, sir?'

'I'm not losing any more men for the sake of that ship, Tony. But I'm not losing either if I can help it.'

Simpson's tired voice came over the wires.

'How's she standing up, Eric?' Richard repeated his question.

'Not good. The old girl's done wonders so far, but I think this'll be too much for her. I've ordered everyone up and prepared the rafts. What are you going to do?'

'I can't try an oil slick to calm down the waves – we just don't have the fuel to spare. I could come alongside and lash myself to you, but we'd stand a good chance of losing both ships. I'm ordering *Count Magnus* to close astern of you in case you have to get out in a hurry and I'll bring *Desperate* in close to your starboard bow while I keep in to port. That might help a little. We'll have to risk the submarines. If this weather gets much worse, they'll be unable to attack anyway, and we're well off their beaten track.'

'Thanks, Richard. I've got fifty-six men left aboard. I don't think I can manage with any less than that. The water's still rising, I'm afraid; all the auxiliary pumps are out. But while there's the faintest chance of saving her, I'd like to stay.'

'I understand. But much more of this and I want you out of there pronto.'

'Agreed. Your men have done wonders.'

'We're not beaten yet,' replied Richard. But he knew they needed a miracle now.

Two hours later, without any warning, the full force of a gale hit the little group. The snow followed it, freezing as it struck, and soon it was all the men could do to see the other end of the tow line. Richard struggled down to the quarter-deck again, holding onto a lifeline and almost being torn overboard. The seas were kicking up now in short, jerky crests, their tops flattened off by the wind and gusted away in spray. He found Tony crouched in the scanty shelter of 'Y' gun's shield. He had to yell into his ear to make himself heard above the roar of the storm.

'The wire's holding, but *Restive* can't possibly last much longer in this. There's fifty-seven men crouched out on her foc's'le. Are the scrambling nets rigged?'

'Yes, we got them over earlier and most are still in position, if we can use them in time.'

Both men knew that the *Restive*'s company would stand little chance in those icy seas.

'When she goes, it'll be quick,' replied Richard, 'so be ready.'

By a miracle, not only did the tow hold through the night, but *Restive* remained afloat, although by dawn her wallowing, listing progress was terrible to behold. The wind had died down somewhat by then, but the seas remained high and jerky, the sky dull and dark and the temperature continuing to drop steadily. Through the spindrift Richard could make out the huddle of men around her 'B' mounting and the tiny forms of Simpson and Squirrel on her bridge. Finally he came to a decision. He would place the trawler as close astern as he could, while he and the *Desperate* positioned themselves downwind of the *Restive* with their scrambling nets rigged. With luck, those that the *Count Magnus* lost would be blown onto the sides of one or other of the destroyers. With luck.

He was about to give the orders, when a cry came from one of the lookouts.

'Smoke bearing Red-one-nine.'

They followed his outstretched arm. There it was, faintly on the horizon, barely discernible through the overcast: a darker column of smoke, then another and a third. Coming from the direction of Iceland, it could only be help of some kind. At last.

A couple of hours later they were in full sight of the group, which consisted of Captain (D) in the *Rigorous*, with the *Retriever*, a large ocean-going tug and an oiler.

'THOUGHT YOU MIGHT LIKE A HAND.'

Richard read the signal, as did Tony at his side. He felt like throwing his cap in the air for joy.

'Thank God,' said Tony.

'Yes,' replied Richard. 'Thank God.' He reached for the speaker. 'Hello, Eric. You saw the signal?'

'Yes. Looks like the United States Cavalry came to the rescue just in time. Remind me to buy Captain (D) a drink as well as you!'

'Congratulations, Eric. You saved your ship, and most of your crew.'

'You mean *you* did. Thanks.'

'Just send me back Squirrel as soon as you can. He's the only one who thought we could do it all along!'

The *Rigorous* swept past on opposite course, a flurry of bunting at her masthead.

'The old man's gone potty,' breathed the yeoman to his oppo. 'Look at that lot from Captain (D). We're a tiddly ship all right, I can tell yer.'

'WELL DONE *RADIANT*,' spelt out the flags from the flotilla leader.

'Take over, Tony,' said Richard. 'I'm going to have a bath and four hours' straight sleep. *Without* the headphones.'

9
Interlude

The clear, fresh sky over Graz was completely void of clouds or aircraft, save one. An ancient little biplane was wheezing its way towards the mountains, like a fly crawling across a window-pane. At the controls, Franz gazed around him and hummed to himself. Helga sat behind him, her pretty face entranced by the beauty of it all, but looking very slightly nervous. She, after all, had never flown before.

Since joining the flying unit, Franz had become his old self again. One of his first steps had been to send for Helga and try and get her out of the hell of Hamburg; after several sessions with his Chief, he had finally arranged it and had found them a large flat in the town, above a butcher's shop. It had its own little veranda with just enough space for two chairs side by side, and in the calm of the summer evenings they sat contentedly together, holding hands, talking as they had not done for years, sipping their drinks. When the sun went down over the town and the distant peaks, they retired inside and made love through the night hours, re-discovering each other after the nightmarish tensions that had threatened to destroy their union.

For Franz himself it was a perfect respite. The war seemed a million miles away. He had Helga to himself, he had tranquillity and peace, and he had all the flying he needed – indeed, more than he had expected. The classes of fresh recruits passed through the training school a dozen at a time, and there were usually five or six classes undergoing their courses at any one time, watched over and guided by veterans from the front such as himself. The mess was a happy one, and he had met several old friends there whom he hadn't seen since 1939. In spite of that, Franz tended to avoid this type of socialising; on too many occasions, the conversation would stop abruptly at the mention of some name or other, a long-lost mutual acquaintance, perhaps, who had failed to return after missions from the North Cape to the Volga.

One could hardly avoid the war; that, after all, was what his job was about – to train fresh Stuka crews to fill the ever-growing gaps in their ranks. In this, Franz was as dedicated and careful as he had always been. Remembering the carelessness he had seen all around him in action, the lives thrown away for lack of simple precautions, he stressed the importance of thorough training to his pupils, emphasising how their lives, and the lives of their comrades, depended on it. He was systematic, going over lectures again and again, keeping a close eye on his cadets as they flew and exercised, never failing to seek out weak points and point them out , working and working until they were smoothed over. His classes soon learned that his nickname of 'Careful Franz' was more than justified. Many of his cadets, impatient to get to the front and earn their laurels, perhaps didn't appreciate the extra work Franz put in on their behalf; but just as many found that his thoroughness and attention to detail literally saved their lives.

The hell and misery of the Eastern Front became unreal when viewed from the sanctuary of the Austrian countryside. The papers and magazines, as well as the wireless, were full of news of crushing victories and spectacular advances as the great

Summer Offensive of 1942 rolled forward to the south-east. The terrible hardships and enormous casualty lists of the previous winter, the lost prizes of Leningrad and Moscow, all were forgotten as the German armies plunged ever deeper towards the oil fields of the Caucasus. Sebastapol fell and the huge pincers moved ever nearer the great city of Stalingrad, which seemed certain to fall within weeks at the most.

This mood of buoyant optimism was also reflected in lesser theatres. The brilliant successes of Rommel, culminating in the fall of Tobruk, left the British on the run again for the third year in succession. The U-boats reported larger and larger tonnages of Allied merchantmen sent to the bottom; and even the entrance of the United States into the war against them was regarded almost with derision, particularly after the crushing series of defeats inflicted on them by Japan, whose forces had swept across the Pacific like a tidal wave, carrying all before them. No wonder that the tide of history seemed to be marching with Germany that early summer and that there was widespread confidence that the end of the conflict might finally be in sight.

But Franz was still wary. He knew the front at first-hand and realised the huge potential of the Soviet Union and the vastness of her resources and population; but he also feared the equally enormous industrial potential of the Americans, and had seen in Hamburg the results of the mounting British air offensive. To him, this feeling of final victory could only seem premature. But he put these thoughts behind him as much as he could, content to live in the present and to cling to each precious hour while it was there and not to think of the future.

Today the weather was perfect; and as luck would have it, it was his day off. Helga had been keen to do something different this time; the ski slopes and the mountain walks, the picnics with the other young couples at the base, the swimming and tennis had been pleasant enough, but today she wished for something special. Franz had found the answer.

'You've never flown – today you shall!'

'Oh no, Franz. You know how I feel about that. I couldn't do it, I'd be sick. The very idea makes me nervous.' She wrinkled up her pert little nose in distaste.

'Then you're a disgrace to the Luftwaffe, young lady. An officer's wife, the *Frau* of a Stuka ace, and never flown! Think of the talk in Berlin. I'm the laughing-stock of the base!'

His mock-scolding made her laugh. 'Very well, then. But I'm not flying in any old aircraft. I want the slowest and safest you can find – and no speeding!'

It was Franz's turn to laugh. 'Well, I can hardly steal a Stuka for you, my girl, and there aren't many planes slower than that. But I'll see what I can do.'

While scouring the local flying club, tucked away in the corner of one of the hangars he had come across an ancient, Austrian-built plane used by the local gliding club to haul their gliders up into the thermals. After a quick word with the local secretary he had obtained permission to use it for the day.

'She won't take you far, Herr Oberleutnant,' warned the secretary earnestly, 'and she won't dive. You must promise not to dive her – the old girl couldn't stand it.'

'Have no fear of that,' chuckled Franz, surveying the struts and braces of the little veteran in wonder. 'My wife would jump out if I so much as dipped a wing.'

'There's one other thing,' added the man. 'She isn't fitted with a fuel tank gauge. But I'll make sure she's topped up, so you should have enough fuel to last you for about six and a half hours, if you take it nice and steady.'

'That'll be more than enough. I doubt whether Helga will want more than that one hour on her first trip.'

Swathed in a cadet's flying outfit, and looking like a slender young boy, with her hair hidden by the helmet, Helga had very cautiously clambered into the passenger seat, pausing half-in and half-out to ask, over her shoulder, 'There are no straps in here, Franz. I'm not going up without a safety harness.'

'You don't need one. If this old crate falls apart, a belt won't make the slightest difference. Now get in and make yourself comfortable. Hang on to something and enjoy the trip. But for goodness' sake, don't hang on to my shoulders while I'm flying.'

He gave her a slap on her bottom, she yelped and shot into the seat. Her head barely reached over the edge of the cockpit.

'Here, that won't do,' smiled Franz. 'You won't be able to see a thing like that.'

'It's all right,' she replied, frowning. 'I'm not going to look out while I'm up there. I'm keeping my eyes shut tight the whole trip!'

'Nonsense. You'll love the view once we're up. Here.' He handed her a parachute pack, and as she hauled herself up from the seat, wedged it under her. 'There! Now you can survey the world in comfort.'

She put her tongue out at him and took a firm grip on the edge of the cockpit.

Franz climbed in in front of her, checked out the delicate little controls and nodded to the mechanic. He swung the prop several times and then the engine hiccupped into life, buzzing like a sawmill. They bounced down the wide runway, into the sky, and soon Franz was climbing steadily.

'You can open your eyes now,' he shouted back over his shoulder. He doubted if she could hear him above the buzz of the engine and the whine of the wind through the struts, but when he craned his neck round, he saw her staring wide-eyed at the ground rushing past far below them, the little dolls' houses perched on the sides of the mountains and the snow-tinted crests. Her mouth was shut, but her expression said it all. She was entranced.

'I knew you were a natural airwoman,' he yelled. He pointed down and nodded his head. She nodded back and clapped her hands for a second, before firmly resuming her hold again.

They flew on steadily, flying fairly low and straight, following the course of the river valley between the mountains, the sun pouring down and the peaks casting their enormous shadows over the land between. As they penetrated further into the lower regions of the Alps; the turbulence increased and Franz decided that enough was enough – although by this time, Helga was sufficiently relaxed to be holding on with only one hand. Bringing the frail little craft round in a gentle bank, he headed back down the valley. It was now well past noon and he felt parched and hungry. They had left a packed lunch and a bottle of the local wine back at the base, and Franz was eager to get his hands on both. The land flattened out again below them, giving way to fields and orchards as they approached the plain. The sky remained clear, but once, far in the distance, Franz caught sight of a trio of Stukas weaving and dodging a mock-attack by two Fw.190 fighters. No matter how peaceful the scene, the undertones of war were all about them, as the training exercise reminded them.

Suddenly, with no warning whatever, the engine

coughed twice and died. There was no power at all. Immediately the little plane began to plummet towards the earth with rapidly mounting momentum. *Damn*! He hadn't checked that it had been refuelled as promised. For once, 'Careful Franz' had been careless – criminally so! They were so low that there was hardly time for Franz to yell back 'Hold tight,' before they were skimming low over a tilled field and heading for a low stone wall at the end of it. Above it Franz could see a small orchard, but the cranky little aircraft refused to respond as he tugged and tugged at the stick in an effort to lift her clear. With the wall seemingly almost on top of them, her nose finally came up slightly and they clipped it with inches to spare.

The trees passed below them in a flash, and suddenly, mercifully, there was a meadow running up to a low hill in front of them. There was no time for skill. Franz put the plane down in the field in a far from classic manner. The biplane ran forward a short distance, then its undercarriage hit a rock or hump hidden in the long grass, and the plane tipped abruptly up onto its nose and came to an undignified halt.

Franz scrambled out of the cockpit and worked his way up the fuselage to Helga, who lay slumped over the front of her seat, blood running down her lip and chin. Franz's heart felt suddenly chilled. He reached forward and lifted her head gently. She opened her eyes and gazed back at him.

'Helga. Darling, are you all right?'

'You did that on purpose, Franz Petersen! Look at my lip, it's bleeding.'

Franz cupped her face in his hands and kissed her, but straight away the bitemark in her lower lip filled with blood again.

'Let's get you out of this.'

He helped her climb shakily from the cockpit and they descended to the ground. For a grisly second his mind flashed back to his last crash in Russia and he saw Hanfried's glazed eyes staring up at him, smelt the stink of petrol, heard the harsh, guttural shouting . . .

'Thank heavens you're OK. I'm sorry, darling, it was my fault – the damn thing ran out of juice.'

'You nearly made my first flight my last. And I'm *not* all right. Look – there's blood all down this outfit!'

'Darling, I'm so sorry. I've ruined everything.'

'No, you haven't. Here. Kiss me again and shut up whining.'

As they embraced, they both started to laugh, until in the end they sat down in the meadow shaking.

'Look at us,' said Helga. 'Miles from the airfield – no food, no drink and I'm famished.'

'Me too.'

'I've got blood on my outfit and you've bent their little aeroplane. What about that for a first taste of flying!' She dabbed at her lip with her scarf; the flow of blood was easing now. 'Well, Mr Luftwaffe Ace, what do we do now?'

'Let me see. The last time this happened to me I got a lift back to base in comfort. I suppose we'll just have to walk.'

'Listen. If you expect me to walk in this heat, with no food or drink, you're crazy. I spotted a road over the next field. Let's make for that and wait for a ride.'

He gazed at her in admiration and wonder. 'You spotted a road? You mean to say, you had your eyes open when we were coming down?'

'Certainly I did. You told me not to miss a thing, remember? Now come on, before I get the shakes.'

Hand in hand, they made their way across the next field, through a gate and found themselves on the edge of a narrow lane. Not a soul was in sight in either direction, but then, from where the road disappeared around a sharp bend, came a cloud of white smoke and the distant sound of an old engine. In a few minutes, an ancient coach crept into view. In the distance they could hear the sound of singing and shouting. Franz stepped out into the middle of the road and held up his hand.

The bus slowed down and creaked to a halt. The driver stuck his head out of the cab. The singing continued more loudly than ever.

'No room,' he yelled above the din. 'This is a special, not a regular service. Next regular is in two hours' time.'

'I'm an officer of the Luftwaffe, from Graz,' Franz tried to explain. 'This is my wife. We've just had an accident – a flying accident. We must get back to the base to report it. My wife is slightly hurt.'

'That's different, sir. Beg your pardon. If you can find room, I'll be happy to take you there. We're packed out, I'm afraid. A contingent of Strength through Joy kids – I'm taking them back from the farm.'

The singing had stopped now and several young heads were thrust out of the windows. A mixed batch of teenage boys and girls were smiling and shouting at the driver to get going. Franz noticed that the back seat was occupied, as always, by two couples locked in a passionate embrace, while others had an accordion and were trying to get the singing started again. One of the girls shouted at him.

'Hop aboard, Herr Oberstleutnant. Anything for the Luftwaffe!'

Several of the young men opened the door at the back and waved Helga inside.

'In you go, *gnädige* Frau,' they shouted. 'And you, sir.'

Franz nodded his thanks, and the two of them squeezed into a front seat. The youths crammed in after them, and after a hesitant start the bus set off once more. It was hot inside and white clouds of dust rose up from the dry roads as they crawled along, but nothing could dampen the spirits of the youngsters. Soon they were singing heartily once more, Franz and Helga joining in those that they knew. Eventually the bus creaked to a halt outside the main entrance of Franz's camp. Franz and Helga were helped out, and a bemused sentry stared as they shouted back their thanks to the occupants, who waved back. Recognising Franz, the sentry sprang to attention and the officer of the guard, who had come running out to clear the motley crowd away, also saluted. Franz explained what had happened and arranged for a car to be sent for them both.

It was late afternoon when they arrived, tired, hot, but happy, back at their flat; immediately they collapsed into the chairs on the veranda.

'What a day!' sighed Franz at last.

'Well, you promised it would be different, darling,' Helga replied. 'It was, too. I don't know when I had such a happy day.'

'Me too.'

'But I'm dirty and absolutely ravenous. What shall it be first: a meal or a bath?'

Franz reached over to her and dragged her into his lap. 'Neither,' he said, and kissed her hard. 'I'm ravenous, too – but not for food.'

She sprang up from his lap, laughing. 'Oh you! You never think of anything else these days. Not now, darling. Bath, food and then, if you're good, bed!'

'Oh, very well, then. But in that case I'll have a drink first.'

He walked out to the kitchen to get the bottle and the glasses. On the doormat three letters lay in a heap where the postman had left them that morning.

'Hello – post. One of them's for you, the other two for me.' He poured them both a drink and took the letters and glasses through to her. 'Here's to us.'

'Yes, us, forever.'

They opened their letters. Helga's was from an aunt in Berlin. It told her, as kindly as it could, that both her parents had been killed a week ago in an air raid. Their home had taken a direct hit. It had been impossible to identify the bodies, but there had been no doubt. The first of Franz's letters was from his old unit at the front. Gunther had been killed leading his unit on its very first mission over Stalingrad. He had gone in low, as usual; the flak had hit him badly, and his aircraft had crashed instantly on the outskirts of the city and blown up. The third was an official Luftwaffe communication, dated yesterday. *Oberst* (a promotion, he thought vacantly, his mind still numb) Petersen was to report to his new command, a Stuka wing based at Gomiso in Sicily, forthwith; he would replace its former commander, who had been killed over Malta. He was to leave at once for Italy.

As they clung together in their misery and sorrow, the perfect day drew to a close outside in a flaming sunset that brought unbelievable beauty to the mountains.

'Here's to us,' thought Franz bitterly. 'Forever.'

The huge bulk of the Sunderland flying-boat was like a silvery toy far below him, as it taxied away slowly from Gun Port Wharf and out into the Bay of Gibraltar. Its ungainly hull rocked gently in the swell of a passing tug, barely leaving a ripple on the placid waters. Richard watched as it turned lazily into the wind and opened the throttle. From this distance he could hear no sound; the passing traffic in the harbour and dockyard, the bustle of the fortress town itself and the distant cries of seabirds, were all blown out across the Straits by the gentle, warm breeze, towards the distant shore of Africa, shimmering in the afternoon heat on the far horizon.

Like a tiny white moth, the Sunderland left a broadening track as it took off, lifting clear of the water with surprising grace. Steadily gaining height, it circled the Bay, the glint of an Aldis lamp from its cockpit spelling out some last-minute message to its base, then it set course eastward and droned out into the Mediterranean. Richard watched it until he could no longer pick out the gleam of its fuselage against the sun. It had headed eastward, towards the enemy. The war in the Mediterranean seemed a world away from Gibraltar just then, but out there, Richard knew, the fighting was approaching a climax. Almost the whole of that landlocked sea lay in the Axis grasp. Only the tiny pinprick of Gibraltar in the west, the equally diminutive cluster of islands of Malta in the centre, and the few miles of sand and desert that separated the Qattara Depression from the Suez Canal remained free of the yoke of unfriendly powers such as Fascist Spain and Vichy France.

Of these three strips of friendly territory, only Gibraltar remained unthreatened that June afternoon. Far across the Mediterranean, the retreat of the 8th Army had been stopped and weary soldiers had dug in along the last defence line before Cairo, while the victorious Afrika Corps had paused in their headlong pursuit to re-group for the final attack. In the centre of that embattled sea stood the garrison of Malta, bombed and bombed again with ever-increasing intensity, and now reeling from the news that the latest convoy had been turned back. Desperately its people awaited the long-promised invasion from the air.

Their most urgent needs were for food, oil and fighters. A little of the first two had been smuggled through via submarine, or by solitary freighters running the gauntlet, disguised as Vichy French ships; occasionally, fast mine-layers such as the *Scotsman*, which now lay in harbour below, would make high-speed dashes, carrying supplies. But they were only drops in the ocean. According to an optimistic forecast, mid-September was the latest the gallant garrison could hope to hold out unless a substantial convoy could get through. As for fighters – well, that was why Richard was here now. The *Radiant* had been one of a mixed batch of British and American destroyers which had escorted the American aircraft-carrier *Mosquito* from the Clyde to a flying-off position just west of the Straits of Sicily. It was carrying three dozen of the latest mark of Spitfire to reinforce the island's defences.

It had been a dangerous mission, but it had passed off without serious incident. Ironically the biggest delay had been in England. The Spitfires that were due to be loaded on the *Mosquito* had been fitted with special long-range fuel-tanks – the British had learned *that* much since Norway – but when they arrived on board, these tanks were found to be badly fitted and leaking high-octane aviation fuel all over the hangar decks. Not unreasonably, given that a single spark could ignite an inferno, the American skipper refused to load any more of the defective aircraft until the fault had been remedied. In the end he had been overruled from the top, and it was decided that the Americans would have to rectify the faults themselves *en route* across the Bay of Biscay. They were hardly pleased by this, and British efficiency had taken some rather hard knocks as a result. Richard had heard that the American officers of the group, although tactful enough not to be openly critical of the British effort, had been highly surprised at such unprofessional conduct after more than three years of war. Their low opinion was reinforced by the fate of the Spitfires themselves. After all the effort spent in securing these aircraft, transporting them from England, and penetrating as close as possible to Malta at a time when fleet carriers were desperately needed in the Pacific, the Spitfires had been caught on the ground by the Luftwaffe while refuelling in Malta, and destroyed before they could fire a shot.

The *Mosquito* had returned to the Clyde to embark another batch, but the *Radiant* had developed engine trouble on the journey back from the central Mediterranean and had had to be left behind to undergo repairs in Gibraltar dockyard before she could rejoin her flotilla in Scapa Flow with the Home Fleet. So while the war raged on, Richard and his crew found themselves comfortably marooned on the Rock for a week or so.

With the *Radiant* lying idle in the dockyard basin, the crew were pretty well free to do what they liked for a brief interval and even Richard could take time off from fretting over the ship's welfare. Today he had decided to take a trip with Tony to the top of the Rock. Here, perched above the sunlit water, they could relax and just enjoy the sunshine. Close by them was an anti-aircraft gun site, whose bored gunners had never seen an enemy aircraft for the whole of their time there, and probably never would. The unique view that they had here, halfway to the clouds, had long since palled on them, and they lay stripped to the waist, playing a lethargic game of cards. Their NCO lay in an old deckchair, a week-old copy of the local paper over his face. This was a very different war from the kind Richard had been used to, and it brought forth some bitter comments from Tony.

Tony had never visited the Rock before, but Richard had spent several hours at this spot before the war. Still, it was an outlook that he never tired of. He amused himself trying to identify the waships in the harbour and along the moles below. That great, squat bulk by the south mole, that was the old *Malaya*, a Jutland veteran and the only battleship the British could spare to hold the Western Mediterranean. There was no carrier, the famous *Ark Royal* having been sunk in sight of the Rock itself, more than seven months previously, while her replacement, the ancient *Eagle*, was refitting in the UK. That pair of cruisers ahead of *Malaya* must be the two Didos, one of them their friend from PQ.20, the *Bacchante*, the other a sister, the *Astraea*. That bigger cruiser with the triple mountings would be the 'Colony'-class vessel, *Sarawak*, brand-new, with gleaming white paintwork and fresh awnings spread. A cluster of destroyers lay at anchor down by the Tower, the office block of the Admiral, Commanding. Among them, Richard could make out several veterans and a few new vessels, as well as a brace of the little 'Hunt' class, but their pendants were too small to be identifiable. Across the harbour, the sinister black hulls of three 'U'-class submarines lay glistening in the sunlight, survivors of the 10th Flotilla, no doubt, which had been bombed and blasted out of Malta by the fury of the Blitz.

The relative emptiness of the roadstead and harbour was proof enough that no immediate attempts at supplying Malta from the West were under way at present. But Richard knew that after the disaster of the *Vigorous* convoy from the East earlier that month, another major attempt would soon have to be made. Thank the Lord he was Home Fleet; he didn't envy Force 'H' its chances, next time out. As he surveyed the scene, Richard reflected yet again on how easy it was for the Axis to anticipate such attempts and take appropriate action. A couple of good spies, with Zeiss glasses, one in Algeciras across the bay in Spain and one in Ceuta in Morocco, could keep the whole strait under observation throughout the day without ever having to leave their hotel rooms!

Knowing the Germans, those hotel rooms would be the best too, mused Richard; not like the grotty little cage where he and Norma had spent their last time together. During his last brief period of respite following the Arctic convoy, Richard had managed to get four days away from the ship. He had spent two of them travelling from the remote north-eastern port where the *Radiant* had been docked for a refit, down to the little Derbyshire town where he had arranged to meet Norma. The hotel was primitive and had hardly been of the one-star class, but it did have its advantages: it was remote, it was empty and it was run by a lady proprietor who minded her own business and wasn't fussy about when, or even if, they had their meals. Which was just as well, thought Richard. Most of their time they had spent in bed, locked and entwined in desperate love-making, willing time to stand still. The one occasion they did venture forth from the tousled, creaking old bed and up onto the Dales, they had ended up tumbling in the grass and heather like a pair of shameless teenagers. Richard grinned to himself; he was thinking of the expression in their fellow guests' eyes when they had returned to the hotel that evening, clothes rumpled, and disappeared straight back to their room without even pausing for an evening meal! Goodness knows what whispered comments they had provoked by their scandalous behaviour. Arriving separately from different ends of the country and signing in as man and wife, indeed! And the terrible thing was, they didn't care a jot.

When he had first mooted a two-day holiday for just the two of them, Richard had felt a deep sense of guilt about Paul, who was now two years old, and had seen his father for barely one week in the last year. Paul had tugged hard at his heartstrings. He knew he should go to his son, but after two years of having to share Norma with her parents, he desperately wanted to be alone with her, just this once. His need was matched by hers. In fact, when he later tried to back out of the idea, it was Norma who had stood firm and insisted that they stuck to their plan. And at the end of the forty-eight hours spent in each other's arms, both were glad they had done so.

Tony was fast asleep beside him on the grass. The warm sun beat down hard and the Rock lay in stupefying drowsiness around them. Some company you are, Number One, Richard thought to himself with a grin. He reached in his uniform jacket which was lying under his head as a pillow and drew out Norma's last letter. It contained a slightly fuzzy snapshot of his son, staring blankly and hopefully at the camera, no doubt with Grandma making clucking noises to distract him and Mummy waving his favourite Teddy, while Grandad desperately tried to focus on the uncaring subject's brief smile. Over the thousands of miles that separated them, Richard felt a fierce pang of love for the son he barely knew.

'Paul is going to be a sailor like his Dad,' Norma had written in the accompanying letter. 'Last Saturday,

Father couldn't find his best shoes which he had cleaned and left out the night before. He was meeting old Robson from the Bank about getting me a job. I knew it was important and Father was livid that he couldn't find them. We all turned the house and garden upside down, but found them later. Paul had used them in the goldfish pond as battleships. They were ruined, of course. Paul seems to have grasped the bare bones of naval tactics, though. He'd sunk Father's real leather *Bismarck* by filling them with stones from the rockery! Relations are rather strained between the two now . . . '

Richard laughed gently to himself again. Knowing Norma's father, he'd probably end up buying Paul six model battleships, as well as a new pair of shoes for himself. So Norma's plan for getting herself a job was going ahead after all. He knew it would, whatever he had to say about it. 'No wife of mine is going to work,' he had insisted; but Norma, practical as ever, would have none of that. 'Don't be stupid, Richard,' she had protested. 'Why shouldn't I do my bit? Everyone else does; naval officers' wives are no exception. Besides, the money would be useful to eke out your miserable pay, and I can save like mad. When this war's over, we'll have a nice little nest-egg. We could even buy our own little cottage miles from anywhere and settle down properly.' He had to admit, the scheme had its attractions. So now, while his wife was working away, here he was lazing around atop the Rock of Gibraltar, with the war grinding on relentlessly without him. 'When this war is over . . . ' He wondered how many millions of letters contained that poignant line; how many people's hopes and fears were crystallised into those few simple words. '*when* . . . '

Out in the Straits, appearing like a wraith from the heat haze and mist far beyond Europa Point, Richard could just make out the emerging shape of a small warship. The water on its bows frothed and sparkled in the distance, betraying its approach. Probably the destroyer patrol returning from another endless beat up and down the Straits, he thought to himself. He watched it casually, there being nothing else to distract him. The ship grew more distinct as Richard watched it; he could now tell from its dark-grey paintwork that it belonged to the Home Fleet. As it steadily approached, Richard lifted his eyes and saw that more ships had appeared behind it in the far distance. Two more destroyers, then the dim bulk of a much larger vessel loomed up. Then another, and another . . .

Within the space of a quarter of an hour, an entire battle squadron had loomed up before him. Two huge forms dominated: the battleships *Nelson* and *Rodney*, unmistakable with their great long fo'c'sles, their three triple turrets of 16-inch guns banked up to the enormous, tower-like bridge structure and single funnel. Accompanying them was the old carrier *Eagle*, her refit completed, two more 'Dido'-class cruisers, and a score of Home Fleet destroyers. The whole stately assembly steamed towards the Rock in broad daylight and prepared to enter harbour. There was absolutely no attempt at concealment.

'That lot means trouble for someone.'

Richard turned and saw that Tony had awakened and was also watching the approaching squadron. Behind him, even the listless gunners had stopped playing and were on their feet, watching and talking amongst themselves. It was unprecedented for such a large assembly of warships to enter Gibraltar by daylight. Usually, Force 'H' and other warships sailed only at night, so as to keep the Axis powers guessing; one evening the soldiers would see the harbour full, the next morning it would be empty, and after a few days those fighting ships would suddenly reappear deep in the Mediterranean, or down the west coast of Africa or deep in the Bay of Biscay, busy on their affairs. But this was something different.

'We'd better get back, Tony,' said Richard, clambering to his feet. 'Whatever they want and wherever they're going, you can bet that we're going to be involved somewhere along the line. Especially now that *Radiant's* almost ready for sea again.'

'I knew it was too good to last,' the first lieutenant replied. 'With two battlewagons on the strength, it can only be two things: the Far East or Malta again.'

'I hope to Christ Their Lordships know what they're doing. If we can only come up with two options, you can bet your boots that the boys in Berlin and Rome will be thinking along the same lines – not to mention Tokyo.'

'Oh, well. I was getting tired of Scapa Flow anyway. And I've never seen the Taj Mahal by moonlight. If we're nippy, we might just make it before the Japs get there and burn the bloody place down.'

'Always the optimist, Tony,' laughed Richard. 'Myself, I prefer the Orkneys any time. Any time at all.'

The Fleet sailed at 0200 the following morning, and the *Radiant* sailed with them. The old aircraft-carrier was left behind, as were the normal ships of Force 'H', but the Home Fleet vessels were reinforced by the *Sarawak*. Tony's fifty-fifty bet looked a certain thing: after clearing the Rock, the whole formation set course out again into the Atlantic and the navigator started poring over maps of Freetown and Cape Town.

'Stone the bloody crows,' grumbled the yeoman to Nobby Clarke towards the evening of the second day.

The squadron was now heading steadily south in the vicinity of Dakar, leaving Casablanca far astern. The two men were taking furtive puffs at their cigarettes out of sight of the nearest officer. 'It must be the bloody nips we're fighting next.'

'I don't fancy our chances against them slant-eyed bastards,' moaned his oppo. 'Look what they did to the *Repulse* and that new bugger last Christmas.'

'That's 'cos they never had no aircraft-carrier with 'em. I heard the captain say so.'

'So what! Where's our bloody carrier, then?'

'Ain't got one.'

'Right. So hold onto your arse when we hits the Indian Ocean. And when we go over the side, remember them fuckin' great sharks.'

'Never mind the sharks! My old woman will go spare. I told her we'd be home within two months, in time to see my new kid born. She'll go bloody potty if I'm stuck in Bombay while she's got her knees up in the air in Whipps Cross Hospital.'

'How many's that then? Five? You'll be better off in Bombay with them big Indian bints.'

'Talk sense. Them Indian women is all diseased, like your Egyptian whores. Wouldn't touch 'em with a barge pole.'

'Well, if you've got six kids, a bloody barge pole is what you've got, you old bastard.'

'I ain't got six nippers – this 'un will be the fourth.'

'Well, if we run into the whole Nip fleet next month, they'll be four little orphans then, won't they?'

Up on the bridge, an equally gloomy view was taken of their future, although Squirrel of course remained cheerful.

'We'll be joining Admiral Somerville, in that case,' he announced in the wardroom one evening, when the conversation had once again come round to the topic of their ultimate destination. 'That'll be grand – he's one of the best we've got. He'll chase the Japs back to Osaka, just like he chased the Eyties back to Genoa.'

'Don't be so sure of that,' said Guns over the top of his copy of *Esquire*. 'The Japs don't run away like the Italians. They've kicked hell out of us and the Yanks, and nobody's stopped them yet.'

'Yes – but with the old *Nelson* and *Rodney* we can take on anyone , can't we?'

'The Japs have got ten like them, and six big carriers. And they carry dive bombers, torpedo bombers and fighters that can outclass our Fulmars and Swordfish any day.'

'There's another thing that none of you seem to have considered.' The quiet voice of the navigator broke the silence that had followed Guns' grim statement.

'And what's that?'

'Malta,' said the navigator.

'What do you mean?' asked Squirrel, puzzled. 'We're heading the wrong way to help them, surely?'

'Not if we go round the Cape and up the Red Sea to Alex. Join up with Cunningham's mob and fight our way through from the east.'

'Do you really think they'd try that again? After what happened last time?'

'I don't know any more than you do,' replied the navigator. 'But if you want to play guessing games, it's as likely a plan as any of the others that are flying about this ship!'

In the event they were *all* wrong – although the navigator came the closest to the truth. After dropping anchor in the steaming, sweltering hell-hole of Freetown, Sierra Leone and swinging round their buoys for two days, the whole squadron suddenly put to sea again in the dead of night and, by dawn, was retracing its course of the previous days, due north, back towards the Straits of Gibraltar. It was a dummy that the Admiralty had hoped to sell the Axis plotters. It had fooled the crew of the *Radiant* all right. But had it fooled the enemy?

10
Anticipation

Vice Admiral Sir Robin Edwards stubbed his cigarette out in the ashtray with deliberation and rubbed his eyes wearily. His day cabin aboard the *Bacchante* was spacious compared with the rest of the living quarters aboard the little cruiser but still nothing like as comfortable as his earlier flagships. He remembered fondly his vast quarters aboard the *Hood*, even the draughty, leaking cabin aboard the old *Malaya*, which he had occupied earlier in the war for one brief operation, seemed a palace in retrospect.

The three fans were full on and the cabin porthole wide open, but still the heat was oppressive. Once at sea it would be bearable, but now, tied up alongside the north mole, even the ever-present Sirocco blowing the scent of spice from the North African deserts brought little comfort. He mopped his wide, balding head with a clean handkerchief and brought his attention back to the thick dossier that lay before him on the green baize table.

The top sheet of the fifty pages of closely typewritten script was stamped 'TOP SECRET' in bold red letters and the heading was typed in thick block capitals, plain and uncompromisingly: 'OPERATION MONOLITH'.

Vice Admiral Edwards knew that this prosaically named operation would decide the fate of the island of Malta – with all that that implied for the future prosecution of the war in the Mediterranean and the Near East. Ultimately, its success or failure depended on himself and the ships under his command. It was a responsibility that weighed heavily on him.

'Perhaps I'm just getting too old for this sort of thing,' he mused. At fifty-eight, men in other walks of life were looking forward to retirement, their jobs done; they had nothing more demanding to occupy them than holding down a steady position and delegating the hard work to other, younger men. Not so an Admiral in His Majesty's Navy on the third year of worldwide war. Unlike the Generals and Air Commodores who directed the operations of the other two services, an Admiral was always in the front line with his men, in equal danger to the lowliest stoker or OD. No concrete bunker hundreds of miles in the rear for him. No amount of gold braid on his shoulder would protect him from the bombs and torpedoes that would fall during the next few days. That was the way of the Navy, and always had been. Hadn't Nelson himself been struck down by a solitary sniper at the height of his success?

All his naval career had led up to this; and by the same token, his whole career now depended on the outcome of the operation. All that he had achieved during his forty-three years in the Royal Navy – and it was considerable – would count as nothing if he failed now. He remembered Churchill back in London, chatting to him after that PQ.20 business. The old man had been bluff, encouraging – and downright complimentary, despite the losses. The Press had hailed it as a significant victory to have got so many of the ships through and the Prime Minister had added his own congratulations. With PQ.20, the Admiral had reached the pinnacle of his achievement. But he was not going to be allowed to rest on his laurels – far from it. When the question of who was to lead the even more desperate gamble of relieving Malta came up at the Chiefs of Staff Conference, *his* name had been pencilled in on Churchill's memo pad. Plainly, Edwards now had a reputation to keep up.

All his life he had wanted this type of responsibility and trust. It as every naval officer's ambition to be placed in such a position, and one he had strived for, both diplomatically and professionally, all his life. But now he had achieved it, what was it all *for*? For his own honour and the honour of the Service? Certainly; and outweighing both those things, there was the honour of serving his country. But there was a score of younger Admirals with fire and ambition who could have done the job just as well, and he knew it. Since the death of his only son at Dunkirk – a hero's death – and the death of his wife last year in a stupid, senseless motor car accident, he more and more asked himself what he personally had to look forward to when the war was over. A lonely retirement and obscurity – that was all; memories, fading photos and scrapbooks, a dwindling number of old comrades discussing events that they increasingly failed to remember correctly as the years passed; an obituary in *The Times*; a brief mention in the history books. And how would he be remembered in the long roll-call of naval leaders? His mind had come full circle. *That* depended on the outcome of Operation Monolith.

He thought of his whispered nickname. 'Bullshit Rob', was he? Well, by Christ, that wasn't how he was going down in the history books! He'd get this convoy through to Malta, come hell or high water! No turning back – no matter how many casualties. 'The man who saved Malta' – *that* would be his epitaph! He lit another cigarette and turned over the top cover of the thick dossier.

'Well, Their Lordships were certainly making a supreme effort. They'd given him just about every warship that they could reasonably spare, considering the dismal outlook generally. At home there was still the threat of the *Tirpitz*, lurking in Norway; on the Atlantic shipping losses were running at an all-time high; and in the Indian Ocean, the Japanese carriers were running riot and had come within a toucher of annihilating Somerville's ramshackle fleet the previous April.

He had the *Nelson* and *Rodney* for heavy metal; slow, but the most powerfully armed battleships in the Royal Navy. Should the Italian battleships decide to put on an unprecedented show of aggression, those two would be more than a match for them. Edwards blew a pensive smoke-ring, he doubted if it would come to that. The mere presence of the two battleships was usually enough to deter the enemy battle fleet from engaging; it had proved the case before and he had little doubt that it would be the same this time. Whenever a British battleship had accompanied a convoy, the enemy battleships had held off or refused to be drawn into battle. The only time they had dared close with the British convoy in the Mediterranean had been when there were no British battleships available, as at Sirte and again with the recently, ill-fated *Vigorous* convoy. Even then, they had been driven off by light cruisers and destroyers. No; the battleships *would* deter, and they had the added bonus of providing the anti-aircraft fire-power of their enormous batteries of long-range and short-range weapons. They were his bedrock; a kernel of power around which the rest of the escort could rally and against which the convoy would shelter.

Now for his air strength. What did he have to beat off the expected heavy concentrations of German and

Italian aircraft? Admiralty Intelligence estimated that the Axis were heavily reinforcing their bomber bases in Sicily, transferring aircraft from Russia, and even the Balkans. Air opposition was likely to be on a scale unequalled so far, and it would be tough. The convoy had to pass within a biscuit-toss of the enemy airfields – there was no avoiding it. He studied his defences. First, he had more carriers at his disposal than ever before; the Admiralty were giving him the brand-new Fleet carriers *Imperious* and *Audacious*, 23,000-tonners, carrying two squadrons of Sea Hurricane fighters and a squadron of Swordfish and Albacore torpedo bombers each. They were magnificent ships, yes; but their aircraft were obsolete by the standards of the land-based opposition they would have to tackle – the latest marks of Me.109s and Macchi fighters. The Admiral sighed. They'd just have to do their best; at least there was the consolation that the enemy wouldn't be able to utilise their short-range fighters until the convoy was well past Sardinia and approaching the Straits of Sicily, the 'Narrows'. For the earlier part of the journey, the only aerial threat would be from long-range unescorted bombers, mainly Ju.88s and Savoia Marchetti Sm.79 torpedo bombers; but this combination could be deadly enough, as they had discovered with PQ.20. The *Regia Aeronautica* had more or less pioneered the art of the long-range torpedo bomber in Europe, achieving several little successes with it. They were now very proficient, but unlike the Germans in the north, they tended to use their Sm.79s in penny packets of a dozen or so at a time, instead of *en masse* – so they should be able to cope. The Ju.88s would probably dive-bomb in shallow dives, as in the Arctic. They were a tougher problem, being several miles per hour faster than the defending Sea Hurricane fighters and powerfully armoured. With over a hundred of these beasts hurtling out of the sky, *some* were bound to get through. Then it would be up to the AA gunners.

As additional fighter strength, he had the old carrier *Mercury*, the *Eagle*'s ancient contemporary. Its capacity was limited, but it would be carrying one squadron of Fulmar fighters, plus some extra Swordfish. This would give him at least eighty fighters to defend his convoy; although they would still be outnumbered five or six to one, this was more than they had ever had before. They would probably be more effective, too; for by now, the importance of fighter-direction had been realised in the Fleet. Two of his cruisers, the *Sarawak* and the *Bacchante*, were specially fitted out for this duty, not only to guide the Fleet Air Arm fighters to their targets, but also to try and do the same for the RAF long-range Beaufighters and short-range Spitfires from Malta, once they had penetrated the Narrows by night and embarked on the last stage of their journey.

As for anti-aircraft protection, well, in view of the German habit of trying to knock out the carriers first, each had been assigned its own anti-aircraft cruiser as escort, to take station close astern of her and follow her every movement, while putting up an umbrella of flak over her at all times. The *Bacchante*'s three sisters, *Astraea, Medea* and *Spartiate* had been assigned this task. He also had the old 'C'-class cruisers *Cerberus* and *Coquette*, now re-armed with batteries of 4-inch AA guns, to back them up. His cruiser strength was completed with the 10,000-tonners *Sarawak* and *Barbados*, each mounting twelve 6-inch guns. These two, plus the two 'C's, were to go right through to Malta with the convoy, while the heavy escort would turn back west to the Narrows. The big ships couldn't be risked so close to the dive-bombers, minefields and swarms of E-boats that would be waiting for the convoy there, but the two 'Colonies' would prove more than a match for any Italian destroyer squadron that ventured out. He also had the fast minelayer *Scotsman*, acting as a cruiser for the most part, but also packed once more with essential items for Malta, and ready to dash in ahead of the convoy on the last day.

His destroyer strength was powerful too, even stronger than for PQ.20. To start with, he had the usual strength of Force 'H' flotillas, the big 'L'-class ships, *Lapwing, Leopard, Lightfoot* and *Lynx*; these were the most powerful in the Navy, with six dual-purpose 4.7-inch guns in power-worked turrets. They would be backed up by the older pre-war ships of North Atlantic Command, *Agile, Ariel, Brigand, Brisk* and *Dagger*. From the Home Fleet had come two flotillas; the *Rigorous, Radiant, Retriever* and *Ready*, and the big 'Tribals', *Mohican, Celt* and *Xhosa*. The Admiralty had also borrowed one of the veteran U-boat-hunting packs from the Atlantic battle in order to combat the estimated thirty Italian and German submarines lying in wait, between Gibraltar and Malta: the pack consisted of the *Vandal*, *Valkyrie*, *Vengeful*, *Wolf* and *White Bear*, led by that ace U-boat killer, Captain Roger Ferguson, in the old flotilla leader *Barrington*. This group already had eleven confirmed 'kills' to its credit and despite the age of its ships, was invaluable.

The Admiral ran his eye down the list of commanders, here and there noting familiar names; Ferguson's, for one, and the leader of the close escort through to Malta, 'Paddy' Morrison, renowned for his ferocious temper, his red hair and his fearlessness. Just the man for the job, thought Edwards; *he* wouldn't fail him. The more junior officers were in the main unknown to him; he rarely concerned himself with officers below the rank of Captain. But as he ran his eye down the list, two names stood out: Lieutenant-Commander Richard Gibson, DSO, and Lieutenant-Commander Peter Reynolds, DSC, commanding the *Radiant* and the *Mohican* respectively. Both, he recalled, had been term-mates of his son before the war, and Gibson had done quite well on PQ.20 under his command. How he wished that Vincent had been there in that list . . .

He shook the memory of his son away and resumed his study of the plan. Clearly, the question of fuel supply was of paramount importance. Many of the destroyers would be short-range; the ships of his command would also be coming from all over the western oceans – Gibraltar, Freetown, the Clyde and from Scapa Flow – and forming up in a complicated assembly out of sight of the enemy. A whole series of eleborate moves had been worked out to ensure that the various groups topped up with fuel on the two nights before the convoy entered the Mediterranean, but even this would not be enough. Two Fleet oilers had been provided to rendezvous with the convoy on the second day, south-west of the Balearic Islands, and once more top up the short-range escorts. These two tankers, the *Oliveleaf* and *Purple Ranger* were the largest the Admiralty could find from their RFA auxiliaries and, although manned by the Merchant Navy, had taken on board extra naval teams to speed up the operation, which in itself was still primitive.

Edwards' mind returned to the conference in Whitehall, and to the stern voice of the Prime Minister giving vent to his spleen at this fact. 'Do you mean to tell me, gentlemen, that while the *Scharnhorst* and *Gneisenau* can operate for weeks at a time on our sea routes and be supplied by their own tankers, the

Royal Navy remains shackled to its bases in this manner?' He remembered the pained look on the face of Pound and the other senior officers. How could they tell the truth and remain in their jobs? The truth was that the Navy had been so starved of funds before the war that they had had insufficient cash to build warships, let alone auxiliaries. And the prime reason for this was Churchill's own 'Ten Year Rule', formulated when he was at the Treasury, which had predicted no major war for that period and had been renewed year after year. Politicians had short memories, and the Premier was no exception. But nobody dared point out that the lack of tankers stemmed from his own policy of fifteen years earlier!

This mid-summer of 1942 the escort was as strong as it could be. But what of the convoy itself, whose safe arrival meant the real success or failure of Monolith? There were nine fast freighters, each capable of fifteen knots flat out. Edwards noted that four of them were American; *that* made things complicated, especially if they suffered heavy losses. 'Ernie' King had no love of the Royal Navy already, and his Anglophobia seemed to grow even faster than his hatred of the Japanese with each new disaster. It needed little imagination to foresee the capital that this particular American Admiral would make of any slip-up this time. Another minus in the odds, Edwards thought to himself.

All these ships were combat-loaded, that is, they each had a percentage of the total cargo distributed through them all, so that no matter how many were lost, a proportion of each vital requirement would reach the island. However, the drawback was that even vital aircraft fuel oil had to be carried by ships not fitted to carry it. It also meant that cans of petrol had to be lashed to their upper decks, while their holds were full of munitions and foodstuffs. The Vice Admiral winced at the thought. The destruction of an American ship on PQ.20 had left an indelible mark on all those who witnessed it. Whatever they paid these Merchant Seamen – and in the case of the British ships, it was paltry – they earned every penny.

Between them, these nine vessels alone were unable to carry enough fuel to enable the island to continue fighting; a tanker was vital – and again it was the Americans who had come to the rescue. They had scraped the barrel on their side of the Atlantic and come up with the big 18,000-tonner, *Memphis*. After being extensively refitted on the Clyde to absorb shock from near-miss bombs, she had been fully loaded up and crewed with volunteer British seamen under a fine and experienced British skipper from the Esso fleet, Captain Carnston, a dour Scot who had never lost a ship. By the mere fact of her distinctive shape and size, and her vital cargo, the *Memphis* was liable to be the focal point of the Axis attack. God Bless Captain Carnston thought Edwards, and all who sail with him.

That was it. That was the hardware of Monolith and some of the men. It was all in the lap of the Gods now; men could do no more. Edwards unrolled a large chart of the central Mediterranean and studied the lined-in red track, noting each hazard and potential danger spot. On the fifth day the convoy, or what remained of it, would reach the supreme danger spot, the Narrows. There they would be hemmed in by Sicily to the north, and a hostile, Vichy-controlled Tunisia to the south, nominally neutral but full of hatred for the British. There was no avoiding that bottle-neck. The Italians had sown the Straits with minefields; the E-boats from Pantelleria were on the doorstep and at dawn, the deadly Stuka dive bombers could run a shuttle service from their bases at Catania and Comiso. That was the vital spot, hard by the treacherous banks and shoals of the Skerki Bank, which forced the ships out from the lee of the North African coast. Skerki Bank – a mere point on a map; but for Edwards and the men and ships of Monolith, a rendezvous with death.

While still one day's sailing from Gibraltar, the *Radiant*'s party had rendezvoused with the two Fleet carriers from Scapa, and among their destroyer escorts Richard had been delighted to see the *Mohican*. He, and he alone, had been privy to the general outline of Monolith so far, each destroyer in turn having been called alongside the *Nelson* to have the plans, marked for the captain's eyes only, shot across to them. In his tiny cabin, Richard had been going over his operational orders in much the same way as his C-in-C aboard *Bacchante* in Gibraltar harbour. Although his own dossier was of more limited scope, it was as clear to Richard as it had been to Vice Admiral Edwards that this was the big one. Accordingly, Richard was glad that he was going into it with Peter alongside him.

Like the four cruisers and the minelayer, the 'R'-class destroyers were accompanying the convoy right through to Malta, as were the older ships of the 133rd Flotilla, *Agile* and the rest, who were fitted with high-speed destroyer minesweeping gear. As well as acting in their conventional role as destroyers against submarines, E-boats and aircraft, these ships would be stationed ahead of the convoy. When the convoy reached the Narrows, it would have to adjust from four columns to two, each headed by a 6-inch cruiser and backed by one of the 'C'-class AA ships. The five minesweeping destroyers were then to position themselves in the shape of a broad arrowhead ahead of these two columns and lead them safely through the minefields. The channel swept would not be wide enough to accommodate the escorting destroyers on either flank and they would have to take their chances, although of course they would stream their own paravanes for protection.

According to the wording, the orders were for the captain's eyes only, but this was impossible. So complicated were the re-fuelling schedules at night and the various screening diagrams, that one man couldn't possibly absorb it all and still have time to command his ship. Signals flew back and forth from the various Captain (D)'s and eventually Their Lordships relented and allowed Richard to take Tony into his confidence as well. Together they pored over the plans.

'It's your job to see that the normal procedure is being followed,' said Richard, as the cabin clock clicked over to midnight and they sat, side by side at his tiny desk. 'When the convoy gets to the mouth of the Sicilian Channel at dusk on the 13th, the heavy mob will turn back and wait south of Sardinia. With luck, they'll attract the attention of a certain number of the long-range bombers and submarines, but we'll have enough on our plates anyway. We pass through the Straits at night; if we survive that, we'll have a whole day's flat-out steaming ahead of us to reach Malta. By then, the fighter cover of the carriers will be taken over by the Beaufighters and eventually by the Spitfires from Malta.'

'Let's hope they're more on the ball than they've been in the past,' murmured Tony. 'I can see us being swamped, if not.'

'Two of the cruisers are fitted out for fighter direction, so that might help. I've just been told that Admiral Edwards is switching his flag from *Bacchante* to *Nelson* to control things, and Rear Admiral Timothy Morrison is moving into *Bacchante* to lead the close escort through to Malta. That means that for the last part of the trip, Paddy will be the guvnor, not Rob.'

'I'm not so sure I like the sound of that. Old Paddy won't be content with just getting the convoy through safely. More than likely he'll expect us to steam up the Straits of Messina looking for the Eyetie battleships as well!'

'Well, if the Italians use their heads, he might have a surface action on his hands anyway,' replied Richard seriously. 'They've got a heavy cruiser squadron based on Augusta and a light cruiser squadron at Palermo. Just this once they might decide to use them – especially if they hear we've been cut up by the bombers and E-boats first. If that happens, Paddy will have more than enough on his plate. Though of course, his orders are to refuel at Malta and steam straight back the following night and join up with the main fleet again for the trip back to Gibraltar.'

'There seem to be an awful lot of ifs and buts about this operation.'

'It can't be any other way, really. The odds against us are pretty lousy. It's a case of shit or bust.'

'Yes – with the bloody *Radiant* at the sharp end as usual.'

'We're as ready as we'll ever be. As I see it, we've faced bombers and submarines before and come through all right. E-boats are a new thing, mind you, but the close-range guns will probably be the most effective counter to them.'

'Trouble is, they're geared almost exclusively to air targets,' said Tony. 'And after three days of air attacks, ammunition is likely to be low and the troops themselves pretty well exhausted.'

'Yes, but they're a good bunch of lads; a few kills will put life into them. Anyway, the E-boats might miss us in the dark – although they won't have to search very hard in the Narrows.'

'I'd better make sure that the paravane gear is working correctly. We haven't used it since we practised streaming in the Flow soon after we joined the Home Fleet, and Stephens was Number One then. Might be a wee bit rusty.'

'Yes, do that Tony, but not until we're on our way – it'll be a dead give-away to the crew where we're heading. But it's essential that that equipment is right on the button; the minesweeping destroyers path won't include us.'

'Any other bright news?'

'No, I don't think so. You'd better get some sleep now. I want to get this oiling over and done with, then I'm getting my head down for as long as possible. By Day Three I don't think any of us are going to be getting much rest.'

After Tony had left Richard gave thanks for his efficiency and reliability. He knew his first lieutenant would work like a dog to prepare the crew for the ordeal to come. Thank God Stephens had cracked up when he did, while he was still on the working-up course. To have had *him* on an operation like this one . . . He thought of the *Radiant's* former first lieutenant: fussy, obsessed with detail – he'd become completely neurotic in the end, and Richard had had no choice but to have him replaced. Poor bugger! He was in some institution now; just as much a casualty of the war as any shell-shocked soldier or burned airman. It was strange how things turned out. His old chief had only lasted a week longer; after years of service, he'd come through the war unscathed, only to be killed in an air-raid which demolished his home in Ilford on the last day of his leave. It seemed so monstrously unfair. Again, Richard had been lucky and had found an excellent replacement; McDivitt from Northumbria was as different as chalk from cheese from the extrovert Cockney he had replaced, but both had one thing in common: complete and utter professionalism. He hoped to God that when the test came he had it too.

Shrugging off these self-doubts for the hundredth time, Richard carefully rolled up the plans and put them in the tiny wall-safe let into the bulkhead of his cabin.

'Barnes.'

The weatherbeaten face of his steward popped round his cabin door. 'Sir!'

'Get me a mug of your damned-awful tea, will you? I'm going up on the bridge.'

'Brewing up now, sir,' replied Barnes, his eyes bright as diamonds.

'Good. And Barnes.'

'Sir.'

'Only two spoonfuls of sugar this time, not the whole bloody packet!'

'Sir!'

Barnes looked at him reproachfully as he passed by. The whole bloody packet, indeed! He sometimes wondered whether his skipper appreciated him. It had taken a whole afternoon to wheedle that sugar out of the NAAFI stores at Gibraltar – no mean feat. 'There's no pleasing bloody officers,' thought Barnes ruefully. 'They're all the soddin' same.'

Franz was also attending a briefing session. The dusty

and airless room of the former Italian air base at Catania, Sicily, was crowded and humid. The distant olive trees that lined the perimeter of the field stood listless, without the slightest suspicion of a breeze to move them. The inefficient Italian air-conditioning had packed up long ago, and sweat stained the uniforms of the Luftwaffe officers assembled there. Through the open windows came the sound of aircraft engines being run up and tested, and a distant, staccato crackle from the gunnery test range.

Two senior officers stood on a wooden platform with a map of the Mediterranean pinned to the wall behind them and a blackboard on which was drawn the outline of the western basin and central area. The first was the commander of Luftflotte II, responsible for all German air forces in Italy, North Africa and the Balkans; a thin, tall figure, his collar open and a forage hat perched on his fair hair, relaxed and watching the faces of his Gruppen commanders closely. The other was speaking. This was Weichold, the liaison officer at Italian Headquarters. His face was wan and marked with sweat, his eyes tired-looking. Probably his long association with the various members of Italian Supreme Command and enforced contact with Benito himself had taken their toll, thought Franz.

'When I left Rome this morning, our allies were still undecided as to whether the various movements reported in the west meant a convoy attempt once more or merely a diversion.' Weichold smiled bleakly. 'It was my opinion that in view of conditions in Malta and the imminence of Operation Hercules, it had to be the former, but not everyone agreed with me. The Navy, at any rate, are taking the matter seriously. I don't have complete details of their plans – I'm not sure that they're even certain themselves – but I do know this much: the Italian battleships will *not* take part.'

A hook-nosed Oberst raised his arm. The Luftflotte commander nodded, and the man put his question.

'Can you tell us why not, sir?' he asked. 'I know they don't like moving far, but surely what happened in Taranto proved there's not much point in their staying in harbour?' There were smiles around the room. 'But last month, when they ventured out against the convoy from the east, their appearance alone was enough to make the British turn back. We bombed them for days while they waited for the battleships to go away. Couldn't the same ruse work again?'

The speaker was Oberst Beck, the commander of the crack anti-shipping unit based at Heraklion airfield in Crete. His Ju.88s had specialised in ship-busting tactics and he already had a long list of kills on his tally sheet.

'Well, I think not in this case. According to our reports, the English are deploying two of their own battleships this time . . . ' He shrugged his shoulders expressively. Again there were smiles round the room. 'Also, the Admirals at Supermarina have told me they do not have sufficient stocks of oil fuel to enable more than one battleship to sail. In their opinion – and I must say I share it – to sail one Italian battleship against two British is tantamount to suicide. So they're staying put.'

'May I enquire what they *are* doing, then?' interrupted the Luftflotte commander abrasively. There was always a hint of exasperation in the air whenever the doings of the Italians were discussed. Franz wondered idly whether the English and their new American allies experienced the same frictions.

'As I say, I don't know the full details. The following I can tell you with some reliability. They have seventeen submarines on patrol in the Western basin, or will have within a few days. Three are south of the Balearics and these will be joined by three of our own U-boats, all that are available.' He looked round the room, waiting for the expected cheer; it came, but mutely. He went on. 'It is hoped that these will give us early warning of the approach of the fleet. Our own skippers have been ordered to ignore the convoy and try for the aircraft-carriers. If they succeed, as they did against *Ark Royal*, it will make our task that much easier. Of the remaining fourteen Italian submarines, ten will be strung out along the expected route of the convoy south of Sardinia; three will wait at the entrance to the Sicilian Channel; and another is to be placed just west of Malta, to pick off any cripples.' He paused, took a drink from a glass of dusty water, and resumed. 'Three squadrons of E-boats will be deployed on the night the enemy reaches the Sicilian Channel, along the Skerki Bank and in the bottleneck itself. They will attack by night, relying on surprise. With the convoy bunched up, they ought to have some luck. They will also be reinforced by three of our E-boats from Crete, assuming they can get there in time. And that, gentlemen, is the naval effort as I know it.'

'No other intervention, then?' asked Beck.

'Nothing settled. Just before I left to catch my flight, there was a heated argument in progress about the use of the cruiser forces based in Sicily. The Italian Navy wanted to use them on the final day when the escort was at its weakest – they scented another easy victory without too much risk. The *Regia Aeronautica*, however, thought otherwise. They felt that to use their fighters to provide continuous air protection for the surface units was a waste of time. They claimed it would be far more effective to use them to escort their own bombers in attacks. There the matter was deadlocked when I left. I heard that they were applying to Mussolini for a final decision. I think we can all anticipate what that will be, gentlemen!'

The officers nodded their heads. No Italian cruiser intervention, then.

'Now, as regards Italian air operations, I'm a little better informed. They have a long-range recce formation flying Cants from Sardinia, which will be quartering the western basin continually from today onward. Once the enemy is located by these, or by our submarines, three Gruppo of Sm.79 torpedo bombers will be standing by to attack, as well as two Gruppo of altitude bombers – about 120 aircraft in all. They will have fighter cover on Day Three from Sardinia and on Days Four and Five from here, Sicily. They also have some experimental flights which they are being rather secretive about. From what I have gleaned, they consist of some sort of remote-control bomber aircraft and a new weapon called a Motobomba, a kind of circling torpedo which is dropped by parachute ahead of the fleet and goes round and round until it hits something. But our main concern will be to co-ordinate our attacks as far as possible with their torpedo bombers, thus splitting the defences.

'On the last two days, their Stuka Gruppo will co-operate with Oberst Petersen's St.G. 41 in diving attacks directed against the principal targets. These will be decided upon nearer the time; either the carrier, if it's still operational, or the main merchant ships of the convoy.'

Franz raised his hand, and the Luftflotte commander nodded in his direction.

'How many carrier targets can we expect, sir?' asked Franz.

'Uncertain, due to insufficient data. We know that the *Audacious* and *Imperious* both sailed from Scapa Flow a week ago, but since then their movements haven't been reported. The *Eagle* was at Gibraltar a few days ago but has since been reported back at Plymouth. The *Mercury* left the West Indies two weeks ago, according to our Vichy informants, and is now at Gibraltar. So that means you could have three, at least. The American *Mosquito* was reported back at the Clyde after her last ferry trip. Whether they intend to take advantage of the convoy to run in more Spitfires this way I don't know. After the shake-up we gave them at the end of their last trip, I doubt whether the Yankees are keen to try *that* again. But they might.'

'Isn't three carriers enough for you, then, Petersen?' asked the Luftflotte commander. 'Even Hitschold has had to be content with two!'

There was laughter in the stuffy room. Oberst Hitschold was a legend among Stuka pilots in the Mediterranean, his unit, St.G.2, having hit the British carrier *Illustrious* with six bombs in January 1941 and her sister, *Formidable*, with two the following May. Both were still out of action, undergoing repairs in American yards. Many also held that the loss of the *Prince of Wales* and *Repulse* to Japanese Navy torpedo bombers off Malaya that December had been just one indirect result of his skill.

'Hitschold didn't have the 2,000-lb bombs. I have, sir,' replied Franz. 'Nor the improved Stuka or the "D" mark my men have to carry them. I'd welcome a crack at any number of English carriers.'

'Well, it looks like you may have your chance,

Oberst Petersen,' replied the Luftflotte commander, well pleased. 'That is, if Beker and his boys don't get to them first!'

Franz looked over at Beker, who grinned back.

After the conference broke up, Franz was preparing to leave the room when the Luftflotte commander beckoned him over to him for a private word.

'You seemed very eager to get at the enemy, Herr Oberst.'

'I am.' Franz avoided his commander's direct gaze.

'Maybe you've learned to hate at last,' replied the senior man. 'It's no bad thing to hate the enemy. But in your case I get the impression it's been a long time coming.'

'I confess to having a certain admiration for the English. I've no direct reason to detest them, sir. Nonetheless I've always done my duty to the best of my ability and tried to keep personal feelings out of it.'

'Come, Franz, we can talk freely here. I'm not questioning your loyalty or your outstanding ability. Nobody could doubt either, and your present position indicates how the High Command feel about them as well. It's just that you're not the Franz Petersen who served under me before the war – nor even, I suspect, the Franz Petersen of a month ago.'

You're a shrewd bastard, thought Franz. Or was it *that* obvious?

'Tell me, was it Rothe's death? You two were always close.'

'I felt Gunther's death deeply, sir. I'm sure you understand. But it was the Russians who killed him, not the British.'

'Well, I won't pry further. No doubt you have other, good reasons for feeling as you do. All that concerns me is that this change in you doesn't affect your judgement. I want a successful Oberst leading my Stukas this week, a careful, ice-cold leader intent on inflicting the maximum damage on the enemy. I want the "Careful Franz" of old, calculating and precise. Don't let this new-found hatred destroy those qualities which have taken you so far, Franz. Be a ruthless commander if you will, but be a survivor. There are many more battles facing the Fatherland yet, my boy. We'll need your skills again, all of us.'

They shook hands firmly. We understand each other, you and I, thought Franz; perhaps you understand me better than I understand myself. You detected my hate, made me aware of it; I simply felt it.

As he walked over to the Ju.52 transport to bid farewell, Franz thought savagely of Helga. The letter from her sister in Bonn was still fresh in his mind: she was still numb from the shock; she cried often; it seemed they just couldn't calm her. It was all a delayed reaction, not only from the death of her parents and the sudden shock of their parting, but also from the death of their child more than a year before. The tiny mite had contracted TB and died in a Luftwaffe Hospital, despite intensive care. Too many nights crouched in damp air-raid shelters while the RAF bombers wreaked havoc above them; too little proper food. Their child hadn't stood a chance. Helga had been wonderful at the time, but he was a fool not to realise how hard it had taken her. Now she had lost her parents – also to the RAF – and she feared more than ever before that she would soon lose her last link with her former happiness, Franz himself. She could restrain her feelings no longer. And instead of comforting her, loving her, trying to share her misery and sorrow, he had to go on fighting.

But now he was no longer fighting for any lofty ideals, for the Fatherland, for duty, for the Luftwaffe. He was fighting for vengeance. At last he had an object on which to focus his feelings: that British convoy. As his old commander had noticed instantly, the quiet, thoughtful, 'Careful' Franz had learned to hate.

11
To the Death

By noon on Day Two, Monolith was well into the danger zone. The nine freighters were in three columns, with the *Memphis* in the centre, and the two battleships stationed one astern of each of the two outer columns of three. The *Bacchante* led the centre column, with the two 'Colony'-class ships leading the wing columns; meanwhile, the two 'C'-class ships were acting as flank guards, astern and between the merchant ship lines. This formation provided the maximum AA protection for the convoy and was compact and easy to manage. Around these, the destroyers formed a wide outer screen, the ships of Richard's flotilla spread out ahead, with the minelayer *Scotsman* and the 133rd and the *Barrington's* flotilla along either flank. Tucked up astern of this formation were the three big carriers with their own screen of the 'Tribals' and 'L'-class ships. These operated independently according to the dictates of the wind, flying on and flying off their anti-submarine patrols of antiquated biplanes and the standing fighter patrol of four aircraft, which kept continual watch over the assembly during the hours of daylight. In this plan Richard had had little or no opportunity to make contact with Peter in the *Mohican*.

The complicated fuelling operations had been carried out without a hitch at Gibraltar and the convoy had passed through the Straits under cover of darkness and a thick fog. Even so, it was doubtful the enemy had been deceived. During their passage, the leading destroyers had almost run down a number of Spanish tunny boats. These small craft infested the Straits of Gibraltar and there were some who believed that they were far from the innocent craft they pretended to be. Although it had never been proven, it needed no great imagination to envisage one or two being fitted with high-powered radio sets and transmitting news of British movements to Rome.

At dawn, a long and historic signal had been transmitted from Vice Admiral Edwards to all the ships of his command. Full of stirring rhetoric, it had been signalled from the *Nelson* to the various squadron and flotilla commanders, who then passed it on down the lines of their own units. As the unending stream of exhortation had come in, Bush had sucked his teeth and grimaced, struggling with some of the longer words. His feelings on the relevance of all this extra work were quite clear, and Richard felt a great deal of sympathy for him.

'Is that it, Yeoman?' he asked him towards the end.

'No, sir. There's more comin',' he replied with distaste, and set to work spelling out a further postscript.

'This'll look great in the history books,' grinned Squirrel. 'I reckon it should rate a paragraph to itself.'

At last Bush finished his deliberations and turned to Richard. 'I'll pass this on to the *Retriever* then, sir, shall I?'

'No. Just say Good Luck – C-in-C,' instructed Richard, with a straight face. 'I think that contains the essentials.'

Bush was chortling silently to himself as he operated the Aldis to their next astern. Tony smiled openly.

'It's going to be a tough enough operation without

all that nonsense,' said Richard to him quietly.

During the forenoon, the two fleet oilers had rendezvoused with the convoy and two by two, the screening destroyers had been detached to refuel, a long and painfully slow job, but made easier by the calm waters. Under the boiling sun the lines were passed between the tankers and the destroyers, and for hours they lay like piglets suckling at a sow. It was never a comfortable occupation at the best of times, and the knowledge that these waters were alive with U-boats, to whom such a juicy target steering a steady course would have been highly welcome, added to the feeling of vulnerability. By sheer chance the *Radiant* and *Mohican* fuelled at the same time and the two commanders were able to exchange brief signals. They had wished each other luck, and then Peter had transmitted the old naval joke, 'WISH I WAS COMING WITH YOU,' as reference to the fact that the *Radiant* was going right through to Malta while the *Mohican* was one of the destroyers that would remain with the heavy ships. 'RED BROTHER SPEAK WITH FORKED TONGUE,' Richard had sent back. Then they had cast off and resumed their separate courses.

The relative good humour of the morning was forgotten, however, as the day wore on and they came closer and closer within range of the bombers. Already they knew they had been located, for one of the 'L'-class destroyers had spotted torpedo tracks close to the *Audacious* and had made a counter-attack, although with no known result. All the crews were at first-degree readiness and Richard knew that from now on there would be very little respite for anyone.

'I want the watches organised tonight so that everyone gets as much sleep as possible, Number One,' he instructed Tony. 'And that includes the officers.'

'I've already worked out an emergency rota, sir,' Tony replied. 'I've included you on it,' he added, *sotto voce.*

'Well, you can damn well take me off it,' Richard retorted. His first lieutenant knew it was useless to argue, but made a mental note to have a quiet word with the Doc later; no doubt Barnes would co-operate if need be.

As the afternoon wore on, the sun became hotter, and tension was screwed up another notch when further torpedo tracks were sighted, crossing ahead of the leading merchantmen. A flutter of flags at the *Bacchante's* masthead, and the whole great phlanx of ships wheeled majestically away from the direction of the attack. Richard had to admire the discipline and quick reactions of the merchant navy skippers, who complied perfectly with the order and maintained formation beautifully. These were obviously picked men, he thought. Normally, nothing was more repugnant to the captain of a freighter or tanker than to maintain a set speed in close company with other ships; their natural instincts being to keep well clear of other shipping and pick their own, most economical speed and course. Three years of war had obviously trained the British captains well; even the four American ships had complied with the complex patterns with the skill of veterans. It was a good omen.

From *Radiant's* position on the front screen, Richard had a good view back down the convoy and was able to watch the *Barrington's* response to the attack. Her twin funnels belching smoke, she had heeled sharply over towards the position of the submarine and was storming down the torpedo tracks, her bow wave piled high, her twenty-year-old engines at full stretch, her expert and veteran depth-charge crews moving precisely into position. Her consort, the

Vandal, also moved out in automatic response to support her, while her next astern, the *Vengeful*, moved up to fill the gap. Here were complete professionals at work.

Within a few minutes the two hunting destroyers had moved halfway to the horizon, and astern of them the deep blue water erupted into sparkling cascades of falling crystal as their depth-charges exploded.

'Looks like they've got a firm contact,' said Squirrel.

'Give it to the bastards!' muttered Bush, intently following the attackers through his telescope.

The two destroyers were far away now and only just visible to the naked eye. Richard saw them turning in perfect unison, the water creaming away from their forefoots and frothing astern.

'There they go again!' said Tony.

The twin wakes of the destroyers crossed over the position of their last attack, carried on for a spell, then converged. Once more the sea was rent by enormous upheavals of water. Then the attack passed out of sight of *Radiant*.

'Wonder if they got the bleeder,' said Nobby Clarke from the port Oerlikon gun to his mate, who was craning his neck to see aft.

'Can't see no more. We'll know soon enough.'

Signals from the *Nelson* again, and the convoy resumed its former line of advance. Another light flickered out from the *Rigorous*'s bridge to the *Radiant*, ordering her to leave her position and fill the gap on the starboard side of the screen aft. *Radiant* hauled round and sped across the face of the convoy and down its starboard side. As they took up their new position as stern ship of the screen on that side, the battle once again came into view. The aircraft carriers were now off the port flank, having resumed their positions after flying off another air patrol. One of the Albacores had joined the two hunters in the attack and was flying back and forth like some demented wasp, trying to get in on the act.

'Looks like they failed to hit him,' said Tony.

The two attackers had left the hunt and were now hurrying to rejoin the main screen once more. Tony could imagine Ferguson's disappointment. Still there was plenty of time yet to make his score a round dozen. Suddenly, far astern of them, a turmoil in the water. The sea churned and heaved and the black snout of a submarine broke the surface for an instant.

'They got her! Look, she's coming up!' yelled Squirrel.

It was true. After briefly vanishing for a moment as her captain fought to control his badly damaged craft, the ugly bulk of the Italian submarine appeared again, first the bows, then the gun, then the conning-tower itself. She was obviously badly damaged. As he watched, Richard was aware of another drama. From the aircraft-carriers' screen, a lithe form had detached itself, steaming hard for the wallowing U-boat. He focused his glasses on her pendant number. D.326. It was the *Mohican*!

Right from the start there was no doubting Peter's firm intentions. He was going to make absolutely sure that this submarine didn't get a chance to dive again and escape. He was going to ram! Tiny figures were now struggling up from the submarine's conning-tower and running out along her deck to man the gun. It was a pathetic gesture; there was no stopping the *Mohican*. Before the Italian gunners were halfway to their weapon, they too realised the uselessness of it and began throwing themselves desperately into the sea.

From every ship in the convoy and the escort a

thousand eyes watched the drama unfold as the wickedly sharp stem of the destroyer, its bow-wave piled high, relentlessly covered the last remaining feet to the evil-bloated belly of the submarine. There was a tremendous crash and a grating of metal. The U-boat was heeled right over, its conning-tower laid on its side, touching the water. Débris and bodies were scattered on either side as the 'Tribal', carried on by its own momentum, rode up and over the top of the shattered victim and then slid slowly back.

The *Barrington* and *Vandal* had rejoined the screen now, and Richard took the *Radiant* out towards the two ships, locked in their death embrace, to see what help he could give. Meanwhile the convoy drew steadily ahead, well out of harm's way, and the carriers followed. From *Nelson's* bridge a light flickered again: 'ASCERTAIN *MOHICAN'S* DAMAGE AND REPORT.'

The *Radiant* now closed on the destroyer. A dark, swirling mass of water, wreckage and bubbles was all that remained of the Italian submarine, now sinking to her grave on the seabed many fathoms below. A few dotted heads were crying and shouting among the wreckage. The *Mohican's* seaboat was already lowered and picking them up.

Richard waved a greeting to Peter and they addressed each other through the megaphone.

'A bit drastic, wasn't it?'

'I wasn't going to take any chances!' Peter replied. 'That's my first.'

'Well, you certainly made sure; though you'll have to share her with Ferguson.'

'Old Fergie's got enough of his own.'

'What's the extent of your damage? Can you steam?'

'The forward bulkheads are holding OK. My first

lieutenant's just made a tour down below; the Chief's a bit shook up, but the engines are undamaged. I think I can make ten or fifteen knots with no trouble.'

'I've got to report to Rob. You obviously can't make it any further. You'll have to return to Gibraltar.'

'Yes, I agee.'

'I'll try and get you an escort.'

'Shouldn't bother. I'll be all right.'

Richard signalled to the faint bulk of *Nelson*, now well on her way astern and heading steadily east with the convoy. Her reply was much as he had expected: 'REGRET CAN SPARE NO ESCORTS. RE-JOIN CONVOY INSTANTLY.'

Well, that was that.

'You're on your own, Peter. Hope you make it. I'll see you later. I'll bring you back a postcard of Valetta.'

'Thanks, and good luck. Before you ask, *no* – this is *not* the last of the *Mohican*!'

The *Radiant* came about again and sped after the convoy, leaving the crippled destroyer to begin her slow and painful journey back to the sanctuary of the Rock. Richard hoped that Edwards would signal for a tug to come to her aid.

'Lucky sods,' muttered Nobby Clarke to his mate. 'One little bash and they're out of it. Us, we've got to keep on bleedin' going'.'

'Cheer up, Nobby,' replied his mate. '*You*'s going to get the bloody VC; the *Mohican* will only get leave in Blighty. Ain't you got no sense of proportion?'

Day Three was a day of seemingly endless fire and death under a burning sun. By dawn an Italian snooper plane was present, and despite the continued attention paid to them by fighters from the three carriers, there were always two or three Cants or Ju.88s hovering tantalisingly on the horizon. The U-boat packs had also homed in and submarine alarms, emergency turns, torpedo sightings, attacks and counter-attacks continued throughout the whole day. The central Mediterranean seemed alive with the enemy. Prompt attention by the destroyers had resulted in another confirmed kill that morning and three other attacks had produced oil slicks and other evidence of damage inflicted. Numerous other counter-attacks had to be broken off prematurely once the enemy had been driven clear, since the screen were travelling at full stretch and no escort could be allowed the luxury of a long hunt.

As yet the ships of the convoy had escaped damage completely, but the Royal Navy had been less fortunate. In the early hours of that morning a submarine, more daring and more skilful than the others had penetrated the carriers' screen and had fired a full salvo of torpedoes at close range into the old carrier *Mercury*. She had been hit in quick succession by three of them, all within a few yards of each other, and her ancient hull simply didn't have the underwater protection to withstand such a devastating blow Within a matter of minutes she had heeled over, her aircraft sliding into the sea, her flight deck canted up at an impossible angle, tiny dots of men sliding down her barnacled hull into the warm water. Ten minutes later she had gone, and with her, one third of the convoy's fighter protection. It had been a grievous blow so early in the day.

The Axis airmen had also been astir early, and attacks had been almost continuous throughout the day, at first by long-range Ju.88s, dive bombing down the convoy lanes and breaking through the flims cover of Hurricane and Fulmar in batches of twenty and thirty at a time. They usually lost one or two in the process, but always they managed to get through. The size of the barrage put up by the escorting warships must have surprised them, and in the main their attacks were not driven home with the determination expected. Near-misses had deluged the freighters with spray and the battleships had come in for some close attention in each attack, but they had remained unharmed. Their batteries of high-angled guns, combined with the rest of the fleet, had claimed about a dozen victims, but this, of course, was a mere drop in the bucket.

The Italians had joined in the assault soon after, and waves of high-level bombers had droned over the fleet, their bombs falling alternately wide and close, but again, no hits were scored. Their torpedo bombers also made co-ordinated attacks, but early interception by the Fleet fighters had cut down their ranks and thrown the concentration out. Those that did press in over the destroyer screen had attacked with great courage, often approaching to within suicidal range and dropping their two torpedoes terrifyingly close to their targets. Only skilful ship-handling and a great deal of luck had kept the casualties down to one destroyer: the *Brigand*, hit and disabled. After a while she had been sunk by her flotilla mate, the *Brisk*, who had taken her crew off. Monolith had no time to spare for cripples, at least among the escorts. They were expendable. The vital thing was for the transports to get through to Malta – all other considerations were deemed secondary in Vice Admiral Edwards' mind.

And so the endless day wore on, one attack no sooner dying away than another wave was spotted coming in. All the time the submarines probed and tested, but still the convoy held on; still the nine

merchant ships were intact. A few were shaken b
near-miss bombs, but still they held their speed an
immaculate order towards the east.

To the Vice Admiral on the bridge of the flagship
as he watched the last raid drone away and cast his ey
warily round the convoy, it began to look as if the
were going to make it despite the odds. *He* was goin
to make it. He looked at his watch, noting the other
watching him out of the corner of his eye. They thin
I'm damned nervous. Well, to hell with them! h
thought. I'll bring this convoy through, no matte
what. It was two hours still to sunset. Their positio
now was very close to the mouth of the Sicilia
Channel. The heavy ships would have to turn bac
within the next half hour. So be it!

They had survived all forms of attack this day, an
come through well. The loss of one old carrier and
destroyer was a small price to pay. He was we
pleased. No need to push his luck any more. H
motioned his flag captain over.

'Execute Phase Three in ten minutes.'

The officer acknowledged and hurried over to th
far side of the bridge. Soon the signals were going out
up and down the convoy lanes, and to the escorts. Thi
was the dangerous part: the convoy had to chang
from its three-column formation to two columns, i
order to negotiate the narrow Straits. The esco
taking them through to Malta would now organis
itself, and the minesweeping destroyers steam ahea
to take up their positions. They were one less no
with the loss of the *Brigand*, which meant that the pat
they swept would be narrower. Then the tw
'Colony'-class cruisers, acting as column leader
would take up their stations ahead of the two line
with the two 'C'-class ships astern. The *Scotsma*
would act as flank guard and the destroyers would b

strung out on either flank. His own force, reduced now to the two battleships, two carriers and the four Dido's with their own screen, would also have to reform and turn back. The carriers were to hold on as far east as they could, to provide fighter protection for the first part of this complicated procedure. With luck, the long-range Beaufighters from Malta would take over that duty until dusk and then the convoy could slip through the Narrows under the blanket of night.

While these changes were taking place, the compact fighting formation of his command would be seriously disrupted. He had to choose the right moment; too soon, and they might deny the convoy vital minutes under the carrier's air umbrella; too late, and the enemy might catch them in relative confusion. Vice Admiral Edwards felt the tension increasing as the minutes slipped away. Any slip-up now might ruin the work of the past three days – and his own lifetime's work!

A light flickered out from the bridge of the *Sarawak* ahead of him.

'*Sarawak* signals, "EXECUTING PHASE THREE NOW",' called out a signalman.

Good. Paddy Morrison was on the ball as always.

He watched in the fast-fading light as the various ships slid from their positions to take up new ones. The jigsaw seemed to be altering formation without rhyme or reason: freighters dropped back, destroyers dashed to and fro, the carriers began to fly off another batch of fighters for the last patrol of the day. All the time the clocks ticked on. Out of the apparent chaos, order gradually began to emerge, as the two new groups began to form up. Meanwhile the officers on the bridge beside him moved unhurriedly about their business; signals came in in a constant flow and there was a murmur of anticipation and expectancy.

Half an hour had passed. Now the mighty assembly of ships was in two perfect groups, the convoy in its new formation to the south, the main fleet to the north of it. It was done! It only remained now for the heavy ships to turn back to the waiting position. The rest was up to Morrison – and the Gods.

Edwards felt a deep sense of satisfaction and achievement. His mind flickered back over the fighting and over each of his decisions. He had carefully noted each incident, each attack, every loss and victory. His report would be a model of precision, to match his perfect handling of the operation. No doubt the loss of the *Mercury* would weigh heavily, though. Already the radio broadcasts from Rome and Berlin had been screaming with it! They'd even got her name right. According to Berlin, the U-370 commanded by a Walter Preng was responsible, while according to Rome, the torpedo bombers of the *Aerosiluranti* were claiming the credit. Damned Italians; they also claimed to have sunk three freighters, two destroyers and damaged a battleship and three cruisers! Well, let them claim what they liked, the only thing that concerned Edwards was that the true score sheet was kept as low as possible, with no silly slip-ups. The fact that U-370 got through was down to the destroyer escorts conditions were bad, but they had had some successes. In normal circumstances the *Brigand* might have been saved; there would be an enquiry, no doubt, but he felt he had been justified in that decision. He had needed all the escorts he could get Silly young fool aboard the *Mohican*, ramming that Italian sub when it was obviously surrendering – that had already cost him one valuable ship on his screen Completely unjustified, he'd said so in his Report too.

Otherwise, things were looking hopeful. He had done it. He beckoned his flag captain over again.

'I want you to send the following signal to Rear Admiral Morrison.' He held a sheet of carefully typed paper in his hand, cleared his throat, and began to dictate. 'As you take departure from us at this critical juncture, with the heavy burden on your shoulders of delivering the convoy intact to Malta, we in the Main Force wish to convey our sincere good fortune to you and your gallant men of the Close Escort. We wish . . . '

But the Admiral never finished his dictation.

'Alarm bearing Red-oh-Nine.'

'Heavy formation of aircraft coming from Sicily. Range ten miles. Closing fast. Five big groups.'

'Hello, this is Red Leader to Control. Red Leader to Control. I have the enemy in sight. There are five big groups coming in, Ju.88s, Sm.79s, and lots of fighters. Also about thirty Ju.87s with Me.109 cover. Am engaging now.'

'Five big groups? Our fighters will be swamped!' But the flag captain's anguished cry was lost as a welter of further reports flooded in to the *Nelson's* bridge.

'Radar reports five groups closing, sir. Estimated 120, plus bandits, with fighter cover.'

'Signal from *Audacious*, sir. "AM HOLDING ON TO THE WEST, FLIGHT DECK FULL, AM SCRAMBLING EXTRA FIGHTERS." '

The sheet fell from Vice Admiral Edwards' fingers, forgotten. His mind refused to take in the significance of it all. No, not *now*, damn them! Not now, just when he'd made it – they'd ruin everything! Damn them! *Damn them all*!

'What the hell does *Audacious* think she's playing at?' he screamed at his flag captain. 'Tell her to pull back in line instantly. She'll be a sitting duck out there away from our guns.'

'I think her captain wants to make sure that the convoy has the maxium fighter cover, sir,' said his flag captain tactfully.

'I'll decide that,' roared Edwards. 'Signal *Audacious*: "ABORT FURTHER LAUNCHING, RESUME STATION IMMEDIATELY. ADOPT ANTI-TORPEDO BOMBER SCREEN ONE." '

He reeled over to the front of the bridge and gazed towards the eastern horizon, where the massed enemy formations were now clearly visible. A few tiny aircraft could be seen weaving and dodging among them a pitiful handful of Fleet Air Arm aircraft attempting to stop the advancing mass. As he watched two aircraft flared and flamed towards the sea, but it was too far away to see if they were friend or foe.

'Red Leader. Come in Red leader.'

'No response from Red Leader.'

'Those JU.88s are breaking to the right. Engage.'

'All guns locked on target now, sir.'

'Maximum barrage. *Fire*.'

As the *Nelson's* captain gave the order, the great bulk of the battleship shook and lurched, and all her long-range guns fired out. A great sheet of flame blocked out Edwards' vision for a moment and he fell back, blinded by it. When his vision cleared once more, he moved to the other side of the bridge, away from the firing. From here he could see the convoy also heavily engaged, moving steadily south-east away from his ships. The first bombs were now exploding in their ranks, throwing up tall pillars of smoke and spray.

'Signal from *Audacious*. "HAVE FINISHED FLYING OFF FIGHTERS. AM RE-ASSUMING POSITION." '

'All guns, switch to independent firing, close range

;elect your targets.'

The bedlam of noise and fire crashed mercilessly hrough Edwards' brain. He strove to clear his head.

'Where are those torpedo bombers?'

'Concentrating on *Audacious*, sir. She has *Spartiate* nd two 'L's in close company to defend her.'

Edwards levelled his glasses on the little group now teaming hard to rejoin the main group. A near-miss omb threw up a huge column of dirty water, obscuring his vision for a moment. When it cleared, he saw hat a group of five Sm.79s were working their way ound to the flank of the carrier, seemingly unengaged y any ship. Within moments they would be in a erfect position to launch their missiles against the *udacious*.

'Make to *Spartiate*: "ENGAGE ENEMY TORPEDO OMBERS ON THE STARBOARD FLANK." '

The officers on the bridge close by stared at him. It vas unprecedented for the Admiral to issue a direct rder like this to one specific vessel in the middle of a attle.

Edwards sensed their amazement. 'Look for your loody selves,' he shouted at them. 'Go on, look. *partiate* has her guns at full elevation, while those m.79s are almost at wave-top level to her right. She asn't seen them.'

'*Audacious, Leopard* and *Lightfoot* are switching to ew targets, sir, following *Spartiate's* lead in. Look, p above her: Ju.87s; *Spartiate* spotted them. Those m.79s are going to run right into the barrage from *ur* screen in a minute, sir. They won't know what's it them then!'

Edwards glared at his gunnery commander, but witched his glasses as advised. High above the *udacious* hung a group of evil, cant-winged aircraft: *tukas*! As he watched, they began dropping like stones towards the big carrier, brushing aside the fla of the four ships, as if with disdain. One was hit; the another; but the remaining ten roared on. The div bombers. God forgive him, he'd forgotten the div bombers . . .

Richard conned *Radiant* back towards the line o merchant ships, counting them in the dim light as h did so. Behind him, the wrecks of two Sm.79 torped bombers flamed and flickered on the surface of th dark water. Great gouts of fire still glowed over th western horizon. That would be the *Audacious*, Go help them. The Stukas had deluged her with bombs Richard had counted seven near-misses and at leas three direct hits. Her armoured flight deck had kep her afloat, but those bombs must have been 2,000 pounders at least, and her innards must be a shambles He wondered if she'd make it back to Gibraltar. H thought of her fighters, returning with damaged wing and fuselages, low on fuel, their carrier a blazin wreck. Maybe they'd manage to get down on th *Imperious*, if she had room for them.

As *Radiant* resumed her station, he completed hi count. Eight. One was missing.

'Where's that Yank freighter, Tony – what's he name? The *Colonel Cody*?'

'She's astern, sir. She took a torpedo in her por flank and stopped dead. Paddy's sent the *Cerberu* and *Ready* back to stand by her.'

'Well, at least we broke up that last group OK, grinned Squirrel. 'Full tilt into the middle of 'em Lovely grub. Two flamers and the rest beating it back to Sicily with their tails between their legs.'

'They'll be back tomorrow,' said Richard, 'and so will their German chums. You saw what they did to

Audacious. Tomorrow it'll be the *Memphis* they'll be after.'

'Signal from *Sarawak*, sir: "MANOEUVRE WELL EXECUTED." '

'See? Even Paddy's pleased,' said Squirrel.

'When you've finished patting us all on the back, you'd better get to your night-fighting position, Sub,' said Richard. 'Tony. I want each of the four main guns trained on each bearing to cover all four quadrants. Get the Oerlikons and Bofors on maximum alert and low deflection. It'll be E-boats from now on, and you won't get a second chance at 'em if you miss first time.'

'Aye, sir,' they both replied, and left the bridge subdued.

'*Cerberus* reports *Colonel Cody* is now able to steam; they're following at six knots, sir,' reported Bush.

'Very good. Pass that on to *Sarawak* and *Rigorous*.'

It was now very dark indeed, and the great bulks of the freighters, close as they were, were no more than indistinct blurs. Ahead the minesweeping destroyers and the two leading cruisers were completely invisible, as were the leading ships of the convoy. They felt very much isolated as the night deepened around them. Even the faint flickering from *Audacious* had now vanished from their vision, far astern.

After the bedlam of the day's fighting, the stillness was profound, and the soft *lap, lap* of *Radiant*'s bow-wave as it cut the still sea was audible, even up on the bridge. Richard stifled a yawn. From ahead, a shaded lamp signalled the acknowledgement from Captain (D). Just then Barnes appeared at his elbow with the inevitable cup of tea. Richard took it thankfully.

'You're on the loading party for "X" gun tonight, Barnes, is that right?'

'Yes, sir. Stuck right aft, sir.' Barnes didn't sound

pleased at the prospect.

'Well, you'd better get back there fast. It's going t
be a busy night.'

'Aye, sir. Just on my way, sir.'

'Never a bloody thank you or nothin',' the stewar thought as he made his way down the bridge ladde and stumbled his way aft in darkness. No more blood destroyers for him; next draft had better be a blood shore base. The old *Cormorant* at Gibraltar would d nicely. Cushy billet, nice weather, miles from th bloody war zone and every home comfort. Fa bleedin' chance of that!

'Where have you been, Barnes?'

'Just up on the bridge, sir, taking the captain hi mug, sir.'

'Well, look lively, man.'

'You see, you ain't got no influence whatsoever whispered his opposite number in the loading party a they manhandled the 4-inch shells into the ready-us racks around the gun. 'Captain's nursemaid you ma be, but you'll hump friggin' shells like the rest of us.'

'Balls!' muttered Barnes back to him.

'Quiet, you men!'

The peace of the night was suddenly shattered by series of loud explosions, as torpedoes thudded hom on their targets at the head of the column and fir erupted. Instantly, there was a harsh snarl and roar a E-boat engines were started up. The steady *thud, thu* and chatter of light automatic weapons followed, an tracers curved across the blackness in arcs of colour a the convoy's van.

'Gawd, 'elp us,' cursed Barnes, ''ere we bleedin' g again!'

Franz stood on the runway. It was long after the su

had gone down on that hot, humid day, but the heat was almost as intense as earlier on; he doubted if he'd sleep much anyway. Around him, the Ju.87s lay cowled and silent. Beside each one lay their ground crews, trying to catch a brief night's rest after the rigours of the day, aware as much as Franz himself, that the morrow would call for even greater effort from them.

From all the reports so far in, the convoy had taken a hammering but was still on course. Reading between the lines, it was clear they'd lost only a few of their number; but if those that survived the night attacks included the tanker, then Franz's unit was ready to rectify matters. They had already dealt with the carrier. He reflected on that dizzy dive; the flak had been the worst he'd ever seen. Then that great, long, wide deck opening up before him; it had seemed enormous – and a direct hit! It was a beauty – right on the after lift according to his gunner. Two more had followed. He had lost two of his best crews, and he mourned them, but he had taken great pains not to get close to them. He had earned their respect, but he hadn't sought their friendship. When men didn't come back from missions, friendship meant pain, and Franz had enough pain already. Muller, Hanfried, Gunther – all gone. And Helga . . . ?

He pushed the thought of Helga brutally from his mind. Concentrate, that was it; *concentrate*! 'Careful Franz' had been careful enough today, and he had survived. Already he had hurt the British badly, but tomorrow, he would really hurt them – make them pay. Make them die. He thought of the *Memphis*, and its floating time-bomb of a cargo: without that cargo Malta, long a thorn in their side, would collapse. Everything depended on that one ship. He wondered what kind of men manned her, what kind of men would choose to fight a war that way, virtually helpless on top of a powder keg. His kind went back over the years. Spain, and Gunther's words: *What kind of men*?

12
End Game

By dawn there were six ships on the convoy left afloat to greet the sun. All through the endless night, wave after wave of E-boats and submarines had swarmed around the ships, employing relentless hit-and-run tactics. The first they knew of each attack was usually the sound of a torpedo hitting home. Then, momentarily they would catch pale silver flecks in the beams of their searchlights; any gun that would bear would open fire with a brief staccato of sound, before the target once more vanished. Sometimes a conning-tower was caught in the same rays, turning into a tulip of red and orange as the shells smashed into it, then disappearing in the blackness. There was a constant sudden splatter of bullets as undetected light craft sprayed their upperworks and hulls, then flew past on opposite courses. Blind man's bluff – but with death as the prize.

Not until dawn was Paddy Morrison able to get any overall picture of the havoc wrought off the Skerki Bank during the night. He was now stationed on the bridge of the *Rigorous*, his original flagship, the *Sarawak*, somewhere far behind him, struggling back through the Narrows, escorted by the *Retriever*, her hull punctured by a torpedo, her port screws out of the water despite counter-flooding. The anti-aircraft cruiser *Coquette* now lay on the bottom of the Narrows, victim of the same Italian U-boat's brilliant shooting; her stern was blown off, her after magazines exploded and her ancient little hull, that had witnessed the surrender of the German High Seas Fleet in 1918, twisted and riven. She had had to be sunk. Morrison had transferred himself and his staff to *Rigorous* and had led the convoy onward, deeper into the night.

E-boat torpedoes had hit the *Colonel Cody*, isolated as she was behind the main group. The *Cerberus* and *Ready* had blown her attacker out of the water with concentrated shooting, but it was too late to save the Liberty ship and she had blown up with no survivors. As they rejoined from astern, another attack had hit the British *Canterbury City* and the American *Grand Canyon*, and they too had gone down, leaving pitifully few survivors struggling in the oil-covered waters. Another torpedo had hit the *Memphis* right forward, tearing a huge hole in her bows. She had lain stopped for over an hour while Captain Carnston and his crew had fought to stop the fires spreading aft to her cargo. The *Radiant* had stood by her, while the rest of the convoy struggled on. There could be no turning back, not even for the *Memphis*. Eventually she had re-started, and with *Cerberus*, *Radiant* and *Ready* as close escorts, she was now lagging some twenty miles behind the main body of the convoy. Meanwhile, the *Village Green* had been hit and sunk with the main group.

Above the main group, consisting of the freighters *Jacksonville*, *Texas Rancher*, *Avon Gorge* and *British Soldier*, escorted now by the solitary cruiser *Cyprus*, the minelayer *Scotsman* and the destroyers *Rigorous*, *Agile*, *Ariel*, *Brisk* and *Dagger*, a formation of Beaufighters patrolled. Although their presence was encouraging enough, Morrison knew that their value was strictly limited; with *Sarawak* gone, he had no proper fighter-control ship from which to direct them against the bombers. It would be eight hours yet before they were within the more secure protection of the Malta-based Spitfires – almost a whole day, in which the Axis would no doubt hurl at them anything left in their lockers. He had sent word back to Vice Admiral Edwards listing his losses and his position, and Edwards had detached the *Bacchante* along with the *Celt* and *Xhosa* to go to his aid, but it would be hours before they joined him. Until they did, and *Cerberus* and *Ready* rejoined him from astern, he had little or nothing with which to defend the convoy should the dawn sky reveal the fighting tops of the Italian fleet on the horizon.

Much to Morrison's relief, it did not, but it did bring the inevitable shadower. The Beaufighters chased it away – but not before it had made a long signalled report. Morrison knew it would not be long now before the response came from the north.

'Radar-Bridge.'

'Bridge.'

'Large formation aircraft approaching. Estimate sixty-plus.'

Paddy pushed his tin helmet back on his head and glanced at the haggard and unshaven faces around him on the bridge at the *Rigorous*.

'Well, gentlemen, it looks as though they've decided to make an early start!'

The roman-nosed profile of Captain (D), hunched in his duffle coat despite the early-morning sunlight, remained unchanged.

'We can look after ourselves, sir,' he replied quietly. 'I just hope they're not too quick to spot that the *Memphis* is on her own.'

'Long-range barrage, commence.'

'Where are those bloody Beaufighters?'

The air control officer looked up from his set, his red-rimmed eyes watering. 'I'm sorry, sir. I've been trying to raise them, but they don't respond.'

'I'll be glad when *Bacchante* gets here. It's a pity she didn't come through with us as originally planned.'

Nobody answered that one. All were aware that it was Vice Admiral Edwards who had been responsible for that change of plan, in order to give his carriers extra protection on Day Four. Now he only had one fully operational carrier with *four* Didos to protect her – or did have until he detached *Bacchante*. A bit of balls-up, thought Paddy to himself. And not the first ones on this trip, either. Old Rob will really have to bullshit himself out of this one.

'There they are, sir.' A young lieutenant pointed an arm to the north. 'Sm.79s and Ju.88s, and masses of fighters.'

'Pulling out all the stops, are they?' muttered Captain (D). 'Well, let's see about that.'

Already the guns of the escorts and the merchantmen were hammering away and black pock marks filled the hitherto crystal-clear sky. The fight was on again.

'Stone me,' breathed the young lieutenant.

'If they keep that up much longer, they're going to have to change the name of this convoy from Monolith to Monument.'

Franz watched as the last Ju.88 rolled up the runway, taxied to the side and came to a halt. He saw the great gap torn in one wing and the neat line of bullet holes drilled through its tailplane. Twenty-seven bombers went out at dawn, and Franz had counted twenty-one landing. *Not* a good attrition rate for a crack

Geschwader. The crew bundled out of the Ju.88s belly. Beck came out last, removing his flying helmet and wiping his forehead. His bombadier lit two cigarettes and handed one to Beck, who took it gratefully. Puffing smoke, he walked over to Franz.

'How did it go?' Franz asked him, putting his hand on his shoulder.

Beck shrugged. 'So, so.'

'How many ships are left? I hope you left me a nice, juicy target?'

'Oh, there's plenty left for you, Franz,' smiled Beck wanly. 'We counted several groups. The convoy is well split up.'

'How many? Where? Is the tanker still afloat?'

'Patience, patience, Franz. Let me collect my thoughts. Come to the de-briefing hut and listen in there with my other crews.'

'I haven't got time, Beck. I must get out before it's too late.'

'They won't reach Malta before tonight. You'll be able to go out twice, if you really want to. Mind you, the Spitfires will be waiting for you the second time.'

'I won't need a second time. Now, tell me about the convoy.'

'All right, damn you. But let me sit down, will you?'

Beck rubbed his eyes and waved his arm at his crew, to tell them to go on to the de-briefing hut without him.

'Now, listen, I'm too bloody tired to repeat myself. There are three groups of ships, but the main convoy is well ahead of the rest. We counted four big merchant ships, with two cruisers and five destroyers as escorts. We co-ordinated our attacks with the Italians; we bombed, they slipped in and dropped torpedoes. There were six long-range British fighters overhead, but they were too late to stop us. They tangled with our escort and most of them got shot down. We lost one Me.110.'

'But the convoy and the tanker – ' insisted Franz.

'I'm coming to that.' Beck took a long suck at his cigarette. 'The Italians all missed. They caught some heavy flak from the main group – an anti-aircraft cruiser and a smaller ship coming up astern. They'd probably been picking up survivors and they caught the Italians cold from the rear. The Italians lost about six bombers, and we didn't see any of these famous torpedo hits of theirs – not one!' He grinned, and Franz smiled back.

'What about you, how did you do?'

'Not much better, I'm afraid. We hit them as per plan, but they were ready for us. I lost six planes – damned good crews, too. I only hope the air-sea launches can pick 'em up, or the floatplanes. I estimate we hit three of the four ships and one of the escorts. We left four ships burning, but I didn't have time to take detailed notes. We did get a few photos that might be worth looking at, though. You can see why I was in a hurry.' He waved his cigarette towards his damaged aircraft. 'We caught some flak from the cruiser, and a Beaufighter found us, more by luck than judgement, while he was trying to get away from our fighters. He was responsible for that,' he indicated the line of holes, 'before I finally nailed him.'

'And the tanker?'

'The tanker wasn't with the main group. When we were hit I pulled away to lose the enemy fighter and we lost touch with the unit. We strayed to the west and came across the other groups I was telling you about. There was another small cruiser and two destroyers steaming out fast beyond the island of Lampedusa. They were on their own, but between them and the bulk of the convoy we found another group, steering east, very slowly. And right at the centre of it was your precious tanker, Franz. She's been hit, all right – we saw a hole in her bow you could drive a tram through – but she's still afloat and moving steadily. She had a cruiser and two destroyers with her, although whether the other cruiser we saw will join her escort or the main convoy's, I wouldn't like to guess. She's making about ten knots, so she won't be going far, and she's well within Stuka range.'

'Excellent. That's great news,' shouted Franz. 'We'll get her, Beck. You'll see, we'll get her.'

'Well, I hope you're right, Franz,' said Becker. 'If I hadn't used all my bombs up beforehand, I'd have had a crack at her myself.'

'You wouldn't dare!' laughed Franz.

'Come on! You won your bet with the aircraft-carrier. The least you could do is leave me the tanker!'

'Not on your life, Beck. Not a chance. She's mine.'

'Just watch your arse,' warned Beck, as Franz headed off towards his quarters. 'Remember, the British can shoot straight!'

Franz raised his arm, but strode on.

Beck took a last drag from his cigarette and flicked the stub into the sky. It curved in a gentle arc and hit the ground in a tiny shower of sparks. It seemed symbolic somehow. 'Watch your arse, Franz,' he thought, gazing after the retreating figure across the heat-haze of the runway. 'Just watch your arse.'

Paddy Morrison looked round at the convoy. Christ he thought, we can't take much more of this. The *Texas Rancher* was burning fiercely now, great billows of smoke pouring from her shattered hull, the canisters of fuel oil on her decks adding to the blaze.

Despite the efforts of the *Ariel* alongside her, playing her hose on the flames, she had stopped in her tracks and looked doomed. The *Avon Gorge* was also on fire, but not so seriously and she was still moving forward at fifteen knots. The third mate of the *British Soldier* had just reported that he had taken command, all his seniors having been killed by a close-range bomb that had sent red-hot fragments of steel scything through her bridge. But she was still moving, as was the *Jacksonville*, the only vessel still unscathed.

How many had they got in that last raid? About a dozen, he reckoned. It was a smart piece of work by the *Scotsman* and *Brisk*, catching those Eyeties like that. He'd never seen so many planes downed in one barrage before. It would be a long time before they came back and none of their missiles had hit, which was just as well.

So now he was down to three ships, two damaged, one cruiser, one minelayer and five destroyers – four if he left *Ariel* with *Rancher*. Would any of them make it? He wondered how the *Memphis* was faring, he hoped the Germans had missed her – perhaps she'd be left alone all day. She was drifting well off course, although her engines were still moving her. She was well in towards the shallows off the Skerki Bank now. They'd have to watch they didn't end up in Vichy territorial waters – they had enough troubles already without that. But perhaps as they'd wandered so far off course, they'd escape the eyes of the Luftwaffe. He hoped so.

Another six hours' steaming before the Spitfires arrived.

'*Ariel* reports that all survivors are embarked from the *Texas Rancher*, sir, and that the fires are completely out of control.'

'Tell *Ariel* to torpedo her and rejoin me as fast as

she can,' replied the Admiral, thinking: five down and four to go. Hell, what a convoy this is turning out to be.

Richard gazed across at the smoke-blackened bows of the *Memphis* and at the enormous hole in her bows. Even at this slow speed, she was piling up a huge bow-wave and the tangled shreds of steel plates trailing down into the water were not making her steering problems any easier. But the fires were out, the forward bulkheads were holding and she was moving. With the *Cerberus* stationed ahead and with the *Radiant* and *Ready* on either flank, the little group was making painful progress towards Malta, still far-distant.

'Let me see that chart again, Tony,' said Richard, for the *n*th time that morning.

Tony moved over, and the two examined the pencil line of their course. They were now some seventy miles from Cape Bon, due south of Pantellaria, and crossing the mouth of the Gulf of Hammamet. The shoals and banks of Skerki lay behind them, but around them they could see nothing but hostile sea and sky. They had heard the reports of the morning's air attacks, and things sounded grim up ahead; but so far they had seen nothing of the enemy save one badly damaged Ju.88 which, according to the wireless team aboard the *Cerberus*, had made no radio report. They had prayed that it had failed to return to base. Now that it was daylight again, there were other dangers. They were only a short hour's steaming from the E-boat base at Pantellaria, and although these attacks had ceased with the coming of dawn, it was possible they might be renewed if the enemy thought the odds were right. There were also two Italian cruiser squadrons sitting in Palermo and Messina harbours. What if they were out on the hunt?

As if in response to such thoughts, there came a cry from one of the lookouts.

'Ships bearing Green-Six-Oh.'

'Hell,' said Tony. 'Now we *are* for it.'

'Signal *Cerberus*,' said Richard, and pressed the alarm buzzer for surface action imminent. Well, if it *was* the Italians it would be up to the *Radiant* and *Ready* to do the best they could – although they wouldn't stand a prayer. The *Cerberus* wouldn't be able to do much: she had no torpedoes, was slow and old and her only guns were anti-aircraft weapons. Her skipper was the senior officer, and no doubt he saw things in much the same way. From the little cruiser's bridge a light winked out one word to *Radiant*: 'INVESIGATE.'

The destroyer turned towards the distant mast-heads to the north of them, and the weary gunners took up their positions again. AP shells were brought up from the magazines and stacked. AA shells, already in short supply, would have to be used when these were all fired off – and that wouldn't be long: they only had enough AP for sixteen rounds each gun. Richard grimaced. They'd just have to get in close, and to hell with poor old Commander Ratcliffe's cherished theory.

As they closed on the distant ships, gradually more and more of their upperworks came into view. They could make out three ships, all twin-funnelled, steaming fast across their bows at at least thirty-three knots and heading due east. As their silhouettes became more pronounced, Tony suddenly shouted out.

'They're ours! That's a Dido and two Tribals, I'm sure of it.'

Richard focused his glasses on them again. Yes –

Tony was right. What the hell was going on?

'Signal from *Bacchante*, sir,' said Bush matter-of-factly, letting them know by this far from subtle method that *he* had identified the ships seconds ago. 'WHAT SHIP?'

'Tell her,' grinned Richard with relief. 'And ask her what she's doing here.'

But Bush didn't get the chance. Already the signal lamp was blinking from *Bacchante* again: 'WHERE IS THE MAIN CONVOY?'

'Tell them, to the east,' said Richrd.

'Do you require assistance?'

'Reply: "I THINK THEY NEED YOU MORE," ' replied Richard. 'Come about, helmsman. Take her back to the *Memphis*, Tony.'

Already the three ships were fading to the east.

'They didn't wait long, did they?' said Squirrel.

'They'll be back if we need 'em, I expect. I don't know what they'll find over there yet.'

In a short time they had resumed their position and reported to the *Cerberus*, whose captain approved Richard's signals.

'Let's hope that's all our excitement for today,' said Tony.

But ten minutes later, the radar plot on the cruiser's bridge reported hostile aircraft closing from the north.

'ESTIMATE TWENTY PLUS. SLOW AND SMALL. PROBABLY DIVE BOMBERS,' signalled the *Cerberus*.

'So much for your crystal-ball-gazing, Number One.'

The alarm gongs sounded out throughout the ship once more.

During the flight, something of the old Franz had reasserted itself. The routine of strapping himself in his cockpit, running his tests, taking off, forming his unit up, and all the thousand-and-one associated duties were things he performed instinctively; as he did so, he found his brain working along the same lines, and his habitual care and attention to detail returned. His head cleared as he gained height; reason once more prevailed over bloody-mindedness. He looked around at his eleven companions, spaced out in four slightly ragged Kettes, and up at his Macchi escorts, and he reflected.

This was 1942, not 1939. The veterans had almost all gone – some killed, some wounded, some promoted; but gone. The only reason he was still flying was because the situation was desperate. Not many pilots who had started the war in Stukas had survived thus far and the quality was becoming watered-down at an alarming rate. This was inevitable, and it was the same for both sides, but Germany had hitherto relied on her superior quality to carry her to victory against a combination of allies that far outnumbered her in total people and resources. As his commander-in-chief had reminded him the other day, Germany relied more and more on the sound judgement of the survivors. His personal vendetta must not obliterate that.

The eleven aircrews who accompanied him today were all relatively inexperienced youths; he had no leavening of veterans to fall back on. Most of these kids had been at school in 1939 and training in 1941, and their combat experience was severely limited even now. The reception they'd had yesterday over the fleet, the loss of their comrades – these things had affected them badly; if anything, they now felt even more unsure of themselves, despite the fact that they'd hit the carrier hard. Those who had flown against Malta knew the power of the Spitfire and respected it, and the knowledge that this attack, or the ext, might draw such fury down on their heads did othing to bolster their confidence. Another factor vas the provision of Italian fighter escorts instead of heir own boys; few had faith in the Macchis to protect hem against Spitfires.

Franz therefore analysed his position and relayed is tactics to his sub-flight-leaders in clear precise ones: The *Memphis* was the all-important target, but they were to get through to her, the defending flak vould have to be suppressed. Franz therefore decided o lead his own Kette against the anti-aircraft cruiser; he second and third Kettes were to attack a destroyer ach, while the fourth Kette would go for the tanker. Ie felt that he should have gone for the tanker himelf, to make sure of hitting it and also to settle his own ccount; but balanced against that was the need to ase the path for his young pilots. No, the cruiser was is. Let the others finish the job.

'Blue Leader from Red One, Blue Leader from ed One.'

It was Captain Riccardi, leader of his fighter escort.

'Come in Red One.'

'Enemy twin-engined fighters ahead and below. I m engaging.'

'Concur, Red One.'

Riccardi was on the ball, all right. Franz peered head; *he* hadn't seen those four distinctive shapes gainst the sunlit water, but Riccardi was already iving his Macchis down past the Stukas towards iem. It was a mistake to tar all Italians with the same rush, mused Franz, watching.

The single-engine fighters were soon in among the urprised Beaufighters, but the British pilots' reacons were speedy. One of the Beaus flamed into the ea, but already the other three were turning on their ssailants and giving as good as they got. All to the good, thought Franz. Undisturbed, the twelve Ju.87 glided past the mêlée and towards the distant group c ships, tiny specks on the calm, sparkling water ahead

'Target ahead,' radioed Franz. 'Pick your targets and take your time.'

He felt the tension inside him start to build up as h led his own group of three up to the wing-over posi tion. Below him, some distance ahead of the larg tanker, which was wallowing along in difficulties, la the cruiser, wreathed in smoke out of which her te 4-inch guns winked fire at him. Steady, steady. Th ugly, black shell bursts appeared silently all aroun him, but he ignored them. *Steady.*

A sudden shout from Walther, his gunner:

'Meisel's hit!'

A ball of flame in the corner of his eye, reflected i the cockpit canopy; a sudden shock that rocked hi aircraft in his hands. His wing-man's aircraft disinte grated from a direct hit.

'*These British can shoot straight.*' Grimly he recalle Beck's parting words.

All the ships below were firing now, and the air wa full of red tubes of tracer and sound. *Concentrate.* Th nose of his Stuka dropped, its bright blue spinner line up with the tip of the cruiser's bow, dead ahead. No only the two forward guns could bear on him and hi solitary companion. The flak lessened. He noted th curving wake behind the cruiser as she began a high speed turn and slightly altered his approach dive t comply, keeping his sight locked right on her bow wave. The close-range weapons were firing now, an a continuous blur of red and orange groped u towards him, enmeshing him in a cone of fire. He fe the tug on his ailerons as bullets thudded into his wing and fuselage. The sights moved up over the cruiser' bow slightly. He pressed the bomb release and kicke ıard, pulling back as he did so. The old feeling; blackıess; he heard Walther cry out again, then they were ıp, plunging through the funnel smoke of his target. Ie had a fleeting glimpse of men running, guns firing, hen the blue sea beyond the frothing wake of the ruiser. He felt elated. It was a good attack, he knew t. One of the destroyers loomed up in front of him, all ıer upperworks flaming with close-range weapons. Ie swept on, feeling invincible. He sensed the concusion of his bomb and knew he had hit. His plane swept ow over the destroyer.

'That's one for Gunther,' he shouted exultantly as e passed over her bridge structure, and almost as an fterthought, a gesture to his memory, he held his humb up as Gunther always did after an attack. Then e was clear and away, his engine faltering slightly, hen coming back strongly. He ran quick checks, then limbed.

'How did we do, Walther?' he shouted back, but here was no answer and he knew – instinct again – hat Walther was dead. He turned at a safe height – no lak was following him now – and viewed the battleield with a calm detachment.

Smoke was billowing from the cruiser's bridge. He ıust have scored a direct hit there, knocking out the rains of the vessel instantly. But her guns remained ı action and were firing steadily at the remaining tukas. Neither of the two destroyers appeared amaged and they, too, were firing, all three vessels utting up a wall of flak over the tanker. Into this wall ew his three young crews. He had failed them: they ere flying to their death. Two were hit at the top of ıeir dives and fell apart instantly, a trail of smoking ébris whispering down to the ocean. The third, by ome miracle, came through the flak unscathed and eleased her bomb. As she did so, she was caught in a hail of close-range fire and became a ball of flame: The bomb she released exploded close alongside th tanker's bow and the whole great ship whipped an heaved over, then came to a stop, but there was n outward sign of damage. The last burning Stuk smacked into the water close to the burning cruise and the floating wreckage was swept aside by he passing wash, before vanishing without trace.

Four aircraft lost, and the tanker was still afloat. H had failed. But as the survivors took station on hir and winged their way back to Sicily, Franz looke back: the tanker was still stationary. There was sti time for another attack!

'How bad is it, Captain Carnston?' Richard shoute through the loud-hailer across to the *Memphis*. 'Ca you get her going again?'

'I don't think so,' came back the reply. Despite th distance Richard could just pick out the bald red hea of the tanker's master. There were black streal across it made by his hands; his greyish beard wa similarly discoloured and his uniform jacket torn 'That last bomb shook the engines off their mounting Mr McIver thinks some of the brackets have bee fractured right through.'

'We can't stay here – we're sitting ducks. Ho about a tow?'

'Aye, it's the only hope, that's for sure. But you wee destroyer won't haul the deadweight of my ship this condition. It'll take a tug, perhaps two.'

'There's one tug still afloat at Malta, I'm told. I send for her. But she'll take at least a day to get here, she can survive open water. The Luftwaffe won allow us that much time. My SHP is 40,000; if we ca get her moving, we can close the gap a bit until help comes.'

'I agree it's worth a try, Captain,' shouted back Carnston, his voice still reflecting his doubts. 'I'll prepare a towing slip party at once.'

'Thank you, Captain. I'll get things organised here.'

Richard turned to Tony. 'See to it, Tony. We're getting to be quite expert at this towing game. In Civvy Street I'm putting in for a job at London Docks.'

'Towing the *Restive* will be child's play compared to moving that hulk,' replied his first lieutenant. 'For a start, the only place where we can fix the towing hawser is from right aft, and that's not our point of balance. Pulling the *Memphis* around is going to be almost impossible, and with that hole in her bows she's never going to steer a straight course.'

'I know, I know. There's one alternative. We could go alongside her and use our engines to steer her, while *Ready* acts as a tug.'

'Good God, sir, what a target that would make! She'd crush our side plates in like tinfoil.'

Richard shrugged wearily. 'What's the choice? Just sit here watching her, while Jerry runs a shuttle service back and forth from Sicily? We didn't come all this way to give up in sight of our goal. The oil from *Memphis* might save Malta, or it might not, but everything this convoy has endured will be wasted if we just leave her there for the Luftwaffe to use as target practice.'

'I'm sorry, sir. I'll get on with it.'

'What's the latest from *Cerberus*, Tony?' asked Richard. They were all dead tired; it wasn't fair to blame Tony for not thinking straight.

'Her after steering position is being utilised and

Lieutenant-Commander Symonds is well enough to command her. All her other senior officers are either dead or in sick bay. He says her engines are all right for twenty-five knots, her guns are all working, but he's down to twenty per cent of his remaining AA ammunition. You're still the senior officer, sir, it's your decision.'

'All right, then. Here goes nothing. Pass the word to *Cerberus* of what we intend doing; they'll have to give us what cover they can, and if all else fails, they'll have to take a turn at towing too. Then signal Roberts of *Ready* ; tell him to pass a suitable towing hawser and prepare a second, if needed. Tell him to ask Carnston if he needs any help. Tell him . . . just tell him it's down to us to finish the job.'

'Aye, Sir!'

'Navigator.'

'Sir!'

'Tim, fix us the shortest possible course to Valetta. To hell with the minefields or any other crap – just take us straight there. When we get close enough, no doubt the locals will take over anyway.'

'Aye, sir.'

'Snottie!'

'Aye, sir.'

'Number One is busy. I want you to go all round the ship. Have a word with the men; tell them what we're trying to do. They've done well and this could be the last stage. They might as well know what they're up against.'

'Very good, sir.'

'Oh, and Middy . . . '

'Sir.'

'You'll find Barnes skiving behind "X" gun, no doubt. Tell him to get up here with a mug of that foul brew of his on the double. Tell the guns captain he's released for fifteen minutes for special duties.'

'Yes, sir!' Squirrel turned to go.

'And one last thing. See to it that all the troops get some food and rest while they can. And give my regards to Mr McDivitt. Tell him his Scottish chum aboard *Memphis* has lost all power, so it's up to him to show him how it should be done. Tell him if Northumbria can't teach a lowland Scot his job, he's fired. That'll stir him up!'

'Signalman!'

'Sir!'

'Signal this to C-in-C Malta, repeated to Rear Admiral Morrison, 5th CS, and Vice Admiral Edwards, *Nelson*. "*MEMPHIS* DISABLED. AM ATTEMPTING TOW. REQUEST TUGS AND AIR COVER." Add our current position to that lot and get it off quick.'

'Aye, aye, sir!'

Richard suddenly felt very tired indeed. His head ached from the sun and the glare of the water, from three days with little sleep and from the constant noise and tension. He looked at the haggard faces around him; even Bush seemed to have lost his chirpiness. I suppose I look like they do, he thought to himself. Oh well, *I'm* the one who wanted to get back to sea. He wondered what Norma was doing right now. It would be midday and she'd probably be at her lunch break, sitting on the lawn in Temple Gardens, eating sandwiches, perhaps thinking of him. He wondered if she'd got his last letter. For all she knew, he could be in Colombo by now, or even further east. She'd read about Monolith in the papers, no doubt, if they'd reported half the truth, she'd be glad that at least he wasn't involved in that! He smiled at the thought. And here I am, sitting right in the middle of it, connecting my command to a cargo of fuel oil that'll go up like a volcano if a bomb hits the right spot. Join the Navy and see the world!

Tony had completed his immediate tasks and Barnes appeared, blackened and towsled, but whistling, with a mug of tea for each. Richard turned to hi friend.

'Tony, that last attack.'

'What of it? It was a dilley, if that's what you mean.'

'No, something special. Something I thought I saw That blue-nosed Stuka, the leader, the one tha scraped our funnel on the way out. The bastard tha hit *Cerberus*.'

'I'm not likely to forget him. What a flyer! How h escaped I'll never know. Still, give the devil his due, h was the only one to press his attack home.'

'When he passed over us, I kept my eye on him. thought I saw something strange. It may sound silly t you, but I've seen it once before, a long time ago. could almost swear I saw the pilot put his thumb up a us.'

'Surely not. Not a Hun? I'm afraid I didn't see thing. I was down on the floor. The only thing stickin out from under my helmet was my backside!'

'Yes, perhaps you're right. It's too silly for words. I would be an impossible coincidence after all thes years. It couldn't be the same man.'

'Care to tell me about it?' asked Tony, seeing th seriousness behind the question. 'Is it important t you?'

'It's just a memory, Tony. Just a memory. Anyway it can't be the same man, it just can't be.'

On the airfield, the commander had come down to se for himself. He stared at Franz in disbelief.

'Go back again! You can't go back again – you plane's shot to hell, and your gunner dead. The rest o 'our unit is in the same position. I doubt if there are our serviceable aircraft among the lot of them. You've done your share. Leave the tanker to Beck.'

'Beck couldn't hit a football pitch from ten feet. It's a job for the Stukas, sir, you know that. It needs accuracy. It must be done!'

'But not by you.'

'Who, then? Those kids? They've been through hell his last two days and they're willing, I'll give them hat, but they are not veterans. You admit that the anker is vital. Let me sink her. Give me another Stuka, another gunner and three wingmen and I'll do t for you.'

'You're exhausted. You shouldn't fly again today.'

'Tomorrow the tanker will be in Malta. Tomorrow he Spitfires will have full bellies. Tomorrow they'll lecimate our air squadrons. How many lives will that ost, sir? Tomorrow their torpedo bombers will have ull bellies, too – and German and Italian tankers will ink because of it, and the fuel they were carrying will ever reach General Rommel. Cairo might not fall ecause his tanks can't move – and all because one nan was tired. You always had faith in my ability in he old days, sir. You knew the Stukas wouldn't let ou down. Give me that faith again, for old times' ake if nothing else.'

The commander looked into Franz's wan face. It as suicidal, he knew, but he knew he would have to ive in.

'They might be within range of the Spitfires, Franz. 'll give you every fighter I can spare.'

Franz looked back at him. He grinned that old grin. Ie grasped his hand.

'Thank you, sir!'

'Don't thank me, man. For heaven's sake, do anyhing, but don't thank me.'

The commander turned abruptly and walked away The dust shimmered over the hot airstrip. He didn' look back.

Rear Admiral Morrison watched as the last of th three freighters passed through the entrance of Gran Harbour. Ashore, the ramparts of the ancient for tresses were crowded with shouting throngs o Maltese, waving and cheering. A Royal Marine ban played martial music to welcome their saviours. Th *Cyprus* followed them in; the *Scotsman* had gon ahead and was already unloading her vital cargo Three ships out of nine. Would it be enough? Th food and war material that these ships carried migh prove sufficient to keep the island going for anothe month on very meagre rations. But without the fuel o that *Memphis* was carrying, would there be any point Long before the island was reduced to starvation, he capacity to defend herself against attack would b gone and her role in the vital fight against Rommel' supply lines rendered void – all through lack of oil And what then?

It was late in the afternoon, and Morrison' thoughts kept returning to that little group of ship struggling onwards towards this same goal. Woul they make enough ground to reach the air umbrella h had laid on? There would be no tug, the last on having succumbed to the blitz the day before. Th destroyers would have to do the job themselves or nc at all. He wondered if the *Bacchante, Celt* and *Xhos* would have reached them yet. He had sent them bac as soon as his own ships had reached the relative safet of air protection. He hoped that they would be suffi cient to help bring the tanker through the final hours *If* they made it in time.

He turned to his flag lieutenant. 'Signal all ships "WELL DONE." Then instruct them that refuelling must be completed by 0300. I want us out of here before dawn.'

For the convoy, three ships, two British and one American, the long journey was over. But for the weary escorts, the job was only half-done; they still had to get back to Gibraltar again and face the deadly waters off the Skerki Bank. But this time things would be better: they'd be able to pass through at maximum speed and concentrate solely on their own defence. They'd probably make it. No: right now it was the *Memphis* group who faced the biggest dangers.

The band struck up 'It's a long way to Tipperary' as the *Rigorous* nosed into the harbour. Someone ashore had done his homework and recalled that Morrison was of Irish birth. Morrison smiled to himself. Perhaps the Death March from *Saul* might have been more appropriate, he thought.

The moment Franz sighted the target, he knew he was too late. The group of ships around the tanker had grown since his last attack and they were quite a distance closer to Malta. The fuel in his tanks was low. After casting around for the ships without success close to the location of the first attack, he had led his three bombers along a direct track from that spot towards the island, playing a hunch. With the tanker in its stricken condition, he had guessed that the British would have no time for evasion or other such games. He had turned out to be right, but the diversion had cost him time. The leader of his twenty-plane fighter escort had told him already that they would have to leave them within ten minutes if they were to get back safely. Franz was determined to press on without them if necessary, but with five minutes to go, the ships had loomed up on the sea ahead, casting long shadows, with the setting sun behind them.

He saw that two destroyers were assisting the tanker through the water, with one cruiser, his former target, astern of her. She was still afloat, but her bridge was a twisted mass of blackened steel. Ahead was stationed another cruiser, with ten turrets of larger guns all at full elevation, while two big destroyers were on either flank. It was a formidable concentration of fire-power to face – and now he only had four bombers instead of twelve. Nor was that all; even as he sighted his target, the German fighter pilot alerted his own men. Streaming towards them from the east were sixteen lithe forms, going hard and fast with a deadly purpose. The distinctive elliptical wings marked them for what they were: the Spitfires from Malta.

The Me.109s prepared to give battle, but with the fuel stocks low it could only be one quick pass before they broke off . They would never hold them all. It was now or never.

'Deploy now. Take the tanker. Good luck.'

Franz waggled his wings, dropped the nose of the Stuka and bore straight down at the group of ships ahead of him. No time to climb and perform the usual precision dives. Already the fighters had engaged the enemy, but one group of four Spitfires seemed to have ignored all combat and to be plunging through the whirling mass, set only on getting at the dive-bombers. It was a deadly race. The distance to the ships was far less than the gap between the fighters and the Stukas, but they were closing towards each other at relative speeds of almost 450 mph.

The tanker and the two destroyers loomed huge in Franz's sights now, but the Spitfires were on them, their cannon blazing head-on. Shells thudded into his little bomber. He felt a sickening pain in his chest. His vision blurred. He shook his head, wincing with the pain. Through a red haze he saw the tanker huge before him. With his last remaining strength, Franz tugged at the bomb release. The pain intensified, a red curtain dropped over his vision again. Dimly through it he could see not the tanker, but Helga, her arms outstretched to him. Helga, welcoming him back to her arms once more . . . Franz smiled in recognition and joy . . .

On the *Radiant*'s bridge, all eyes were on the approach of the enemy, while the guns tracked their targets. Richard stared intently at the oncoming formation. Four bombers only. The enemy's last effort. With a few seconds to go before they were in range of the *Bacchante's* 5.25s, all waited tensely for the first salvoes to roar out from her to welcome them. But she didn't fire.

'What the hell's *Bacchante* playing at?' said Tony. 'They must be in range now.'

'That's why!' yelled Squirrel, his voice a high-pitched squeak. 'Look, the Malta Spits. Go on, you beauties!'

'Shall we fire, sir?'

'Keep tracking. Tell the short-range weapons to open fire if any break through.'

'One – there's one gone.'

'Two, three – they're cutting them to bits,' shouted Squirrel. 'Boy oh boy, what a carve-up.'

'They've hit the leader, too. It's your blue-nosed buddy, sir. Look! He's on fire.'

'But he hasn't stopped,' said Tony suddenly. 'The beggar's still coming on.'

'I knew he would,' said Richard quietly. 'I knew he

would. All guns, continuous barrage fire. *Now*!'

The *Radiant* rocked and roared with noise as every gun on the ship opened fire at little bomber on its steady diving course towards them. Shells punched their way up into its fuselage; pieces of wing flew off; but as he watched, Richard saw the bomb cradle swing deliberately out and down. The bomb fell hugely towards them.

'My God, he's going to hit us,' shouted Bush, and threw himself flat. Others followed his example, but Richard stood erect on the bridge, gazing up at the flaming mass of the Stuka as it hurtled down in its death plunge.

There was a colossal explosion aft, and the *Radiant* reared up and whipped, the little hull crashing hard into the tanker's bulk. Plates groaned and rasped together in torment. From right aft, a column of fire and débris roared up. The bomb had scored a direct hit on 'X' gun, pulverising it and its crew in an instant and bursting through the deck, wrecking the wardroom and the destroyer's screws and propellers. Barnes was flung back against the steel doors below the deckhouse, his back broken, his chest ripped open. For brief seconds he gasped his life out, watching the blood pour from his shattered body. The mainmast came crashing down on the Bofors crew, sweeping the mounting to one side and burying the struggling, cursing gunners.

Almost instantaneously, the wreckage of the Stuka hit the fo'c'sle of the *Memphis* and blew up with an equally deadly explosion that swept flaming débris over the *Radiant*'s bridge. Richard stood miraculously unharmed, but the blast blew Squirrel backwards against the steel edge of the bridge structure, snapping his neck like a twig. He lay pinned like a butterfly, his young eyes wide-open in death.

There was a sudden hush, through which the shouts and cries of the injured could be heard. The two wounded ships lay together, one burning aft and the other forward, but neither was mortally wounded. Before attending to the salvation of his badly damaged ship, Richard cast one last glance at the funeral pyre of the Stuka, now but a charred skeleton perched incongruously on the tanker's blazing forward deck. It was all over. Somehow he knew that they would survive now. It had not all been in vain . . .

13
Reflection.

In the snug, cosy cabin of the *Memphis*, the noise of the dockyard of Valetta harbour was muffled. It was night, but still the pumps from the adjacent wharf and the smaller tanker alongside were hard at work, pumping out the precious life-blood from the tanker's capacious hull. It was cool in the dockyard. The last evening air-raid had passed off and the air was silent and empty.

Captain Carnston poured another full glass of whisky and handed it to Richard. Both men looked tired, but after the delicious luxuries of a bath, a square meal and eight hours' relatively undisturbed sleep, each felt a warm glow of contentment. Already the events of the previous four days seemed like some ghastly nightmare, impossible to recollect fully with any degree of accuracy. For some time they sat silently and sipped their drinks, content in their own company. They had survived hell together, and although they had never met face to face before, an invisible bond had formed itself between the old seaman and the young officer.

'How's yon little boat of yours, Captain?' asked Carnston after a long silence. 'She seemed terribly smashed up to my eye.'

'She'll be fine, Captain,' answered Richard. 'She's Clyde-built, and they don't come any tougher. They'll patch her up as best they can here, and as soon as there's a lull, I'm taking her on to Alex. I expect we'll go round by the Cape and end up in some American dockyard where they'll slap a new stern on her. She'll be as good as new in a year's time.'

'I imagine there'll still be plenty to keep her busy, even then,' replied the merchant master reflectively. 'It's going to be a long war.'

'It seems it's been a mighty long war already,' answered Richard.

'Aye, right enough,' said Carnston. He passed the cigarette box over and lit one himself. 'I was a boy seaman in the first lot. That seemed endless then, but this un's worse, much worse. At least, at sea it is.'

'What about the *Memphis*?' asked Richard pensively.

'She'll not see deep water again, laddie,' said Carnston. 'That last blow was more than she could stand. Her back's broken, as you know, and her insides forward are gutted completely and her engines are shot. I doubt if it'll be worth anyone's time or money to repair her, even if she survives this daily bombing. They'll probably break her up right here for scrap when peace comes. Another bonny ship gone and forgotten.'

'I'll not forget her, Captain,' said Richard, 'and I doubt if the people of Malta will ever forget her either.'

'Oh, they'll forget all right, mark my words. They always do. Today we're ruddy heroes, but in twenty years' time, no one will ever have heard of Monolith, *Memphis*, *Radiant* or you and me.'

'Perhaps you're right,' reflected Richard. 'Maybe it's just as well too. I certainly couldn't care less whether they remember or not. But you and I, Captain – *we*'ll remember, I think.'

'Yes, most certainly. A good bunch of lads dead and

gone on this trip – yours and mine. I only hope it's all worth it. At least we made the Krauts pay for their efforts.'

'Yes. I wonder how they feel about it. I often think of that. What do you think they're dying for? What ideals can possibly motivate them?'

'Well, British Movietone News apart, I'd say the bulk of them are like us: a hard-core of professionals, doing their job – no other loyalty than to their ship or their unit. The bulk of the rest are like our boys too, drafted, with no option but to fight. Don't suppose they want to go to war any more than our HO ratings do – or for that matter any more than the pressgang victims of Nelson's time wanted to. They'd rather be at home, swilling their beer and eating sausage. The fanatics, they're different. They're full of hate: that's what drives them, and they drive the others.'

'They must realise now that they can't possibly win. Yet they keep fighting.'

'They probably said the same about us a year ago,' laughed Carnston. 'We kept going – British pluck and heroism. They'll keep going too and when the Russkies get to 'em, it'll be worse than anything we had. Mind you, that'll be German fanaticism and stupidity. Just depends whose News Bulletins you happen to read.'

'I wonder what type that Stuka pilot was, the one that nearly scuppered us both. A fanatical Nazi, full of the glory of German supremacy? Or brilliant pilot doing his best for his country? I have the strangest feeling about him, it's peculiar. I feel almost as if I knew him – that we'd met before.'

'It's funny you should say that.' Carnston got up from his chair and crossed to the tiny desk. Richard sipped his drink again, remembering that tiny fragment of time . . . the thumbs-up signal; did he imagine it? Carnston unlocked one of the drawers and withdrew a small package from it. He returned to his seat and tossed the contents across into Richard's lap. Richard picked it up delicately. It was a badly-charred leather notecase, and inside were blackened papers and two fragments of photographs.

'There wasn't much left of the Stuka after the fire, but they found that against the bridge. The explosion had thrown the two bodies there. They were so burnt and crushed as to be unidentifiable, and the blaze didn't leave much for us to bury over the side, but in one of the men's jackets we found that. You might not be able to get the answers you want from it, but you'll know more about your enemy than most men do in modern war.'

Richard examined the pathetic little bundle of papers under the light of the captain's desk. There wasn't much, other than the usual official passes and identification papers. On one of them the man's photo looked sternly out at him: a lean face, fair-hair, his Luftwaffe cap set squarely on the head, but tilted back slightly. A firm jaw and a mouth that seemed inclined to seriousness. He looked young. The date of the photo was on the back – 1940. He'd be about my own age at a guess, thought Richard. He could tell nothing else from it. The second photo, burnt over halfway across, showed a strikingly pretty girl of about nineteen or twenty. Generous lips parted in a pert smile; big eyes, slender neck. He turned this one over also, he could just make out the words 'Franz' and 'Helga' with some German he couldn't understand. Wife or girl friend? Richard wondered. Probably the former; 'Franz' didn't look like the sort for half-measures. Poor kid, he wondered if she knew yet that Franz wouldn't be coming back.

He handed the package back to Captain Carnston.

'What are you going to do with them, Captain?' he asked.

'I'm sending them back to his unit,' replied the Captain. 'It's done through the Red Cross. They do the same. The trappings of civilisation, I suppose – silly, isn't it? We spend years and years, billions of pounds and thousands of lives trying to kill each other as fast as we can. Then, when it's done, we give each other back scraps of paper, the remnants of a life.'

'Yes, it's silly, but not as silly as the whole bloody mess. I'm glad it is done. It's just about the only damn thing that *makes* sense at this level.'

Carnston didn't reply. Instead he poured another drink.

The Luftflotte commander sat at his own desk on the edge of the airfield. The light had faded long since, and the one lamp, green-shaded, shone on his shuffled papers and reports. From outside came the drone of aircraft starting up. Another night attack on Malta was getting under way. The war never stopped.

He looked at what he had just written.

'Oberst Franz Petersen died leading his unit in a last attack against the English tanker. From reports from his fighter escort, he scored a hit on his target, and his plane, hit during its dive, also struck the tanker, inflicting considerable damage. Unfortunately, the ships remained afloat and eventually reached Malta. Oberst Petersen's conduct during this last attack matched his whole outstanding war service which was always beyond praise. I cannot praise his courage and skill too highly, and recommend the highest possible award to the memory of this officer, whose example is a guiding beacon to those that follow him in the Stukas . . . '

Words – mere, useless words. Petersen would never be replaced. Another veteran gone, another nail in Germany's coffin. Now he must write to his next-of-kin, always the hardest part of his job. The boy was an orphan; he would have to trace his uncle who lived in Hamburg somewhere. At least he was spared the task of writing to his wife. He felt in his pocket for the crumpled telegram that had arrived half an hour after Franz had last taken off. The printed wording was stark and to the point. 'INFORM OBERST FRANZ PETERSEN HIS WIFE HAS DIED FROM AN ACCIDENTAL OVERDOSE OF MEDICINE TABLETS,' it read. It was perhaps better that Franz had not returned; not for Germany perhaps, not for the Luftwaffe, but for him. Now he and Helga were together again, for ever.